Pour protéger son fils

Quand plane le danger

K.D. RICHARDS

Pour protéger son fils

Traduction française de
FLORENCE BERTRAND

BLACK ROSE

HARLEQUIN

Collection : BLACK ROSE

Titre original :
SHIELDING HER SON

HARPERCOLLINS FRANCE
83-85, boulevard Vincent-Auriol, 75646 PARIS CEDEX 13
Service Lectrices — Tél. : 01 45 82 47 47 - www.harlequin.fr
ISBN 978-2-2804-8381-0 — ISSN 1950-2753

Composé et édité par HarperCollins France.
Imprimé en février 2023 par CPI Black Print (Barcelone)
en utilisant 100% d'électricité renouvelable.
Dépôt légal : mars 2023.

FSC www.fsc.org MIXTE Papier issu de sources responsables FSC® C159065

Pour limiter l'empreinte environnementale de ses livres, HarperCollins France s'engage à n'utiliser que du papier fabriqué à partir de bois provenant de forêts gérées durablement et de manière responsable.

1

— On est presque arrivées, l'encouragea Erika Powell, en jetant un coup d'œil par-dessus son épaule.

Daisy Hargrove, la bibliothécaire de la ville, passa une main lasse sur sa polaire de marque.

— Tu as dit ça il y a dix minutes ! J'ai les jambes en coton, moi.

Erika ignora les récriminations de son amie. Au mois d'avril précédent, Daisy avait paru emballée lorsqu'elle avait suggéré d'ajouter la randonnée à leur régime d'exercice habituel. Lorsque l'été avait cédé la place à l'automne et puis à une nouvelle année, son enthousiasme s'était quelque peu émoussé.

À dire vrai, elles n'avaient jamais marché aussi loin ni aussi longtemps. Cependant, ces derniers jours, Erika avait été troublée par une anxiété dont elle ne parvenait pas à se défaire. Elle avait espéré qu'une longue randonnée apaiserait ses nerfs, mais cela n'avait pas été le cas, songea-t-elle en empruntant le sentier qui traversait la propriété d'une dizaine d'hectares qu'elle avait achetée deux ans plus tôt.

— Je croyais que tu voulais perdre cinq kilos avant le printemps, rappela-t-elle à Daisy.

— C'est vrai, grogna celle-ci. En revanche, je n'avais pas prévu de les perdre tous en une seule journée.

Elle s'arrêta et se courba en deux, les mains sur les genoux.

Erika fit volte-face et se mit à trottiner sur place pour ne pas se refroidir en attendant son amie. Le teint d'albâtre de Daisy avait viré au rose et, en dépit de l'air glacial de janvier, une perle de sueur coulait sous son bonnet en laine.

Les deux amies n'auraient pas pu être plus différentes d'apparence. Âgée de vingt-neuf ans, les cheveux blonds coupés en bob et les yeux bleus comme un ciel d'été, Daisy était toute menue. Un contraste frappant avec Erika qui, brune, mince et musclée, mesurait un mètre soixante-quinze et avait le teint mat.

Leurs personnalités s'opposaient tout autant. Daisy était ouverte et sociable mais, en bibliothécaire typique, aimait surtout profiter de ses heures de loisir pour se consacrer à la lecture. Erika préférait de loin passer le peu de temps libre dont elle disposait – entre son fils de dix ans, Marcus, et la rénovation de la vaste ferme qu'ils habitaient afin d'y ouvrir des chambres d'hôtes – à explorer la nature.

— Allez ! Le promontoire est tout près et la vue en vaut vraiment la peine, l'encouragea à nouveau Erika. C'est vraiment un endroit qui sera sur la liste de balades que je proposerai à mes clients.

Erika ne pouvait réprimer un frisson d'excitation lorsqu'elle pensait à ses futures chambres d'hôtes. Après avoir économisé des années durant pour acquérir la maison de sept chambres et quatre salles de bains située à l'est de Carling Lake, elle sentait que ses efforts allaient enfin être récompensés.

Daisy recommença à marcher.

— Je n'ai pas vu les ouvriers de Sam chez toi récemment. Comment avancent les travaux ?

Le sourire d'Erika se mua en froncement de sourcils.

— Oh oh, s'écria Daisy, l'air interrogateur. Tu fais la grimace. Que se passe-t-il ?

Erika lâcha un profond soupir.

— Ils ne sont pas venus depuis quelques jours. Et Sam ne répond plus à mes appels.

Daisy eut un geste éloquent de la main.

— Oh ! Tu connais les artisans. Cela dit, Sam est plutôt fiable. À ta place, je ne m'inquiéterais pas.

— Je ne fais que m'inquiéter, avoua Erika. Lancer la maison d'hôtes est un peu comme d'avoir un autre enfant.

Elle donna un petit coup de pied dans une pierre qui roula devant elle sur le sentier.

— La situation de la maison, sur Carling Mountain, en pleine nature et à deux pas du lac, est idyllique. J'espère que cela incitera des touristes à venir chez moi au lieu de descendre à l'hôtel d'Ellis Hanes en ville.

Ce fut au tour de Daisy d'esquisser une moue.

— Ellis te met toujours des bâtons dans les roues ?

— À ton avis ?

Erika leva les yeux au ciel et donna un nouveau coup de pied dans la pierre, l'expédiant dans les buissons qui bordaient le chemin.

— Il raconte à qui veut l'entendre que je n'ai pas le droit d'ouvrir une maison d'hôtes dans cette zone.

Daisy émit un petit bruit dédaigneux.

— Ça, je sais que c'est un mensonge. Toi et moi avons épluché les archives de la ville des heures durant.

Plutôt que de dépenser une somme exorbitante pour avoir recours aux services d'un conseiller juridique, Erika avait effectué elle-même les recherches nécessaires quant au plan local d'urbanisme. L'ancienne bibliothécaire ne lui avait pas été d'une grande aide. En revanche, lorsque Daisy était arrivée, un an plus tôt, elle s'était impliquée avec ferveur dans l'entreprise, allant jusqu'à téléphoner à ses collègues des comtés voisins pour obtenir les documents requis.

— La famille Dellosa a tenu une maison d'hôtes ici même pendant vingt-huit ans, reprit-elle en secouant la tête. Les propriétaires suivants en ont fait une résidence privée, mais cela ne change rien au plan d'urbanisme.

Erika soupira de nouveau.

— Je sais. J'ai même demandé à Warren McLaine de se renseigner, et il m'a dit exactement la même chose.

Warren McLaine, comme son père et son grand-père, était le seul et unique notaire de la ville.

— Je suppose que Hanes voulait seulement me mettre en colère.

— Ce serait bien de lui, commenta Daisy. Ne t'inquiète pas, ajouta-t-elle en tapotant l'épaule d'Erika. Personne ne prête attention à ce qu'il raconte.

— Tu ne vis pas à Carling Lake depuis très longtemps, lui fit remarquer Erika.

Dans une petite bourgade, le bouche-à-oreille était important pour n'importe quelle entreprise, et il y avait quantité de gens à Carling Lake qui non seulement écoutaient Ellis Hanes, mais se laissaient influencer par lui. Sa famille comptait parmi les plus anciennes et des plus respectables de la ville. Dans l'ensemble, la communauté de Carling Lake avait soutenu Erika, néanmoins il subsistait une certaine hiérarchie dont il fallait tenir compte. L'hôtel et la maison d'hôtes des Hanes, situés respectivement à l'entrée et à la sortie de la localité, représentaient un employeur important. Et bien qu'elle soit installée en ville depuis une dizaine d'années, certains la considéraient encore comme une nouvelle venue.

Une étrangère.

Peu lui importait, au fond. Un peu de distance entre ses voisins et elle lui convenait parfaitement. Elle était venue à Carling Lake dans le but de recommencer de zéro, dans un endroit où personne ne la reconnaîtrait ni ne poserait de questions sur son passé. C'était ce qu'elle avait trouvé. Elle entretenait des rapports amicaux avec chacun, mais il n'y avait qu'une poignée de gens qu'elle aurait qualifiés d'amis. Et même eux ignoraient qui elle était réellement.

Elle avait bien l'intention de veiller à ce que cela ne change pas. C'était la seule solution pour garder Marcus en sécurité.

— C'est encore loin ?

La voix plaintive de Daisy arracha Erika à ses réflexions, et la fit sourire.

Daisy était justement une de ces personnes qu'Erika considérait comme une amie. Durant les heures qu'elle avait passées à la bibliothèque, Daisy et elle avaient sympathisé. Peut-être aurait-il été plus exact de dire que Daisy avait décrété qu'elles seraient amies, et Erika n'avait pas mis longtemps à comprendre que, si Daisy voulait quelque chose, elle finissait toujours par l'obtenir. D'ailleurs, si elle était honnête avec elle-même, Erika devait admettre qu'elle avait eu besoin d'une amie. D'une véritable amie, pas juste une relation, une des mères qu'elle croisait à l'école et avec qui elle avait des conversations polies quand les enfants jouaient ensemble.

Elle en avait révélé plus long à Daisy sur sa vie d'avant Carling Lake qu'à quiconque au monde. Pas assez pour que Daisy puisse rassembler les morceaux du puzzle et découvrir sa véritable identité, mais Erika s'était refusée à mentir ouvertement à sa seule amie en ville. Elle s'était plutôt appliquée à rester évasive. Si Daisy l'avait remarqué, elle n'avait jamais fait de commentaire.

— Juste après ce virage, affirma Erika.

C'était un de ses lieux préférés. Elle inspira le parfum des pins et de l'herbe mouillée, aussi revigorant qu'une tasse de café le matin. Les oiseaux gazouillaient dans les branches, et elle entendit non loin le craquement d'une brindille sous les pas d'un petit animal, un écureuil, peut-être, comme celui qui venait de traverser en hâte le sentier. Un corbeau décrivait des cercles au-dessus d'elles. La forêt fourmillait de vie et, hormis être en compagnie de Marcus, il n'existait aucun endroit sur terre où Erika aurait préféré se trouver.

Le chemin s'incurva et un ravin apparut à quelques mètres de là. La rivière qui l'avait creusé avait cessé de couler bien avant qu'Erika achète la propriété. En revanche, la passerelle de corde qui reliait les deux flancs du ravin était restée, et Erika s'en félicitait, car elle lui avait permis de découvrir le panorama splendide qui s'offrait à la vue du côté opposé.

Daisy s'arrêta près d'elle, hors d'haleine.

— Eh bien, que tenais-tu tant à me montrer ?

Erika ouvrit grand les bras, comme pour étreindre la forêt tout entière.

— Ça.

Daisy arqua un sourcil.

— Un ruisseau à sec ?

— Non, enfin ! Le panorama. Viens ! C'est plus spectaculaire de l'autre côté.

Daisy promena un regard soupçonneux sur les planches en bois.

— Tu es sûre que ce truc est solide ?

— Bien entendu, lança Erika par-dessus son épaule. J'y passe au moins deux fois par semaine.

Les lattes grincèrent sous son poids, la passerelle oscilla alors qu'elle avançait. Elle jeta un regard derrière elle pour s'assurer que Daisy la suivait, mais un craquement sec lui fit retourner la tête aussitôt.

Devant elle, la passerelle avait cédé.

Instinctivement, elle tendit la main vers la corde, mais ses doigts ne firent que l'effleurer avant qu'elle se dérobe. Erika battit des jambes, un cri désespéré jaillit de sa gorge.

L'instant d'après, elle tombait, sa silhouette mince tranchant l'air telle une lame de couteau.

Elle sentit l'impact de son corps sur la terre sèche, la douleur fulgurante qui se répandit dans son crâne.

Et puis ce fut le noir.

2

James West enfila une polaire, une écharpe, puis sortit sur la terrasse arrière du petit chalet qu'il louait et inspira à fond, les mains autour de sa tasse de café. Depuis qu'il était arrivé à Carling Lake, cinq jours plus tôt, il se levait à l'aube et allait prendre le petit déjeuner en ville, mais à son retour, il savourait un deuxième café en contemplant la nature qui s'éveillait autour de lui.

C'était une routine matinale à laquelle il aurait pu s'habituer avec plaisir, même si la raison de son séjour à Carling Lake ne l'enchantait guère. Il avait toujours su que travailler pour la société de sécurité et d'investigations dirigée par sa famille n'était qu'une occupation temporaire, le temps qu'il décide de son avenir maintenant qu'il avait quitté l'armée. Cependant, sa mission actuelle, laquelle consistait pour l'essentiel à espionner Erika Powell, la jeune mère qui possédait la ferme voisine, lui laissait un goût amer à la bouche.

Certes, le fait qu'il avait été attiré par Erika dès l'instant où il avait posé les yeux sur elle était aussi un problème.

Accoudé à la rambarde de la terrasse, il regardait le soleil qui apparaissait au-dessus des montagnes quand un éclair de couleur bougea dans les arbres, au-delà du jardin. Une femme surgit des bois en courant.

James la reconnut. C'était Daisy Hargrove, la bibliothécaire qui, à en juger par la fréquence de ses visites, était une amie de sa voisine. Il reconnut aussi l'expression sur ses traits : la peur.

La femme se dirigeait vers la maison d'Erika, mais pivota vers lui en l'apercevant. James posa sa tasse et descendit les marches pour se hâter à sa rencontre.

— Aidez-moi, s'il vous plaît ! supplia-t-elle, la voix rauque tant elle était à bout de souffle.

James tendit la main pour la soutenir tout en parcourant les environs du regard, à l'affût d'une menace éventuelle.

— Venez, entrez.

Il n'avait aucune idée de ce qui se passait, mais elle était effrayée et, si danger il y avait, ils offriraient tous les deux une cible facile en restant debout dans le jardin.

La femme lui agrippa le bras.

— Non. Il faut aller au secours d'Erika. La passerelle du ravin a cédé pendant qu'elle traversait. Elle est blessée. Elle ne bouge plus et elle ne m'a pas répondu quand je l'ai appelée. Je n'ai pas pu téléphoner, il n'y a pas de réseau là-bas.

James avait découvert le ravin et la passerelle en question au cours d'une de ses randonnées en forêt. Il se souvenait qu'elle se trouvait à deux bons mètres de hauteur, et que le sol dessous était de la terre compacte.

— Appelez une ambulance de chez moi, dit-il aussitôt. Et attendez-la ici pour pouvoir guider les secouristes sur place.

Sur quoi il détala en direction des arbres.

Le ravin se trouvait à environ dix minutes de marche du chalet, mais il y parvint en moins de cinq.

Les poteaux qui avaient soutenu la passerelle étaient toujours debout. Celle-ci, en revanche, n'était plus visible.

James baissa les yeux et prit une brève inspiration. Erika gisait sur le sol en contrebas, immobile.

— Erika ! cria-t-il, espérant obtenir une réponse, mais sans se bercer d'illusions.

Le cœur battant à toute allure, il dévala tant bien que mal le flanc du ravin et se rua vers elle. Respirait-elle encore ?

Il pressa deux doigts contre son cou et, à son immense soulagement, perçut un pouls, faible mais régulier.

— Erika, vous m'entendez ? Ouvrez les yeux !

Pas de réaction.

Rapidement, il évalua les blessures possibles. Son teint était livide, et elle avait du sang dans les cheveux à hauteur de la tempe. Une pierre maculée de sang à côté de sa tête en était la cause.

Il retira son écharpe et l'appuya sur la plaie.

— Les secours sont en route.

Il espérait dire vrai. Un impact assez violent pour causer un saignement et une perte de connaissance était de mauvais augure. Elle avait besoin de soins urgents. À tout hasard, il tira son téléphone portable de sa poche, mais ne fut guère surpris de constater que, pas plus que Daisy, il ne pouvait s'en servir.

L'extrémité de la corde qui pendait dans le vide attira son regard. Il se pencha vers elle, en veillant à ne pas la toucher. Seule une petite section était un peu effilochée. Le reste paraissait solide, coupé net comme par une lame aiguisée.

Des voix s'élevèrent non loin, reportant son attention sur le sommet du ravin.

— Par ici !

Un secouriste apparut. James se retourna vers Erika.

— Tenez bon. Vous allez vous en sortir. Les ambulanciers sont là.

Il se mit en retrait pour laisser ces derniers intervenir, et étudia de plus près la passerelle. Ainsi qu'il en avait eu l'impression, la plupart des fibres étaient lisses, suggérant qu'elles avaient été tranchées, et non qu'elles étaient usées par le temps.

L'instinct de James, qu'il avait appris à écouter au cours des années passées en Afghanistan, lui soufflait que la chute d'Erika n'était pas due à un simple accident.

Il prit plusieurs photos à l'aide de son téléphone, puis retourna aider les secouristes à porter la civière sur laquelle Erika avait été déposée.

Une fois en haut du ravin, il leur emboîta le pas, impatient de rentrer chez lui et de suivre l'ambulance à l'hôpital.

Erika avait-elle joué de malchance en franchissant la passerelle ? Ou celle-ci avait-elle été sabotée à son intention ?

3

Ses paupières semblaient de plomb, mais Erika se força à ouvrir les yeux. Aussitôt aveuglée par la lumière brutale du néon fluorescent, elle les referma en laissant échapper un gémissement.

Un bruissement d'étoffe lui parvint de sa droite, et le parfum au gardénia de Daisy flotta jusqu'à ses narines.

— Erika ? Tu es à l'hôpital. Tu as fait une vilaine chute mais tu vas te rétablir.

Le souvenir du moment où elle avait senti les lattes se dérober sous ses pieds l'assaillit brusquement. À côté de son lit, un signal sonore s'accéléra.

— Tout ira bien.

La voix de Lance Webb, le shérif, incita Erika à ouvrir les yeux de nouveau.

Une infirmière poussa la porte de la chambre.

— Ah, vous êtes réveillée. Le Dr Blackwell sera heureux de l'apprendre.

Elle attrapa le tensiomètre accroché au mur et l'enroula autour du bras d'Erika.

— Comment va la tête ? demanda-t-elle en prenant des notes sur sa tablette.

— J'ai l'impression d'avoir une fanfare entre les oreilles.

L'infirmière émit un rire et remit la tablette sous son bras.

— Voudriez-vous des comprimés analgésiques ?

— Oui, s'il vous plaît. Merci.

La jeune femme partie, Erika se tourna vers Lance et Daisy.

— Combien de temps suis-je restée sans connaissance ?

— Tu as repris conscience peu après ton arrivée à l'hôpital, expliqua Lance.

Grand, bien bâti, doté d'un sourire charmeur, le shérif était l'un des célibataires les plus recherchés de la ville. Ce jour-là, cependant, il ne souriait pas.

— Le médecin t'a administré un sédatif pour que tu puisses te reposer. Tu as dormi pendant quelques heures.

— Quelques heures ? répéta-t-elle, gagnée par la panique. Quelle heure est-il ? Il faut que j'aille chercher Marcus à l'école.

— Ne t'inquiète pas pour ça, mon chou, la rassura Daisy en recouvrant sa main de la sienne.

— Clarke va récupérer Marcus cet après-midi en même temps que Devin, renchérit Lance. Marcus va coucher chez eux ce soir et Clarke les déposera à l'école tous les deux demain matin.

L'adjoint Clarke Bridges et son mari, Steve Sanchez, étaient les parents de Devin, le meilleur ami de Marcus, et se portaient souvent volontaires pour aider Erika lorsqu'elle avait besoin d'un baby-sitter.

— L'école ne laissera pas Marcus partir avec lui, à moins d'avoir reçu mon autorisation.

Erika se penchait déjà pour attraper le téléphone posé sur la table de chevet. Une douleur soudaine à la tête l'obligea à se laisser retomber contre les oreillers.

— Ne bouge pas, ordonna Lance. J'ai téléphoné à l'école

et expliqué la situation. Il n'y a pas eu de problème. Le médecin veut te garder en observation cette nuit.

Erika avait peut-être passé plus de temps avec Daisy qu'avec Lance au cours de l'année écoulée, mais ce dernier avait été son premier ami à Carling Lake.

À l'époque, Lance était adjoint, lui-même nouveau venu dans la bourgade. Son élection récente au poste de shérif n'avait pas plu à tout le monde. Une série d'actes de vandalisme s'étaient ensuivis, et la rumeur s'était répandue qu'un cercle de jeu illégal sévissait dans la ville, alimentant les doutes de certains quant à son autorité. Elle savait que Lance était sous pression et regrettait d'ajouter à son fardeau.

— Je ne veux pas passer la nuit à l'hôpital. Marcus va s'inquiéter.

Depuis que son fils était tout petit, il n'y avait eu qu'eux deux. Bien qu'âgé de dix ans à peine, il était farouchement protecteur envers elle, et elle le lui rendait bien.

Daisy lui pressa la main.

— Marcus va bien. Tu pourras l'appeler tout à l'heure.

— Le médecin pense que vous n'avez pas de traumatisme crânien, mais vous avez fait une mauvaise chute. Il faut vous reposer. Et ne pas vous inquiéter.

La voix grave, rauque, inconnue aux oreilles d'Erika, venait de l'autre côté de la chambre. Perplexe, elle tourna son regard dans cette direction. Son nouveau voisin était adossé à l'encadrement de la fenêtre. Que faisait-il là ?

— Je… ah… enfin… monsieur… ?

L'infirmière choisit cet instant pour rentrer, ce qui donna à Erika le temps de se ressaisir et d'étudier l'homme discrètement tout en avalant son comprimé. Non pour la première fois cette semaine, elle remarqua combien il était séduisant.

Si Lance irradiait le calme, la compétence et l'autorité, James West semblait dominer la pièce par sa présence. Grand, large d'épaules, le crâne rasé, doté d'une barbe taillée avec soin, il était la virilité incarnée. Elle l'avait vu à plusieurs reprises faire du jogging en short et T-shirt et savait que ses vêtements dissimulaient un corps musclé à souhait.

L'infirmière ressortit.

Daisy décocha un sourire éclatant à l'homme qui se tenait de l'autre côté du lit et reprit la conversation là où ils l'avaient laissée.

— J'ai dû retourner chez toi pour appeler une ambulance. James m'a vue et a couru à ton aide pendant que j'attendais les secours.

James ? Apparemment, Daisy n'avait pas perdu de temps pour faire connaissance avec le nouveau venu. Erika se sentit rougir, gênée par cette pensée peu charitable. Daisy était son amie, et pour sa part, elle ne cherchait pas de relation, encore moins avec un homme de passage en ville. Si séduisant ou chevaleresque soit-il.

— Je n'ai pas fait grand-chose. Je suis seulement resté avec vous jusqu'à ce que les secouristes arrivent, dit James en se rapprochant.

Ce n'était pas négligeable, songea-t-elle, d'autant moins qu'elle ne s'était pas montrée particulièrement accueillante lorsqu'elle avait appris que, contrairement à la plupart des touristes, il n'avait pas loué le chalet que pour quelques jours. James West avait expliqué qu'il serait son voisin pendant un bon mois, au moins. Elle ne savait pas au juste ce qui l'avait rendue nerveuse. Pourtant, dès le moment où elle l'avait vu débarquer à bord de son 4x4 noir rutilant, elle avait été sur la défensive.

À tort, semblait-il.

— Merci d'être venu à mon secours, monsieur West.

— Appelez-moi James, je vous en prie. Et il n'est pas nécessaire de me remercier. Je suis heureux d'avoir pu me rendre utile.

— Erika, si tu t'en sens capable, j'aimerais te poser quelques questions, intervint Lance, en tirant un carnet de la poche intérieure de sa veste.

— Oui, bien sûr.

Elle hocha la tête doucement, et fut soulagée que ce geste ne déclenche pas une nouvelle vague de douleur.

— Tu vas souvent jusqu'au ravin ?

— Une fois ou deux par semaine. C'est de l'exercice, et la vue sur les montagnes est la plus belle de Carling Lake. Être là-bas m'aide à réfléchir.

En général, elle se rendait là-bas toute seule, mais elle était choquée à l'idée que Daisy, ou quelqu'un d'autre, ait pu emprunter la passerelle et être blessé. Ou, pire encore, que Marcus lui-même ait pu s'aventurer jusque-là.

— Et je présume que tu n'as pas remarqué de dégâts à la passerelle lors de visites précédentes ? insista Lance, l'arrachant à ses scénarios-catastrophe.

— Non. Je jette régulièrement un coup d'œil. Marcus n'a pas le droit de s'éloigner autant de la maison sans moi mais il n'est pas rare de tomber sur un touriste qui a quitté le sentier de randonnée, même si j'ai planté des panneaux indiquant qu'il s'agit d'une propriété privée.

— Avant aujourd'hui, à quand remonte ta dernière excursion ?

Elle se mordit la lèvre et réfléchit.

— Vendredi dernier, dans l'après-midi, avant que j'aille chercher Marcus à l'école.

Elle était allée là-bas pour se calmer les nerfs après son altercation avec Ellis. L'hôtelier l'avait interceptée alors qu'elle sortait de la quincaillerie et avait plus ou moins suggéré que, si elle persistait à ouvrir sa maison d'hôtes, elle le regretterait. Dix ans plus tôt, Erika s'était promis de ne plus jamais se laisser tyranniser par personne, et l'échange s'était terminé par des propos très durs, ce qui se produisait de plus en plus souvent lors des rares occasions où Ellis et elle se croisaient.

Lance leva les yeux.

— Vendredi, il y a quatre jours… et tu n'as rien remarqué alors.

Avait-elle vraiment inspecté les lieux ? La promenade avait surtout été un moyen de se ressaisir et de remettre de l'ordre dans ses pensées avant d'aller chercher son fils. Avait-elle examiné les câbles ? Les points d'attache ? Elle ne s'en souvenait pas.

— Pour être franche, je ne suis pas sûre d'avoir bien regardé. J'étais là parce que j'étais contrariée.

Lance fronça les sourcils.

— Contrariée ? Pourquoi ?

Erika roula les yeux.

— Ellis Hanes a ressenti le besoin de me dire, une fois de plus, que je devrais renoncer à mon projet de maison d'hôtes avant d'être menée à la ruine. Et je lui ai dit, une fois de plus, où il pouvait mettre sa fausse sollicitude. Nous avons eu un échange plutôt vif devant la quincaillerie.

James réprima à grand mal un sourire délicieusement sexy, l'amusement pétillant dans son regard.

Oups. Elle avait dû se cogner la tête plus fort que les médecins ne l'avaient cru.

— Comment se fait-il que je n'aie pas entendu parler

de cet incident avant ? demanda Lance avec un léger rire, la ramenant à la conversation.

Erika reporta son attention sur lui.

— Parce que tu étais occupé par ces cas de vandalisme et le cercle de jeu clandestin dont tout le monde parle en ville.

— Et que tu fais les yeux doux à la nouvelle serveuse de chez Mahoney, ajouta Daisy.

Lance la fusilla du regard, mais elle lui adressa un clin d'œil en retour.

— Excusez-moi.

La voix grave de James résonna dans la pièce.

— Je viens d'arriver en ville et je ne connais pas ces noms. Qui est Ellis Hanes ?

— Un abruti de première, et l'ennemi juré d'Erika, cracha Daisy.

Erika donna une petite tape de réprimande sur la main de son amie.

— Tu exagères.

Elle regarda James.

— C'est le propriétaire de l'hôtel et de la maison d'hôtes de Carling Lake. Il n'est pas ravi par la perspective d'avoir de la concurrence.

— Et cela, bien que la ville soit largement assez touristique pour faire vivre une maison d'hôtes supplémentaire, ajouta Daisy, les sourcils froncés. Durant la saison, tous les hôtels à vingt-cinq kilomètres à la ronde affichent complet.

— Oui, mais ça permet à Ellis de demander un tarif exorbitant pour ses chambres, observa Lance.

— Je vois.

James passa une main sur son menton, assombri par une barbe naissante. Un pli sur le front, il fixait un point sur le mur, l'air de réfléchir profondément.

Lance s'éclaircit la voix.

— Pour en revenir à ma question, tu ne peux pas affirmer que la passerelle n'avait subi aucun dégât vendredi dernier ?

— Pas avec certitude.

Lance échangea un regard avec James de l'autre côté de la pièce. Perplexe, Erika les dévisagea tour à tour.

— Qu'y a-t-il ?

— Rien qui doive t'inquiéter.

Lance referma son carnet et le remit dans la poche intérieure de sa veste.

— Je devrais avoir un rapport préliminaire pour ta compagnie d'assurances en début de semaine prochaine.

Sa prime d'assurance allait déjà augmenter considérablement à la suite de l'ouverture de la maison d'hôtes. Avec l'effondrement de la passerelle, elle serait sans doute hors de prix. Encore une dépense dont Erika se serait bien passée.

Néanmoins, elle n'allait pas laisser Lance s'en tirer à si bon compte.

— Veux-tu dire que ma chute n'était pas un accident ? demanda-t-elle en se redressant.

— Je ne veux pas que tu t'inquiètes. Mon équipe va mener une enquête.

Lance jeta un nouveau coup d'œil en direction de James. Cependant, toute l'attention de ce dernier était focalisée sur elle.

— J'ai dit au shérif que la corde semblait avoir été tranchée. En partie, du moins.

Lance émit un juron et lui lança un regard noir. James le soutint sans s'émouvoir.

— Elle a le droit de savoir.

Erika se découvrit incapable de s'intéresser au désaccord entre les deux hommes. C'était comme si la chambre avait rétréci au point qu'elle ne contenait plus assez d'air pour lui permettre de respirer. Une voix qu'elle n'avait pas entendue depuis des années chuchotait dans sa tête.

Si tu essaies de me quitter, je te retrouverai et je te tuerai.

Il y avait bien longtemps qu'elle n'avait pas songé à l'homme qui lui tenait régulièrement ces propos.

Cependant, même si la passerelle avait été sabotée, Ronald ne pouvait être responsable.

Ronald était mort. Elle en était sûre.

— Erika, ça va ? demanda Daisy, ramenant l'attention des deux hommes sur elle.

— Oui, ça va, affirma Erika en regardant tour à tour Daisy et Lance. Je vous assure que oui. L'idée que ça ait pu être autre chose qu'un accident m'a désarçonnée un instant, c'est tout.

— Nous ne savons pas avec certitude que ce n'était pas un accident, rétorqua Lance vivement. La tempête de neige de la semaine dernière a été accompagnée de vents très violents. Il est possible que la passerelle ait été endommagée à ce moment-là. Comme je disais, nous allons mener une enquête.

James fronça les sourcils, l'air sceptique.

Erika s'efforça de sourire.

— Tu as sans doute raison. Cette tempête était exceptionnellement forte. Et je te promets de ne pas m'inquiéter avant qu'il en soit temps.

C'était un mensonge, mais pas le premier qu'elle ait raconté à ses amis depuis qu'ils se connaissaient.

— Il faut que j'y aille, déclara Lance en se dirigeant vers la porte. Je te dépose, Daisy ?

— Non, je vais passer la nuit ici, avec Erika, répondit l'intéressée, en rapprochant sa chaise du lit.

— Daisy, non, protesta Erika. Ce serait bien trop inconfortable.

— Ça ne m'ennuie pas. Je ne veux pas te savoir toute seule à l'hôpital.

Erika balaya sa remarque d'un geste.

— Je ne peux pas te demander de faire ça. D'autant moins que je voudrais que tu me rendes un autre service. Pourrais-tu venir me chercher demain matin quand je serai autorisée à sortir ?

Daisy plissa le nez.

— Oh ! Eh bien, je suis censée ouvrir la bibliothèque, mais je suis sûre que je pourrais demander à quelqu'un de me remplacer.

Cependant, le ton de sa voix contredisait ses paroles. Comme la plupart des établissements publics, la bibliothèque était constamment à court de fonds, et Daisy s'était plainte plusieurs fois d'effectuer le travail de trois personnes.

Erika ressentit un pincement de culpabilité à la pensée qu'elle ajoutait au fardeau de son amie.

— Ne t'en fais pas. Je peux appeler un taxi.

Daisy secoua la tête.

— Pas ques…

— Je viendrai vous chercher, coupa James.

— Je ne peux pas vous demander ça ! protesta Erika, stupéfaite.

— Ce n'est vraiment pas un problème.

Il sourit, révélant une fossette sur chaque joue et confirmant la pensée qu'Erika avait eue quelques instants plus tôt.

Très sexy.

— Je viens prendre le petit déjeuner en ville le matin. Je passerai vous chercher en rentrant.

Il n'y avait aucune raison de refuser, hormis qu'elle

n'aimait pas dépendre d'autrui. Encore moins d'un inconnu. Mais cet homme était son voisin et il avait volé à son aide.

D'ailleurs, il ne s'agissait que de la ramener chez elle.

— Si vous êtes sûr que cela ne vous dérange pas.

— Pas du tout.

Après avoir étreint Erika avec précaution, Daisy et Lance se dirigèrent vers la sortie. James les suivit et se retourna sur le seuil.

— Je serai ici à 9 heures.

Elle hocha la tête, et il referma doucement la porte derrière lui.

Erika se laissa aller contre les oreillers inconfortables. Son mal à la tête refluait peu à peu, et elle commençait à pouvoir réfléchir plus clairement. Elle avait déménagé à Carling Lake alors que Marcus n'était encore qu'un bébé. Il lui avait fallu des années pour se sentir à l'abri, apprendre à faire confiance de nouveau, mais elle y était parvenue.

Maintenant, une vieille angoisse s'était réveillée.

Son passé était-il revenu la hanter ?

4

En temps normal, dessiner aidait James à se détendre, mais ce soir-là les pensées ne cessaient de se bousculer dans son esprit. Il posa son fusain à côté du dessin inachevé et roula les épaules.

La scène sur laquelle il travaillait depuis quelques jours, celle d'une ferme perchée au sommet d'une colline surplombant un vaste lac, l'avait fasciné dès l'instant où il l'avait vue. Elle était à des années-lumière des paysages urbains plutôt sombres qui l'inspiraient d'habitude. Les propriétaires de la galerie branchée de New York qui lui avaient récemment acheté deux œuvres et l'encourageaient à en produire d'autres lui auraient sans doute ri au nez s'il la leur avait présentée. Peu importait.

Il savait déjà qu'il ne vendrait jamais ce dessin. Il en ferait cadeau à quelqu'un, peut-être.

Le regard de James se porta sur la fenêtre. La ferme d'Erika était plongée dans l'ombre, sereine. Il avait vérifié que toutes les portes et fenêtres étaient fermées à son retour de l'hôpital.

Malgré tout, il ne parvenait pas à se défaire de l'idée que la chute d'Erika n'avait pas été un simple accident.

Son téléphone sonna, interrompant ses réflexions. Il se leva et se dirigea vers la cuisine.

— Ça avance ? s'enquit Ryan sans préambule.

— J'y travaille, répondit James d'un ton neutre, en attrapant une bière dans le réfrigérateur.

Bien que plus jeune que James de six ans, Ryan dirigeait West Security and Investigations, la firme que leur père avait fondée vingt ans plus tôt. Son frère cadet était donc son patron, pour le moment du moins.

— Tu es sur place depuis cinq jours, lui fit remarquer Ryan avec impatience. Tu fais des progrès ?

— Je m'en occupe, rétorqua James, agacé.

Il but une longue gorgée au goulot, se rappelant que Ryan était par nature impatient.

Si ce dernier avait remarqué son irritation, il l'ignora.

— Occupe-t'en plus vite. On a d'autres dossiers.

Quelques semaines auparavant, West avait été engagé par les exécuteurs testamentaires de Roger Overholt pour retrouver sa belle-fille, Erika Overholt, une tâche qui, d'ordinaire, ne présentait guère de difficulté. Dans ce cas précis, en revanche, il avait fallu plusieurs semaines pour localiser la femme qu'ils pensaient être Erika Overholt, mais qui répondait désormais au nom d'Erika Powell. Roger ayant décrété que tous ses héritiers devaient être informés simultanément des dispositions de son testament, la succession serait bloquée tant que l'identité de la jeune femme n'aurait pas été confirmée.

Et des millions de dollars étaient en jeu.

— Quand tu m'as chargé de cette affaire, tu as dit que j'étais le meilleur homme pour la mener à bien. Je fais les choses à ma façon, à mon rythme.

James reposa la canette sur le plan de travail et regarda par la fenêtre l'étendue herbeuse qui séparait la propriété d'Erika et la sienne de la forêt. La lune ronde, haut dans le ciel, projetait des ombres sur leurs jardins.

— Tu es le meilleur. Tu aimes la nature. Le grand air. Les randonnées. Tous ces trucs-là. Tu es pile dans ton élément.

— Parfait. Dans ce cas, laisse-moi m'intégrer dans le paysage. Tu sais très bien que je ne peux pas demander de but en blanc à Erika Powell si elle est en réalité Erika Overholt. Et avant que tu le suggères, je refuse d'entrer chez elle par effraction.

Ce genre de tactique était surtout la spécialité de leur frère, Shawn. Il était doué en la matière ; la plupart des gens ne soupçonnaient jamais qu'il était entré chez eux.

Cependant, ce n'était pas le style de James. Il ne voulait ni enfreindre la loi ni s'immiscer dans l'intimité d'Erika à moins d'y être contraint. Le problème, c'était qu'il n'avait pas encore trouvé par quel moyen obtenir l'information dont il avait besoin. Il n'allait certainement pas l'avouer à Ryan.

Une ombre à hauteur des arbres qui bordaient la propriété d'Erika attira son attention. Il se pencha en avant, sans savoir au juste ce qu'il regardait, mais son instinct lui soufflait que ce n'était rien de bon.

— James ? Tu es encore là ?

— Non, dit-il, mettant fin à la communication.

Par chance, il n'avait pas allumé la lumière en entrant dans la cuisine. Il resta debout dans la pénombre, à l'affût d'un mouvement. Plusieurs minutes s'écoulèrent, mais il était habitué à patienter.

Enfin, l'ombre bougea. C'était un homme. Vêtu de sombre. Il se faufila entre les chênes qui longeaient la propriété. De là où se trouvait James, il était évident qu'il se dirigeait chez Erika.

Qu'avait-il l'intention de faire, au juste ?

Il était possible que la rumeur se soit répandue que la maison était vide et, par conséquent, une cible facile pour un cambrioleur. Pourtant, James avait l'intuition que l'individu n'était pas venu pour voler.

Il sortit sans bruit du chalet et contourna la maison. L'intrus était prudent, et veillait à rester dans l'ombre. Toutefois, James était meilleur que lui.

Au bout de ce qui lui parut une éternité, l'homme émergea enfin de l'abri des arbres. Il traversa rapidement le terrain dégagé, filant vers la maison à toute allure.

James fut tout aussi rapide, et le plaqua au beau milieu de la cour. Ils tombèrent ensemble et roulèrent sur le sol dur. Un objet brillant échappa aux mains de l'inconnu et glissa sur la pelouse.

James lui décocha un coup de poing dans la figure, remarquant son teint clair et ses cheveux blond sale. L'homme se ressaisit presque aussitôt et se redressa brusquement. Déséquilibré, James encaissa un coup de poing dans le côté et un second dans le nez. L'intrus portait des gants, mais ses gestes étaient puissants.

Le nez en sang, les oreilles bourdonnantes, James resta sonné durant quelques secondes. L'homme les mit à profit : il se leva en titubant et prit la fuite, retournant vers le bosquet.

James essuya son nez d'un revers de manche et se lança à sa poursuite. Indifférent aux branches qui lui fouettaient le visage, il se repéra au son des pas précipités devant lui. Assez vite, cependant, le fuyard gagna du terrain et le bruit devint moins distinct. À l'évidence, l'homme connaissait les lieux, contrairement à James.

Ce dernier ralentit l'allure. Il ne servait à rien d'errer

dans le noir. Au lieu de quoi, il retourna à son chalet, passant l'attaque en revue dans son esprit.

Il était difficile de croire que cette tentative de cambriolage n'avait rien à voir avec la chute d'Erika.

Quand Lance et un de ses adjoints arrivèrent, le nez de James avait cessé de saigner. Il alluma les lampes extérieures et les accueillit sur la terrasse.

— Monsieur West, voici l'adjoint Clarke Bridges, annonça Webb, en désignant l'homme trapu qui l'accompagnait. Vous avez signalé une effraction ?

— Une tentative d'effraction, rectifia-t-il. Et pas chez moi. J'ai surpris un homme qui essayait d'entrer chez Erika. Nous nous sommes battus mais il s'est enfui.

Webb inclina la tête de côté, jaugeant ouvertement les dégâts infligés au visage de James.

Celui-ci avait nettoyé le sang de son mieux. Son nez n'était pas cassé, mais il allait devoir respirer par une seule narine pendant un jour ou deux, et l'hématome n'était pas joli à voir.

— J'espère que vous lui en avez donné pour son argent aussi, commenta Bridges avec un léger sourire.

Une question à laquelle James n'avait pas de réponse.

— Je l'ai poursuivi mais je ne suis pas allé très loin. Je me suis dit que ce n'était pas forcément très malin d'aller faire le zouave dans les bois en pleine nuit.

— Vous n'avez pas tort, commenta Webb. Bon, je vais examiner les lieux et je reviendrai prendre votre déposition.

Les deux représentants de l'ordre descendirent les marches de la terrasse et se dirigèrent vers la ferme d'Erika.

James rentra dans le chalet, fit du café et les observa à

travers la fenêtre de la cuisine. Le faisceau de leurs lampes découpait de vastes pans de clarté dans le noir.

À son retour de l'hôpital, il avait effectué quelques recherches sur le shérif Lance Webb. Âgé de trente-neuf ans, ce dernier avait servi dans la police d'Atlanta neuf ans durant, et avait été promu lieutenant. Il avait reçu plusieurs médailles au fil du temps et James ne doutait pas de sa compétence. De plus, il semblait attaché à Erika, assez en tout cas pour que James se demande si leurs relations allaient au-delà d'une simple amitié.

Non que cela le regarde, songea-t-il, réprimant une pointe de jalousie.

Webb se retourna, son regard se souda à celui de James à travers la vitre. Puis il revint vers le chalet.

— Asseyez-vous, suggéra James en désignant une chaise de cuisine.

Il avait rangé son matériel à dessin avant l'arrivée des deux hommes, de sorte que la table en noyer était maintenant dégagée.

— Je vais nous servir un café, et puis vous pourrez m'interroger.

— Merci, dit Webb en retirant son bonnet en laine pour le fourrer dans sa poche. Il fait un froid de canard dehors.

James remplit deux tasses et les apporta à la table.

— Bon, eh bien, commençons par le début.

James relata au shérif les événements de la soirée, à partir du moment où il avait aperçu une silhouette tapie dans l'ombre jusqu'à la fuite de l'inconnu dans les bois. Il ne précisa pas qu'il était en train de dessiner. Bien qu'il ait vendu deux œuvres, il gardait ce hobby pour lui-même. En dépit de ses récents succès, il doutait encore de posséder un véritable talent. C'était plus que de la simple insécurité.

Ses dessins reflétaient sa vision du monde et les sentiments que celui-ci lui inspirait.

Il avait apporté trois tableaux qu'il avait terminés, et les avait accrochés au mur du chalet. Seule une minuscule signature dans le coin inférieur gauche indiquait qu'il en était l'auteur.

— Bref, vous avez vu ce type rôder dans les parages et vous avez pensé que la meilleure chose à faire était de vous confronter à lui plutôt que de téléphoner au shérif ? demanda Webb, le visage fermé.

— Oui, répondit James en souriant, avant de porter la tasse à ses lèvres.

— Et ç'a été une bonne idée, à votre avis ? insista Webb en désignant son visage tuméfié.

C'était discutable. Il avait le nez en piteux état, et il avait laissé l'intrus filer. Cependant, s'il avait attendu le shérif, l'homme se serait introduit chez Erika. La demeure était vide, certes, mais il aurait pu causer des dégâts. Et il n'aurait pas été garanti que Webb arrive à temps pour interpeller l'homme, même si James avait téléphoné avant de passer à l'action.

— Nous avons trouvé une canette de kérosène dans le jardin, ajouta-t-il.

James fronça les sourcils.

— C'est ça qu'il a dû laisser échapper quand je lui ai sauté dessus.

Cela confirmait qu'il avait bien fait d'attaquer le type au lieu d'attendre des renforts. La maison d'Erika aurait pu être la proie des flammes avant que Webb et les pompiers arrivent.

— Nous allons la faire examiner, mais je serais surpris

qu'il y ait des empreintes, dit en soupirant le shérif. Il fait moins dix dehors, et je présume que le type portait des gants.

Il avait arqué les sourcils d'un air interrogateur.

James hocha la tête.

Webb prit quelques notes sur son calepin, puis leva les yeux.

— Je me suis renseigné sur vous.

James s'autorisa un sourire.

— Ce que vous avez appris vous a plu ?

— Vous êtes sûr de vous, mais je suppose que vous avez le droit de l'être. Votre dossier militaire est impressionnant.

James but une gorgée de café. Ce dossier militaire impressionnant avait eu un coût – c'était toujours le cas. Cependant, l'expérience lui avait appris que la société ne voulait pas penser à ce coût, encore moins y faire face. Par conséquent, il garda le silence.

— Ce que je voudrais savoir, c'est ce qui vous amène à Carling Lake, reprit Webb.

Ainsi, les recherches du shérif ne l'avaient pas conduit jusqu'à West Security and Investigations. James n'en fut guère surpris. Il ne travaillait pour la firme que depuis quelques mois et, dans l'État de New York, il n'était pas obligatoire de détenir un permis de détective privé à condition de travailler sous la direction de quelqu'un qui en possédait un. Comme il n'en manquait pas dans sa famille, il n'avait vu aucune raison de consacrer du temps et de l'argent à la formation nécessaire.

Ce qui tombait à pic, car pour rien au monde il ne voulait que le bon shérif explique à Erika que son nouveau voisin était enquêteur.

— Je voulais prendre le temps de réfléchir à ce que

je vais faire de ma vie. Carling Lake semblait l'endroit idéal pour ça.

Webb acquiesça.

— Nous avons pas mal de touristes qui viennent en quête de repos, de détente et d'un retour à la nature. Certains finissent même par s'installer dans le coin.

— Ça, je ne sais pas, mais le repos, la détente et le retour à la nature me conviennent parfaitement.

— Hmm.

James reposa sa tasse sur la table.

— Vous avez quelque chose à me dire, shérif ?

— Ne vous énervez pas. Je me disais juste que, puisque vous êtes voisins, vous pourriez garder un œil sur Erika et Marcus. Les incidents d'aujourd'hui me mettent mal à l'aise.

— Incidents, au pluriel ? Je pensais que vous aviez imputé la chute d'Erika à un accident.

Webb fronça les sourcils.

— Je n'ai rien dit de tel. J'ai examiné cette corde. La coupure est nette, comme vous l'avez constaté. Cela dit, je ne vais pas en tirer des conclusions hâtives.

— Pas de conclusions hâtives, mais vous n'allez pas prendre de risques non plus ?

— Erika et Marcus comptent pour moi, rétorqua Webb, une réponse qui éveilla un nouveau pincement de jalousie dans la poitrine de James, lequel s'efforça de l'ignorer. Vous avez des compétences qui peuvent être utiles.

James arqua les sourcils.

— Erika n'a pas l'air d'être une femme qui apprécierait qu'on la protège.

— Je ne vous demande pas de jouer les Kevin Costner avec Whitney Houston, répliqua Webb. Ouvrez l'œil quand ils sont à la maison, c'est tout.

Puisqu'il le faisait déjà, James ne voyait aucune raison de refuser la requête du shérif.

— J'ai besoin que vous veniez au poste signer votre déposition, reprit celui-ci en se levant. Je vous téléphonerai quand elle sera prête.

James regarda les deux hommes monter chacun dans sa voiture et repartir dans l'allée gravillonnée.

« Ouvrez l'œil. »

La voix du shérif résonnait dans sa tête.

Il avait l'intention de faire davantage. Que le nom de famille d'Erika soit Overholt ou non, il allait faire en sorte que son fils et elle soient à l'abri du danger.

5

Le rêve était familier, même si cinq années s'étaient écoulées depuis la dernière fois qu'elle l'avait fait.

Erika était assise sur le siège passager de la voiture de sport rouge de son mari. Roland portait un smoking, le nœud papillon défait à son cou. La robe de soirée incrustée de perles et les sandales qu'elle arborait avaient coûté à elles seules plus que tous les autres vêtements qu'elle avait jamais possédés avant de rencontrer Roland Overholt.

Roland était ivre, ce qui était devenu fréquent chez lui, et roulait trop vite. C'était un miracle qu'ils n'aient pas encore eu d'accident, mais il était tard et, par chance, les routes n'étaient que peu fréquentées.

Ils venaient de quitter une réception célébrant l'ouverture d'une nouvelle division des Industries Overholt. À l'aller, Roland avait été d'humeur exubérante. Il s'était attendu à ce que son père le nomme directeur de la nouvelle opération, un premier pas vers la succession du vieil homme. Cependant, Roger avait humilié ses deux fils en annonçant la nomination d'un des autres cadres de la compagnie.

Roland avait réagi à l'affront à sa manière habituelle, autrement dit en s'installant au bar pour y boire un whisky après l'autre jusqu'à ce que son père le prenne à part et exige qu'il s'en aille.

Par conséquent, ils étaient partis, car Roland obéissait toujours à son père. Et Erika faisait toujours ce que Roland lui disait de faire. Elle avait supplié ce dernier de la laisser conduire, mais il avait refusé de l'écouter, accaparé par ses pensées. Furieux, à demi incohérent, il répétait à l'envi que son père l'avait toujours sous-estimé. N'avait jamais cru en lui. Et qu'une nouvelle branche de la compagnie aurait dû être dirigée par un Overholt.

Le son d'un avertisseur avait fait tressaillir Erika, détournant son attention de la tirade de son mari. Tout avait basculé en quelques secondes, mais elle avait eu l'impression que la scène se déroulait au ralenti. La voiture s'était déportée sur la voie opposée. Des phares aveuglants fonçaient droit sur eux.

Les yeux écarquillés, pris de panique, Roland donna un brusque coup de volant vers la droite. La Porsche dérapa sur la chaussée, puis sur l'accotement herbu qui longeait la route. Un tronc d'arbre se dressa sur leur chemin et Erika entendit le crissement du métal, sentit le sang dans sa bouche avant de sombrer dans l'inconscience.

Elle s'éveilla en sursaut et porta une main tremblante à sa poitrine. Son cœur cognait à toute allure.

— Tout va bien ? s'écria une infirmière en faisant irruption dans la chambre.

— Oui. J'ai fait un mauvais rêve, c'est tout.

Erika s'efforça de sourire, espérant chasser l'inquiétude qu'elle lisait sur le visage de la soignante. Déjà, les battements de son cœur s'apaisaient et, après avoir vérifié sa tension artérielle, l'infirmière jugea qu'elle pouvait la laisser seule de nouveau.

Erika gagna la salle de bains et tourna le robinet de la douche.

Elle se portait bien, songea-t-elle. En fait, elle se portait comme un charme, et se débrouillait parfaitement toute seule bien que Roland lui ait répété maintes fois qu'elle serait incapable de survivre sans lui.

En réalité, elle avait fait bien plus que survivre.

Dix ans après l'accident de voiture qui avait coûté la vie à son mari, c'était presque comme si Erika Overholt elle-même n'était plus qu'un songe. La femme qu'elle était devenue avait du mal à imaginer qu'elle avait pu se laisser persuader par Roland qu'elle n'était rien sans lui. Il avait fait de son mieux pour la rabaisser, l'humilier, détruire sa confiance en elle. Rien de ce qu'elle faisait ne trouvait grâce à ses yeux. *Pourquoi as-tu autorisé le jardinier à planter des gardénias ? Tu essaies de me ridiculiser devant tout le quartier ? Pourquoi as-tu fait peindre cette pièce de cette couleur ? J'ai l'impression de vivre dans un bordel. Pourquoi as-tu acheté cette robe ? Tout le monde va penser que j'ai épousé une pute.*

Rien n'échappait à ses critiques. Il s'acharnait sur elle. Il ne la voyait pas comme un être humain à part entière, mais jugeait chacun de ses actes à travers lui. Et rien n'était jamais assez bon pour Roland Overholt.

Ils étaient mariés depuis cinq ans au moment de l'accident et, quand le médecin lui avait annoncé que Roland n'avait pas survécu, une bouffée de joie et de soulagement l'avait submergée.

Et puis, le médecin lui avait annoncé une autre nouvelle qui, elle, l'avait emplie d'une terreur qu'elle n'avait jamais éprouvée jusqu'alors. Elle était enceinte.

À sa sortie de l'hôpital, elle avait trouvé Roger Overholt

et son avocat chez elle. Aucun membre de la famille Overholt n'avait pris la peine de lui rendre visite à l'hôpital et elle avait soupçonné que l'apparition soudaine de son beau-père n'était pas de bon augure.

Elle ne s'était pas trompée.

Il s'était avéré que Roland n'était pas propriétaire de la maison qu'ils occupaient. Naïvement, elle l'avait laissé gérer toutes leurs affaires financières. La maison, les voitures, les comptes bancaires. Rien de tout cela n'appartenait à Roland, et par conséquent rien ne lui appartenait non plus.

La seule chose dont Roger n'avait pu la dépouiller, en vertu de la loi californienne, c'était d'une prime d'assurance vie d'un montant de cent mille dollars. Ce n'était pas rien, certes, mais pour une femme qui avait passé cinq ans comme épouse d'un millionnaire, ce n'en était pas très loin.

Son beau-père lui avait donné cinq heures pour faire ses bagages sous la surveillance de l'avocat, et avait tourné les talons.

Cette nuit-là, étendue sur le lit d'une chambre d'hôtel, ne sachant où aller ni comment faire pour prendre soin du petit être qui grandissait en elle, Erika avait envisagé, l'espace d'un bref instant, d'avouer à Roger Overholt qu'il allait être grand-père. Les liens du sang importaient plus que tout à ses yeux et, bien qu'il ait traité ses fils avec mépris, il les traitait mieux que n'importe qui d'autre, à condition qu'ils se soumettent à sa volonté. Lorsqu'ils se rebellaient, Roger veillait à ce qu'ils paient pour leur insubordination.

La seule Overholt qui avait échappé à son contrôle, Evangeline, avait été mise au ban de la famille. Erika ne l'avait jamais rencontrée. Elle avait seulement entendu parler d'elle par Roland quand il était ivre.

Et puis, Erika avait songé à toutes les fois où Roland l'avait humiliée devant sa famille. À la manière dont Roger avait regardé, presque avec fierté, son fils tyranniser sa femme. Si Roger avait appris qu'elle portait un Overholt, il aurait veillé à contrôler chaque aspect de la vie de son enfant. Il aurait fait de son mieux pour faire de cet enfant une copie conforme de lui-même.

Elle s'était juré de ne jamais laisser cela arriver.

Et elle avait tenu parole.

Elle s'habilla, et fit de son mieux pour chasser Roger Overholt de ses pensées. Les Overholt ne faisaient pas partie de sa vie ni de celle de Marcus, et cela ne changerait pas.

À 9 heures tout juste passées, le Dr Lucas Blackwell, qui l'avait examinée la veille lors de son admission à l'hôpital, entra dans la chambre, sa tablette à la main, un stéthoscope autour du cou.

— Déjà debout ? Comment vous sentez-vous ce matin, madame Powell ?

Il posa la tablette sur le lit à côté d'elle et, avec des gestes experts, entreprit de vérifier sa tension artérielle.

— Très bien, affirma-t-elle en se forçant à sourire. Prête à rentrer chez moi.

Il retira le stéthoscope de ses oreilles et la regarda.

— Sur une échelle de un à dix, dix étant le plus douloureux, où situeriez-vous la douleur ? demanda-t-il en lui ôtant le brassard.

— Deux, dit-elle aussitôt.

Le médecin leva les yeux de sa tablette, l'air dubitatif. Il soutint son regard sans rien dire.

— Enfin, disons six, rectifia-t-elle. Mais c'est supportable.

Le Dr Blackwell acquiesça et retourna à ses notes.

— Je vais demander à l'infirmière de vous donner des calmants à emporter. Cela devrait vous soulager.

En réalité, la douleur était sûrement plus proche de huit sur l'échelle, mais Erika n'allait pas le lui avouer. Elle n'avait aucune intention de passer une seconde nuit à l'hôpital. Elle avait parlé à Marcus par téléphone la veille au soir. L'angoisse et la peur qu'elle avait perçues dans sa voix lui avaient brisé le cœur. Elle lui avait affirmé qu'on ne la gardait à l'hôpital que par mesure de précaution, mais savait que le mieux qu'elle puisse faire pour eux deux était de rentrer à la maison.

Après un ultime examen, le Dr Blackwell lui annonça qu'elle était libre de s'en aller, à condition de se ménager pendant quelques jours. Erika le lui promit sans hésiter, et il la quitta afin d'aller imprimer son formulaire de sortie.

Elle se leva et ouvrit le petit placard où ses vêtements avaient été rangés. La veste noire qu'elle avait portée lors de sa chute était accrochée à côté de son T-shirt. Elle espérait que les taches de sang s'en iraient au lavage, mais le T-shirt était irrécupérable : les secouristes l'avaient découpé en route pour l'hôpital. Par chance, une des infirmières avait laissé une tunique à son intention, et Erika l'avait enfilée sur son jean maculé de boue après avoir pris sa douche.

Elle prit sa veste, mit le T-shirt à la poubelle et retourna en claudiquant vers le lit.

Les questions de Lance à propos de l'état de la passerelle tournaient dans sa tête depuis qu'il était parti. Certes, il avait affirmé qu'il allait mener l'enquête, toutefois elle tenait à aller jeter un coup d'œil sur les lieux elle-même.

Enfin, peut-être pas tout de suite. Un mal à la tête lui martelait les tempes. Mais dans quelques jours, dès qu'elle irait mieux, elle retournerait au ravin. Après tout, elle était responsable de l'entretien de sa propriété, et si l'effondrement de la passerelle n'était pas un accident…

Elle ne s'autorisa pas à pousser ses réflexions plus loin. Marcus et elle avaient vécu en sécurité à Carling Lake huit ans durant, et il n'y avait aucune raison de penser que les choses avaient changé.

Mais si les Overholt les avaient retrouvés ?

Ils disparaîtraient de nouveau.

Et cette fois, elle veillerait à ce que ce soit pour de bon.

6

Un coup toqué à la porte arracha brusquement Erika à ses pensées.

La silhouette imposante de James West emplissait presque l'encadrement de la porte. Erika était grande, mais Roland la dépassait d'une bonne dizaine de centimètres et, même après toutes ces années depuis sa mort, la proximité d'un homme bien bâti la mettait encore souvent mal à l'aise. Cependant, il y avait quelque chose chez James West, une gentillesse dans son regard, qui la rassurait malgré elle.

— Désolé, je ne voulais pas vous faire peur, s'excusa-t-il en entrant.

— Ne vous excusez pas. J'étais juste… dans la lune.

— Comment vous sentez-vous ? demanda-t-il, avec un sourire qui fit battre plus vite le cœur d'Erika.

Par chance, elle n'était plus branchée à une machine, sinon il aurait aussitôt entendu l'effet qu'il avait sur elle.

— Je vais survivre. Je n'ai qu'une envie : rentrer chez moi et voir mon fils.

— J'ai parlé au shérif Webb ce matin. Il m'a dit que son adjoint allait déposer Marcus à l'école et le ramener chez vous cet après-midi.

Erika étrécit les yeux.

— Pour quelle raison lui avez-vous parlé ce matin ?

Le sourire de James s'effaça.

— Il y a eu un incident chez vous hier soir. Le shérif est venu, tout va bien, mais je l'ai appelé ce matin pour savoir s'il avait du nouveau.

Elle était sur le point de demander des détails quand l'infirmière apparut, munie de son autorisation de sortie et des comprimés analgésiques requis par le médecin. Un aide-soignant la suivait, poussant un fauteuil roulant. L'infirmière rappela à Erika de se ménager tant que les maux de tête persistaient, puis s'esquiva. Quelques instants plus tard, ils sortaient du bâtiment, Erika dans le fauteuil et James cheminant à ses côtés.

Ils se dirigèrent lentement vers le 4x4 noir et chromé rutilant qu'Erika avait vu garé devant le chalet voisin de sa propriété ces derniers jours.

Avec mille précautions, James l'aida à s'installer sur le siège passager, après quoi il monta à son tour dans le véhicule et prit la direction de la maison.

Erika attendit qu'il se soit engagé sur la voie express qui regagnait Carling Lake avant de formuler la question qu'elle s'apprêtait à poser dans la chambre d'hôpital.

— Quel genre d'incident ?

James lui lança un coup d'œil rapide puis reporta son attention sur la route.

— Quelqu'un rôdait dans votre jardin. Ne vous inquiétez pas, je l'ai intercepté avant qu'il s'introduise à l'intérieur.

— C'est pour ça que vous avez un œil au beurre noir ? Vous devez avoir mal.

Il hocha la tête.

— C'est moins sérieux que ça n'en a l'air.

— Lance a arrêté le type ?

Pas plus qu'aucune autre partie du pays, Carling Lake

n'était à l'abri de la délinquance. Il arrivait que les touristes soient victimes de pickpockets, et la drogue sévissait là comme ailleurs.

— Non, je suis désolé. Il s'est enfui.

Un malaise parcourut le corps d'Erika.

D'abord, l'effondrement de la passerelle. Ensuite, quelqu'un tentait de s'introduire chez elle. Avait-elle été découverte ? Roger Overholt les avait-il traqués jusque-là, Marcus et elle ?

Une bouffée familière de panique la saisit à la gorge, qu'elle refoula fermement.

Ne dramatise pas.

Erika Overholt avait cessé d'exister dix ans plus tôt. Erika Powell avait couvert ses traces, utilisant une partie de sa prime d'assurance vie pour acquérir une nouvelle identité. Marcus et elle étaient à l'abri. Son beau-père n'avait pas perdu de temps pour la mettre à la rue après la mort de Roland, mais s'il apprenait qu'il avait un fils, un autre héritier Overholt, elle était convaincue qu'il ne reculerait devant rien pour l'avoir sous sa coupe. Exactement comme il l'avait fait avec ses deux fils.

— Ça va ? demanda James, qui l'observait.

— Oui, affirma-t-elle, s'obligeant à revenir au présent.

Les comprimés prescrits par le médecin commençaient à faire effet. Son mal à la tête s'était dissipé et ses membres ne lui semblaient plus aussi lourds que du plomb.

— Merci d'avoir surveillé la maison hier soir.

— De rien. Je regrette seulement de ne pas l'avoir attrapé.

— Eh bien, je suis sûre que Lance va s'en occuper.

Discrètement, elle étudia l'homme qui la ramenait chez elle. Si son élégante veste en cuir noir était tout à fait inadaptée au vent froid qui soufflait du lac, elle ajoutait en revanche à son côté sexy, tout comme le jean serré qui moulait ses cuisses puissantes. Même son œil au beurre noir était séduisant !

Erika se mordit la lèvre inférieure et détourna les yeux avant qu'il se rende compte qu'elle le lorgnait.

Elle ne pouvait maîtriser la réaction physique que sa présence éveillait en elle, mais elle savait en revanche qu'elle ne lui permettrait pas de se développer. Il n'était que de passage. Elle savait que nombre de jeunes célibataires de Carling Lake s'adonnaient volontiers à des aventures sans lendemain avec les touristes, et elle ne les jugeait pas. Libre à chacun de se comporter à sa guise. Pour sa part, elle n'avait jamais été tentée par ce genre de relation temporaire.

Ces dernières années, elle avait renoncé à fréquenter quiconque. Ce n'aurait pas été juste. À quoi bon, puisqu'elle ne pourrait jamais être complètement honnête avec un partenaire ? Aucune relation ne pouvait fonctionner ainsi. Elle avait accepté cela depuis longtemps. Cela ne signifiait pas qu'elle voulait vivre sa vie seule, mais elle n'avait pas le choix.

Si elle l'avait eu… peut-être aurait-elle donné une chance à James West. Un homme prêt à ramener de l'hôpital une voisine qu'il connaissait à peine.

Oui, et pourquoi fait-il cela ? souffla une petite voix dans sa tête.

Après des années passées à être méfiante, à ne pas se laisser approcher, elle ne pouvait réprimer les petites pointes de suspicion qui s'immisçaient en elle chaque fois qu'elle faisait la connaissance de quelqu'un. Cependant, elle repoussa ses doutes. À quoi cela servait-il d'avoir bâti une nouvelle vie si elle ne pouvait se permettre de faire un peu confiance ? Une aventure romantique n'était peut-être pas d'actualité, mais un trajet en voiture avec son voisin ne présentait certainement aucun danger.

Sauf pour sa libido.

— Il y a longtemps que vous habitez à Carling Lake ? demanda James.

Ils étaient arrêtés à un feu rouge, et il l'avait prise en flagrant délit alors qu'elle l'observait.

Elle s'éclaircit la voix et focalisa son regard sur le pare-brise.

— Environ huit ans maintenant.

Le feu passa au vert, et il enclencha une vitesse.

— Et vous avez un fils ? Quel âge a-t-il ?

Elle sourit.

— Marcus a dix ans, mais il pense en avoir trente. Et vous, vous avez des enfants ?

— Non. Je ne suis jamais resté assez longtemps dans un seul endroit pour trouver une femme à qui m'attacher.

Ainsi, il n'était engagé envers personne. Malgré elle, Erika ressentit une bouffée d'excitation.

— Et vous vivez à New York ? demanda-t-elle, résolue à ramener ses pensées sur un terrain plus sûr.

Comme il l'interrogeait du regard, elle ajouta :

— Votre plaque minéralogique.

Il acquiesça.

— C'est là que je suis né et que j'ai grandi, en fait. Je me suis engagé dans les marines à l'âge de vingt ans, mais j'en suis sorti voilà peu de mois.

Quelque chose à propos de la manière dont il avait dit cela suggéra à Erika que ce départ ne le réjouissait guère. Néanmoins, il ne lui donna pas le temps de l'interroger davantage.

— Et vous ? Vous êtes originaire de Carling Lake ?

— Non, répondit-elle sans développer. Où avez-vous servi ?

Il lui lança un coup d'œil qui lui fit comprendre qu'il avait remarqué sa détermination à changer de sujet.

— Surtout en Afghanistan, mais je suis allé un peu partout au monde.

— Ç'a dû être bien. De voir le monde, je veux dire.

— J'ai eu de bons moments. Vous ne voyagez pas beaucoup ?

Elle émit un léger rire.

— Jamais serait plus exact. Entre Marcus et le travail, je n'ai pas beaucoup de temps libre ni d'argent à consacrer à des voyages.

— Je comprends. Mon père a élevé quatre fils tout seul, plus ou moins. Il n'y avait pas beaucoup d'argent pour voyager non plus. Vous avez dit que vous aviez l'intention d'ouvrir une maison d'hôtes. C'est ce que vous faisiez avant de venir à Carling Lake ?

Elle étrécit les yeux, la suspicion formant un nœud soudain dans son estomac. Son imagination lui jouait-elle des tours ou était-il en train d'essayer de lui soutirer des informations sur son passé ?

— Non. Avant de venir ici, je passais d'un emploi à un autre.

— Vous avez fait un peu de tout, en somme. Ça va sûrement se révéler utile pour tenir une maison d'hôtes.

— Je l'espère.

Elle se força à se détendre. Il faisait la conversation, rien de plus. Un homme sympathique qui se comportait en bon voisin et la ramenait chez elle.

— En fait, je travaille comme pigiste pour le journal

hebdomadaire de Carling Lake. Du moins, pour quelques semaines encore. Quand la maison d'hôtes sera ouverte, elle m'occupera à plein temps.

— Vous avez vraiment une vie bien remplie. Maman. Journaliste. Femme d'affaires.

Le regard admiratif que James lui avait lancé réchauffa le corps d'Erika tout entier.

— Vous êtes à Carling Lake depuis presque une semaine à présent. L'endroit vous plaît ? demanda-t-elle, espérant guider la conversation sur un terrain plus sûr, qui ne lui donnerait pas des papillons à l'estomac.

Voilà ce qui arrive quand on ne sort avec personne des années durant, se réprimanda-t-elle. *On a des émois de collégienne face au premier type séduisant qui passe en ville.*

— C'est sympa. Nettement plus calme que New York, mais le calme est plus mon style, de toute façon.

— Avez-vous profité de tout ce que la ville a à offrir ? Nous avons des sentiers de randonnée fantastiques et le lac offre toutes sortes d'activités : la pêche, le pédalo, même des croisières avec boissons alcoolisées comprises. Il y a une foule de choses à faire en plus du jogging, quoi que je doive dire que je me contente d'apprécier le paysage.

Elle avait du mal à croire qu'elle avait prononcé ces paroles. À l'évidence, sa bouche était plus rapide que son cerveau. Le médecin avait affirmé qu'elle ne souffrait pas d'un traumatisme crânien, mais peut-être s'était-il trompé. Au moins, cela lui aurait donné une excuse pour flirter avec un homme qu'elle connaissait à peine.

James esquissa un sourire.

— Ravi de rendre service.

Elle riva son regard au pare-brise, en regrettant de ne

pouvoir se cacher dans un trou de souris. Une aventure serait peut-être une bonne idée, après tout – pas avec James West, évidemment, mais il était clair que le manque de compagnie masculine affectait sa capacité à converser avec un homme.

James s'engagea dans le chemin privé qui conduisait au chalet et à la ferme d'Erika.

Un pick-up blanc familier était garé dans l'allée de celle-ci.

James fronça les sourcils.

— Vous attendiez de la compagnie ?

— Ne vous en faites pas. C'est l'artisan qui fait des travaux chez moi. Je suis contente de le voir. Il avait disparu depuis quelques jours.

Samuel Hogan était un des entrepreneurs en bâtiment les plus recherchés de Carling Lake, ce qui, à vrai dire, ne signifiait pas grand-chose dans une petite ville qui en comptait fort peu. Erika avait été ravie quand le devis qu'il lui avait fourni pour son projet s'était révélé tout à fait compatible avec son budget.

Malheureusement, leur relation s'était détériorée au fil du temps. Hogan avait commencé le chantier avec deux semaines de retard, et mettait bien plus longtemps à effectuer les travaux qu'il ne l'avait promis. Ce jour-là, encore, seule sa voiture était présente dans l'allée, ce qui voulait dire que ses cinq employés étaient occupés ailleurs.

Erika s'était donné une certaine marge de manœuvre, à la fois en matière de budget et en matière de délai, mais si Hogan continuait à traîner ainsi, les travaux ne seraient pas achevés à temps pour qu'elle obtienne l'autorisation nécessaire à l'ouverture de la maison d'hôtes avant le début de la saison.

Sam Hogan contourna la maison comme James aidait Erika à descendre du 4x4. Il portait une grande caisse à outils cabossée d'une main, les clés de son pick-up dans l'autre, et à leur vue, il eut l'air traqué d'un chevreuil surpris par les phares d'une voiture.

— Monsieur Hogan. Sam. Je suis contente de vous voir, lança Erika en s'arrêtant à côté de son véhicule.

Sam lui adressa un sourire crispé et hissa la caisse à l'arrière du pick-up.

— Madame Powell, j'ai appris que vous aviez fait une chute. Je suis heureux que vous alliez mieux.

— Merci, Sam. Je suis enchantée de vous voir. Il reste encore beaucoup à faire avant que la maison soit prête, reprit Erika, s'efforçant de maintenir un ton cordial. J'espère que vous n'étiez pas sur le point de partir ?

Sam passa une main sur son crâne dégarni.

— Je suis désolé, Erika. Je ne vais pas pouvoir terminer ce travail. Pas dans vos délais, de toute façon.

Erika lutta pour garder son calme.

— Ce ne sont pas seulement mes délais. Ce sont les délais sur lesquels nous nous sommes mis d'accord et qui figurent noir sur blanc sur le contrat que nous avons signé tous les deux.

Sam baissa les yeux et se balança d'un pied sur l'autre.

— Je suis désolé mais… vous voyez, on m'a proposé un autre chantier. Un chantier important et… enfin, le délai est court et je n'ai pas pu refuser. C'est le genre de chantier qui pourrait propulser mon entreprise à un autre niveau.

— Je vois mal comment l'abandon d'un projet en cours pourrait bénéficier à votre réputation, intervint James.

Il fixait Sam, les bras croisés.

Sam pivota et souda son regard au sien, étrécissant les yeux.

— Je n'ai pas souvenir qu'on vous ait demandé votre avis. Qui êtes-vous, d'ailleurs ?

— Vous feriez mieux d'espérer que je ne sois pas un client potentiel, rétorqua James.

Sam déglutit avec difficulté.

Erika prit une profonde inspiration et leva les mains en signe d'apaisement.

— Sam, c'est inacceptable. Nous avons signé un contrat. Vous êtes déjà en retard. Je ne peux pas me permettre d'attendre plus longtemps.

— Et je ne peux pas me permettre de refuser cet autre chantier. Ici, tout le gros œuvre a été fait. Dans quatre ou cinq mois, je pourrai revenir terminer. Sinon, si vous préférez chercher un autre artisan, je suis prêt à garder l'argent que vous m'avez déjà versé et à résilier le contrat. Vous pourriez sans doute faire terminer le travail par un homme à tout faire. C'est comme vous voulez.

— Ce que je veux, c'est que vous respectiez les termes de notre contrat, rétorqua Erika, réprimant l'envie de hurler. Quel est cet autre chantier, d'ailleurs ? Je n'ai entendu parler d'aucun grand projet en cours à Carling Lake.

C'était même plutôt le contraire. Depuis deux ou trois ans, les revenus générés par le tourisme déclinaient, ce qui avait affecté les finances locales. Les dernières réunions du conseil municipal s'étaient focalisées sur la manière d'attirer de nouveaux visiteurs dans la localité.

— Ça s'est décidé très vite, marmonna Sam, visiblement mal à l'aise.

Erika eut la soudaine impression qu'elle n'allait pas aimer la suite.

— Ellis Hanes veut faire rénover une aile de son hôtel. Et il veut que tout soit terminé pour l'ouverture de la saison touristique.

Le visage de Sam avait viré au rouge vif. Au moins, il avait honte de la laisser dans l'embarras.

Bien sûr qu'Ellis était derrière tout cela. À l'évidence, il était prêt à tout tenter pour l'acculer à la ruine avant même que son projet soit sur les rails.

— Écoutez, il ne s'agit pas que de moi. La rénovation de l'hôtel aidera à faire venir plus de touristes. Toute la ville en profitera.

— Ma maison d'hôtes aussi fera venir des touristes, fit observer Erika, les dents serrées.

Sam tira sur la poignée de sa portière et l'ouvrit.

— Je suis désolé, Erika. Ma décision est prise.

Il se hissa à l'intérieur et démarra, puis abaissa la vitre.

— Faites-moi savoir ce que vous décidez pour les travaux ici. Comme je vous l'ai dit, l'une ou l'autre option me conviennent.

Il fit marche arrière et s'éloigna à toute allure avant même de lui avoir donné le temps de répondre.

— Que vais-je faire ? murmura-t-elle, atterrée. Si ces travaux ne sont pas terminés bientôt, je n'aurai jamais l'autorisation à temps pour mes réservations du printemps.

— Peut-être pourrais-je vous aider.

— Vous êtes artisan maçon ?

— Non, mais mon père nous a appris à bricoler, et j'ai aidé mon frère Ryan à restaurer la maison qu'il a achetée pour sa famille. Si votre artisan ne mentait pas à propos du gros œuvre, je peux probablement me charger du reste.

Pour une myriade de raisons, il était infiniment préférable qu'elle garde ses distances avec lui.

— Je vous remercie, mais je ne pourrais pas vous demander de faire ça. Je veux dire, vous êtes ici pour vous détendre. Devenir mon homme à tout faire ne serait pas exactement des vacances.

Il inclina la tête de côté.

— C'est une question de point de vue, dit-il en lui décochant un de ses irrésistibles sourires.

— Merci, mais non. C'est gentil de m'avoir ramenée de l'hôpital.

Sur quoi elle pivota et se dirigea vers la maison.

— Erika, laissez-moi vous aider.

Elle leva la main pour l'empêcher d'approcher davantage.

— Non, vraiment. Je vais me débrouiller. Profitez bien de votre séjour, monsieur West.

7

— Il se passe quelque chose de bizarre ici, déclara James.

Il parlait à Ryan par le biais du téléphone sans fil du 4x4, tout en se dirigeant vers le centre de Carling Lake pour la seconde fois de la journée.

Comme il s'apprêtait à sortir, il avait vu Erika tirer sa poubelle jusqu'à la limite de sa propriété. Il était sur le point de se précipiter à son aide quand un jeune garçon avait dévalé les marches de la terrasse pour la lui prendre des mains. Bien. Il y avait au moins quelqu'un qui veillait sur cette femme obstinée. Erika n'avait peut-être pas subi de traumatisme crânien, mais une blessure à la tête n'était pas à traiter à la légère. Elle aurait dû se reposer.

Tu es là pour faire ton travail, pas pour jouer les infirmiers.

C'était peut-être vrai, mais cela n'empêchait pas son instinct protecteur de se réveiller chaque fois qu'il était en sa présence. Peut-être parce qu'il se sentait coupable de lui avoir menti sur les raisons de son séjour à Carling Lake.

Sauf que le trouble qu'il avait éprouvé lorsqu'elle était assise à côté de lui dans sa voiture lui soufflait que ce n'était pas un sentiment de culpabilité qui lui remuait les entrailles.

— Que veux-tu dire par là ? demanda Ryan, d'une voix soucieuse, le ramenant à la réalité.

— Hier matin, une passerelle a cédé pendant qu'Erika la traversait. Ensuite, cette nuit, pendant qu'elle était à l'hôpital, quelqu'un a essayé de s'introduire chez elle.

James lui fournit quelques détails supplémentaires, et attendit la réaction de son frère.

— J'admets qu'elle a eu une rude journée, dit celui-ci, mais on dirait que le shérif a les choses en main. Je ne vois pas en quoi ça affecte ta mission.

— Tu ne trouves pas que ces incidents sont une coïncidence étrange, juste au moment où nous avons été engagés pour retrouver Erika ?

James ne pouvait se défaire de l'impression que quelque chose clochait dans cette affaire. Si Erika Powell était bel et bien Erika Overholt, elle avait pris des mesures radicales pour dissimuler son identité. Pourquoi ?

Les recherches effectuées par West sur la famille Overholt avaient révélé des insinuations à peine voilées des membres de la famille sur le rôle qu'Erika avait pu avoir dans l'accident de son mari, mais les rapports de police étaient sans équivoque. La voiture avait quitté la route durant un violent orage et percuté un tronc d'arbre. Roland Overholt avait été tué sur le coup. L'autopsie avait fait état d'un taux d'alcool bien au-dessus de la limite légale. Les Overholt n'étaient peut-être pas d'accord, mais c'était un miracle qu'Erika n'ait pas péri aussi cette nuit-là.

Cela étant, pourquoi avait-elle éprouvé le besoin de changer de nom ?

— Je ne vois pas de raison à tous ces secrets, voilà tout. Si la femme que je surveille est Erika Overholt, elle cache sa véritable identité depuis des années. Et maintenant les exécuteurs testamentaires nous demandent de garder le secret sur notre mission. Tout ça me met mal à l'aise.

— D'après l'avocat d'Overholt, le testament stipule que le petit-fils et la belle-fille soient retrouvés et leur identité confirmée avant qu'ils soient informés d'un legs éventuel. En fait, tous les héritiers doivent être informés en même temps et au même endroit. Apparemment, Overholt était un excentrique qui a toujours voulu tout contrôler et ce, jusqu'à son dernier souffle.

— Et au-delà, commenta James.

— On nous a engagés pour remplir une mission.

— Et poser des questions en fait partie.

Sa remarque déclencha un soupir de la part de son frère.

— Écoute, je vais faire ce que tu m'as chargé de faire, mais il n'y a pas de mal à fouiner un peu.

Ryan avait raison de dire qu'ils n'avaient été engagés que pour retrouver Erika Overholt et son fils. Une fois cela fait, les avocats chargés de la succession de Roger Overholt prendraient le relais. Si Erika ne voulait pas de l'héritage et préférait continuer à vivre dans l'anonymat, elle pourrait le faire.

Il n'avait donc rien à se reprocher.

Dans ce cas, pourquoi l'affaire le taraudait-elle autant ?

— Comme tu voudras, vieux, mais ne tarde pas trop. L'avocat d'Overholt attend des résultats rapidement. Il nous a déjà fallu plus longtemps que prévu pour localiser cette femme.

Au cours des deux mois qui venaient de s'écouler, West Security and Investigations avait suivi plusieurs pistes qui avaient abouti à des impasses. Erika Overholt semblait s'être volatilisée – une tâche ardue à notre époque. James ne savait même pas au juste comment Ryan avait fini par retrouver sa trace. Son frère était efficace, pas de doute à ce sujet.

— J'avais pensé avoir trouvé le moyen d'entrer chez elle, mais en fin de compte ça n'a pas marché.

— Comment ça ?

— Erika est en train de faire rénover sa propriété pour en faire une maison d'hôtes. L'entrepreneur chargé des travaux l'a laissée tomber sans crier gare. Je lui ai offert mon aide, mais elle a refusé tout net.

— Dommage, commenta Ryan d'un ton déçu. S'il existe des documents susceptibles de prouver son identité, ils doivent être là.

— Je vais me débrouiller.

— J'ai toute confiance en toi.

Ryan demeura silencieux un instant.

— Comment se déroule le deuxième volet de ta mission ?

— Je ne sais pas si j'appellerais ça une mission.

— Moi, si. Dans ton temps libre, tu es censé faire du camping, aller à la pêche, bref, tout ce que vous aimez, vous autres amateurs de plein air. Et surtout, réfléchir à ce que tu envisages pour l'avenir.

— J'envisage de faire tous les trucs de plein air dont tu parles dès que j'en aurai terminé avec ce boulot. Quant au reste…

— Écoute, tu sais que tu peux travailler pour la société aussi longtemps que tu voudras. Tu as droit à un quart des actions, tu le sais.

Quand il avait pris sa retraite, James West Senior avait fait don de son entreprise à ses quatre fils. À l'époque, James n'avait eu aucune intention de quitter l'armée, et son frère aîné, Brandon, venait de se lancer dans une carrière juridique prometteuse. Tous les deux avaient cédé leurs actions à leurs frères cadets.

— Non. Shawn et toi avez fait un travail formidable pour transformer West en une société de premier ordre. Vous méritez d'en rester propriétaires et de la diriger. Je ne suis peut-être pas certain de savoir ce que je veux, mais je ne crois pas que le métier de détective privé soit pour moi.

— Eh bien, quoi que tu décides, sache que je te soutiens.

— Merci, vieux.

Leur communication s'acheva alors que James s'engageait dans le parking voisin du Lakeside Diner. L'heure du déjeuner était passée, le coup de feu aussi, et seul un autre client était assis au comptoir. James choisit une table contre le mur, et s'installa de façon à avoir vue sur l'entrée.

Une serveuse s'approcha. Son nom, Kelly, était brodé sur son uniforme. Elle lui décocha un sourire sensuel et versa de l'eau dans son verre.

— Bienvenue au Lakeside Diner. Que puis-je vous proposer ? Quelque chose de spécial aujourd'hui ?

À en juger par le ton de sa voix, elle ne faisait pas seulement allusion au menu, mais, juste au cas où il n'aurait pas compris, Kelly ponctua sa question d'un clin d'œil complice.

La porte du restaurant s'ouvrit, et James croisa le regard du shérif. Il se retourna vers Kelly, veillant à garder une expression neutre.

— Un burger-frites, s'il vous plaît, dit-il en remettant le menu plastifié à sa place, entre la salière et la poivrière.

Le sourire de Kelly se figea un peu. Elle griffonna la commande sur son calepin et se détourna.

— Je vais prendre la même chose, déclara Lance en venant s'asseoir en face de James.

Kelly lui versa de l'eau à son tour, puis s'éloigna.

— Mettez-vous à l'aise, ironisa James.

— Avec plaisir, répondit Lance en souriant. On n'est pas à New York, ici. Si vous voulez dîner seul, il ne faut pas venir au restaurant.

— La compagnie ne me gêne pas, assura James.

— J'ai parlé à Erika hier soir. Merci de l'avoir ramenée.

— De rien. Contrairement à ce que vous avez pu entendre dire, nous autres New Yorkais pouvons être de bons voisins aussi.

Lance émit un rire.

— Vous savez, je n'ai pas toujours été shérif. Avant de m'installer à Carling Lake, j'ai travaillé pendant huit ans dans la police d'Atlanta.

— Atlanta. Ce n'est pas la porte à côté.

— Justement.

Le visage de Lance se durcit un instant, puis se détendit de nouveau.

— Nous avons relevé une empreinte sur la canette de kérosène.

— Vous avez été rapide.

— Nous faisons les analyses nous-mêmes. L'empreinte appartient à un certain Brian Whitmer. J'ai reconnu son nom. C'est un type qui travaille régulièrement comme saisonnier en ville. Jusqu'à maintenant, personne ne semble savoir où il se trouve.

— Il a probablement filé, à l'heure qu'il est.

Lance poussa un soupir.

— Oui, l'idée m'est venue. J'ai lancé un avis de recherche mais, sans domicile fixe et sans description de véhicule, il va peut-être falloir un certain temps pour le localiser.

— Rien de nouveau concernant la passerelle ?

Lance secoua la tête.

— C'est le labo du comté qui s'en occupe. Il y en a peut-être pour quelques jours. Si on a de la chance.

— Voilà. Deux burgers-frites, annonça Kelly en déposant une assiette devant chacun d'eux.

Les deux hommes la remercièrent. Lance devait mourir de faim car il se mit à manger dès que la jeune femme eut tourné le dos. James l'imita.

— On ne voit pas beaucoup de tireurs d'élite de passage à Carling Lake, lança le shérif quand il eut englouti la moitié de son plat.

— Ex-tireur d'élite, rectifia James en tendant la main vers son verre d'eau.

Lance se tapota la bouche avec sa serviette.

— Pourquoi avez-vous quitté l'armée ?

James arqua un sourcil.

— Vous ne le savez pas ?

— Je n'ai fait que vérifier si votre casier judiciaire était vierge, répliqua Lance. Je voulais m'assurer qu'Erika et Marcus n'étaient pas en danger. Le reste de l'histoire, c'est à vous de me le raconter.

James but une longue gorgée d'eau, observant Lance par-dessus le bord de son verre.

— Ou pas, ajouta Lance avec un haussement d'épaules.

James attendit quelques secondes supplémentaires avant de répondre.

— Un attentat-suicide en Afghanistan, expliqua-t-il brièvement. Je n'étais pas tout à côté, ce qui m'a sans doute sauvé la vie, mais un fragment de shrapnel m'a traversé la main. Les tendons ont été déchirés.

— Je suis désolé, vraiment.

La sincérité vibrait dans la voix de Lance.

— Merci. À force de rééducation, j'ai retrouvé ce que les médecins considèrent comme une « fonction normale ».

— Mais ça ne suffit pas pour un tireur d'élite.

— Non.

— En revanche, ça suffit sans doute pour être adjoint au shérif.

James ne put réprimer un sourire.

— Vous me faites une offre ?

— Un de mes adjoints vient de se fiancer et va déménager en Caroline du Nord dans les semaines qui viennent. Je vais devoir le remplacer.

— Vous offrez des postes à tous les touristes de passage en ville ?

— Seulement à ceux qui sortent de l'ordinaire, rétorqua Lance en souriant. Qu'est-ce que vous avez fait depuis votre départ de l'armée ? Professionnellement parlant, je veux dire ?

James ne voulait pas mentir, mais ne pouvait pas davantage dire la vérité.

— De petits boulots ici et là.

— Bon, mais vous avez quoi ? Trente-six, trente-sept ans ? Vous n'allez pas continuer à faire des petits boulots pendant vingt ans.

— Je crois entendre parler mon frère, ironisa James.

— Eh bien, quels sont vos projets ?

James étrécit les yeux.

— Je suis encore en train d'y réfléchir.

— Beaucoup d'anciens soldats deviennent représentants de l'ordre, lui fit remarquer Lance.

— Je ne pense pas que ce soit un métier pour moi.

— À cause de votre main ?

James garda le silence.

Ils terminèrent leur repas sans rien dire.

— Vous avez quelque chose à faire, là, maintenant ? demanda Lance, une fois sa dernière bouchée avalée.

— Rien de particulier, admit James, en l'interrogeant du regard.

— Bien. Venez avec moi. Vous pouvez laisser votre voiture ici. Je vais conduire.

Lance se leva, laissa assez d'argent sur la table pour régler les deux repas et se dirigea vers la sortie.

James hésita un instant. Il n'était pas sûr que se lier d'amitié avec le shérif soit une bonne idée. Lance ne manquerait pas d'être en colère s'il apprenait que James lui mentait depuis le début. Cela dit, il était curieux de savoir ce que le shérif avait en tête. Il se leva de table et le suivit.

Il monta dans la voiture du shérif au moment où celui-ci démarrait. En route, Lance lui indiqua divers endroits, et lui donna des bribes d'informations sur les gens qui y vivaient. Sans savoir pourquoi au juste, James catalogua tout cela, dessinant une carte de la bourgade dans sa tête à mesure qu'ils roulaient.

Un quart d'heure plus tard, Lance se garait dans le parking d'un bâtiment en parpaings à la sortie de la ville. Sans un mot, il descendit de voiture et se dirigea vers l'entrée.

James lui emboîta le pas, et ne remarqua qu'au dernier moment le panneau fixé à côté de la porte : Centre de tir de précision.

Un petit homme ventru, au crâne dégarni traversé par quelques mèches tristes de cheveux gris, était assis derrière un comptoir qu'il dépassait à peine. Il leva les yeux à leur entrée et son visage se fendit d'un grand sourire.

— Ça fait un bout de temps que je ne vous ai pas vu, shérif.

— Bonjour, Ari. Mon ami et moi sommes venus nous entraîner un peu.

Le regard d'Ari s'arrêta sur James. De près, ce dernier jugea qu'il devait avoir une vingtaine d'années de plus qu'eux, mais ses yeux étaient vifs.

— Qui est votre ami, et est-ce qu'il sait tirer ?

James lui lança un regard de biais, mais Lance se contenta d'émettre un petit rire.

— Je dirais qu'il se débrouille, oui. Je vous présente le sergent-maître James West, ex-membre des marines.

James tendit la main à l'homme, qui la serra et commenta :

— Dans ce cas, je suppose que je n'ai pas à avoir peur que vous vous tiriez dans le pied par accident.

— Non, en effet, répondit James, qui commençait à le trouver sympathique malgré son attitude bourrue.

— James était tireur d'élite, ajouta Lance.

— Bien.

Le vieil homme n'avait pas l'air particulièrement impressionné.

— Bon, je vous charge des armes ?

— S'il vous plaît. On a décidé de venir à l'improviste, par conséquent nous n'avons rien apporté. Il nous faut des munitions, un casque et des lunettes de protection, et une arme pour James.

— Vous avez une préférence ? demanda Ari en rassemblant les articles dont ils avaient besoin.

— C'est un SIG ? demanda James à Lance, en désignant le pistolet qu'il portait à la ceinture.

— Un P226, confirma Lance.

Ari ouvrit la vitrine et en tira un modèle qui paraissait identique.

— C'est calme aujourd'hui, je ne vais pas vous faire payer les places. J'envoie la facture au bureau du shérif ?

— Si vous voulez, mais mettez-la à mon nom, répondit Lance. C'est moi qui règle.

— Entendu.

Ari leur fit signe d'avancer.

— Tout est prêt. Amusez-vous, les gars.

Les deux hommes prirent leur équipement, et Lance passa devant, ouvrant une lourde porte en métal. L'odeur de la poudre assaillit les narines de James dès qu'il eut franchi le seuil.

— Ce type est un personnage, commenta-t-il en déposant son matériel dans le couloir le plus proche de la porte.

Lance s'installa dans la suivante.

— Ne vous fiez pas aux apparences. Ari n'est peut-être pas tireur d'élite, mais il est sacrément bon.

Lance disparut derrière l'écran de sécurité séparant les couloirs. James enfila les lunettes et le casque de protection et entreprit de charger son arme. De l'autre côté de l'écran, il entendait Lance faire de même.

James prit une profonde inspiration, et pressa la queue de détente en exhalant son souffle. Son coup manqua de loin la cible, laissant un trou dans l'espace blanc qui entourait la silhouette en papier noir. Il corrigea sa position et tira de nouveau. Ce fut mieux, mais sa main tremblait déjà.

Cette fois, il avait touché la cible, mais loin du centre. Le sang tambourinait à ses tempes. Son corps était tendu par l'anxiété.

Il inspira de nouveau, serra son poing droit fermement avec la main gauche dans l'espoir de maîtriser ses tremblements et vida le chargeur.

Chaque coup fut meilleur que le précédent, et tous

avaient touché la cible dans un endroit qui aurait signifié une blessure importante chez un individu, mais il était nettement moins bon qu'autrefois. Des gouttes de sueur perlaient sur son front quand il reposa son arme vide, dues autant à la frustration qu'à l'effort de maintenir sa main stable.

Lance contourna l'écran de sécurité et retira son casque.

— Ce n'est pas mal, commenta-t-il. Pas mal du tout.

James retira son casque à son tour.

— Pas mal ne suffit pas.

— Vous réussiriez le test de tir sans problème.

— Le maintien de l'ordre n'est pas pour moi.

Lance retira ses lunettes de protection.

— Écoutez, je vous connais à peine et il est possible que je m'avance un peu trop, mais j'ai des amis qui ont quitté l'armée et qui ont trouvé la transition… difficile.

Il mit la main sur l'épaule de James.

— Si vous avez envie de parler, je sais écouter. Et garder pour moi les choses qu'on me dit.

James attendit que Lance regagne son allée, puis remit ses lunettes. Il ne pensait toujours pas être fait pour devenir représentant de l'ordre, mais il appréciait de plus en plus les habitants de Carling Lake.

8

Le troisième entrepreneur qu'Erika appelait ce matin-là venait de lui rire au nez gentiment quand on tambourina à sa porte d'entrée. Elle jeta un coup d'œil par la fenêtre de côté, et vit Daisy debout sur la terrasse.

— Au mieux, je pourrais vous envoyer quelqu'un à la fin mai, expliqua l'artisan alors qu'elle allait ouvrir à son amie.

Erika le remercia et mit fin à la communication.

— Je t'ai apporté de quoi manger ce soir et des provisions de base pour quelques jours, annonça Daisy. Pourquoi n'es-tu pas au lit ?

Elle traversa la pièce et entra droit dans la cuisine, une cocotte entre les mains, et un sac de courses recyclable accroché au bras.

— C'est gentil de ta part, mais tu n'es pas obligée de faire ça. Je vais bien. Je me suis reposée hier toute la journée. Et presque toute la matinée aujourd'hui. Steve Sanchez a offert d'emmener Marcus à l'école jusqu'à la fin de la semaine.

Tout en parlant, elle se promit intérieurement de remercier les parents de Devin pour toute l'aide qu'ils lui avaient apportée ces derniers jours.

— Il faut que je trouve un entrepreneur pour terminer les travaux, dit-elle en soupirant.

Daisy fit la moue.

— J'ai appris que Sam t'avait laissée en plan.

Elle mit la cocotte dans le réfrigérateur et posa le sac sur le plan de travail.

— Je l'aurais cru plus intègre.

Erika aussi. Elle connaissait Sam depuis huit ans, depuis qu'elle avait emménagé à Carling Lake et n'avait entendu que des éloges à son sujet. Il avait rénové sa cuisine trois ans plus tôt, lorsqu'elle avait acheté la maison.

— Ellis a beaucoup d'influence et de l'argent plein les poches. Personne ne veut le contrarier.

Daisy abattit une miche de pain sur le plan de travail.

— Cela n'excuse pas Sam. Il avait signé un contrat avec toi. Il aurait dû tenir parole et terminer le travail qu'il s'était engagé à faire.

Erika attrapa un pot de beurre de cacahuètes et un paquet de mélange pour pâte à crêpes et se dirigea vers le garde-manger.

— Tu n'as pas tort, mais je ne peux pas l'obliger à finir, par conséquent, il faut que je trouve un remplaçant.

— Du succès jusqu'ici ?

Le regard d'Erika se porta sur la fenêtre. Elle avait aperçu James sur sa terrasse ce matin-là. Durant la nuit, elle avait été tourmentée par le remords en pensant à la brusquerie avec laquelle elle avait rejeté son offre d'aide. Il se montrait gentil, se comportait en bon voisin. Et cela avait aussitôt éveillé ses soupçons. Laissait-elle sa méfiance instinctive d'autrui obscurcir son jugement ?

— Non.

Daisy s'accouda au plan de travail.

— Vas-y, crache le morceau.

— Quoi ? Quel morceau ? rétorqua Erika, s'efforçant d'arborer une expression totalement neutre.

— Pourquoi regardes-tu le chalet de ton séduisant voisin avec des yeux de merlan frit ?

Erika haussa les épaules.

— Ne dis pas de bêtises ! J'ai peut-être jeté un regard par la fenêtre, d'accord.

Daisy continuait à la fixer.

— Bon, d'accord. James était là quand Sam a annoncé qu'il s'en allait et il m'a proposé de m'aider à finir les travaux.

— C'est vraiment gentil de sa part, commenta Daisy en jouant des sourcils.

— Tu as quel âge ? Douze ans ? Arrête ! grommela Erika en lui décochant une bourrade amicale. C'est un parfait inconnu. J'ai dit non.

— Pourquoi ? Tu as besoin d'aide. Il peut t'en apporter. Qu'as-tu besoin de savoir à propos d'un homme qui installe des toilettes chez toi ?

Quand Daisy présentait la situation sous cet angle, il semblait en effet que la prudence d'Erika soit un rien excessive.

Elle se détacha du plan de travail, attrapa la bouilloire et la remplit, puis la mit à chauffer.

— Et peut-être qu'il est disposé à rénover ta vie amoureuse en même temps, ajouta son amie, esquivant une nouvelle bourrade. Allons ! Je vis ici depuis un an et tu n'es pas sortie une seule fois avec un homme pendant ce temps. Je ne serais pas surprise d'apprendre que tu n'es sortie avec personne depuis que tu t'es installée à Carling Lake.

— Ce n'est pas vrai. Je suis sortie avec quelqu'un.

Quelques années après son emménagement, elle avait

eu une brève relation avec un homme qui était lui aussi un nouveau venu dans la région. Malheureusement, il ne s'était adapté ni à l'air de la montagne ni à la vie dans une petite ville, et était retourné sur la côte Ouest au bout de quelques mois.

— D'accord, mais ça remonte à quand ?

Daisy ne laissa pas à Erika le temps de répondre.

— À en juger par la manière dont James te regardait à l'hôpital, il serait plus que partant. Il est évident que vous vous plaisez.

— N'importe quoi ! Et puis, c'est un touriste.

Menteuse. Elle se souvenait du trouble qu'elle avait éprouvé lorsqu'il l'avait ramenée chez elle. Oui, elle était attirée par James West.

Elle tendit la main vers les tasses.

— Encore mieux, commenta Daisy. Tu peux reprendre tranquillement l'habitude de sortir avec un homme sans pression, sans t'inquiéter pour le long terme. Passer du bon temps avec un autre adulte.

Elle agita les sourcils de nouveau.

— Daisy !

Pourtant, maintenant que Daisy lui avait mis cette idée en tête, elle se demandait si c'était pour cette raison que James lui avait proposé son aide ? Il devait bien être motivé par quelque chose. Avait-il présumé qu'une mère qui élevait son enfant seule dans une petite ville serait ouverte à une aventure ?

— Quoi ? Je parle d'aller dîner, danser, peut-être, protesta Daisy, qui s'efforçait en vain de prendre un air innocent. À quoi pensais-tu ?

Le rire perçait dans sa voix et Erika ne put s'empêcher de partager son hilarité.

— Écoute, ça ne m'intéresse pas d'avoir un homme dans ma vie en ce moment, déclara-t-elle en s'asseyant à la table de cuisine.

Daisy l'imita.

— Rappelle-toi l'autre jour, quand on était au coffee-shop en ville, lança Erika. James est passé devant en courant, et les yeux te sont pratiquement sortis de la tête !

— On est en février, dans l'État de New York, et il ne portait qu'un short et un T-shirt. N'importe qui l'aurait regardé. J'avais surtout peur qu'il ne tombe en hypothermie, marmonna son amie.

— Naturellement.

— Admets qu'il est canon, quand même ?

— Oh ! tu es incorrigible. D'accord, j'avoue qu'il est canon. Contente ?

— Ravie ! répondit Daisy en applaudissant.

— Mais ça ne change rien. Je ne vais pas avoir une aventure avec un touriste.

— Cela ne t'empêche pas de le laisser t'aider, argua son amie, levant la main pour empêcher Erika de protester. C'est la seule manière de terminer les travaux à temps pour obtenir ton autorisation d'ouverture avant mars, et tu le sais.

— J'ai encore quelques artisans à contacter. Peut-être qu'un deux aura eu une annulation.

Daisy la regarda d'un air sceptique.

Erika jeta un coup d'œil à sa montre.

— Écoute, je ne voudrais pas te mettre à la porte, mais il faudrait que j'aille faire un saut au journal avant d'aller récupérer Marcus.

— Tu connais le sens du mot « repos » ?

Erika savait que son amie était bien intentionnée, malgré tout elle fut un peu agacée.

— Oui, mais j'ai aussi un emploi. Et ce n'est pas comme si lire mes mails était particulièrement fatigant.

Sur le seuil, Daisy l'étreignit.

— Appelle-moi si tu as besoin de quoi que ce soit, dit-elle avant de descendre les marches. Et réfléchis à la proposition de ton charmant voisin ! ajouta-t-elle en riant.

Une demi-heure plus tard, Erika entrait dans les locaux de la *Gazette de Carling Lake*. Il n'y avait personne à l'accueil, ce qui ne la surprit guère. Elle travaillait comme reporter à mi-temps. Les deux autres employés de la *Gazette* étaient ses propriétaires, Aaron et Margaret Sutton. Et tout le monde en ville savait que, s'il ou elle avait à faire au journal, il fallait se rendre droit au premier étage.

Erika traversa la réception, ne jetant qu'un rapide coup d'œil à la série de unes encadrées qui ornaient les murs. Derrière l'accueil se trouvait une vaste pièce qui abritait l'imprimerie, la *Gazette* étant un des derniers journaux locaux à avoir conservé son propre matériel d'impression. Les Sutton complétaient les revenus du journal en imprimant les hebdomadaires des villes environnantes aussi.

Le premier étage était aménagé un peu à la manière d'une arène. Distants de deux mètres environ les uns des autres, trois bureaux formaient un cercle. Une salle de conférences occupait un des coins de la pièce, et un petit espace-repos le coin opposé.

Aaron leva les yeux de son ordinateur à l'entrée d'Erika.

— Qu'est-ce que tu fabriques ici ?

— Je travaille ici, rétorqua-t-elle, arquant un sourcil. Ou essaies-tu de me dire quelque chose ?

Huit ans plus tôt, quand elle avait débarqué à Carling Lake avec un enfant de deux ans et fort peu de références, elle s'était attendue à devoir accepter un travail de serveuse ou de caissière pour pouvoir joindre les deux bouts. Elle s'en serait contentée. Ce n'aurait pas été la première fois. Depuis qu'elle avait quitté la famille Overholt, deux ans plus tôt, elle n'était jamais restée plus de six mois au même endroit, ce qui signifiait que son CV ne s'était guère étoffé. Elle avait aussi eu trop peur que travailler dans le journalisme ne puisse accidentellement mener à ce que les Overholt la retrouvent un jour et découvrent qu'elle avait un fils qui, à mesure qu'il grandissait, ressemblait de plus en plus à son père.

Le seul poste vacant en ville alors avait été un emploi de réceptionniste à la *Gazette*. Elle avait postulé. Le salaire était nettement plus élevé que celui d'une serveuse, et lui avait permis de faire des économies en vue d'acheter la maison d'hôtes dont elle rêvait.

Dès le moment où elle avait commencé à travailler au journal, Aaron, Margaret et leur fils, Francis, l'avaient accueillie à bras ouverts dans leur famille. Au bout d'un an, ayant enfin réussi à se convaincre qu'aucun Overholt n'aurait voulu s'abaisser à lire un journal local, elle avait demandé à Aaron s'il serait possible de créer un poste de reporter. Et, bien qu'elle n'ait pu lui révéler qu'elle avait fait des études de journalisme, il lui avait donné une chance.

— Tu sais ce que je veux dire. Lance a appelé Margaret et lui a parlé de ta chute d'hier. En fait, elle en avait déjà entendu parler en ville et nous avions l'intention d'aller te voir mais le shérif a fait passer le mot que tu avais besoin de repos.

— Je sais. J'ai eu le message de Margaret et les fleurs qu'elle a fait livrer à la maison ce matin.

— Eh bien, pourquoi n'es-tu pas en train de te reposer ?

— Je me suis reposée toute la journée hier et ce matin. Il fallait que je fasse quelque chose.

Aaron fit la grimace.

— Ça ne me plaît pas.

— Je suis juste venue vérifier mes mails, protesta-t-elle. Je voulais voir si j'ai une réponse du gouvernement fédéral concernant ma demande d'accès à l'information.

— Ça aurait pu attendre un jour ou deux, non ? grogna Aaron.

— Oui, mais moi pas.

Ignorant les sourcils froncés de son patron, elle fit défiler ses mails.

À l'époque où elle était étudiante, âgée d'une vingtaine d'années, elle s'était imaginé devenir journaliste d'investigation dans un grand quotidien national. Puis, alors qu'elle entamait sa deuxième année, sa mère était tombée malade et avait été emportée rapidement. Quand Erika avait rencontré Roland, elle était encore sous le choc, isolée et déprimée, à deux doigts de renoncer à ses études. Roland lui avait fait l'effet d'une lumière vive au bout du tunnel. Et cela avait continué jusqu'au moment où il avait commencé à travailler pour la compagnie de son père.

Elle refoula ces souvenirs. Tout cela appartenait au passé. Elle aimait son travail à la *Gazette de Carling Lake*. Ce n'était peut-être pas le *Los Angeles Times*, mais elle se sentait honorée de travailler avec les Sutton et fière qu'ils contribuent à informer la communauté.

Cependant, au fil des années, elle s'était découverte de plus en plus tentée par l'idée de tenir une maison d'hôtes. Peut-être parce qu'elle vivait dans une ville touristique. Ou bien parce que ce n'était pas seulement son nom qui avait changé quand elle avait quitté Los Angeles. Ses rêves aussi. Quoi qu'il en soit, elle avait hâte de se lancer dans l'aventure.

Elle n'avait pas reçu de réponse à sa requête mais elle trouva un mail émanant d'un correspondant familier. Cette source l'avait contactée plusieurs semaines auparavant, en joignant à son courrier une lettre montrant que Carling Lake s'était vu octroyer par le gouvernement fédéral une subvention de trois cent mille dollars destinée à la rénovation de l'hôtel de ville. Quel que soit le message que cette personne avait voulu communiquer, Erika n'avait pas compris.

La rénovation de l'hôtel de ville était un thème récurrent lors des réunions du conseil municipal. Et, bien qu'Erika ait couvert bon nombre de ces réunions, elle n'avait aucun souvenir que les autorités aient sollicité ou obtenu une subvention. Elle avait donc contacté la trésorière, Susan Garraus, et Ellis Hanes, le maire actuel, mais l'un et l'autre avaient affirmé ne pas être au courant. Erika avait appelé l'agence fédérale qui était censée avoir accordé la subvention, en vain. Le contact n'avait pas donné suite aux messages qu'elle avait laissés sur son répondeur.

En désespoir de cause, elle avait déposé une requête invoquant la liberté de l'information pour avoir accès aux documents officiels.

Son instinct de reporter lui soufflait de persévérer, mais jusqu'à maintenant, elle n'avait aucune piste à suivre.

Elle cliqua sur le mail. Contrairement au premier qu'elle avait reçu, celui-ci contenait un message.

Où est passé l'argent ?

Elle ouvrit la pièce jointe. C'était une nouvelle lettre, mais cette fois le gouvernement demandait à la ville de fournir la preuve que les trois cent mille dollars avaient bel et bien été utilisés de la manière stipulée dans le dossier de candidature.

Où est passé l'argent ?

À l'évidence, la somme avait bel et bien été envoyée à Carling Lake. Qu'était-elle devenue ?

Il y avait quelque chose de louche là-dessous, elle en était convaincue. À elle de déterrer l'histoire.

— Qu'est-ce que tu regardes comme ça ? demanda Aaron, intrigué.

— Un autre mail à propos de la subvention.

— Celle qui n'existe pas, d'après Susan et Ellis ?

— Celle-là même. Sauf que, d'après le courrier que j'ai sous les yeux, le gouvernement affirme non seulement qu'elle existe, mais que Carling Lake l'a reçue.

Aaron se leva et contourna les bureaux pour venir lire la lettre.

— En effet. Et tu n'as pas reçu de réponse à ta demande d'accès au dossier ?

Erika secoua la tête.

— Rien, à part un accusé de réception.

Aaron se frotta le menton d'un air songeur.

— J'ai quelques amis reporters à Washington DC. Je vais les appeler et leur demander s'ils n'auraient pas un contact à me donner.

— Merci. De mon côté, je vais retourner voir Susan. Peut-être qu'elle a trouvé quelque chose depuis notre dernière conversation.

Aaron fronça les sourcils.

— Repose-toi. Lance a dit que le médecin avait insisté là-dessus.

Erika jeta un coup d'œil à l'horloge de son ordinateur.

Elle se déconnecta, attrapa son sac à main et déposa un rapide baiser sur la joue du vieil homme en passant.

— Je vais chercher Marcus à l'école. À plus tard !

Comme prévu, les parents qui attendaient leur progéniture devant les grilles du collège avaient eu vent de sa mésaventure. Erika remercia gentiment ceux qui lui proposaient leur aide, et éluda les questions des curieux concernant sa chute. Apparemment, les rumeurs allaient bon train, nettement plus distrayantes que la réalité.

Enfin, la sonnerie retentit. Le cœur d'Erika se gonfla d'émotion quand elle aperçut Marcus qui traversait la cour à toutes jambes, se ruant vers elle.

Il se jeta dans ses bras.

— Comment ça va ? demanda-t-il, la sollicitude dans ses grands yeux noisette.

Erika fut bouleversée par l'inquiétude qu'elle lisait sur les traits de son fils. La veille au soir, il ne l'avait pas quittée d'une semelle, s'activant autour d'elle, la dorlotant de son mieux. Il avait confectionné le repas, deux sandwichs au beurre de cacahuètes et à la gelée accompagnés de salade. Il avait été très fier de lui, et Erika ne l'était pas moins. Son fils était en train de devenir un jeune homme gentil, attentionné, et plein de ressources.

— Je vais bien. Il ne faut pas que tu te fasses de souci pour moi.

— Je sais que tu as dit ça, mais ça m'embêtait de savoir que tu allais rester toute seule, avoua Marcus avec gêne.

— Maintenant, tu sais ce que j'éprouve quand tu es loin de moi, plaisanta-t-elle en déposant un baiser sur son front.

— Maman !

Marcus se détacha d'elle, parcourant les environs des

yeux pour s'assurer qu'aucun de ses camarades ne l'avait vu se faire embrasser par sa mère.

— Viens, dit-elle en souriant. Je me suis dit qu'on pourrait aller manger une glace chez Moulton avant de rentrer à la maison.

— Super !

Tout comme elle, Marcus était fervent partisan de l'idée que les glaces se dégustaient aussi bien en hiver qu'en été.

Le glacier était situé à quelques minutes à pied du collège. Erika laissa sa voiture sur le parking et ils flânèrent dans le centre de Carling Lake, où un assortiment de commerces servait les besoins des résidents et des touristes. Une librairie d'occasion, une brocante, un magasin de souvenirs et une boutique de vêtements dont la vitrine arborait des T-shirts désuets côtoyaient la poste, la banque et la pharmacie.

Le glacier occupait un bâtiment en brique rouge, et l'auvent qui abritait la vitrine semblait dater de l'ouverture de l'établissement, quarante-deux ans plus tôt, d'après la plaque fixée près de la caisse enregistreuse. Le bâtiment lui-même était vieux de plus d'un siècle, et avait été le premier poste de police de la ville.

Ce jour-là, les clients n'étaient guère nombreux. Erika avait beau être d'avis que la glace s'appréciait en toute saison – tout le monde n'était pas tenté par l'expérience au mois de février.

La journée était ensoleillée, si bien que Marcus et elle emportèrent leur cornet – framboise pour Erika et myrtille pour Marcus – au jardin public voisin.

Tout en dégustant sa glace, Marcus lui raconta ce qu'il avait fait à l'école ce jour-là. Contrairement à certains parents, elle n'était jamais obligée de lui tirer les vers du nez. Peut-être parce qu'ils n'avaient que l'un l'autre, mais elle s'estimait heureuse qu'ils soient si proches.

En dépit de son bavardage, Marcus termina son cornet le premier. Peut-être parce que deux garçons qu'il connaissait avaient fait leur apparition sur le terrain de basket. En tout cas, il s'empressa d'aller les rejoindre, laissant Erika finir sa glace seule.

Erika ne s'en offusqua pas. Elle se félicitait que son fils soit indépendant, et se rappelait souvent que son intelligence et sa débrouillardise devaient être un signe qu'elle l'avait bien élevé, même si elle avait parfois traversé des moments difficiles, où elle avait craint de ne pas être une bonne mère.

Elle en était à la dernière bouchée de son cornet et s'apprêtait à appeler Marcus pour lui dire qu'il était temps qu'ils rentrent à la maison quand une voix familière et déplaisante s'éleva derrière elle.

— J'ai entendu dire que vous aviez eu des soucis ces derniers jours. Vraiment désolé de l'apprendre.

Erika prit une profonde inspiration et compta jusqu'à dix avant de pivoter pour faire face à Ellis. En voyant sa mine narquoise, elle le regretta aussitôt. La colère qu'elle avait éprouvée quand Sam Hogan avait admis qu'il abandonnait ses travaux pour effectuer ceux d'Ellis revint au galop.

Elle dut réprimer l'envie de le gifler.

Si elle avait pu séparer son caractère et sa personnalité de son apparence, elle l'aurait peut-être trouvé séduisant. Elle savait que son teint hâlé était l'œuvre du salon de bronzage plutôt que le fruit d'heures passées au grand air, et que les mèches de ses cheveux blonds étaient un peu trop judicieusement placées pour être naturelles. Il possédait des yeux gris clair que beaucoup de femmes en ville jugeaient irrésistibles, et qu'il exploitait à son avantage. Il approchait de la cinquantaine, mais c'était un célibataire endurci et un séducteur confirmé. D'après ce qu'elle avait entendu dire, il était généreux avec ses petites amies jusqu'au moment où il se lassait d'elles, ce qui ne tardait guère, après quoi il les quittait sans cérémonie.

— Étant donné que vous êtes à l'origine de mes problèmes, j'ai du mal à vous croire.

Ellis balaya son accusation d'un geste.

— Ah ! Allons, Erika. Ce sont les affaires, voilà tout. Sam Hogan est le meilleur entrepreneur de la région et je ne me satisfais que du meilleur.

Erika promena son regard sur le complet et le manteau impeccablement coupés qu'il portait. Même ses mocassins, sans doute italiens, avaient dû coûter un prix exorbitant. Toute l'apparence d'Ellis vantait le fait qu'il avait de l'argent et qu'il voulait le faire savoir. Dommage que l'argent ne puisse acheter l'intégrité, songea-t-elle.

— Et vous avez soudain éprouvé le besoin pressant de rénover votre hôtel juste avant le début de la saison ?

— Ce sont les chiffres qui me guident. De mon point de vue, vous devriez m'être reconnaissante. Je vous ai appris une leçon importante. Si vous voulez vous opposer à moi en affaires, vous feriez mieux de vous endurcir.

Elle enfonça les mains dans les poches. Pas question de lui montrer qu'elles tremblaient de rage. Elle n'était pas violente de nature, mais elle détestait cet homme.

— Je ne veux rien avoir à faire avec vous.

Il étrécit les yeux, et sa bouche se crispa en un trait mince.

— C'est dommage. J'allais dire que j'étais sûr de pouvoir vous trouver un emploi dans une de mes propriétés quand vous ferez faillite. Mais, naturellement, il faudrait changer d'attitude.

Elle fit un pas vers lui, consciente d'envahir son espace personnel.

— Si mon attitude vous dérange, vous êtes libre de dégager le terrain.

La moue d'Ellis s'accentua. Il ouvrit la bouche pour riposter, mais une voix grave le devança.

— Il y a un problème ici ?

9

L'hôtelier toisa James d'un air dédaigneux.

— Occupez-vous de vos affaires. C'est à la dame que je parle.

James s'approcha d'Erika.

— Et si elle n'a pas envie de vous parler ?

Lance venait de le déposer sur le parking quand il avait aperçu Erika discuter avec un homme dans le jardin public situé en face du restaurant. À en juger par le langage corporel d'Erika, la conversation lui était pénible. Sans se demander si elle allait apprécier son intervention, et encore frustré par sa performance au centre de tir, il avait traversé la rue.

L'homme se redressa, bombant le torse.

— Écoutez, je ne sais pas qui vous êtes, mais ceci ne vous regarde pas.

James baissa les yeux sur Erika.

— Il vous importune ?

Erika fronçait les sourcils.

— Ce monsieur est Ellis Hanes.

Ah ! James comprenait mieux. Son hostilité envers l'homme en fut aussitôt renforcée.

— Il venait de m'expliquer, sans que je ne lui aie rien demandé, que mon projet de maison d'hôtes était voué à l'échec et que je ferais mieux de renoncer tout de suite. Et je m'apprêtais à lui dire où il pouvait…

— Compris, coupa James, luttant contre l'envie de sourire.

Une femme résolue ne pouvait qu'être sexy à ses yeux. Il se retourna vers Hanes.

— Vous avez entendu Erika. Elle n'a pas envie de vous parler.

— Qui diable êtes-vous ? demanda Ellis, d'une voix vibrante d'indignation.

— James West. Le voisin d'Erika.

— Eh bien, voisin. Je suis la maire de cette ville et cette conversation ne vous concerne pas. Elle et moi avons à discuter.

Il tendit la main pour retenir Erika, qui eut un mouvement de recul.

James se plaça devant elle, barrant le passage à Hanes.

— Je me moque de savoir si vous êtes le président des États-Unis. Cette dame ne veut pas vous parler, par conséquent, je vous conseille de ne pas insister.

James ne dépassait l'homme que d'une dizaine de centimètres, mais c'était suffisant pour qu'il le domine.

— Sinon ?

Le regard de Hanes était dur, mais une pointe d'incertitude dans sa voix signalait qu'il savait être allé trop loin.

James se pencha vers lui, et sa voix se mua en murmure.

— Allez-vous-en.

Hanes fit un pas en arrière, ses yeux allant de James à Erika. La scène avait attiré l'attention d'un couple qui venait de sortir du restaurant. L'homme et la femme les regardaient avec stupeur, comme s'ils étaient en plein film. Marcus et ses camarades étaient encore absorbés par leur partie, mais cela ne durerait pas si Hanes persistait à s'imposer.

Sans doute conscient d'avoir perdu cette manche, ce dernier recula de nouveau.

— Nous reprendrons cette conversation plus tard, Erika.

Sur quoi, il tourna les talons et s'éloigna.

Quelque chose à propos de l'incident troublait James. Il n'était pas rare qu'un homme d'affaires à l'éthique douteuse tente d'intimider ses concurrents potentiels, mais une aura de désespoir semblait émaner de l'hôtelier. Et les gens aux abois commettaient parfois des actes stupides, et même dangereux.

Hanes était un individu qu'il allait surveiller de près.

James se tourna vers Erika, prêt à s'excuser d'être intervenu sans y avoir été invité.

— Merci, dit-elle avant qu'il ait eu le temps de dire quoi que ce soit. Ellis peut être pénible et j'espérais ne pas créer d'esclandre devant Marcus.

— C'était avec plaisir.

Comme si Marcus avait entendu sa mère prononcer son nom, il les rejoignit en trottinant.

— J'arrive, maman, lança-t-il avant de dévisager James avec une évidente curiosité. Vous n'êtes pas le type qui loue le chalet à côté de chez nous ?

— Marcus ! Où sont tes manières ? le réprimanda Erika.

L'enfant baissa la tête un instant, puis la releva et tendit sa main droite.

— Je suis Marcus Powell. Enchanté de faire votre connaissance.

— James West. Et, oui, je loue le chalet à côté de chez vous.

Le regard de Marcus s'illumina.

— Cool. Vous jouez au basket ?

Il désigna d'un geste le terrain désormais vide.

— Mes copains ont dû partir, mais on n'est pas obligés de s'en aller tout de suite, n'est-ce pas, maman ? demanda-t-il, quêtant confirmation.

— Eh bien, nous pouvons rester encore un peu, mais pas longtemps. Il faut qu'on rentre à la maison.

Marcus reporta son attention sur James.

— Cool. Alors, vous voulez venir ?

Le jean et les bottes en cuir de James n'étaient pas à proprement parler une tenue réglementaire, mais la manière dont Marcus le regardait lui interdisait de refuser.

— Bien sûr. Cela dit, il y a un certain temps que je n'ai pas mis les pieds sur un terrain de basket, alors ne sois pas trop dur avec moi.

Le contraste avec la scène qui venait de se dérouler était un peu déconcertant. Moins d'une minute plus tôt, il avait chassé un Ellis Hanes belliqueux, et maintenant, il jouait au basket avec un gamin de dix ans.

Marcus était rapide, et visiblement talentueux. La troisième fois qu'il contourna James pour marquer un panier, celui-ci le félicita :

— Tu joues bien.

— Merci.

Marcus fit quelques dribbles d'une main puis de l'autre avant de passer la balle à James de nouveau.

— Je voudrais être sélectionné dans l'équipe du collège l'année prochaine, alors je m'entraîne.

— Eh bien, ça marche.

James tenta un panier. Un élancement de douleur lui traversa le bras, mais le ballon atteignit son but.

— Vous n'êtes pas mauvais non plus, pour votre âge.

James étira ses doigts, puis feignit d'avoir été poignardé en plein cœur.

— C'est cruel.

Il jeta un coup d'œil vers Erika, qui les regardait depuis la table de pique-nique voisine.

— Vous savez ce que je veux dire, répondit Marcus en tirant à son tour.

Le ballon rebondit sur la planche et tomba dans le panier.

— Mon copain Devin va passer la sélection aussi, et parfois, on joue avec ses pères. Ils ont votre âge, mais ils ne peuvent pas faire une partie entière sans être fatigués.

James réprima un rire.

— Disons que c'est moins facile qu'à ton âge.

— Je suppose, acquiesça Marcus en se plaçant sur la ligne de lancer franc. Ma mère ne connaît rien au basket et je n'ai personne d'autre avec qui m'entraîner. Mon père est mort avant ma naissance et je n'ai ni frères ni sœurs.

Marcus tira. La balle rebondit sur le bord du panier. James courut la rattraper, songeant aux paroles de l'enfant. Pour sa part, avec trois frères qui étaient toujours dans ses jambes, il n'avait pas connu la solitude de l'enfant unique. Cependant, il était intéressé par la remarque que Marcus avait faite concernant son père. Roland Overholt était mort dans un accident de circulation onze ans plus tôt. Les dates concordaient.

Il rendit le ballon à Marcus.

— Je suis désolé pour ton père. Il jouait au basket aussi ?

— Hmm... je ne sais pas, répondit le garçon distraitement, occupé à faire rebondir la balle d'une main à l'autre dans son dos.

— Ta maman ne t'a pas parlé de lui ?

Les mots avaient à peine jailli de ses lèvres que James

eut l'impression d'être un salaud. Il essayait de soutirer à un enfant des informations sur son père mort. S'il avait eu la moindre illusion à propos de son aptitude au travail de détective privé, la bouffée de mépris qui l'envahit en eut raison.

Marcus pressa la balle contre sa poitrine et le regarda d'un air soupçonneux.

— Pas beaucoup. Elle n'aime pas parler de lui.

James sentit que l'enfant se fermait, et la distance soudaine entre eux lui fit l'effet d'un coup de poing à l'estomac.

— Hé, tu veux que je te montre un petit truc qui t'aidera avec les lancers francs ?

Il fit signe à Marcus d'écarter un peu les jambes et lui montra comment relâcher son poignet davantage et le laisser retomber naturellement au moment de tirer. Le malaise de l'instant précédent se dissipa alors que la balle prenait son envol et atterrissait dans le panier.

— Ouah, merci ! s'écria Marcus, avec un sourire qui éveilla une pointe de fierté en James.

— Pas trop mal pour un vieux, hein ?

Il donna une petite tape sur l'épaule de Marcus.

— Je ne suis pas basketteur, mais mon frère était membre de l'équipe de l'État quand il était au lycée. Je l'ai beaucoup regardé jouer.

— Il va venir vous rendre visite ? demanda Marcus, souriant jusqu'aux oreilles.

— Peut-être. Allez, entraîne-toi encore un peu pendant que je vais reposer mes vieux os et bavarder avec ta maman.

James se dirigea vers Erika, tandis qu'un sentiment nouveau naissait en lui. Marcus était gentil, intelligent, vif d'esprit – un enfant formidable. James n'avait guère eu de contact avec les enfants jusqu'alors. Ryan et sa femme venaient d'avoir leur premier bébé, et même si James savait que ses oncles la gâteraient autant que ses parents le leur permettaient, elle n'était encore qu'un nourrisson.

Il s'assit sur le banc à côté d'Erika et posa la main sur sa cuisse. L'exercice et les tirs avaient réveillé sa blessure. Il avait l'impression que la paume de sa main palpitait.

— Merci d'avoir fait ça.

— Pas de problème. Il est doué, et surtout, c'est un gamin fantastique.

— C'est vrai, acquiesça-t-elle avec un sourire.

— Il a mentionné que son père était mort. Je suis désolé.

Erika se raidit.

— Merci.

Une seconde de silence s'écoula.

— Qu'avez-vous à la main ?

Ainsi, elle avait remarqué. Il lui fournit sa réponse standard.

— Un tendon endommagé.

— C'est pour cette raison que vous avez quitté l'armée ?

Le silence s'étira durant un long moment avant qu'il réponde.

— Oui.

— Qu'est-il arrivé ?

Il envisagea d'éluder la question, de fermer cette avenue de conversation comme il le faisait chaque fois que quiconque hormis Ryan ou un de ses anciens camarades d'armée parlait du temps qu'il avait passé dans l'armée. À sa surprise, il comprit qu'il avait envie de partager cela avec Erika.

— Un attentat-suicide.

Sa poitrine se comprima alors qu'il prononçait les

mots. Il refoula les images qui menaçaient de déferler et se força à continuer.

— Un fragment de shrapnel m'a traversé la main. On ne peut pas être tireur d'élite si on ne peut plus tirer droit, par conséquent mon engagement a pris fin pour raisons médicales.

Il devait y avoir quelque chose de spécial dans l'air à Carling Lake, songea-t-il. En l'espace de deux heures, il avait raconté son histoire à deux personnes.

Erika recouvrit sa main de la sienne.

— Je suis désolée.

— Merci, mais il y a des tas de gars qui s'en sont tirés bien plus mal que moi.

Et beaucoup d'autres n'étaient jamais rentrés au pays. Il n'avait pas le droit de s'apitoyer sur son sort.

— Cela ne change rien à votre perte, répondit Erika, comme si elle avait lu dans ses pensées.

Il n'était pas certain qu'elle ait raison, mais il ne tenait pas à en discuter non plus.

— C'est en partie la raison de mon séjour à Carling Lake. Je suis venu pour prendre le temps de réfléchir à ce que je veux faire du reste de ma vie.

Erika esquissa un sourire.

— Comment ça avance ?

— Jusqu'à maintenant, pas très bien. Je suis allé au centre de tir avec le shérif aujourd'hui. Il semble penser que je pourrais réussir le test pour devenir adjoint, mais je ne suis pas certain que ce soit une voie qui me convienne.

— Qu'est-ce qui vous conviendrait ?

Il se remémora l'appel du propriétaire de la galerie d'art et les dizaines de dessins qu'il avait dans son appartement, puis refoula cette pensée. Devenir artiste professionnel était une idée encore plus farfelue que celle d'être adjoint au shérif de Carling Lake.

— Je n'en ai pas la moindre idée, répondit-il honnêtement.

— J'étais comme vous quand je suis arrivée ici.

Il arqua un sourcil.

— Comment ça ?

Il l'observa tandis qu'elle hésitait. Si elle était réellement Erika Overholt, elle avait passé des années à garder son secret. Il avait du mal à croire qu'elle soit tentée de confier la vérité à un quasi-inconnu dans un jardin public.

— J'avais vingt et un ans quand j'ai épousé le père de Marcus. Ma mère venait de mourir, et j'étais seule. J'ai rencontré mon mari, et il m'a semblé être mon prince charmant. Le temps que je me rende compte qu'il était tout le contraire, j'étais mariée, et je me sentais prisonnière. J'avais quitté la fac sans terminer mes études, je n'avais jamais eu de véritable emploi. Mon mari n'était pas quelqu'un de bien. Il a fait en sorte que je dépende entièrement de lui. Et puis il est mort, et j'ai découvert que j'étais enceinte. Et là, j'ai été terrifiée. Mais, en fin de compte, Marcus et moi avons échoué à Carling Lake et… je ne sais pas, un jour après l'autre, j'ai fini par reprendre le fil de ma vie. Je suis sûre que vous ferez pareil.

Erika secoua la tête, comme pour chasser de mauvais souvenirs.

Il avait l'estomac noué par le besoin instinctif de protéger cette femme et son enfant. Et par la colère qu'il éprouvait à l'égard de celui qui avait eu la chance d'avoir Erika dans son lit chaque nuit et qui n'avait pas su veiller sur elle.

Rien de tout cela n'était censé arriver. Pourtant, avec chaque jour qui s'écoulait, Erika emplissait davantage ses pensées. Il songeait à l'arôme floral de son parfum.

À la douceur de son sourire. À la manière dont ses joues s'empourpraient quand elle était agacée, ou furieuse.

— Nous devrions rentrer, dit-elle, l'arrachant à ses réflexions.

Elle se leva et se dirigea vers le terrain de basket. Marcus courut vers elle, et lança un coup d'œil vers James.

— Salut, James. On jouera peut-être une autre fois ?

— Quand tu voudras, répondit-il, en agitant la main.

Ce fut un choc de constater qu'il était sincère. Que ce soit bien ou mal, il était en train de tomber amoureux d'Erika et de son fils.

10

— Je comprends. Si votre emploi du temps se libère…

Erika entendit la tonalité avant même d'avoir achevé sa phrase.

—… faites-le-moi savoir.

Elle posa le téléphone sur la table et raya le dernier nom qui figurait sur la liste d'entrepreneurs qu'elle avait rédigée à son retour de l'hôpital. Il n'y avait personne dans un rayon de cinquante kilomètres qui puisse effectuer ses travaux dans l'immédiat.

Elle jeta un coup d'œil en direction du chalet de James.

Enfin, presque personne.

En rentrant chez elle après son altercation avec Ellis, elle s'était promis d'ouvrir la maison d'hôtes à temps pour la saison touristique, coûte que coûte.

L'achat de cette ferme et sa transformation en maison d'hôtes était devenu son rêve peu après son arrivée à Carling Lake. Il lui avait fallu des années pour réunir la somme nécessaire à son acquisition et aux travaux de rénovation.

Une fois à la maison, elle avait confectionné un dîner rapide et, pendant que Marcus faisait ses devoirs, avait redoublé d'efforts pour trouver un artisan.

Sa détermination n'avait pas porté ses fruits. Tout le monde à Carling Lake et dans les villes environnantes était focalisé sur le début de la saison touristique. Tous les entrepreneurs fiables, et les autres – elle le savait parce qu'elle les avait contactés aussi –, étaient engagés depuis des mois.

Elle pouvait faire une partie du travail elle-même. Deux chambres et une salle de bains avaient besoin d'être repeintes, ce qui ne posait pas de problème. En revanche, le plancher devait être poncé et elle voulait aussi installer une toilette et un lavabo neufs dans la salle de bains. C'étaient là des tâches qu'elle ne se sentait pas capable de faire elle-même, du moins, pas assez bien. Et elle ne pouvait se contenter d'un à-peu-près.

Les premières impressions étaient essentielles. Elle ne voulait pas que ses clients jugent la maison d'hôtes vétuste ou mal équipée. Tout devait être parfait quand elle ouvrirait la porte à ses premiers résidents.

Par conséquent, elle allait être contrainte de faire confiance au séduisant inconnu qui louait la maison d'à côté.

Elle jeta un nouveau coup d'œil vers la fenêtre. Elle devait admettre que James West avait l'air de quelqu'un qui s'y connaissait en bricolage.

Eh bien, Erika, tu as un plan ?

— Pourquoi est-ce que tu regardes tout le temps par la fenêtre ?

Elle pivota. Marcus l'observait, visiblement intrigué.

Elle prit une profonde inspiration avant de répondre.

— Parce qu'il faut que j'aille parler à notre voisin. Lui demander un service.

Marcus inclina la tête de côté.

— Eh bien, vas-y. Tu me dis toujours que, si j'ai besoin d'un coup de main, je ne dois pas hésiter à demander, et que la plupart des gens sont contents d'aider.

Elle avait dit cela, en effet, mais c'était en pensant à un coup de main en matière d'algèbre ou de grammaire, pas à la possibilité de laisser un inconnu entrer dans leur vie.

Au fil des années, elle avait baissé sa garde jusqu'à un certain point, en se liant d'amitié avec Lance et Daisy. Cependant, elle demeurait vigilante la plupart du temps. Roger Overholt ne devait jamais savoir qu'il avait un petit-fils, sinon il ne leur permettrait jamais de vivre en paix. Il voudrait exercer un contrôle total sur Marcus, son héritier, exactement comme il avait contrôlé Roland.

Et elle voulait éviter cela à tout prix.

Marcus, naturellement, ne savait rien. Quand il était né, Erika avait déjà adopté le nom de Powell. Il ignorait qu'il était un Overholt. Ignorait que, au fond, ils se cachaient pour échapper aux griffes de sa famille paternelle. Elle ne pouvait lui offrir les biens matériels que Roger Overholt aurait pu lui donner, mais elle travaillait dur pour qu'il ait une enfance normale, loin de la terreur qu'elle avait éprouvée auprès des Overholt, et c'était inestimable.

— Tu as raison, dit-elle en se levant. Je vais lui parler. Je n'en ai que pour une minute. Continue avec ton algèbre.

Elle sortit de la maison, traversa les deux jardins et toqua à la porte du chalet avant de s'être autorisée à analyser la situation davantage.

Elle n'invitait pas James à entrer dans sa vie et celle de Marcus. Elle acceptait la proposition qu'il lui avait faite de l'aider à terminer ses travaux. Nuance. Il travaillerait pour elle, rien de plus. À supposer qu'il soit encore prêt à le faire. Elle s'était montrée plutôt impolie lorsqu'il lui avait offert ses services. Peut-être n'était-il plus disposé à l'aider.

Toutes ces réflexions se succédèrent dans son esprit au

cours des secondes qui s'écoulèrent entre le moment où elle toqua et celui où James ouvrit la porte.

Là, toute pensée consciente la déserta. Debout sur le seuil, James portait un débardeur moulant qui épousait les muscles de son torse en sueur. Sur son biceps droit figurait un tatouage représentant un aigle et les lettres USMC. Son short en maille noire révélait des cuisses et des mollets non moins musclés.

— Erika ? Tout va bien ?

— Oui. Parfaitement… très bien.

Elle secoua la tête, atterrée.

Reprends-toi, enfin ! Ce n'est qu'un homme comme un autre.

Sauf qu'il y avait un certain temps qu'elle n'avait pas fréquenté d'homme. Surtout un homme comme celui qui se tenait en face d'elle. Non, rectifia-t-elle intérieurement. Jamais elle n'était sortie avec un homme aussi séduisant que James West.

Ce dernier plissa le front, la regardant avec sollicitude.

— Erika, vous commencez à m'inquiéter. Vous êtes sûre que tout va bien ?

— Votre offre d'aide pour la maison tient toujours ? balbutia-t-elle.

À l'évidence, son cerveau avait décidé de reprendre le contrôle de la situation.

— Oh… oui, bien sûr.

En dépit de sa réponse, elle ne put s'empêcher de remarquer qu'il avait l'air surpris.

— Si vous avez changé d'avis, je comprends. Je n'ai pas très bien réagi à votre proposition hier et je m'en excuse.

Il sourit, et un frisson d'excitation parcourut l'échine

d'Erika. Il y avait eu des hommes après Roland, mais pas depuis longtemps, et James West était incroyablement sexy.

Son pouls s'accéléra.

— Il y a une chose que vous devriez savoir à mon sujet, déclara-t-il, apparemment inconscient de l'effet qu'il produisait sur elle. Je ne dis pas de choses que je ne pense pas. Je suis prêt à vous aider de mon mieux.

Elle sentit ses épaules se détendre et se rendit compte soudain de la tension qui l'habitait jusqu'alors.

— Génial. Merci beaucoup. Je sais que nous devons encore discuter salaire, mais vraiment le temps presse.

Il leva une main en l'air, balayant sa remarque.

— Inutile de me payer. Vous me donnez une occupation. Si je commençais demain matin ?

Elle le paierait, bien sûr, mais cette bataille-là pouvait attendre le lendemain si nécessaire.

— Génial. Eh bien, à demain. Si vous venez vers 7 heures, vous pourrez prendre le petit déjeuner avec Marcus et moi avant de commencer, dit-elle, en reculant vers sa maison.

— Ce sera avec plaisir.

Son sourire s'élargit, et elle se détourna, réprimant l'envie de détaler à toutes jambes.

C'était fait. Elle avait demandé son aide et il la lui avait accordée.

Maintenant, elle n'avait plus qu'à espérer qu'elle ne le regretterait pas.

11

— Reed Johnson est dans les marines. Vous le connaissez ?

Marcus remonta ses lunettes rondes sur l'arête de son nez et regarda James d'un air interrogateur.

— Je ne crois pas. Il y a beaucoup de marines, expliqua-t-il, répondant à la dernière salve de questions dont l'enfant l'avait bombardé sur les marines et l'armée.

À en juger par les apparences, Erika et Marcus étaient debout depuis un bon moment déjà. L'arôme du café frais embaumait l'air, et Erika s'affairait à préparer des crêpes quand il était arrivé, à 7 heures précises.

Marcus hocha la tête.

— Charlie Mulhern est matelot. Ça veut dire qu'il est dans la marine.

— Je ne pense pas l'avoir rencontré non plus, avoua James, à la fois amusé et flatté par l'enthousiasme du garçon.

Erika s'approcha, un plat plein de crêpes à la main.

— Il y a une foule de gens dans l'armée, dit-elle à Marcus. Tu ne peux pas t'attendre à ce que M. West les connaisse tous.

Il adressa à Erika un sourire reconnaissant. Il n'avait pas l'habitude d'être en la compagnie d'enfants, encore moins d'enfants aussi curieux que Marcus.

À l'évidence, Erika allait être une excellente hôtesse

pour ses clients. Elle s'activait devant le fourneau comme une vraie professionnelle, confectionnant trois sortes de crêpes : noix-banane, fraise, et saupoudrées de confettis comestibles, afin que Marcus et lui donnent leur avis sur leur inclusion éventuelle dans le petit déjeuner des futurs hôtes. James n'était pas un grand fan de la fraise, mais dégusta les deux autres avec plaisir.

Marcus mangeait avec appétit, ce qui rappela à James que son père disait toujours en plaisantant qu'il valait mieux avoir ses fils en photo qu'en pension.

Le garçon engloutit quatre crêpes avant de reprendre la parole.

— Vous aimez la pêche ?

— Il y a longtemps que je n'y suis pas allé, mais oui, répondit James en portant sa tasse de café à ses lèvres.

— Maman et moi, on va aller pêcher samedi. Vous voulez venir avec nous ?

Oui. Il était stupéfait de l'admettre, mais plus il passait de temps avec Erika et Marcus, plus il avait envie de les voir. Ce qui était une situation délicate, étant donné qu'il ne savait pas quelle opinion Erika aurait de lui la semaine suivante.

Celle-ci se hâta de terminer sa bouchée de crêpe.

— Je suis sûre que James a d'autres projets pour ce week-end. Nous ne voulons pas nous imposer.

La déception se lut sur les traits de Marcus.

James en fut désolé, mais savait que s'immiscer dans leur vie risquait de mener à une déception plus profonde encore.

— Je ne sais pas encore si je suis libre. Puis-je réfléchir ?

— Oui, vous faites comme vous voulez, répondit Marcus, boudeur.

— C’est presque l’heure de partir pour l’école. Va finir de te préparer. Et n’oublie pas de te brosser les dents, ajouta Erika alors que l’enfant sortait de la pièce.

Elle se tourna vers James.

— Désolée. Voulez-vous que je vous fasse visiter la maison pendant qu’il se prépare ?

Il acquiesça.

— Eh bien, comme vous le voyez, nous sommes dans la cuisine. Elle a été rénovée quand nous avons emménagé voici quatre ans, donc il n’y a pas de travaux nécessaires ici.

Elle désigna la porte par où Marcus était sorti.

— De ce côté, il y a ma chambre, celle de Marcus, et un petit salon privé. Vous n’avez pas à vous soucier de cette partie.

Elle pivota et se dirigea vers le vestibule, où un escalier imposant, à la rampe en bois délicatement sculpté, attirait aussitôt l’attention.

— Vous avez sans doute remarqué le grand salon en entrant. Ensuite, il y a le petit salon que j’ai transformé en bibliothèque, à l’usage des clients en quête d’un endroit calme.

Elle enfila un couloir et le précéda dans une pièce qui contenait quatre tables rondes.

— Voici la salle à manger. C’est là que les clients prendront le petit déjeuner.

— Les crêpes noix-banane remportent mon vote, déclara James en entrant derrière elle.

Erika se retourna, entra en collision avec lui et trébucha. Il tendit la main et la stabilisa.

— Excusez-moi, dit-elle dans un souffle, je… je ne vous avais pas vu.

Le désir qu’il lisait dans son regard fit battre le cœur

de James plus vite. Cependant, Erika se dégagea presque aussitôt, et il dut lutter contre la tentation de la reprendre dans ses bras.

— J'allais juste dire que je ne savais pas pourquoi je vous montrais tout ça. C'est le premier étage qui a besoin de travaux.

Il s'effaça pour la laisser passer. Erika sortit de la pièce et regagna l'arrière de la maison. Il exhala profondément pour se ressaisir, et lui emboîta le pas dans l'escalier.

— Il y a un deuxième étage que j'espère ouvrir un jour, expliqua-t-elle, comme ils atteignaient le palier. Mais pour le moment, seules les chambres du premier sont disponibles.

Elle ouvrit la porte de gauche. Ils entrèrent dans une grande pièce baignée de soleil, aux murs lambrissés.

— Toutes les chambres sont plus ou moins identiques. Les murs ont besoin d'une couche de peinture, mais je ne veux pas toucher aux lambris ni aux boiseries des fenêtres. En revanche, les planchers ont besoin d'être poncés.

— Combien de chambres y a-t-il ? demanda James, évaluant l'ampleur de la tâche.

Peindre était fastidieux mais relativement facile. Le ponçage serait plus ardu, mais il avait aidé Ryan à rénover ses planchers, de sorte qu'il n'était pas un novice en la matière.

— Quatre, et deux salles de bains, dit-elle en sortant.

Elle poussa une autre porte un peu plus loin dans le couloir.

— Voici la première salle de bains. Elle est un peu vieillotte mais tout fonctionne, je n'ai donc pas l'intention d'y toucher pour le moment.

James jeta un rapide coup d'œil autour de lui et se découvrit d'accord avec le jugement d'Erika. Elle le conduisit à la dernière porte du couloir.

— Voici la deuxième salle de bains.

James comprit aussitôt pourquoi elle avait été si contrariée quand Sam Hogan avait abandonné les travaux. La pièce ne contenait ni lavabo ni toilette et la lampe qui aurait dû être fixée au plafond gisait dans la baignoire.

— Ça paraît difficile à croire, mais c'est mieux qu'avant. La salle de bains d'avant était rose, ornée de paillettes ! Un peu trop années 1960 à mon goût. Je voulais que Sam donne à cet espace un style plus contemporain. J'ai commandé le lavabo et les toilettes mais je ne sais pas du tout comment m'y prendre pour les installer.

— Je peux vous aider à le faire.

En réalité, il n'avait jamais procédé à une telle installation jusqu'alors, mais cela ne pouvait pas être bien compliqué, se dit-il. Avec l'aide de l'Internet, il était certain de pouvoir se débrouiller.

Elle referma la porte et le précéda dans l'escalier pour regagner le rez-de-chaussée.

— Vous pensez vraiment pouvoir vous charger de ce travail ?

James la regarda se mordre la lèvre inférieure et fut soudain submergé par le désir de lui promettre n'importe quoi. Tout ce qui pourrait effacer l'expression préoccupée de son visage.

— Oui. J'ai poncé des planchers, et repeindre un mur est à la portée du premier venu. Je n'ai jamais installé de salle de bains, mais j'ai vu des acteurs le faire dans des pubs à la télé.

Sa plaisanterie ne suffit pas à chasser le scepticisme dans le regard d'Erika.

— Honnêtement, il n'y a aucun souci. Vous avez dit que tout est déjà commandé ?

Elle hocha la tête.

— À la quincaillerie. La livraison devrait avoir lieu d'un jour à l'autre.

— Eh bien, je suis sûr que quelqu'un là-bas pourra répondre à mes questions si j'en ai. Tout ira bien.

Elle le dévisagea encore un instant, avant de se décider à sourire.

— D'accord. Vous avez raison. L'employé est très serviable.

Son sourire s'accentua, et le cœur de James manqua un battement.

— Eh bien, je vais déposer Marcus et puis je reviendrai vous aider.

Elle le ramena à la cuisine et entreprit de débarrasser la table du petit déjeuner.

James l'aida à desservir.

— Si vous avez à faire en ville, prenez votre temps, dit-il, espérant profiter de son absence pour fouiller la maison à la recherche de la preuve qu'elle était bel et bien Erika Overholt. Je suis sûr que je pourrai me débrouiller tout seul.

Erika lui jeta un coup d'œil par-dessus son épaule.

— Je ne vous serai sans doute pas d'une grande aide, mais dès que j'aurai déposé Marcus, je serai libre pour la journée.

Sans doute voulait-elle s'assurer qu'il savait ce qu'il faisait et qu'il n'allait pas gâcher ses chances d'ouvrir la maison d'hôtes en temps voulu.

— Je me suis dit que vous pourriez travailler pendant que Marcus est à l'école. Quand il rentre, c'est le chaos ici, reprit-elle, avant de rincer les assiettes qu'il lui tendait. Il faut s'occuper du dîner et de ses devoirs. Je crois qu'il vaudrait mieux qu'il ne soit pas distrait par les travaux. Pensez-vous que cela vous donnera le temps de terminer dans les délais ?

— Probablement. En cas de problème, nous pourrons toujours travailler un peu plus tard à l'approche de la date butoir pour votre demande d'autorisation.

Marcus apparut sur le seuil.

— Je suis prêt, maman. On y va ?

Erika leva les yeux au ciel.

— On m'appelle. Tout ce dont vous avez besoin est au sous-sol. Dans le coin droit. Les précédents propriétaires ont laissé une ponceuse électrique. J'ai supposé que vous pourriez vous en servir, mais elle est trop lourde pour que je puisse la porter. Cela vous ennuie de vous en charger ?

— Pas du tout.

— Parfait. Je serai de retour dans vingt minutes.

La porte de derrière se referma alors qu'il descendait l'escalier du sous-sol. Vingt minutes ne suffiraient sans doute pas à fouiller une demeure de cette taille, mais si preuve il y avait de la véritable identité d'Erika, celle-ci devait se trouver dans la partie privée. Peut-être aurait-il de la chance et pourrait-il accomplir sa mission dès aujourd'hui, après tout.

Il regagna la cuisine et se dirigea vers la porte qu'Erika avait indiquée plus tôt. Elle s'ouvrait sur un salon assez spacieux, où un canapé d'angle confortable était installé face à une télévision. Un bureau occupait un coin de la pièce ; un ordinateur et une pile de papiers étaient posés dessus. Plusieurs tableaux représentant des paysages de Carling Lake étaient accrochés aux murs peints en jaune, et s'ils n'étaient manifestement pas l'œuvre d'un professionnel, ils étaient tout de même très réussis. Deux grandes fenêtres donnaient sur le jardin arrière et les arbres au-delà. Un petit couloir menait à trois autres portes, toutes closes. Une atmosphère chaleureuse, douillette, émanait de l'endroit.

Il s'intéressa au bureau d'abord. Ce n'était pas un lieu très original pour cacher quoi que ce soit, mais la plupart des gens manquaient d'imagination en la matière. Les cachettes les plus répandues étaient l'arrière des cadres, le dessous des tiroirs, l'arrière des toilettes et le bon vieux dessous des matelas.

Il inspecta tous les endroits usuels dans le salon et la salle de bains avant de se diriger vers les chambres. Celle de Marcus était bleue, le plafond et les murs ornés d'autocollants luminescents représentant les planètes et les étoiles. Un pyjama Captain America avait été abandonné en travers du lit défait. Des jouets, des livres et une chaussure solitaire occupaient le dessus de la commode, tandis qu'un second ordinateur portable était placé sur le bureau.

James effectua une fouille rapide des lieux, mais il était presque sûr qu'Erika n'aurait rien dissimulé là qui soit susceptible de révéler son vrai nom. Elle n'aurait pas voulu prendre le risque que Marcus le découvre accidentellement.

L'instinct et l'expérience lui soufflaient que la preuve de son identité se trouvait dans sa chambre. À supposer, bien entendu, qu'une telle preuve existe dans la propriété. Il était toujours possible qu'Erika ait loué un coffre à la banque, ou qu'elle n'ait conservé aucun document compromettant.

Le temps passait.

Il enfila le couloir et ouvrit la porte d'Erika. Les murs de la chambre étaient peints en gris clair, et un tapis gris et blanc dissimulait l'essentiel du plancher. La pièce était plus grande que celle de Marcus, mais le lit à baldaquin en bois sombre, avec sa coiffeuse et sa commode assorties, occupait le plus clair de l'espace. Une couette blanc cassé recouvrait le lit, des oreillers reposaient contre la tête de lit. Le parfum des lilas flottait dans l'air, et la vision d'Erika s'imposa à lui. il pouvait l'imaginer ici, s'habillant pour la journée, ou adossée aux oreillers, en train de lire avant d'éteindre la lumière.

Il secoua la tête et s'obligea à revenir au présent.

Ainsi qu'il l'avait fait dans le salon, il regarda derrière les tableaux et la glace de la coiffeuse avant de soulever le matelas. Rien. L'unique tiroir de la table de nuit ne révéla rien d'intéressant non plus.

Il n'était guère surpris. Si Erika Powell était bel et bien Erika Overholt, elle dissimulait ce fait depuis très longtemps. Il était peu probable qu'elle laisse des preuves de son passé dans un endroit où elles seraient faciles à découvrir. La chambre contenait un étroit dressing aménagé dans le mur en face du lit. La porte était sortie de son rail, et il dut lutter contre l'envie de la remettre à sa place. Des robes étaient pendues à côté d'une rangée de jupes et d'une poignée de chemisiers. Plusieurs paires de pantalons en toile étaient rangées au fond du placard, tandis que jeans et pulls, tous pliés avec soin, occupaient l'étagère supérieure. Sous les cintres se trouvait une rangée de chaussures en tout genre – escarpins, mocassins, bottines et bottes. Erika avait à l'évidence un faible pour les chaussures.

Examiner les vêtements d'Erika semblait étrangement intime, et il éprouvait un pincement de culpabilité. Le haïrait-elle si elle découvrait qu'il avait envahi son espace personnel ? Il ne pourrait pas lui en vouloir si c'était le cas.

Encore une preuve qu'il n'était pas fait pour être détective privé.

Malgré tout, il inspecta les poches et l'intérieur des chaussures, veillant à tout remettre exactement à sa place. Si quelque chose était dissimulé là, Erika avait fait un travail remarquable.

Il referma la porte du dressing, en prenant soin de la laisser légèrement de travers, comme il l'avait trouvée.

Il n'avait pas le temps de continuer. Erika allait rentrer d'un instant à l'autre et il ne voulait pas qu'elle s'interroge sur ce qu'il avait fait en son absence.

La ponceuse était à l'endroit précis que lui avait indiqué Erika. Par chance, c'était un modèle assez récent, moins lourd que les appareils énormes d'autrefois. Il le monta au premier étage et était à peine essoufflé quand il le déposa sur le plancher de la chambre.

Sur le point de retourner au sous-sol pour y chercher le reste des outils, il entendit un bruit de pas au rez-de-chaussée.

Il jeta un coup d'œil par la fenêtre de la chambre. L'allée où Erika garait sa voiture était vide.

Ce n'était pas elle qui marchait dans la maison.

Le neuf millimètres de James était enfermé dans son étui, au chalet. Il n'avait pas imaginé en avoir besoin pour poncer le plancher. C'était une erreur qu'il ne commettrait pas une seconde fois.

Il descendit l'escalier principal sur la pointe des pieds, espérant que les craquements du bois ne révéleraient pas sa présence. Quiconque rôdait à l'intérieur avait dû voir Erika s'en aller et présumer que la maison était déserte.

Une supposition que l'intrus allait regretter.

Dans le vestibule, James s'immobilisa et tendit l'oreille.

Le silence régna assez longtemps pour qu'il en vienne à se demander s'il avait imaginé le bruit quand un bruissement lui parvint de la cuisine.

Non, il n'avait rien imaginé.

Il s'avança vers la cuisine, à l'affût du moindre mouvement. La pièce était vide. Il se dirigea vers la partie privée de la maison. Il entendait quelqu'un bouger derrière la porte.

En l'absence d'une arme, sa meilleure chance était l'élément de surprise.

Il ouvrit la porte à la volée et fit irruption à l'intérieur, ses yeux parcourant l'espace.

Erika, debout devant un bureau à côté de la porte, une liasse de papiers à la main, recula d'un pas, bouche bée, prête à crier.

Il parvint à s'arrêter juste avant d'entrer en collision avec elle.

Ils se fixèrent un instant, puis le visage d'Erika se durcit.

— Qu'est-ce que vous fabriquez ?

— J'ai entendu des pas en bas. J'ai pensé que votre cambrioleur faisait une seconde tentative.

Elle agita les papiers dans sa main.

— Marcus a oublié ses devoirs. Je suis revenue les chercher.

Il leva les mains en signe d'excuse.

— Je suis désolé. J'ai peut-être été…

Un bruit sourd au-dessus de lui coupa court à ses excuses. Les yeux d'Erika se tournèrent vers le plafond.

— Marcus est avec vous ? murmura-t-il.

Elle secoua la tête.

— Je l'ai laissé dans la voiture.

Des pas dévalèrent l'escalier, et James se rua vers la porte.

— Enfermez-vous dans la voiture avec lui, ne descendez sous aucun prétexte ! cria-t-il par-dessus son épaule.

Il eut tout juste le temps d'apercevoir un homme entièrement vêtu de noir se ruer au-dehors. Quand il atteignit la terrasse, l'intrus se glissait déjà dans les bois qui longeaient la propriété.

Cette fois, James ne prit pas la peine de le poursuivre. Comme il se retournait vers la maison, Erika apparut sur le seuil, une carabine à la main.

— Il s'est enfui ?

Son visage était blême, mais elle tenait l'arme sans trembler.

Il hocha la tête et gravit les marches, furieux contre lui-même d'avoir laissé échapper l'inconnu une seconde fois.

— Marcus va bien ?

— Il est enfermé dans sa chambre. Je me suis dit qu'il serait plus en sécurité là que dans la voiture et je voulais me tenir prête au cas où le type reviendrait.

— Allons le chercher et appelons le shérif.

Erika le retint par le bras alors qu'il s'apprêtait à ouvrir la moustiquaire. Une vague de chaleur déferla en lui à son contact.

— Nous ne pouvons pas appeler Lance.

— Que voulez-vous dire ? protesta James, interloqué.

Erika fit un pas en avant.

— Écoutez-moi. Personne ne doit savoir ce qui est arrivé, vous comprenez ? Personne.

12

— Je ne comprends pas. Je pensais que vous étiez amis ?

Lance était en effet une des personnes qu'Erika considérait comme un ami à Carling Lake, mais il ne savait pas tout à son sujet, loin de là. Et les récents incidents avaient le potentiel de l'entraîner dans des investigations un peu trop poussées sur le passé d'Erika.

— C'est le cas. Et Lance ferait tout son possible pour trouver ce type. Mais je ne peux pas me permettre que le bruit se répande que ma maison d'hôtes n'est pas un endroit sûr.

— L'enjeu est peut-être plus important que la réputation de la maison d'hôtes, lui fit-il remarquer. À supposer que ce type soit aussi celui qui a essayé de s'introduire chez vous le soir où vous étiez à l'hôpital, il paraît décidé à persister jusqu'au moment où il aura trouvé ce qu'il cherche.

Le raisonnement de James était logique, mais elle avait besoin de réfléchir. Il y avait une mince possibilité pour que les événements de ces derniers jours signifient que Roger Overholt avait découvert l'existence de son petit-fils, mais elle soupçonnait que la source de ses ennuis était tout autre.

— Je ne crois pas.

James l'enveloppa d'un regard pénétrant.

— Il y a quelque chose que vous ne me dites pas ?

S'il savait ! Mais il était impossible de lui révéler la vérité, pas si elle voulait garantir la sécurité de Marcus et la sienne. Elle ne devait pas perdre cela de vue.

Elle posa l'arme sur la table de la terrasse.

— Je n'ai pas de preuve, mais je crois qu'Ellis Hanes est peut-être à l'origine de ces intrusions.

— Le type qui vous a piqué votre entrepreneur ?

— Oui.

James réfléchit un instant.

— Je n'exclus pas la possibilité que Hanes essaie de saboter votre projet, mais votre théorie n'expliquerait pas la première tentative de cambriolage. Celle-ci a eu lieu avant que l'entrepreneur renonce au chantier.

— Ellis a pu l'envoyer quand même.

— D'accord. Admettons que Hanes soit derrière tous ces incidents. Raison de plus de le signaler au shérif.

— Nous n'avons même pas bien vu l'intrus, objecta-t-elle. Lance va venir prendre notre déposition et il n'y aura aucun résultat, sauf que les gens entendront dire qu'il y a eu un autre incident ici.

— Erika…

— N'insistez pas, voulez-vous ? Vous ne comprenez pas. Appeler Lance serait une perte de temps. Ellis Hanes et sa famille sont des notables dans cette ville. Personne ne prendra parti pour moi contre lui, même si on me croit. Je suis seule ici, conclut-elle, d'une voix étranglée.

Elle baissa la tête, luttant contre les larmes et la lassitude. Le poids de ces derniers jours, mais aussi des dix dernières années, des années passées à s'inquiéter que Roger Overholt surgisse de nulle part, ayant découvert son identité.

James fit un pas en avant, se pencha et lui souleva le

menton du bout du doigt, jusqu'à ce que leurs yeux se rencontrent.

— Vous n'êtes pas toute seule. Je suis là.

Ses paroles résonnèrent en elle. L'excitation physique qu'elle avait ressentie lorsqu'il l'avait ramenée de l'hôpital et ce matin-là, quand elle lui avait fait visiter la maison, déferla de nouveau dans son corps.

Il promena les mains sur ses bras, les caressant doucement.

Elle s'avança d'un pas, se nichant contre lui quand il l'entoura de ses bras. Le corps dur et musclé de James épousa les courbes douces du sien.

Les yeux de James étaient toujours rivés aux siens, et son regard intense, enivrant, l'invitait à goûter ses lèvres sensuelles. Il baissa la tête lentement, lui donnant une chance de reculer.

Elle savait que c'était une mauvaise idée, mais elle avait une envie irrésistible de l'embrasser.

Avant d'avoir pu s'en dissuader, elle leva la tête et répondit à son baiser.

Il captura ses lèvres avec fermeté, et une bouffée de désir submergea Erika. Elle lui rendit son étreinte avec passion, et se serait peut-être complètement perdue dans l'instant si un bruit venant de l'intérieur de la maison ne l'avait brusquement ramenée à la réalité.

Elle mit une main sur le torse de James et recula d'un pas.

— On ne peut pas. Marcus risque de nous voir et tu es seulement de passage ici.

La déception se lut sur ses traits, mais céda vite la place à l'acceptation.

— Je comprends.

— C'est juste que je pense qu'il vaut mieux qu'on ait des relations…

Quel était le mot qu'elle cherchait ?

— Professionnelles. Il vaut mieux qu'on ait des relations amicales, mais professionnelles.

— Amicales, mais professionnelles, répéta James comme si ces mots appartenaient à une langue étrangère.

L'intensité de son regard n'avait pas changé depuis qu'elle avait mis fin au baiser.

— Oui.

— Si c'est ce que tu veux.

— Il faut que j'emmène Marcus à l'école.

Elle attrapa la carabine et se tourna vers la porte.

— Et je suppose que je devrais me remettre au travail.

Elle sentit sa présence rassurante derrière elle.

Amicales, mais professionnelles. Ce n'était pas ce qu'elle voulait, mais c'était pour le mieux.

À force de se le répéter, peut-être finirait-elle par le croire.

13

Les deux jours suivant leur baiser enflammé, Erika garda ses distances avec James. Fidèle à son engagement, elle avait continué à lui préparer le petit déjeuner, mais elle avait permis à Marcus de dominer la conversation avec ses questions incessantes sur l'armée et la vie à New York.

Elle avait adoré ce baiser. Il avait éveillé en elle des sensations qu'elle n'avait pas éprouvées depuis une bonne décennie. En dépit de son intention de ne pas se rapprocher de James, elle se surprenait à penser à lui souvent.

Il la contemplait comme si elle était la femme la plus intéressante au monde et qu'il ne pouvait détacher son regard d'elle.

Cependant, céder à l'attirance qu'il lui inspirait créerait trop de complications. James finirait par retourner à sa vie, et ce ne serait pas juste envers lui ni envers Marcus de le laisser entrer dans leur existence alors que leur relation serait fondée sur des mensonges.

Elle avait espéré avoir le temps de l'aider, mais en réalité, elle passait le plus clair de ses journées dans la partie de la maison que Marcus et elle partageaient, et se focalisait sur son travail pour la *Gazette*.

C'était justement là qu'elle se trouvait, assise devant le petit bureau qu'elle avait casé dans un coin du salon. Après avoir terminé un article sur le nouveau parfum de crème glacée que Moulton avait lancé pour la nouvelle saison touristique, elle avait fait appel à toutes les ressources dont elle disposait pour parvenir à la vérité concernant la mystérieuse subvention censée avoir été accordée à la ville. Jusqu'à maintenant, ses efforts étaient restés sans résultat. Résolue à obtenir des réponses, elle décida qu'il était temps de rendre une nouvelle visite au bureau du Trésor.

La directrice, Susan Garraus, n'avait été d'aucune aide à Erika lorsque celle-ci avait apporté la première lettre faisant état de la subvention. Elle avait affirmé ne pas être au courant du tout. Erika avait douté de la sincérité de ses dénégations mais, en l'absence de preuves, elle n'avait pas pu insister.

Maintenant, face à cette seconde lettre demandant des comptes quant à l'utilisation de la somme allouée, Susan serait peut-être plus loquace.

Erika jeta un coup d'œil à sa montre. Il était 2 h 12. Marcus sortait du collège à 4 heures. Cela lui laissait amplement le temps d'aller parler à Susan. Elle attrapa son sac, ouvrit la porte et entra dans la cuisine, mais s'arrêta net à la vue de James debout devant la machine à café.

— Il y en a assez pour deux si tu veux une tasse, dit-il avant de boire une gorgée.

— Merci, mais j'étais sur le point de sortir, en fait.

— Tu vas où ?

— Il faut que j'aille au bureau du Trésor à propos d'un article que je prépare. Je ne devrais pas être longue.

— Je t'accompagne.

Il prit une longue lampée de café, et posa sa tasse dans l'évier.

— Non. Je ne crois pas que ce soit une bonne idée, dit-elle, reculant vers la porte.

— Quelqu'un a téléphoné de la quincaillerie. La commande a été livrée. Je peux aller la chercher pendant que tu vas faire ce que tu as à faire. Ce serait idiot de prendre deux voitures.

C'était logique, mais elle ne pouvait s'empêcher de penser qu'être dans la même voiture serait gênant.

— On devrait parler de ce baiser, reprit-il. C'est évident qu'il t'a mise mal à l'aise…

— Non, on ne devrait pas en parler, et non, il ne m'a pas mise mal à l'aise, lui assura-t-elle en détournant les yeux.

— Ah bon ? Parce qu'il y a deux jours que tu ne m'adresses presque pas la parole et tu ne veux même pas faire un trajet de cinq minutes en voiture avec moi.

— Bon. Très bien. Tu peux venir avec moi chercher la commande.

Sur quoi, elle lui tourna le dos et se dirigea vers son véhicule. Il s'assit sur le siège passager au moment où elle démarrait.

Ils roulèrent en silence, la remarque qu'il avait faite à propos du baiser tournant en boucle dans la tête d'Erika jusqu'au moment où elle se gara devant l'hôtel de ville.

Elle coupa le moteur et se tourna vers lui.

— Ce baiser… notre baiser. Il ne m'a pas mise mal à l'aise. Du moins pas de la manière que tu imagines. C'est juste que… on ne m'a pas embrassée comme ça depuis très longtemps. C'était bien.

L'euphémisme du siècle.

— Très bien. Mais ça ne doit pas se reproduire. Je n'ai pas de place dans ma vie pour… des complications. Il faut que je pense à Marcus et aux travaux de rénovation de la maison. Tu ne vas pas rester en ville très longtemps et…

Elle s'interrompit, consciente de parler pour ne rien dire.

— Je comprends. Vraiment, affirma James. Écoute, je sais que les choses sont compliquées en ce moment.

Il hésita et, l'espace d'un instant, son visage s'assombrit, et elle eut l'impression qu'il allait lui révéler un secret. Cependant, son expression s'adoucit.

— Je ne veux pas te rendre la vie plus difficile mais je ne peux pas nier l'attraction entre nous.

— James…

— Attends. Écoute-moi. Je t'ai dit que j'étais venu à Carling Lake pour décider de mon avenir. Ça signifie faire le point et être honnête avec moi-même et ce que je veux. Toi et moi… ça va forcément être compliqué.

L'ombre traversa son visage de nouveau avant de se dissiper tout aussi vite. Il se pencha et lui prit la main.

— Mais ça ne veut pas dire que ça ne vaut pas la peine d'essayer.

Elle se sentit fléchir.

— Je ne peux parler de ça maintenant, se hâta-t-elle de répondre. Il faut que j'aille au bureau du Trésor.

Elle descendit de voiture, imitée par James qui lui emboîta le pas. Elle s'immobilisa et se tourna vers lui.

— La quincaillerie est par là, indiqua-t-elle en pointant le doigt par-dessus son épaule.

— Je sais. Je me suis dit que j'irais avec toi et puis qu'on pourrait aller ensemble chercher la commande.

— Pourquoi ? Je suis parfaitement capable de me débrouiller seule.

— J'en suis sûr, mais j'ai toujours eu envie de voir un journaliste en action.

— James…

Il était on ne peut plus sérieux.

— On perd du temps.

La tension d'Erika grimpa encore d'un cran lorsqu'ils franchirent le seuil du bureau.

Susan Garraus était debout devant le comptoir de l'accueil. Son regard se posa sur James, et un lent sourire de séductrice se dessina sur son visage.

Un pincement de jalousie serra la poitrine d'Erika. Susan avait une dizaine d'années de plus qu'elle mais elle était toujours séduisante. Ses cheveux bruns soyeux ondulaient sur ses épaules et ses lunettes contribuaient à lui donner l'aura d'une bibliothécaire sexy.

À cet instant, elle reconnut Erika et son expression se durcit. Une moue se forma sur ses lèvres, comme si elle venait de mordre dans un fruit amer.

— Salut, Susan. J'espère que vous allez pouvoir me renseigner. Vous vous souvenez peut-être de notre conversation au sujet d'une subvention émanant du gouvernement fédéral…

— Je m'en souviens, coupa Susan. Et, comme je vous l'ai dit, cette subvention n'existe pas.

Erika garda son sourire plaqué sur son visage.

— J'ai reçu une autre lettre.

Elle tira une copie de son sac à main et la posa sur le bureau, face à Susan.

— Celle-ci demande à la municipalité de Carling Lake de justifier de l'utilisation des fonds conformément à ce qui avait été stipulé dans le dossier. Carling Lake n'a peut-être pas demandé de subvention, et n'en a peut-être pas reçu, mais il est clair que le gouvernement fédéral pense que si. Je suis certaine que vous vous rendez compte que les résidents de Carling Lake ont le droit de savoir comment leurs élus réagissent à ce problème.

Tout en parlant, elle avait sorti un petit calepin de son sac.

De nos jours, la plupart des reporters avaient recours à leur téléphone pour enregistrer leurs interviews, mais l'État de New York exigeait l'accord de toutes les parties concernées pour qu'un enregistrement soit effectué. Erika doutait fort que Susan lui donne son accord. Et, de toute façon, les gens parlaient souvent plus volontiers quand elle utilisait du papier et un stylo. La vieille école avait un côté moins intimidant.

Susan étrécit les yeux.

— Il n'y a pas de problème parce qu'il n'y a pas de subvention. J'ignore qui vous envoie ces lettres et qui vous met des sottises en tête, mais tout ça est faux.

— Les lettres sont adressées à ce bureau, lui fit remarquer Erika. Voulez-vous dire que c'est la première fois que vous les voyez ?

— Je vous dis que je ne sais rien à propos d'une subvention, martela Susan.

Cette femme mentait, Erika en avait la conviction. Elle jeta un coup d'œil vers James, qui n'avait pas prononcé un seul mot depuis leur arrivée, mais dont le visage reflétait le scepticisme.

— Avez-vous été en contact avec le gouvernement fédéral pour déterminer ce qui se passe ici ?

— Je n'ai pas à vous répondre, grogna Susan.

— Si je comprends bien, le bureau du Trésor ne s'émeut pas du fait qu'on lui réclame trois cent mille dollars dont personne ne semble avoir entendu parler ?

Le visage de Susan s'empourpra, mais elle se contenta de fixer Erika sans répondre.

— En somme, le bureau du Trésor se refuse à tout commentaire, conclut Erika.

Susan pinça des lèvres et se détourna, puis disparut dans un bureau à l'arrière.

— Ça s'est bien passé, commenta James, pince-sans-rire, comme ils ressortaient.

— À peu près aussi bien que toutes les conversations que j'ai eues avec Susan ces dernières semaines. Cela dit, je suis sûre qu'elle sait quelque chose à propos de cet argent.

Ils quittèrent le bâtiment et se dirigèrent vers la quincaillerie.

— Je suis d'accord avec toi là-dessus, acquiesça James. Quelque chose la rend nerveuse. C'est quoi, cette histoire de subvention ?

Erika lui résuma la situation en quelques mots.

— Je me suis renseignée partout où j'ai pu. Mon patron a même fait appel à ses propres sources, mais sans succès jusqu'à maintenant.

— Je connais quelques vétérans qui travaillent pour le gouvernement fédéral. Je ne te promets rien, mais je peux essayer de voir si l'un d'eux connaît quelqu'un qui travaille pour le bureau chargé de la répartition des subventions.

L'offre de James ouvrit une nouvelle brèche dans les défenses d'Erika.

— Ce serait fantastique. Merci.

Elle était perdue dans ses pensées quand ils remontèrent en voiture pour se rendre à la quincaillerie. Le fait que James se donne du mal pour lui venir en aide alors qu'il la connaissait à peine la touchait profondément. Il y avait bien longtemps que quelqu'un n'avait fait cela pour elle.

Certes, Lance et Daisy s'étaient montrés serviables, mais c'était différent avec James.

Différent parce que ce n'est pas de l'amitié que tu éprouves pour lui. Bon, d'accord, autant se l'avouer. Elle était attirée par James West. Quelle importance ? Sentiments ou pas, elle avait eu raison de dire qu'il n'y avait pas de place dans sa vie pour les complications. Entre sa nouvelle entreprise, les attaques perpétrées contre la maison d'hôtes, son travail pour le journal et Marcus qu'elle devait élever seule, elle avait largement assez de pain sur la planche. Et une fois que James aurait décidé ce qu'il voulait faire de sa vie, il quitterait Carling Lake en les laissant derrière lui, Marcus et elle.

Elle le regarda à la dérobée tout en conduisant. La décision la plus sensée était de maintenir une relation purement professionnelle.

Même si elle en était un peu dépitée.

14

— Il est superbe. Je l'adore. Merci infiniment, Taria.

Erika étreignit avec émotion Taria Sanders, employée à mi-temps de la quincaillerie Laureano. Celle-ci se raidit un peu et, après avoir tapoté rapidement le dos d'Erika, se dégagea.

— Excusez-moi, dit aussitôt Erika.

— Pas de souci.

Taria avait balayé ses excuses d'un geste, mais il était clair à son expression que cette démonstration d'affection l'avait mise mal à l'aise.

Arrivée en ville quelques mois plus tôt, Taria semblait garder ses distances avec tout le monde. Erika ne la connaissait pas bien, mais elle lui avait été d'une grande aide lorsqu'il s'était agi de dénicher le meuble en style ancien dont Erika était tombée amoureuse en le voyant dans un magazine de décoration. Erika doutait fort que Vincent Laureano, le septuagénaire propriétaire du magasin, ait été disposé à éplucher des dizaines de sites Internet pour essayer de trouver le fabricant.

— Parfait. Eh bien, il ne me reste plus qu'à appeler quelqu'un pour vous aider à le mettre dans votre voiture, répondit Taria.

— C'est pour ça que je suis là, intervint James en souriant.

Taria cilla.

— Oh ! très bien. Dans ce cas, nous allons le remballer et le transporter à l'arrière. Vous pourrez le charger là.

Le meuble semi-circulaire, en bois de merisier, était déjà sur un chariot, mais Erika avait prié Taria de le déballer pour pouvoir l'inspecter avant d'en prendre possession.

— À vrai dire, si nous avons le temps, je voudrais te montrer quelque chose, intervint James, s'adressant à Erika.

— Bien sûr.

Elle le suivit au fond du magasin, où un assortiment de carreaux était en exposition.

— J'ai jeté un coup d'œil à la salle de bains où tu veux installer le meuble de lavabo. La baignoire et le carrelage mural sont en bon état, mais le revêtement de sol mériterait d'être remplacé. Je me suis dit que si tu prenais la peine d'installer un lavabo et une cuvette de toilette neufs, autant en profiter pour mettre du carrelage.

Erika baissa les yeux sur les carreaux noirs et blancs, en forme d'hexagone, qu'elle convoitait depuis un certain temps. Sam lui avait donné un devis pour remplacer le revêtement, mais son budget ne lui avait pas permis d'inclure cela dans les travaux.

Elle secoua la tête.

— J'ai fait faire un devis. Cela coûterait trop cher.

— Ton devis tenait compte d'une main-d'œuvre gratuite et de la réduction proposée par le magasin en ce moment ?

Il pointait le doigt vers un panneau qui annonçait que tout le carrelage était réduit de dix pour cent.

Erika fit un rapide calcul de tête. Certes, elle dépasserait son budget, mais pas de beaucoup.

Elle inclina la tête de côté et regarda James.

— Pour quelle raison voudrais-tu te donner du travail supplémentaire ?

— J'ai du temps sur les bras et je veux t'aider. C'est tout.

Elle en doutait fort. Le tarif sur lequel ils s'étaient mis d'accord pour sa main-d'œuvre était déjà absurdement bas, mais il avait refusé tout net d'accepter davantage.

— D'accord, mais seulement si je te verse les dix pour cent que j'économise sur les carreaux. Ce n'est que justice. Sinon, je refuse, ajouta-t-elle, mettant fin à ses protestations avant même qu'elles aient commencé.

— Marché conclu.

Il tendit le bras. Elle glissa sa main dans la sienne et sentit un frisson d'excitation la parcourir tout entière. Le cœur battant à tout rompre, elle fit instinctivement un pas vers lui.

Elle ne pouvait détacher son regard du sien, et en aurait peut-être été gênée sans le désir qu'elle lisait dans ses yeux, et qui la réchauffait des pieds à la tête.

— Le meuble est prêt à être chargé… oh, excusez-moi. Je ne voulais pas vous déranger.

Taria rougit, pivota sur ses talons et se hâta de s'éloigner.

Erika recula d'un grand pas, les joues en feu. La dernière chose dont elle avait besoin était que la rumeur se répande en ville que James et elle flirtaient dans la quincaillerie.

Pour sa part, James n'avait pas l'air le moins du monde embarrassé d'avoir été sur le point de l'embrasser en public. Les mains dans les poches, il se pencha vers elle, comblant la distance qu'elle venait de mettre entre eux.

Un sourire espiègle, qu'elle trouva à la fois sexy et un rien agaçant, se répandit sur ses lèvres.

— Tu es vraiment sûre qu'il n'y a pas de place dans ta vie pour des… complications ?

15

Erika régla ses achats pendant que James les chargeait à l'arrière de la camionnette de manière à laisser assez de place à Marcus. Aussi gênée qu'une lycéenne prise en flagrant délit, Erika avait tenté d'expliquer qu'il ne s'était rien passé entre James et elle, mais Taria avait mis fin à la conversation, en disant qu'elle n'avait pas pour habitude de s'épancher sur la vie des autres et que, de toute manière, même si elle en avait eu envie, elle n'avait personne à qui en parler. Cette dernière remarque avait attristé Erika. En tant que nouvelle venue dans la localité, Taria devait se sentir plutôt seule.

Erika se promit intérieurement de l'inviter à dîner dès que les travaux seraient terminés, puis alla rejoindre James à l'extérieur. Ils s'engagèrent dans le parking de l'école juste au moment où la sonnerie annonçait la fin de la journée. Le trajet de retour fut rempli par le bavardage de Marcus qui leur raconta sa journée à l'école.

Elle fit marche arrière dans l'allée de manière à pouvoir décharger le meuble et les carreaux plus aisément. Marcus descendit côté passager derrière James, expliquant avec force détails comment il avait marqué le point gagnant dans le match de basket que ses copains et lui avaient disputé à la récréation.

Un éclair soudain jaillit des bois, alertant James avant même qu'il ait entendu le son d'un coup de feu.

Il saisit Marcus par le bras et le poussa derrière le véhicule pour le mettre à l'abri du tireur.

— Marcus ! cria Erika en contournant la voiture pour envelopper son fils de ses bras.

James avait déjà dégainé son pistolet.

— Restez baissés ! ordonna-t-il tandis qu'un second coup de feu fracassait une des vitres du rez-de-chaussée.

Il secoua la tête.

— Il faut qu'on entre. Nous sommes trop exposés ici.

Le silence se fit. Près de trente secondes s'écoulèrent sans nouveau tir, mais ce n'était pas nécessairement une bonne nouvelle. Bien qu'il n'ait pas vu leur attaquant, il avait une idée approximative de l'endroit où il se tenait. Maintenant qu'ils étaient tous réfugiés derrière le véhicule, ce dernier n'avait plus de trajectoire dégagée. Avait-il décidé de se déplacer pour trouver un meilleur angle de tir ?

Quant à lui, serait-il capable d'atteindre sa cible s'il fallait en arriver là ? Le seul poids de son arme suffisait à faire trembler les nerfs de sa main. Cela dit, il n'avait pas le choix. Ils ne pouvaient rester là où ils étaient.

Il regarda Erika par-dessus la tête de Marcus.

— Quand je t'en donnerai le signal, courez vers la porte d'entrée aussi vite que possible et, une fois à l'intérieur, restez loin des fenêtres. Dès que vous serez en sécurité, appelle Lance.

Il n'avait pas cru une seconde à l'explication qu'elle lui avait fournie plus tôt quant à sa réticence à alerter le shérif. Ce n'était pas la réputation de la maison d'hôtes qui l'inquiétait.

Erika acquiesça. Puis son regard s'arrêta sur la main de James et il comprit qu'elle l'avait vu trembler.

— Tu es sûr que…

— Nous ne pouvons pas rester ici, l'interrompit-il. Tu sais te servir d'une carabine. Fais-le si nécessaire.

Elle hocha la tête de nouveau.

Il se pencha vers l'avant de la voiture et risqua un regard vers l'endroit d'où étaient venus les coups de feu. Puis il fit signe à Erika et se mit à tirer en direction des arbres.

— Allez-y !

Il entendit les pas précipités d'Erika et de Marcus derrière lui alors qu'il continuait à tirer, les couvrant jusqu'à ce qu'ils soient entrés.

Il n'y eut pas de riposte.

Il courut à son tour vers la maison, claqua la porte derrière lui et mit le verrou.

Erika et Marcus étaient assis sur le sol de la cuisine, entre l'îlot et le fourneau. Elle tenait sa carabine dans une main et son téléphone dans l'autre.

— Lance est en route.

Elle lui tendit le téléphone et il entendit la confirmation du shérif à l'autre bout du fil. Il se baissa et prit l'appareil.

— Je crois que le tireur a filé, mais soyez prudents en arrivant.

Lance prit congé et James rendit le téléphone à Erika.

— Vous êtes sûr qu'il n'est plus là ? demanda Marcus d'une voix tremblante, des larmes roulant sur ses joues.

Une bouffée de colère intense déferla en James, qu'il maîtrisa pour ne pas effrayer l'enfant.

— Je ne sais pas, fiston, mais ne t'inquiète pas. Tant que je suis là, personne ne vous fera de mal.

Quelqu'un avait tiré sur eux.

Cette pensée terrifiait Erika. Elle ne doutait pas un instant que Roger soit prêt à tuer si nécessaire pour obtenir la garde de son petit-fils, mais elle ferait tout pour déjouer ses plans. Jamais elle ne laisserait Marcus devenir comme son père ou son grand-père.

Ce qui signifiait qu'elle allait être forcée de disparaître de nouveau.

Ce serait plus difficile cette fois. Elle allait devoir réfléchir aux raisons qu'elle donnerait à Marcus. Son fils n'était plus un bébé. Il exigerait des réponses et il y avait droit. De plus, il ne serait pas le seul à demander des explications. Elle s'était construit à Carling Lake une existence qu'elle n'aurait jamais pu imaginer dix ans plus tôt, lorsqu'elle avait fui Los Angeles. Elle avait son travail, Lance et Daisy. Plus étonnant, peut-être, elle avait commencé à entrevoir un avenir – la gestion d'une maison d'hôtes et, récemment, la possibilité de s'ouvrir davantage aux autres, d'envisager un temps où elle ne serait plus contrainte de vivre seule.

Elle jeta un coup d'œil à James. Il discutait à voix basse avec Lance devant la cheminée ancienne qu'elle projetait d'allumer durant les mois d'hiver. Comme s'il avait senti son regard sur lui, James souda ses yeux aux siens un long moment.

Lorsque Lance et ses adjoints étaient arrivés, tout le monde s'était rassemblé dans la bibliothèque, plus spacieuse et plus confortable que la cuisine.

Elle était assise sur le canapé en velours vert, Marcus pelotonné contre elle. Il ne l'avait pas quittée d'une semelle depuis l'incident, et elle était soulagée de l'avoir près d'elle. Même si tout danger immédiat était écarté, elle était encore bouleversée.

Malgré tout, elle avait du mal à croire que Roger Overholt soit responsable des coups de feu. Elle aurait compris qu'il la prenne pour cible, mais Marcus ? Elle ne pouvait imaginer qu'il ait couru le risque de le blesser.

L'adjoint Bridges entra, flanqué de Daisy.

— Je suis venue dès que j'ai appris ce qui s'était passé, murmura-t-elle. Ça va ?

Elle s'assit et passa un bras autour des épaules d'Erika, un geste qui fit tressaillir Marcus, à demi-endormi contre elle.

— Nous sommes tous sains et saufs, mais un peu secoués.

Daisy expliqua que la nouvelle de la fusillade circulait déjà en ville, mais Erika l'écouta à peine, focalisée sur ce que l'adjoint Bridges disait à Lance et à James. Elle était trop loin d'eux pour entendre, mais, à en juger par la mine des trois hommes, ce n'était pas une bonne nouvelle.

Ils s'avancèrent vers elle.

— Hé, Marcus, ça t'ennuierait que je parle à ta maman en privé une seconde ?

Complètement réveillé maintenant, Marcus prit une expression résolue. En réponse à la question de Lance, il se rapprocha de sa mère.

— Il n'y a pas de problème, Marcus, assura-t-elle. Si tu montrais à l'adjoint Bridges le nouveau jeu vidéo que vous adorez, Devin et toi ?

Avec un peu de chance, la présence de l'adjoint dissiperait une partie de la peur qu'il devait éprouver.

— Oui, viens donc me donner quelques tuyaux pour que j'aie une chance de vous battre la prochaine fois que je jouerai contre vous deux.

À regret, Marcus se leva et sortit de la pièce, accompagné du policier.

Lance s'assit sur le bord du fauteuil en face du canapé. James resta debout.

— Mes adjoints ont passé les environs au peigne fin mais, malheureusement, ils n'ont pas pu trouver le tireur.

Elle avait beau s'y être attendue, la déception l'envahit quand même. S'ils avaient arrêté l'homme, ils auraient peut-être une chance de découvrir qui était derrière toutes ces attaques.

— Qu'est-ce que ça signifie ? demanda-t-elle. Que pouvons-nous faire ?

— Eh bien, côté positif, nous avons récupéré des douilles. Nous allons les envoyer au labo de l'État, et l'identité judiciaire va les analyser.

— Bien. Quoi d'autre ? Je te connais depuis assez longtemps pour savoir que tu ne m'as pas tout dit.

Elle se tourna vers James.

— Qu'y a-t-il ?

James soutint son regard.

— Toutes les balles ont touché ton côté de la voiture.

Daisy prit la main d'Erika et la pressa entre les siennes.

— Je ne comprends pas. Qu'est-ce que ça veut dire ?

Lance regarda les deux femmes tour à tour.

— Nous pensons que c'est toi qui étais visée, Erika.

Elle eut l'impression d'avoir reçu un coup de poing dans l'estomac.

— Quelqu'un a essayé de me tuer.

— C'est possible, confirma Lance.

— La question est de savoir qui voudrait te faire peur et pourquoi ? intervint James.

— Ellis.

Trois paires d'yeux convergèrent sur une Daisy visiblement furieuse.

— Daisy…, commença Erika.

— Ellis Hanes ? coupa Lance. J'ai entendu dire qu'il n'était pas ravi que tu ouvres une maison d'hôtes. Il a été plus loin que faire des commentaires désobligeants et se plaindre ici et là ?

— Pas vraiment, répondit Erika.

— Oui, lâcha Daisy en même temps. Il a fait en sorte d'engager l'entrepreneur qu'Erika avait choisi pour s'assurer qu'elle ne pourrait pas terminer ses travaux. Et il a menacé Erika l'autre jour devant la quincaillerie. En gros, il lui a dit qu'elle ferait mieux de renoncer à son projet sinon…

Lance bondit à demi de son fauteuil.

— Pourquoi ne m'en as-tu pas parlé ?

— Parce que Daisy exagère, rétorqua Erika en lançant un regard irrité à son amie. Ellis ne m'a pas menacée. Il est vexé à la perspective d'avoir de la concurrence, mais je ne crois pas qu'il aille jusqu'à la violence. Je veux dire, ma maison d'hôtes est insignifiante par rapport à son hôtel.

— S'il ne te considérait pas comme un danger potentiel, il ne t'aurait pas prise à partie, lui fit remarquer Daisy.

L'argument était logique, mais bien loin de prouver qu'Ellis était l'auteur des tirs.

James fronça les sourcils.

— Ce serait une réaction extrême de sa part, observa-t-il.

— Ellis raconte à qui veut l'entendre que ta maison d'hôtes n'est pas sûre, reprit Daisy sur un ton éloquent.

Elle écarquilla les yeux.

— Il a commencé juste après que tu es tombée de la passerelle. Je parie que c'est lui le responsable !

Lance leva une main.

— Ne nous emballons pas. J'ai eu les résultats du labo

concernant la corde. Il est impossible d'affirmer qu'il y ait eu sabotage. C'était peut-être juste un accident.

Daisy s'esclaffa bruyamment.

— Allons, Lance ! La passerelle cède, quelqu'un essaie de mettre le feu à la maison et puis, comme par hasard, Ellis répand la rumeur que la propriété d'Erika n'est pas un endroit sûr. Cela fait trop de coïncidences à mon goût.

— Hanes et moi avons eu des mots cet après-midi, intervint James. Je suis arrivé alors qu'il essayait d'intimider Erika. Elle ne se laissait pas faire mais…

— Bien sûr que non, grogna Daisy.

—… Hanes n'était pas content que je m'en mêle, termina James.

Ce fut au tour de Lance de froncer les sourcils.

— Pas content, au point de faire quelque chose de ce genre ?

James haussa les épaules.

— Tu sais ce que c'est avec les tyrans. Ils peuvent perdre leur sang-froid quand on leur tient tête. Surtout s'ils se sentent menacés. D'après ce que je comprends, Hanes se considère comme quelqu'un dans cette ville. Difficile de savoir jusqu'où il pourrait aller si son standing est en danger.

Toute cette spéculation allait trop loin, songea Erika. Elle ne pouvait nier que leurs arguments soient logiques, mais Daisy, Lance et James n'étaient pas en possession de tous les faits. Peut-être était-il temps que cela change.

Lance se leva.

— Je vais aller dire deux mots à Ellis.

— Lance, attends…

— Je sais que tu ne le crois pas capable d'aller jusque-là, mais je ne fais que mon travail. Ellis et toi avez eu une altercation récemment et il a un mobile pour dénigrer ta propriété, voire te nuire.

— Justement. Ellis n'est pas la seule personne qui puisse être à l'origine de ces incidents. Ni la seule qui ait un mobile.

La perplexité se lut sur les visages de Lance et de Daisy, mais l'expression de James resta neutre, presque comme s'il s'attendait à la suite. Mais comment aurait-ce été possible ?

— Que veux-tu dire ? demanda Lance.

— Je ne suis pas… mon vrai nom n'est pas Erika Powell. C'est Erika Overholt. J'ai été mariée à Roland Overholt. Marcus est son fils.

— Roland Overholt, le fils du milliardaire ? s'écria Lance, abasourdi.

Erika hocha la tête.

— Oui. Roger n'est pas l'homme que les gens imaginent. Roland ne l'était pas non plus, d'ailleurs. Après la mort de Roland, Roger m'a mise à la porte – il m'a chassée de chez moi et exclue de la famille.

Le visage de Lance se plissa, comme s'il réfléchissait intensément.

— Je sais que le conglomérat Overholt semble avoir des actions dans toutes les industries principales au monde.

Erika hocha la tête.

— Roger mène une vie discrète. Il pense que la célébrité est vulgaire, mais c'est un des hommes les plus riches du pays, peut-être même du monde. Roland était son fils aîné. Il y a presque onze ans, il a trouvé la mort dans un accident de voiture. Nous étions ensemble, mais je n'ai eu que des blessures mineures. Je portais ma ceinture de sécurité.

Elle marqua une pause.

— Roland était ivre mort et je n'aurais pas dû monter

dans la voiture avec lui. Je n'aurais pas dû le laisser conduire. Mais j'avais appris tôt dans mon mariage qu'on ne pouvait pas défier Roland sans qu'il y ait des conséquences.

Son corps se raidit, envahi par un reste de colère envers son mari alors même qu'elle avait l'estomac noué par l'anxiété. Elle s'était sentie si petite, si insignifiante, durant ces années où elle avait été Erika Overholt.

Le silence tomba sur la pièce.

— Pourquoi n'as-tu jamais rien dit ? demanda enfin Lance, visiblement choqué.

Erika lut la douleur dans le regard de son ami et éprouva une bouffée de regret à la pensée qu'elle en était responsable.

— Je ne pouvais pas prendre le risque de le révéler.

— Une minute, coupa Daisy, l'air dérouté. Comment Roger Overholt a-t-il pu te mettre dehors ? Je veux dire, c'est un homme puissant, mais ta maison est ta maison.

Erika se leva et se mit à marcher de long en large devant le canapé. Peut-être pour évacuer une partie de la tension qui l'habitait.

— Justement, non. Je l'ignorais, mais ce n'était pas notre maison. Tout était au nom de Roger – la maison, les voitures, les comptes en banque. Tout. Je ne le savais pas… j'étais une autre femme à l'époque. J'ai commencé à fréquenter Roland peu après la mort de ma mère. J'étais seule, isolée et je n'ai pas compris à quel point il voulait me contrôler. Dans les deux premières années de notre mariage, il a sapé ma confiance et mon estime de moi-même au point que je ne me reconnaissais plus. Je n'avais plus de famille et je savais que, de toute façon, il ne me laisserait jamais partir. Cela aurait détruit l'apparence de perfection de sa vie, et les apparences étaient tout pour lui. Et pour Roger. Non que j'aie pu être assez parfaite. Ils trouvaient toujours quelque chose à redire à mon sujet : mes tenues, la manière dont je m'asseyais, dont je mangeais. Ils me critiquaient sans cesse.

— La maltraitance émotionnelle est tout aussi destructrice que la violence physique, mais elle est trop souvent ignorée ou traitée à la légère, commenta James.

Erika tourna son regard vers lui et fut soulagée d'y lire de la compréhension.

— C'est ce que je faisais : j'essayais de l'ignorer. Je me disais que ce n'était pas de la maltraitance parce que Roland ne m'a jamais frappée.

— Et pourtant, si, soupira Daisy en lui caressant le dos d'un geste apaisant.

— Je le sais à présent. Si j'avais été plus âgée, que j'avais eu plus d'expérience, je me serais peut-être interrogée sur la femme de Roger, Dianna. Ou sur le fait que la fille de Roger et de Dianna avait pris la fuite dès qu'elle avait été assez âgée pour le faire.

Lance fronça les sourcils.

— La famille Overholt est assez connue, mais je ne me souviens pas d'une fille.

— Parce que Roger l'a reniée voilà des années, longtemps avant que je fasse la connaissance de Roland. Elle s'appelle Evangeline. Apparemment, elle refusait que Roger contrôle sa vie. Je ne suis au courant que parce que Roland a parlé d'elle un soir qu'il était ivre mort. Je me souviens d'avoir été jalouse qu'elle ait eu le courage de tenir tête à Roger. Parfois, je pense que Roland éprouvait le même sentiment.

— Il y a quelque chose qui m'échappe, intervint James, l'air interrogateur. Puisque Roger t'a exclue de la famille, pourquoi te cacher ? Je comprends que tu n'aies pas voulu continuer à porter le nom d'Overholt, mais j'ai l'impression que tu ne nous dis pas tout.

— C'est vrai, fit Erika en soupirant. Le plus important reste à expliquer. Je vous ai dit que les apparences comptaient énormément pour les Overholt, mais ce n'était pas le plus important. Non, le plus important à leurs yeux, c'était le sang, la lignée.

L'expression de James demeura perplexe.

— Je ne sais pas, avoua Lance.

— Roger traitait tout le monde comme une extension de lui-même. C'est pourquoi chacun devait être irréprochable, parfait. Il a modelé ses fils à son image et, tant qu'il tenait les cordons de la bourse, ils devaient faire ses quatre volontés. Le soir de l'accident, le médecin qui m'a annoncé la mort de Roland m'a aussi appris que j'étais enceinte. J'avais à peine assimilé la nouvelle quand Roger m'a chassée. Je savais que je pouvais me défendre et sans doute parvenir à un arrangement financier – il aurait tout fait pour ne pas voir son nom étalé dans les tabloïds –, mais je savais aussi que le prix de cela serait la vie de mon enfant. Que, si Roger découvrait l'existence d'un petit-fils, il ferait tout pour l'avoir sous sa coupe. Et je n'allais pas laisser cet homme s'approcher de mon fils. Voilà pourquoi je suis partie. Pourquoi j'ai changé de nom et disparu.

— Mais maintenant, tu crois qu'il est possible que Roger Overholt sache que Marcus existe et qu'il soit à l'origine de la fusillade d'aujourd'hui.

Erika déglutit avec peine.

— Oui… je ne vois pas qui d'autre voudrait s'en prendre à moi ainsi.

— Roger Overholt n'est pas coupable, affirma James, attirant tous les regards sur lui. Il est mort.

16

Erika se laissa retomber sur le canapé, s'entourant la taille de ses bras comme pour se protéger.

— Comment sais-tu…, murmura-t-elle, le soupçon voilant son regard.

— Il a raison, intervint Lance, qui venait de consulter son téléphone. Il y a plusieurs articles en ligne, mais je suppose qu'il n'était pas vraiment une célébrité, par conséquent, sa mort n'a pas fait grand bruit.

James gardait les yeux rivés sur Erika. En dépit de la supposition parfaitement raisonnable de Lance qu'il avait appris la nouvelle dans les médias, il devinait qu'elle suspectait autre chose.

Il avait obtenu ce qu'il voulait, et cela sans enfreindre de loi. Erika avait admis être Erika Overholt. Il n'avait pas de preuve matérielle, mais elle ne pourrait pas le nier après l'avoir reconnu devant deux témoins. Il n'avait plus qu'à faire son rapport à Ryan, laisser Erika, Lance et tout le monde en ville continuer à croire qu'il était juste un ex-marine qui cherchait à reconstruire sa vie, et s'éclipser.

Mais son regard rencontra celui d'Erika, et il sut qu'il ne pourrait pas.

Elle méritait de savoir la vérité, même si cela signifiait qu'elle allait le détester.

— Je ne l'ai pas appris dans la presse, avoua-t-il.

L'air dans la pièce sembla se remplir de tension.

— Je le sais parce que je travaille pour West Security and Investigations, la société de ma famille. Nous avons été engagés par les exécuteurs testamentaires de Roger Overholt pour retrouver Erika et Marcus.

Erika devint livide, et il eut l'impression d'avoir encaissé un coup de poing dans l'estomac.

— Il était au courant de l'existence de Marcus, murmura-t-elle dans un souffle. Comment ?

— Il était au courant, oui. Je ne sais pas comment, mais le testament stipule que tous les héritiers soient informés de leur legs au même moment et au même endroit. C'est pourquoi nous avons été engagés pour vous trouver. Il faut présumer que Marcus et toi avez reçu un legs.

— Je n'en veux pas, murmura Erika.

Daisy lui caressait le dos de nouveau, mais Erika se dégagea et se redressa.

— Je n'en veux pas, répéta-t-elle plus fermement. Je ne veux rien de cet homme. De cette famille.

— La société West n'a été chargée que de vous retrouver et de confirmer votre identité. C'est aux avocats de vous contacter concernant le contenu du testament.

Erika se leva et traversa la pièce pour aller se planter devant lui.

— Après tout ce que je vous ai dit à propos de Roger et de sa famille, tu vas leur dire que tu sais où nous sommes ?

Il fut tenté d'affirmer que non, que la société West déchirerait le contrat et rendrait l'argent touché, mais ce n'était pas à lui de prendre cette décision. Il avait été envoyé ici pour remplir une mission.

Il tendit la main vers elle mais elle se déroba.

— Ne me touche pas, ordonna-t-elle, d'une voix tremblante de rage. Je n'arrive pas à croire que tu as fait ça. J'avais confiance en toi.

Sur quoi, elle pivota sur ses talons et sortit de la pièce à grands pas. Daisy décocha à James un regard dégoûté avant de se hâter à sa suite.

James fit mine de lui emboîter le pas, mais Lance l'en empêcha.

— Pas si vite.

La colère durcissait ses traits.

— Elle est trop furieuse pour écouter ce que tu as à dire, et moi, j'ai des questions à te poser.

James sentit les muscles de son menton se crisper de frustration, mais il savait que Lance avait raison. Erika était hors d'elle et avait le droit de l'être. Mieux valait attendre qu'elle se calme un peu avant de tenter de s'expliquer.

— Que savais-tu de tout ce qu'Erika nous a raconté ?

— Rien, grommela-t-il. Comme je l'ai dit, notre société a été engagée par les exécuteurs testamentaires. Nous savions évidemment qu'Overholt était un milliardaire, propriétaire du conglomérat privé le plus vaste du pays, mais de notre point de vue, il s'agissait simplement de confirmer l'identité d'un individu.

Lance redressa le menton.

— Tu es ici depuis plus d'une semaine. Comment se fait-il que tu n'aies pas encore obtenu confirmation de l'identité d'Erika ?

James lâcha un soupir.

— C'est parce que je suis un piètre détective. Même pas un détective, d'ailleurs. Je travaille seulement pour ma famille en attendant de mettre de l'ordre dans ma vie. Je n'ai jamais menti. Je n'ai pas dit toute la vérité, c'est tout.

Lance eut un petit rire méprisant.

— Une distinction qui ne fait aucune différence.

James ne protesta pas.

— Écoute, si West avait envoyé quelqu'un d'autre à ma place, ce type se serait introduit dans la maison et l'aurait fouillée jusqu'à ce qu'il trouve des preuves de l'identité de Marcus et d'Erika. Je ne pouvais pas faire ça. C'est pourquoi je suis encore là. Parce que je…

Il n'acheva pas sa phrase.

— Parce que tu tiens à elle, termina Lance avec un soupir.

Il n'aurait servi à rien de nier, et il n'en avait pas envie.

— À elle et à Marcus. Ils sont tous les deux importants pour moi.

— Donc, tu vas rester dans les parages ? Parce que je ne crois pas que Roger Overholt ait ressuscité pour tirer sur Erika.

— Moi non plus. Erika est en colère mais je ne suis pas sûr que tous ces incidents soient liés aux Overholt.

— Dans ce cas, de quoi s'agit-il, à ton avis ? demanda Lance, au comble de la frustration.

— Je n'en ai aucune idée, rétorqua James, non moins frustré que lui.

— Tu n'as pas répondu à ma question de tout à l'heure. Comptes-tu rester, maintenant que la vérité a éclaté au grand jour ?

James hocha la tête.

— Oui.

Même si Erika était furieuse contre lui, il n'avait aucune intention de les abandonner, Marcus et elle, avant d'avoir découvert le fond de l'affaire et d'être certain qu'ils ne couraient plus de danger. Peut-être ne s'en irait-il pas du tout, s'il parvenait à la convaincre de lui faire confiance de nouveau. Mais c'était là une pensée qu'il n'était pas prêt à partager avec Lance.

— J'ai une question pour toi. Pourquoi ne m'as-tu pas déjà chassé de la ville ?

Lance leva l'index en l'air.

— Parce que j'ai besoin de toi. Je ne peux pas rester avec Erika et Marcus vingt-quatre heures sur vingt-quatre. Toi, en revanche, si.

James lâcha un rire jaune.

— Tu plaisantes ? Erika ne veut rien avoir à faire avec moi. La seule raison pour laquelle elle ne m'a pas encore mis à la porte c'est qu'elle est trop furieuse pour y penser. Ça ne va pas tarder.

— Eh bien, dans ce cas, tu ferais mieux de te débrouiller pour la persuader que te garder dans le coin est l'option la plus sûre dans l'immédiat.

Lance s'approcha de lui et baissa la voix.

— Il y a quelqu'un qui rôde autour d'Erika et Marcus. Je ne sais pas si c'est un Overholt, Ellis Hanes ou quelqu'un d'autre, mais cet individu est dangereux. Je vais avoir besoin de toute l'aide que je peux obtenir. Tu es avec moi ?

James n'eut pas besoin de réfléchir.

— Bien sûr.

Erika referma la porte de la chambre de Marcus. Elle avait hésité quant à ce qu'elle devait lui dire, de sorte qu'elle s'était contentée de le rassurer, et d'affirmer que Lance allait mener l'enquête.

Cependant, son fils était intelligent et avait l'esprit inquisiteur. Il savait qu'elle ne lui disait pas tout. Il n'avait pas insisté, mais elle soupçonnait que cela viendrait tôt ou tard. Strictement parlant, elle lui avait menti toute sa vie durant. Bien qu'il soit légalement Marcus Powell, elle l'avait laissé croire que c'était son vrai nom, que son père était quelqu'un de bien et qu'il avait péri dans un accident. Elle avait prétendu que son père et elle étaient tous les deux enfants uniques, et que leurs parents étaient déjà morts. Elle n'avait pas voulu courir le risque qu'il s'interroge un jour ou l'autre sur des grands-parents ou des oncles et tantes et qu'il se mette à leur recherche.

Elle avait été forcée à mentir pour le protéger, et ne le regrettait pas une seconde.

Mais maintenant ? Que disait le proverbe ? « Trois personnes peuvent garder un secret, à condition que deux d'entre elles soient mortes. » Maintenant que plus de trois personnes connaissaient sa véritable identité, combien de temps pouvait-elle espérer que cela reste un secret ?

Elle se dirigea vers la cuisine, songeuse, se demandant si la meilleure option n'était pas de larguer les amarres et de quitter Carling Lake. Elle était sûre que Lance et Daisy ne feraient rien qui puisse nuire à Marcus ou à elle, mais…

Elle se figea sur place à la vue de James assis tranquillement à la table de cuisine, sa bouteille de bourbon et un verre devant lui, un dossier à sa droite.

— Que fais-tu encore ici ? Où sont Lance et les autres ?

— Daisy est rentrée chez elle, Lance et Bridges sont retournés au poste. Lance a promis de faire patrouiller les environs régulièrement pendant les jours qui viennent.

— Tu n'as pas répondu à ma première question.

— Je suis encore ici parce que je voulais te présenter mes excuses. Je regrette de ne pas t'avoir dit la vérité sur les raisons de ma présence en ville.

Stupéfaite, elle le dévisagea. Ses paroles avaient un peu apaisé la colère qui bouillonnait en elle.

— Et j'espère que tu vas accepter de m'écouter.

Elle demeura un instant silencieuse. Elle n'était pas sûre de vouloir entendre ses explications. Il était désolé, très bien. Ses excuses ne valaient pas grand-chose, au fond. Le secret qu'elle avait enfoui en elle pendant si longtemps n'en était plus un, et elle allait devoir prendre des décisions difficiles.

Et sans perdre de temps.

— S'il te plaît ?

Il lui sourit et, malgré elle, Erika eut des papillons à l'estomac. Comment son corps pouvait-il la trahir ainsi ? Comment pouvait-elle continuer à être attirée par un homme qui lui avait menti et qui avait mis sa vie sens dessus dessous ?

Elle n'avait pas de réponse à cette question. Elle savait seulement que c'était un fait.

Elle s'assit en face de lui. Il versa deux doigts de whisky dans le verre et le fit glisser vers elle sur la table.

Elle ne buvait pas souvent. Le bourbon avait été un cadeau de Daisy, laissé chez elle après une rare soirée entre filles. Était-il encore bon ? Oh ! eh bien, elle n'allait pas tarder à le savoir. Pour la première fois de sa vie, elle avait besoin d'un verre pour se calmer les nerfs.

Elle but une gorgée et sentit l'alcool lui brûler la gorge.

— Bien. Je t'écoute.

— Quand j'ai accepté ce travail, quand West Security and Investigations a accepté ce travail, nous ne savions pas du tout pourquoi tu t'étais volatilisée.

— Ma disparition ne vous suffisait pas ? Si une personne

fait de son mieux pour ne pas être trouvée, c'est en général qu'elle a ses raisons.

— Possible. Mais il n'est pas rare que quelqu'un, une famille ou, comme dans ce cas précis, un exécuteur testamentaire, fasse appel à nous pour retrouver un être cher qui n'a pas donné de nouvelles depuis un certain temps. Ce n'est pas suspect en soi. Cela dit, j'admets que, une fois arrivé ici, je me suis demandé pourquoi tu t'étais donné tant de mal pour effacer tes liens avec Erika Overholt. À notre époque, ce n'est pas chose facile.

Elle lui fit signe de remettre un peu de bourbon dans son verre.

— Pourquoi n'as-tu pas renoncé ?

James lâcha un soupir.

— Parce qu'on m'a confié une mission. Une mission que je n'aurais jamais acceptée si j'avais su pourquoi tu avais disparu.

— Ce n'est pas une très bonne excuse.

Elle but le second verre d'un trait et le reposa avec force sur la table.

La veine sur la tempe de James tressauta, mais il garda ses yeux rivés aux siens.

— Peut-être pas, mais je vais faire tout ce que je peux pour me racheter.

— Je ne suis pas sûre que ce soit possible. Tu ne peux pas remettre le génie dans la bouteille. Même si Lance, Daisy et toi jurez de ne jamais révéler mon vrai nom, Marcus sent qu'il se passe quelque chose. Je ne suis pas convaincue qu'il soit juste de continuer à lui mentir.

— Pourquoi continuer ? Je sais que tu avais peur que l'obsession de Roger pour les liens du sang ne l'incite à essayer de te voler Marcus, mais il est mort. Il ne peut plus te faire de mal.

— Non ? Pense à tout ce qui s'est passé au cours de ces derniers jours. Aux raisons pour lesquelles tu es ici. Du fond de sa tombe, il a réussi à t'envoyer retrouver ma trace. Comment puis-je savoir que son plan, quel qu'il soit, ne va pas nuire à Marcus ?

— Tu ne peux pas, mais, comme tu l'as dit, tu n'es plus la même femme qu'autrefois. Tu es la femme la plus forte que je connaisse. Et tu n'es plus seule. Tu as Lance et Daisy. Et moi.

Erika émit un rire amer.

— Toi ? Tu n'es pas de mon côté. Tu travailles pour les exécuteurs testamentaires de Roger, ce qui, à mes yeux, revient à travailler pour lui.

— Non. Ce n'est plus vrai.

— Que veux-tu dire ?

— Que j'ai parlé à mon frère et que je lui ai dit que j'avais échoué. Que je ne pouvais pas confirmer que tu étais Erika Overholt.

— Que… je ne comprends pas. Je t'ai révélé mon vrai nom. Tu ne me crois pas ?

— Je te crois, mais la firme a été engagée pour te retrouver et obtenir la preuve – un passeport, un acte de naissance, un contrat de mariage, que sais-je – de ta véritable identité. Je n'ai pas fait cela. Nous allons rembourser nos clients.

— Vraiment ? Cela ne va pas nuire à la réputation de votre société ?

S'agissait-il d'un piège ? Il avait admis ne pas détenir la preuve matérielle dont il avait besoin pour satisfaire ses clients. Était-ce une sorte de tactique pour l'amener à lui montrer un document prouvant qu'elle était bel et bien Erika Overholt ?

James haussa les épaules, comme si peu lui importait que la société soit affectée.

— Peut-être. Sans doute. Mais nous survivrons.

— Je ne comprends pas. Quand avez-vous pris cette décision ?

— J'ai appelé mon frère Ryan, le P-DG de West Security, pendant que tu parlais à Marcus. Je lui ai raconté ce qui s'était passé et nous sommes tombés d'accord sur le fait que la situation dépasse de loin la simple recherche d'un individu.

James tendit la main vers la sienne, s'arrêtant juste avant de la toucher.

— Nous ne sommes pas… nous n'allons rien faire qui puisse te faire du mal ou faire du mal à Marcus. Tu as ma parole, Erika.

Son cœur brûlait de le croire, mais il y avait dix ans qu'elle n'avait pas accordé sa confiance à quelqu'un. Elle n'était pas sûre d'en être capable.

— Comment puis-je savoir que tu ne mens pas ? Que tu n'as pas déjà révélé qui je suis aux avocats de Roger et qu'ils ne sont pas en route pour détruire tout ce que j'ai construit ?

Ou pire encore, lui arracher Marcus. Cette seule pensée suffit à lui donner envie d'aller chercher son fils et de s'enfuir. Tout de suite.

— Je sais que c'est beaucoup te demander de me faire confiance, mais je crois avoir trouvé un moyen qui nous permettrait de passer à l'offensive et de comprendre ce qui se passe.

— Que veux-tu dire par là ?

— Je veux dire que, si les Overholt veulent savoir qui tu es, pourquoi ne pas le leur révéler ?

— Pardon ?

— Je pense que tu devrais contacter les avocats de la famille et dire qui tu es.

Cette suggestion déclencha un frisson d'angoisse dans l'échine d'Erika. Elle avait passé les dix années qui venaient de s'écouler à tout faire pour échapper aux Overholt. Pouvait-elle vraiment se rendre au cabinet de leurs avocats et s'exposer, avec Marcus, aux plans que Roger avait concoctés ?

— Réfléchis, reprit James. Si tu es convaincue que les attaques de la semaine dernière sont liées aux Overholt, la meilleure chose que nous puissions faire est d'obtenir autant d'informations que possible. Et dans l'immédiat, cela veut dire découvrir le contenu du testament.

— Les contacter et leur dire qui je suis, répéta-t-elle, toujours abasourdie.

— Exactement. Selon les dispositions prévues, la lecture du testament doit avoir lieu en présence de tous les légataires. Je ne connais pas le nom des autres, mais tu étais la seule que les exécuteurs n'étaient pas parvenus à localiser. Les avocats de la famille sont basés à New York. D'après eux, la famille a hâte que le testament soit révélé.

Erika lâcha un petit rire narquois.

— Tu m'étonnes. Robert, le fils cadet, doit être pressé de faire main basse sur tous ces milliards.

— En effet. Par conséquent, il est peu probable qu'il fasse des difficultés si tu insistes pour que la lecture ait lieu rapidement.

Elle enfouit la tête dans ses mains. La proposition de

James était logique. S'il avait vu juste, savoir qui étaient les légataires l'aiderait à découvrir qui l'avait prise pour cible.

Néanmoins, cela exigerait qu'elle fasse confiance à James. Y était-elle prête ? Elle en avait envie. Assise en face de lui, au carrefour de son ancienne vie et de celle qu'elle avait bâtie pour Marcus et pour elle, Erika comprit sans l'ombre d'un doute qu'elle voulait croire en lui. Avoir foi en lui. Inexplicablement, après tout ce qui était arrivé, elle était tombée amoureuse de lui.

James captura sa main, comme s'il avait lu dans ses pensées.

— Tu peux avoir confiance en moi, Erika. Je te le promets. Tu peux me faire confiance.

Elle plongea son regard dans le sien et sut qu'il était sincère.

— Très bien. Je vais appeler les avocats.

17

James ne s'était pas trompé. Les exécuteurs testamentaires et les autres légataires se révélèrent pressés d'organiser une réunion. Moins de soixante-douze heures après qu'Erika avait téléphoné au cabinet Jenner, Hart and Black, les avocats qui géraient la succession de Roger, elle n'avait plus que quelques minutes à attendre pour apprendre ce que contenait au juste le testament de Roger, et en quoi il les concernait, Marcus et elle.

Marcus avait passé la nuit chez Devin pour que James et elle puissent quitter Carling Lake avant l'aube et faire les trois heures de trajet qui les séparaient de Manhattan. Durant le trajet, elle avait été trop tendue pour entamer une conversation. Quant à James, il avait paru se satisfaire du silence.

Erika lui jeta un coup d'œil à la dérobée comme ils entraient dans l'immeuble qui abritait les locaux du cabinet. Lance avait tenu parole et accru la fréquence des patrouilles autour de chez elle depuis la fusillade, et aucun nouvel incident ne s'était produit. De toute façon, James était resté près d'elle, et l'avait accompagnée pour déposer Marcus à l'école et aller le chercher l'après-midi. Il avait aussi posé le carrelage neuf dans la salle de bains et poncé le plancher des chambres, restant bien après l'heure convenue pour faire avancer les travaux.

À la grande surprise d'Erika, Marcus, qui n'avait jusqu'alors témoigné aucun intérêt pour le bricolage, s'était porté volontaire pour aider James après avoir terminé ses devoirs. Ils projetaient d'installer le meuble du lavabo et la nouvelle cuvette de toilette le week-end suivant.

James affirmait qu'il ténait à ne pas prendre de retard avec les rénovations, mais elle savait que sa présence quasi constante, associée aux nombreuses patrouilles de l'adjoint du shérif, visait surtout à dissuader d'éventuels attaquants. Erika s'en félicitait. Elle ne se considérait pas comme une petite nature, mais elle n'avait pas honte d'admettre que cette série d'incidents l'avait effrayée. Ni qu'elle appréciait sa compagnie.

Une jeune femme rousse arborant un complet noir à rayures les accueillit à la sortie du portique de sécurité.

— Madame Overholt ? Je suis Caroline Marx, du cabinet Jenner, Hart and Black. Je vais vous conduire à la salle de conférences.

Elle jeta un regard interrogateur en direction de James.

— Merci. Je suis Erika Overholt et voici mon ami, James West. Il va se joindre à moi, ajouta Erika sur un ton sans réplique.

Elle ne savait pas à quoi s'attendre, mais elle connaissait suffisamment Roger Overholt pour redouter le pire. James serait son seul allié en ce lieu.

Caroline pivota sans rien dire et se dirigea vers les cabines d'ascenseur.

Ils descendirent de l'ascenseur au vingt-troisième étage et enfilèrent des couloirs où régnait un silence presque menaçant. Enfin, Caroline s'arrêta devant une porte à double battant.

— Nous y sommes, déclara-t-elle en les invitant à entrer. M. Jenner vous attend.

Quatre têtes se tournèrent dans leur direction quand ils franchirent le seuil.

Combien d'avocats faut-il pour lire un testament ? songea Erika.

Un homme de petite taille, à l'air distingué, se leva de sa place à la tête de la longue table de conférence en acajou.

— Alexander Jenner, dit-il en s'avançant, la main tendue. Enchanté de faire enfin votre connaissance, madame Overholt.

Erika fronça les sourcils.

— Je m'appelle Erika Powell maintenant, dit-elle en lui donnant une brève poignée de main.

M. Jenner cilla.

— Oui, bien sûr, madame Powell, répondit-il avec un sourire forcé, avant de se tourner vers James pour se présenter. Je dois vous dire, madame Powell, que votre appel a été une agréable surprise.

Il fit signe à Erika et à James de prendre place.

— D'autant plus que nos tentatives pour vous retrouver avaient été si décevantes.

Il décocha un regard en coin à James, qui ne s'émut pas de la critique sous-entendue.

— Eh bien, je suis là. Je présume que vous avez authentifié la photocopie de mon passeport et de mon acte de naissance ?

— Oui, bien entendu. Nous sommes tout à fait certains que vous êtes Erika Overholt.

M. Jenner prit place dans le fauteuil en cuir placé à la tête de la table.

Quand Erika avait téléphoné au cabinet d'avocats deux jours plus tôt pour se présenter, M. Jenner avait été nettement plus circonspect sur ce point. En fait, elle aurait dit qu'il se situait fermement dans la catégorie des sceptiques. Par chance, elle avait conservé ses anciens papiers d'identité.

L'avocat jeta un coup d'œil sur sa montre.

— Nous attendons les autres légataires. En principe, ils ne devraient pas tarder…

À cet instant, le téléphone placé au centre de la table bourdonna.

— M. Overholt est ici.

Malgré elle, Erika eut une vision de Roger Overholt franchissant le seuil de la pièce. Quelques secondes plus tard, elle entendit la porte s'ouvrir derrière elle.

Elle prit une profonde inspiration, fit pivoter son siège et regarda son beau-frère Robert qui entrait dans la salle.

Tout d'abord, ce dernier ne parut pas remarquer sa présence, ce qui donna à Erika le temps de l'observer. Comme Roland, il avait les yeux bleus, mais d'une nuance plus sombre. Les deux frères avaient eu en commun une silhouette mince et élancée, et des cheveux bruns ondulants. Au cours des dix ans qui s'étaient écoulés depuis la dernière fois qu'elle l'avait vu, Robert en était venu à ressembler davantage à son père. Erika ne put s'empêcher de se demander si Roland aurait fait de même s'il avait survécu. La ressemblance entre Robert et lui avait toujours été frappante.

— Monsieur Overholt.

Jenner se leva, la main tendue.

— Merci d'avoir accepté de venir si vite.

Robert lui serra la main sans chaleur.

— Je veux qu'on en finisse, c'est tout. C'est affligeant qu'il ait fallu si longtemps pour régler la succession de mon père.

M. Jenner s'éclaircit la voix.

— Eh bien, si vous voulez vous asseoir, nous allons commencer.

Rober se tourna vers la table, et se figea à la vue d'Erika.

— Erika.

Il la dévisagea comme s'il se demandait si elle était le produit de son imagination. Puis ses lèvres se crispèrent en un trait mince.

— Qu'est-ce qu'elle fabrique ici ?

— Si vous voulez bien vous asseoir, monsieur Overholt, insista l'avocat en désignant une place libre à côté de ses confrères, je vais tout vous expliquer.

Robert hésita un instant, puis se dirigea à regret vers son siège.

M. Jenner se rassit et ouvrit le classeur posé devant lui.

— Nous sommes réunis ici pour procéder à la lecture du testament de Roger Overholt, commença-t-il en regardant le groupe par-dessus la monture de ses lunettes. M. Overholt avait en effet tenu à ce que diverses conditions soient respectées avant que nous, en tant qu'exécuteurs testamentaires, puissions légalement répartir ses biens. Une de ces conditions était la lecture du testament en présence de tous les légataires ou, le cas échéant, de leurs représentants légaux.

Les trois autres avocats griffonnèrent rapidement sur leur calepin.

— On peut accélérer le mouvement ? demanda Robert,

agacé. Certains d'entre nous ont mieux à faire que céder aux caprices d'un mort.

M. Jenner lui décocha un regard sévère.

— Avant d'organiser cette réunion, nous avons effectué une estimation des biens. À ce jour, la fortune de M. Roger Overholt est de neuf cent quatre-vingts millions de dollars.

Le cœur d'Erika se mit à cogner dans sa poitrine. Neuf cent quatre-vingts millions de dollars.

Une somme inimaginable.

Elle jeta un coup d'œil à Robert et vit un lent sourire s'ébaucher sur ses lèvres.

— À mon seul fils survivant, Robert, je lègue ma propriété à Los Angeles…

M. Jenner poursuivit, donnant l'adresse et diverses précisions concernant la propriété.

—… mon appartement à New York…

S'ensuivirent d'autres détails, ainsi que la mention de divers placements dans des sociétés dont Erika n'avait jamais entendu parler.

— En outre, je souhaite que mon fils Robert soit autorisé à rester au titre de P-DG des Industries Overholt aussi longtemps que le conseil d'administration jugera que cela sert au mieux les intérêts de la compagnie.

M. Jenner lança un coup d'œil nerveux en direction de Robert. L'atmosphère dans la salle changea brutalement. L'air semblait soudain plus pesant, alourdi par les paroles que l'avocat n'avait pas prononcées.

Robert étrécit les yeux et se pencha en avant.

— Attendez une minute…

M. Jenner leva la main pour lui imposer le silence.

— Si vous me permettez de continuer, je répondrai aux questions quand j'en aurai terminé.

Nul besoin d'être un génie pour comprendre pourquoi le sourire de Robert s'était mué en un froncement de sourcils incertain. Erika ne savait pas au juste quelle était la valeur des actions dont Robert avait hérité, mais elle savait en revanche que la majeure partie de la fortune de Roger émanait des Industries Overholt, lesquelles n'avaient pas été mentionnées dans la liste.

Qu'avait fait Roger du reste de ses biens ? Un soupçon traversa Erika, la laissant vaguement étourdie.

Chacun semblait avoir deviné que les paroles que M. Jenner s'apprêtait à prononcer allaient être l'équivalent d'un coup de tonnerre. Les trois avocats fixaient leurs notes, évitant les regards des autres occupants de la salle.

James captura sa main sous la table, mêlant ses doigts aux siens, l'emplissant d'une chaleur dont elle lui fut reconnaissante.

Roger avait-il conçu un moyen de lui arracher Marcus ? Même par-delà le tombeau, il était capable du pire.

— À mon petit-fils, qui est et sera toujours un Overholt bien que j'aie été privé de toute relation avec lui, je lègue le reste de mes biens, y compris les actions, obligations et placements de toute nature liés aux Industries Overholt. Étant donné qu'il est mineur, je confie à sa mère, Erika Overholt, l'administration de ce trust, jusqu'à son vingt-cinquième anniversaire.

Erika eut l'impression que la terre venait de se dérober sous ses pieds. L'avocat continuait à parler mais elle n'entendait plus qu'un bourdonnement dans les oreilles. Non seulement Roger avait été au courant de l'existence de son fils, mais il lui avait légué presque toute sa fortune. C'était impossible. Absurde.

Robert se leva, repoussa violemment sa chaise contre la cloison vitrée derrière lui.

— Qu'est-ce que c'est que cette escroquerie ? Vous…

Il pointa le doigt sur les avocats tour à tour, avant de s'arrêter sur Erika.

— Vous devez tous être de mèche avec cette femme. Si vous pensez que je vais vous laisser voler la société de mon père, vous êtes complètement fous !

M. Jenner se leva et le toisa froidement.

— Je m'offusque de cette accusation, monsieur Overholt. Le testament de votre père est limpide, il a été rédigé et signé devant témoins. J'en ai une copie ici pour vous.

Sur quoi, il tendit le document en question à Robert et à Erika. Elle y jeta un coup d'œil, mais tout lui parut flou. Submergée de nausée, elle fit de son mieux pour se ressaisir.

— Bien entendu, vous êtes libre d'attaquer le testament si vous le désirez. Cependant, je dois vous avertir que votre père avait prévu une clause de non-contestation. Si votre procès échoue, vous perdrez votre legs.

Robert lâcha une bordée de jurons. Les avocats s'empressèrent de l'entourer, s'efforçant en vain de l'apaiser.

James se tourna vers Erika.

— Ça va ?

— Franchement, je ne sais pas. Je ne comprends pas pourquoi Roger a fait une chose pareille. Que suis-je censée faire ?

— Rien dans l'immédiat, assura-t-il en lui pressant la main. Tu veux qu'on sorte d'ici ?

Erika promena son regard sur la salle. Les quatre avocats continuaient à se focaliser sur Robert, qui se répandait en menaces à leur encontre.

— S'il te plaît.

Ils se levèrent, main dans la main, et quittèrent la pièce. Quelques instants plus tard, ils sortaient sur le trottoir. La neige tombait plus dru maintenant, et un vent âpre faisait tournoyer les flocons.

Elle ne s'en était pas rendu compte lors de leur arrivée, mais en levant les yeux, Erika s'aperçut qu'ils étaient juste en face de l'Empire State Building.

Était-ce un signe, un symbole d'espoir, alors qu'elle venait de quitter une réunion qui allait bouleverser le cours de son existence ?

En proie à un tumulte d'émotions et de pensées, elle laissa James la guider jusqu'au parking où ils s'étaient garés.

Jamais de sa vie Roger Overholt n'avait accompli un acte gentil, ou désintéressé. Que signifiait réellement ce legs laissé à Marcus ?

Et serait-elle capable de gérer les retombées le moment venu ?

18

Erika n'avait pas prononcé un seul mot depuis qu'ils avaient quitté le cabinet de l'avocat et James commençait à s'inquiéter. Apprendre que son fils était multimillionnaire, et qu'elle avait la charge de sa fortune, était un choc immense, mais James avait des préoccupations plus immédiates. Le genre de somme dont Marcus venait d'hériter faisait de lui et de sa mère des cibles rêvées pour les escrocs, voleurs, kidnappeurs et autres criminels. Dès que la rumeur se répandrait, ils allaient devoir être sous haute protection, et cela, peut-être, jusqu'à la fin de leurs jours.

Il lui lança un regard à la dérobée tout en conduisant. Elle mâchonnait sa lèvre inférieure, les yeux rivés sur le pare-brise. Même soucieuse, elle était la plus belle femme qu'il ait jamais vue.

Et il ferait tout pour les préserver, Marcus et elle, du cirque insensé qui allait se déclencher autour d'eux.

Il devait appeler Lance et le mettre au courant de la situation. Il était peu probable que les médias apprennent la nouvelle dans les heures à venir, mais autant s'assurer que le père de Devin aille chercher les garçons à la sortie de l'école et garde l'œil sur eux jusqu'à ce qu'Erika et lui rentrent à Carling Lake.

Il comptait aussi parler à Ryan de la possibilité d'installer un système d'alarme sophistiqué chez Erika. Il ne savait pas si elle allait persister dans son désir d'ouvrir une maison d'hôtes, ni même si c'était envisageable, mais à supposer que oui, elle devrait au minimum être en mesure d'effectuer des recherches sur le passé de ses clients éventuels.

— Où sommes-nous ? demanda-t-elle comme il s'arrêtait devant une maison en briques rouges à Harlem.

— Chez moi. J'ai besoin de prendre quelques affaires et je me suis dit que nous pourrions déjeuner avant de repartir à Carling Lake. Il y a un endroit fantastique au coin de la rue, où on peut commander des plats à livrer.

Il ouvrit la porte d'entrée et précéda Erika dans l'escalier. Son appartement était situé au deuxième étage et de taille modeste. Une grande pièce à vivre était séparée de la chambre par une salle de bains.

— Tu veux boire quelque chose ? Un verre d'eau ? Il est encore un peu tôt, mais j'ai de l'alcool si tu préfères.

Elle ne l'écoutait pas. Son regard se promenait autour de la pièce, sur les dessins encadrés qui recouvraient les murs. La ligne aérienne du métro à Far Rockaway. Deux hommes âgés jouant aux échecs sur le trottoir à Harlem. Une jeune fille qui tombait de vélo dans Prospect Park.

Elle s'approcha et passa lentement devant chacun, les étudiant comme si c'étaient des chefs-d'œuvre.

Il en avait sans doute trop pour l'espace limité dont il disposait, mais chacun de ses dessins lui parlait à sa manière et il ne pouvait imaginer ne pouvoir les lever les yeux et les regarder quand il en éprouvait le besoin.

Erika s'arrêta devant le dessin d'un soldat qui portait dans ses bras un enfant blessé en direction d'un abri.

— Ils sont fantastiques. On dirait des photos, mais ce sont des dessins, n'est-ce pas ?

— Oui. Des dessins hyperréalistes.

Elle se tourna vers lui.

— C'est toi qui les as faits ? Tous ? demanda-t-elle, en jetant un coup d'œil aux autres murs.

Il acquiesça.

— C'est une forme de thérapie.

À plus d'un égard.

Erika inclina la tête et le regarda comme si elle le voyait pour la première fois.

— Tu es extraordinaire. Tu es un artiste.

Il se sentit rougir. Le compliment lui fit l'effet d'une vague de chaleur qui se répandait dans son corps.

— Je ne sais pas. Écoute, fais comme chez toi. Le menu du café est sur le plan de travail. Je vais juste rassembler quelques affaires, et puis je téléphonerai pour passer la commande.

Il traversa la salle de bains et gagna sa chambre, expirant à fond pour chasser le nœud d'anxiété au fond de lui. Il attrapa un sac dans la penderie. Puisqu'il allait rester plus longtemps que prévu à Carling Lake, autant emporter quelques tenues de rechange. Il jeta quelques chemises dans le sac, s'efforçant d'analyser ce qu'il ressentait.

Il n'avait pas vraiment réfléchi à ce qu'il éprouverait en voyant Erika face à ses créations. Il avait l'impression d'avoir mis son âme à nu.

— À en juger par le cercle et les deux étoiles à côté du sandwich Reuben, j'imagine que ce serait ta recommandation ?

James pivota et vit Erika adossée à l'encadrement de la porte qui séparait la salle de bains de la cuisine. Il sourit.

— Cent pour cent. Tu ne trouveras pas meilleur dans toute la ville.

— Pourquoi as-tu réagi si bizarrement quand on a parlé de tes dessins ?

— Je ne crois pas avoir été bizarre, protesta-t-il en fourrant un pantalon dans le sac de voyage.

Erika s'approcha de lui.

— Tu as beaucoup de talent, tu sais. Tu disais que tu cherchais quoi faire dans la vie dorénavant. Pourquoi ne pas te consacrer à ton art ? Je pense qu'il y a énormément de gens qui aimeraient acheter tes œuvres.

Le propriétaire de la galerie qui avait vendu ses deux dernières gravures lui avait tenu exactement les mêmes propos quelques jours plus tôt. Cependant, il y avait une différence entre vendre deux tableaux et vivre de son art. Il n'était pas certain d'être assez doué. Pas certain non plus de vouloir en faire son activité principale.

— À quoi penses-tu ? demanda Erika.

— J'ai vendu un tableau dernièrement. La galerie m'a demandé si ça m'intéresserait de leur en proposer d'autres. Voire de faire une petite exposition.

— C'est génial. Tu devrais accepter. Ou, si tu veux, tu pourrais ouvrir ta propre galerie et vendre directement au public. Je suis sûre que la plupart des touristes qui visitent Carling Lake seraient enchantés d'acheter des tableaux qui leur rappelleraient le lac et les montagnes. Et tu pourrais aussi en vendre aux hôtels et aux stations de ski dans la région.

Seuls quelques centimètres les séparaient. Le corps de James vibrait du désir de la toucher.

— À Carling Lake ?

Le regard d'Erika s'enflamma.

— N'importe où. Dans n'importe quel endroit où tu

choisiras de te fixer, ajouta-t-elle d'une voix qui n'était qu'un murmure.

— Et si je choisissais de me fixer à Carling Lake ? Qu'est-ce que ça pourrait signifier pour nous deux ?

Il tendit la main et lui caressa légèrement le bras, un contact qui suffit à allumer un brasier au creux de son ventre.

— James, murmura Erika.

Le désir qui brûlait dans ses yeux ne laissait aucun doute. Il l'attira près de lui et se pencha vers elle, s'arrêtant à quelques millimètres de ses lèvres.

— Oui ?

— Oui.

Elle combla la distance qui les séparait et lui offrit ses lèvres en un baiser exigeant. James prit possession de sa bouche, le corps raidi par la passion. Elle se nicha contre lui comme si elle y était à sa place.

Il la guida à reculons vers le lit et l'allongea. Un instant, il ne put que la contempler – le souffle court, les yeux assombris par l'excitation – et s'émerveiller que cette femme superbe veuille de lui.

Puis il s'étendit sur le lit et fit courir une traînée de baisers sur un côté du cou d'Erika, et sur l'autre. Elle émit un gémissement qui faillit avoir raison de lui.

— Je te veux, souffla-t-elle, en glissant les mains sous sa chemise pour lui caresser le dos.

Un instant plus tard, ils étaient nus l'un et l'autre. L'espace d'une seconde, James demeura muet, incapable de respirer.

Elle était la femme la plus belle qu'il ait jamais vue.

Une heure plus tard, Erika était assise à côté de lui sur le canapé, l'air comblée et détendue dans une de ses chemises. Il devait constamment chasser de ses pensées le fait qu'elle ne portait rien dessous tandis qu'ils dégustaient leur sandwich avec appétit.

Il regarda Erika se lécher les doigts et sentit le désir le submerger de nouveau.

— Pourquoi est-ce que tu me regardes comme ça ?

Pour toute réponse, il lui décocha un sourire qui en disait bien plus long que des mots.

Elle rougit et recula un peu.

— On n'a pas le temps.

— Je peux être rapide.

Erika éclata de rire, un son qui était en passe de devenir la mélodie préférée de James.

— Je ne suis pas sûre que tu doives t'en vanter.

Il s'approcha d'elle.

— J'adore tes lèvres, murmura-t-il avant de déposer une série de baisers au creux de son cou.

Elle noua les bras autour de lui et inclina la tête en arrière, s'offrant à ses caresses.

— Et je pourrais contempler tes yeux du matin au soir.

Ils échangèrent un long baiser langoureux. James songea qu'il voulait passer le reste de sa vie à embrasser Erika. À être en sa compagnie. Il aurait pu lui faire l'amour tout l'après-midi, mais ils avaient besoin de parler des mesures nécessaires à la protection de Marcus et la sienne.

À regret, il se leva et débarrassa la table des reliefs de leur repas.

— Il y a quelques trucs dont on devrait discuter avant de reprendre la route.

— Comme quoi ? demanda Erika, soudain méfiante.

Il prit sa main dans la sienne.

— La découverte d'un héritier Overholt inconnu va attirer énormément d'attention sur Marcus. Dès que les médias seront au courant, ce sera de la folie. Et le genre de fortune auquel il aura accès, par ton intermédiaire, va faire de vous des cibles potentielles pour les escrocs et criminels en tout genre.

Il pouvait presque voir tourner les rouages du cerveau d'Erika, analyser ses paroles et leurs conséquences.

— Vous allez tous les deux avoir besoin de protection, à la fois chez vous et partout où vous allez dans un avenir prévisible.

Elle se figea, et il sentit sa main se glacer.

— C'est pour ça qu'il l'a fait, murmura-t-elle, en secouant lentement la tête.

Il n'avait pas la moindre idée de ce qu'elle voulait dire.

— Qui a fait quoi ?

— C'est pour cela que Roger a légué sa fortune à Marcus.

James frotta la main d'Erika entre les siennes pour la réchauffer.

— Mon cœur, je suis désolé. Je ne comprends pas.

— Tout ce que j'ai fait, disparaître, changer de nom, taire à Marcus la vérité sur Roland, ç'a été dans le but que Marcus devienne une meilleure personne que son père, que tous les Overholt. Et d'outre-tombe, Roger Overholt a réduit mes efforts à néant. En laissant tout cet argent à Marcus…

Erika plongea son regard dans celui de James, et la tristesse qu'il lut dans ses yeux le terrassa.

— Roger vient de faire de Marcus un Overholt. Et je n'y peux rien.

— Tu pourrais refuser l'héritage.

— Il ne s'agit pas que d'argent. Combien de gens chez Jenner, Hart et Black sont au courant de l'existence de Marcus désormais ? Combien de temps crois-tu qu'il faudra pour qu'il y ait une fuite et que tout le monde apprenne qu'un héritier Overholt vient d'apparaître ?

Il aurait aimé la rassurer, mais il savait qu'elle avait raison. La parenté de Marcus ne pourrait pas rester secrète longtemps. Très vite, ce dernier ne serait plus un écolier de dix ans comme un autre. Il serait un des enfants les plus riches du pays.

— Tu as vu la réaction de Robert, reprit Erika, se parlant à elle-même autant qu'à lui. Il n'inclura jamais Marcus dans sa famille. Roger vient de ranimer l'hostilité qu'il a toujours nourrie entre Roland et Robert. Il ne m'a peut-être pas volé mon enfant, mais c'était quand même un ultime effort de sa part pour me prouver qu'il contrôle toujours ma vie.

— Laisse-moi parler à mon frère. Je te promets que Marcus et toi aurez le meilleur système de sécurité qui soit.

— Je ne peux pas… je ne veux pas… je ne veux pas que Marcus vive dans une cage dorée. Je m'y refuse.

— West est une des sociétés les plus réputées dans le domaine de l'investigation et de la protection, insista James. Je vais lui demander de concevoir un système d'alarme approprié à ta maison et une protection rapprochée…

Il leva la main, devançant ses objections.

— Une protection minimale, discrète mais efficace. Je te demande seulement d'étudier sa proposition et d'y réfléchir. Il s'agit de la sécurité de Marcus et de la tienne, Erika.

À peine eut-il prononcé ses paroles qu'il se sentit coupable. Même s'il n'avait dit que la vérité, il avait quand même l'impression d'avoir tenté de la manipuler.

À en juger par son expression tendue, Erika en avait conscience et cela ne lui avait pas plu. Cependant, elle finit par acquiescer.

— J'étudierai sa proposition, dit-elle en se levant. Je vais prendre une douche rapide et m'habiller, d'accord ?

— Bien sûr.

Dès la porte de la salle de bains refermée, James composa le numéro de Lance.

Le shérif prit la communication aussitôt, comme s'il avait attendu près du téléphone d'apprendre le résultat de la rencontre avec les avocats. James lui résuma rapidement la situation. Lorsqu'il eut terminé, le silence à l'autre bout du fil dura si longtemps qu'il se demanda si le shérif était toujours en ligne.

— Eh bien ? Sans voix, shérif ?

— C'est… je ne sais pas quoi dire. Stupéfiant. Dingue. Insensé. On se croirait en plein conte de fées.

— Ajoute « potentiellement dangereux » à cette liste, et je serai d'accord avec toi.

— Je vois ce que tu veux dire, admit Lance.

— Je crois que l'adjoint Bridges devrait aller chercher les enfants à l'école aujourd'hui et garder l'œil sur eux en attendant notre retour.

James entendit une chaise grincer, suggérant que son interlocuteur avait changé de position.

— Je vais envoyer Bridges au collège tout de suite. Les enfants ne sortiront pas avant une heure, mais il n'y a pas de mal à être vigilant.

— Merci. Je ne crois pas que la rumeur se soit déjà répandue, mais Robert était hors de lui quand il a découvert que Marcus héritait de la plupart des biens. Qui sait ce qu'il va dire ou faire ?

Ils évoquèrent ensemble les mesures de sécurité qui allaient devoir être mises en place, après quoi James mit fin à la communication.

Et s'empressa de passer un autre coup de fil.

Tout en attendant que Ryan décroche, il écouta l'eau couler dans la salle de bains et se demanda comment Erika réagirait s'il se glissait sous la douche avec elle.

— James ? Tu es là ? La ligne est mauvaise, le prévint son frère, rompant le charme.

— Oui. Je t'entends. Je n'ai pas beaucoup de temps pour parler parce qu'Erika et moi devons reprendre la route pour Carling Lake, mais il y a du nouveau ce matin, annonça-t-il avant de fournir à Ryan une version un peu plus détaillée de la réunion.

— On dirait que ç'a été sympa, commenta ce dernier.

— C'est une façon de voir les choses. Je veux savoir tout ce qu'il y a à savoir sur Robert, sa femme, ses enfants et ses amis. Et tous les gens qui sont d'une manière ou d'une autre associés aux Industries Overholt.

— Rien que ça ! Tu sais combien de gens travaillent pour cette société ?

— Peu m'importe.

Ryan émit un soupir.

— Si on commençait par le conseil d'administration et les cadres supérieurs, et puis on avisera ?

— D'accord, maugréa James.

— Maintenant, réponds à cette question : tu es juste un type obsédé par la protection d'une femme qui t'attire ou bien, à ton avis de professionnel, est-ce que Robert Overholt représente une vraie menace pour Erika et Marcus ?

James réfléchit. Il était hanté par la crainte de ne pas protéger ces derniers suffisamment pour éviter qu'il leur arrive quoi que ce soit.

— Les deux.

— Je suppose que c'est une réponse raisonnable.

— Quelqu'un a visé Erika par deux fois au cours de la semaine écoulée. Robert ne semblait pas savoir ce que recelait le testament, mais il se pourrait aussi qu'il soit excellent acteur.

— D'accord, mais tu as dit que l'incident de la passerelle et les coups de feu visaient Erika. Lui faire du mal ou même la tuer ne signifierait pas que Robert hériterait.

— Non, mais peut-être qu'il est si furieux qu'il s'en moque. Ou, ce qui est plus probable, il s'est dit que, s'il arrivait quoi que ce soit à Erika, il pourrait obtenir la tutelle de Marcus et de son trust.

— Bien. Je mets un type sur l'affaire et je te tiens au courant.

— Merci.

L'eau ne coulait plus dans la salle de bains. James entendait Erika aller et venir.

— J'ai aussi parlé à Erika des dangers potentiels qu'une telle fortune peut générer.

— Et ?

— Elle a accepté d'étudier une proposition pour un système d'alarme chez elle et une protection rapprochée. Cela ne l'enchante pas, mais elle a conscience des risques.

— Je vais demander à une équipe de s'en occuper. Il faudra qu'on envoie quelqu'un sur place pour prendre des mesures. Faire un plan des lieux. La totale.

— Je sais. Je vais lui suggérer de m'installer dans une des chambres de la maison d'hôtes en attendant que tout soit mis en place. Histoire qu'Erika et Marcus ne restent pas sans protection.

— Hmm.

— Qu'est-ce que tu veux dire par là ?

— Techniquement, notre mission est terminée. J'ai

annulé le contrat et remboursé l'acompte que les exécuteurs testamentaires nous avaient versé. Tu n'as plus aucune raison de rester à Carling Lake.

— Si, j'ai une raison, grommela James.

Il ne se sentait vraiment pas d'humeur à tolérer les moqueries de son frère à propos de sa vie sentimentale.

Ryan s'esclaffa.

— Ah bon ? Tu veux m'en parler ?

— Non.

Comme Ryan éclatait de rire pour de bon, James pressa la touche de fin d'appel.

19

Dans la luxueuse salle de bains de James, Erika se demanda un instant si elle aimerait vivre dans cet appartement. Vivre à New York.

Quelques minutes plus tôt, elle avait suggéré à James de s'installer à Carling Lake, et voilà qu'elle s'imaginait emménager chez lui ! Avait-elle perdu l'esprit ?

Peut-être. James était un amant si extraordinaire qu'il pouvait faire perdre la tête à une femme. Au point de songer à un avenir avec lui, ce qui était absurde.

James était un ancien membre des commandos, un enquêteur privé basé à New York. Elle était mère, journaliste à mi-temps, en passe d'ouvrir une maison d'hôtes à Carling Lake. Ils n'avaient rien en commun, et il était impératif qu'elle s'en souvienne.

Elle ferma le robinet de la douche et attrapa une serviette. Tout en se séchant, elle observa son reflet dans la glace.

Elle ne regrettait pas d'avoir fait l'amour avec James. À vrai dire, elle l'avait désiré dès le moment où ses yeux s'étaient posés sur lui. Et elle le désirait toujours. Elle ne serait pas contre l'idée de recommencer. Encore et encore…

Pourtant, ne pas avoir de regrets ne signifiait pas que ce soit une bonne idée de pousser leur relation plus loin. La géographie n'était pas le seul problème. Elle devait penser à Marcus. Sans compter que leur vie allait forcément être bouleversée par un héritage dont elle avait encore du mal à mesurer l'ampleur.

En dépit de toutes ces raisons, Erika sentait qu'elle était en train de tomber amoureuse de James West.

Au moins, cette fois-ci, elle était lucide, songea-t-elle en s'habillant. Avec Roland, elle était si jeune et si éprouvée par la disparition de sa mère qu'elle n'avait pas pris conscience du piège où elle mettait les pieds.

Une relation avec James serait un désastre, à différents égards. Il semblait regretter sincèrement de l'avoir trompée, et se sentirait peut-être obligé de l'aider et de rester jusqu'à ce que la sécurité de Marcus et la sienne soient assurées. Mais tôt ou tard il reviendrait à New York. Et Marcus et elle…

Qu'allaient-ils faire ? La veille encore, leur avenir était tout tracé dans sa tête, mais maintenant ? Allaient-ils devoir déménager ? Elle adorait Carling Lake et Marcus aussi. Cependant, c'était une petite ville, et elle savait que la fortune dont Marcus allait hériter entraînait une foule de problèmes qu'elle n'osait même pas encore envisager.

West Security and Investigations pouvait lui venir en aide sur ce point, et c'était justement pour cette raison qu'elle allait examiner avec attention la proposition dont James avait parlé.

Elle sortit de la salle de bains. La chambre était déserte, mais elle entendait du bruit dans le salon.

Elle ouvrit la porte.

Assis au bord du canapé, James pianotait sur un ordinateur portable posé sur la petite table devant lui. À son entrée, il se leva brusquement.

— Ah ! Salut.

Il s'éclaircit la voix, visiblement embarrassé.

— J'ai fait du café, dit-il en contournant la table pour se diriger vers la cuisine.

Erika lui emboîta le pas, et prit la tasse qu'il lui tendait.

— Tu regrettes qu'on ait fait l'amour ? demanda-t-il, d'une voix un peu bourrue, où elle crut déceler une pointe de vulnérabilité.

Elle lui sourit, posa la tasse sur la table et lui entoura la taille de ses bras.

— Non. Pas du tout.

— Tant mieux.

Elle sentit le corps de James se détendre contre le sien.

— Mais ça ne m'empêche pas de me poser des tonnes de questions. Du genre, qu'est-ce qu'on est en train de faire, au juste ? Où tout cela va-t-il nous mener ? Tu vis ici, et moi à Carling Lake. Et puis, il y a toute cette histoire avec les Overholt. Au fond, il ne pourrait pas y avoir de pire moment pour entamer une relation avec n'importe qui. Non que je veuille dire que nous sommes dans une relation.

James garda les bras noués autour d'elle, mais recula légèrement pour plonger les yeux dans les siens.

— Si on laissait de côté toutes ces questions pour plus tard ? Pour le moment, nous pouvons juste profiter du présent et du fait que nous sommes ensemble.

Ce n'était pas la réponse qu'elle désirait, mais les étincelles de désir qu'elle voyait dans son regard chassèrent les autres questions de son esprit.

Les battements de son cœur s'accélérèrent, et un frémissement d'excitation monta au fond d'elle.

— Hmm… profiter du présent ? Je ne suis pas sûre de savoir comment faire, murmura-t-elle avec un sourire séducteur. Il va peut-être falloir que tu me montres.

James la souleva de terre et, tandis qu'elle enroulait les jambes autour de sa taille, lui donna un baiser bref mais ardent avant de se diriger vers la chambre.

— Je vais voir ce que je peux faire.

Leur second passage dans la chambre avait laissé Erika épuisée, mais la tension et l'anxiété qui s'étaient dissipées quand elle était entre les bras de James réapparurent à l'approche de Carling Lake. La réunion avec les avocats d'Overholt soulevait plus de questions qu'elle n'en avait résolues. Si Roger était au courant de l'existence de Marcus, pourquoi n'avait-il pas tenté d'établir un contact avant de mourir ? Et pourquoi lui avoir légué toute sa fortune ?

Le téléphone de James sonna, rompant le silence dans la voiture. Il pressa une touche sur le volant.

— Salut, Lance. Tu es sur haut-parleur.

— C'est bon à savoir. Tu tiens le coup, Erika ?

— Je n'ai pas complètement craqué mais je me réserve le droit de le faire plus tard, plaisanta-t-elle.

— Très bien. Vous comptez arriver vers quelle heure ?

— Dans une demi-heure environ. Pourquoi ? Quelque chose ne va pas ? demanda James.

— Non, tout va bien, au contraire. En fait, j'ai arrêté plusieurs personnes impliquées dans le cercle de jeu illégal. Susan Garraus en fait partie.

Erika étouffa une exclamation de surprise. Susan Garraus était la dernière personne qu'elle aurait soupçonnée.

— Eh bien, je ne m'en serais jamais doutée.

— Moi non plus, admit Lance. Elle est prête à conclure en marché avec nous. Elle affirme avoir des informations sur une affaire de corruption au sein de la municipalité, mais elle ne veut parler qu'à toi, Erika.

— Moi ? Tu en es sûr ? Je ne suis pas exactement sa copine.

— C'est toi qu'elle demande. Elle dit ne faire confiance à aucun employé municipal.

Erika sentit son cœur battre plus vite, cette fois à la perspective de décrocher le scoop de l'année à Carling Lake. Elle jeta un coup d'œil vers James.

— Cela t'ennuierait ?

— Pas du tout, répondit-il avec un haussement d'épaules. On arrive.

Une demi-heure plus tard, Erika et James étaient assis en face de Susan dans la petite salle d'interrogatoire du poste de police. Lance avait informé Susan qu'elle pouvait réclamer la présence d'un avocat mais celle-ci avait décliné son offre, et déclaré qu'elle voulait en finir avec tout ça.

Erika avait hâte de savoir ce que la femme voulait dire par « tout ça ».

— Bien, Susan. Erika est ici. Que vouliez-vous lui dire ? demanda Lance.

Susan lui décocha un regard agacé.

— Je veux lui parler en tête à tête.

— Hors de question, intervint James.

Erika le regarda. À première vue, il avait l'air détendu, presque comme s'il était en compagnie d'un groupe d'amis qui bavardait. Cependant, au cours de ces derniers jours, Erika avait appris à reconnaître la tension de ses épaules, la petite veine qui palpitait au creux de son cou quand il était fâché ou inquiet.

— Exactement, confirma Lance. Mon temps est précieux, madame Garraus. Si vous avez quelque chose à dire, allez-y.

Susan lui lança un autre regard furibond avant de se tourner vers Erika.

— Vous aviez raison à propos de la subvention.

Erika cilla, déconcertée. Ses recherches à ce sujet n'avaient abouti à aucun résultat.

— À quel propos ?

— Nous avons déposé un dossier de candidature, Ellis Hanes et moi. Sauf que nous n'avons jamais eu l'intention d'utiliser l'argent pour restaurer l'hôtel de ville.

— Je vois, répondit Erika, arquant un sourcil. Et que comptiez-vous en faire ?

Susan émit un petit ricanement.

— À votre avis ? On voulait s'en servir pour jouer. Ou plutôt pour payer les dettes que nous avions contractées au jeu.

James échangea un regard avec Erika.

— Tu n'auras pas besoin de mes contacts après tout.

— Une minute. De quoi parlez-vous, tous ? intervint Lance en s'approchant.

Susan lâcha un rire amer.

— Vous n'avez pas mis votre copain au courant ? lança-t-elle à Erika. Vous avez bien raison. Les hommes gâchent tout.

— Madame Garraus ? rugit Lance.

— Ellis et moi avons demandé une subvention censée nous aider à financer des travaux dans l'hôtel de ville. Mais nous ne l'avons dit à personne parce que nous n'avons jamais eu l'intention de nous en servir de cette façon. Le cercle de jeu nous a ruinés tous les deux, avoua-t-elle en se tassant sur elle-même. Je suis sur le point de perdre ma maison. Mes créditeurs prélèvent une partie de mon salaire. Mais peu importe. Je pourrais travailler jusqu'à l'âge de cent ans sans pouvoir rembourser toutes mes dettes.

Elle leva vers Erika des yeux presque suppliants.

— C'est pour ça qu'on avait besoin de tant d'argent.

Erika ne put s'empêcher d'éprouver une pointe de compassion pour elle.

— Comment avez-vous eu l'idée de ce plan ?

La bouche de Susan se tordit de colère.

— C'est Ellis qui a eu l'idée. J'ai refusé, à plusieurs reprises. Mais mes dettes étaient si importantes qu'il a fini par me convaincre que, tant que nous étions d'accord, personne ne saurait jamais rien.

La tristesse se répandit sur ses traits.

— On se disait qu'on pourrait peut-être se refaire. Gagner assez pour tout rembourser et donner le montant de la subvention à la municipalité.

Erika s'efforça de rester impassible. À l'évidence, le plan de Susan et d'Ellis n'avait jamais eu aucune chance de réussir. Cependant, le jeu était une addiction, et les victimes faisaient rarement preuve de lucidité.

— Comment pouvons-nous savoir que vous dites la vérité sur Ellis Hanes ? demanda Lance. Pour autant que je le sache, en dehors de votre témoignage, il n'y a aucune preuve qu'il ait joué un rôle dans cette affaire.

— Lance a raison, Susan. Quelque chose ne colle pas. Sam Hogan a laissé tomber mon chantier parce qu'Ellis l'avait engagé pour rénover une aile de son hôtel. Si Ellis est aux abois, comment a-t-il pu engager Sam ?

— Vous croyez que Sam a eu un acompte ? ricana Susan. Écoutez, croyez ce que vous voulez. L'hôtel et les maisons d'hôtes d'Ellis n'ont pas fait le plein ces dernières années. Il a besoin de tout moderniser, mais, entre son addiction au jeu et cette nouvelle station hôtelière qui lui prend des clients, il n'a pas un rond à dépenser.

— Possible, dit Lance, mais vous ne nous avez toujours pas fourni de preuve de son implication.

Susan focalisa son regard sur Erika.

— Je sais qu'il a engagé un type de passage, un certain Brian, pour mettre le feu à votre maison pendant que vous étiez à l'hôpital, et qu'il l'a renvoyé vous cambrioler quand son projet d'incendie n'a pas marché.

— Brian Whitmer ?

Erika connaissait vaguement cet homme, un des nombreux saisonniers qui venaient travailler en ville durant la période touristique. Si Susan disait la vérité, Brian était aussi sans doute celui qui avait ouvert le feu sur eux.

Ellis Hanes aurait pu tuer Marcus, songea-t-elle, luttant contre la rage qui montait en elle.

Susan avait repris la parole.

— J'ai enregistré des conversations où nous parlions de l'argent, Ellis et moi. Je ne lui faisais pas confiance. Tout est chez moi, dans mon coffre-fort.

L'expression de Lance trahissait toujours son scepticisme.

— James, Erika, il faut que je vous parle, dit-il en se dirigeant vers la porte sans attendre leur réponse.

Comme James et Erika se levaient pour le suivre, Susan la saisit par le bras.

— Je veux un marché, d'accord ? Je ne vais pas mentir là-dessus. Mais je vous ai demandé d'être là parce que je sais que vous n'allez pas les laisser me faire porter le chapeau toute seule.

Un souvenir surgit dans l'esprit d'Erika.

— Susan, avez-vous dit à Ellis que je vous avais interrogée à propos de la subvention ?

La femme acquiesça.

— Oui. J'ai pris peur. J'étais convaincue que vous aviez découvert le pot aux roses. J'ai appelé Ellis, je lui ai tout dit. Il m'a ordonné de me taire, il a affirmé que vous n'aviez aucune preuve.

Erika réfléchit. Les pièces du puzzle s'emboîtaient une à une. Elle avait pensé qu'Ellis la harcelait à cause de son projet de maison d'hôtes, mais si Susan disait vrai, la question de la subvention disparue représentait une menace bien plus grande pour lui. Une menace qui avait pu le pousser à des actes extrêmes, comme envoyer quelqu'un tirer sur elle.

James l'attendait dans le couloir.

— Ça va ? demanda-t-il avec sollicitude.

— Je ne sais pas, répondit-elle honnêtement, avant de pivoter et de le précéder dans le bureau de Lance.

— Qu'en pensez-vous ? lança le shérif en refermant la porte derrière eux.

— Je la crois, déclara Erika. J'ai toujours eu l'impression qu'elle en savait plus long qu'elle ne le disait au sujet de cette subvention.

— Et ce qu'elle raconte tient la route, commenta James.

Lance soupira.

— C'est vrai, mais il me faut plus que sa parole pour arrêter Ellis. Et si elle l'a enregistré à son insu, les enregistrements ne seront pas recevables au tribunal.

— Lance, tu dois questionner Ellis. Il ne s'agit pas que de la subvention. Je crois que Daisy a raison. Qu'il est derrière les attaques qui ont été perpétrées contre moi.

— Allons, Erika. L'autre jour, tu étais persuadée du contraire. Et il y a un pas entre une addiction au jeu et une tentative de meurtre.

— Je sais, mais c'était avant qu'on apprenne qu'Ellis est aux abois. Tu as entendu Susan. Outre la faillite, il risque une inculpation de fraude et d'abus de biens publics, voire d'incendie volontaire, si tu peux trouver Brian Whitmer.

— À supposer que Susan dise la vérité, lui fit remarquer Lance.

— Elle m'a paru crédible, intervint James.

Plus Erika y songeait, plus elle était convaincue qu'Ellis était à l'origine de ses ennuis.

— C'est logique, Lance, et qui d'autre pourrait être derrière tout cela ? Personne n'a de mobile à part lui.

— Erika a raison, renchérit James en croisant les bras.

Le silence se fit.

Au bout d'un moment, Lance reprit la parole, visiblement songeur.

— Je ne sais pas si j'ai assez d'éléments pour l'interroger. Mais, ajouta-t-il, devançant les objections d'Erika, je peux envoyer un adjoint lui demander de se présenter.

Il pinça les lèvres.

— Nul n'est au-dessus des lois. Cela dit, Ellis est le maire de cette ville et il est normal de respecter sa position. Entre-temps, je vais consulter le juge et essayer d'obtenir un mandat de perquisition pour son domicile et son bureau.

Erika sentit une partie de sa tension se dissiper.

— Merci, Lance.

Ce dernier secoua la tête.

— Ne me remercie pas encore. Vous devriez rentrer à la maison. Il ne se passera rien de plus ce soir.

Erika suivit James jusqu'à sa voiture. Elle avait hâte de retrouver Marcus, de lui parler de la fortune dont il avait hérité, et d'apaiser l'anxiété qu'elle éprouvait depuis qu'elle avait appris la nouvelle.

— Tu n'as pas dit un mot depuis que nous avons quitté le poste de police, observa-t-elle. Quelque chose te tracasse ?

James lui lança un regard ironique.

— Tout me tracasse en ce moment.

— Tu sais ce que je veux dire. Tu devrais être… je ne sais pas… soulagé. Nous savons qui est l'instigateur des attaques et je suis sûre que Lance va faire interpeller Ellis au plus vite.

— Savons-nous vraiment qu'il est coupable ?

— Lance a sans doute raison de dire qu'il n'a pas assez de preuves pour l'instant, mais il les trouvera. Une fois qu'Ellis aura compris qu'il a été démasqué et que Susan nous a tout dit, ce sera terminé. Il engagera sûrement une armée d'avocats, mais il n'aura plus de motif de s'en prendre à moi.

— Je me détendrai quand il sera derrière les barreaux. Jusque-là, mieux vaut que nous restions vigilants.

Erika ne pouvait s'opposer à sa logique. Elle aussi respirerait plus librement le jour où Ellis Hanes aurait été arrêté.

L'adjoint Clarke Bridges et son mari, Steve, possédaient un vaste pavillon situé à environ trois kilomètres du centre de Carling Lake. James se gara le long du trottoir devant la maison.

L'adjoint Bridges leur ouvrit la porte. Bien qu'habillé en civil, il portait son arme de service dans son holster.

James la remarqua aussitôt.

— Des problèmes ?

Clarke secoua la tête.

— Aucun.

— Merci de vous être occupés de Marcus, dit Erika, sincère.

— Tu n'as pas besoin de me remercier, tu le sais. Les

garçons se tiennent compagnie, si bien que je n'ai pas grand-chose à faire.

Il sourit et les invita à entrer.

— Ils sont au sous-sol. Je leur ai dit qu'ils pouvaient jouer à des jeux vidéo après avoir terminé leurs devoirs. J'espère que ça ne t'ennuie pas.

— Clarke, il s'est passé tant de choses aujourd'hui que je ne vais pas m'inquiéter pour des jeux vidéo. Il faut juste que j'espère que ça ne va pas lui griller le cerveau.

Clarke s'esclaffa.

— Il y a des jours comme ça, dit-il avant de redevenir grave. Lance m'a expliqué la situation rapidement. Vous allez rester un peu ? demanda-t-il à James.

James arqua un sourcil.

— Un peu.

— Tant mieux, commenta l'adjoint en ouvrant la porte du sous-sol. Les enfants, Erika est ici !

Un silence pesant lui répondit, et Erika sentit un frisson d'appréhension la parcourir avant même qu'elle ait atteint la dernière marche.

Toutes les lampes étaient allumées, et sur l'énorme écran de télévision le jeu vidéo était figé sur une scène de bagarre. À l'autre bout de la pièce, la porte qui menait au-dehors était ouverte.

— Les garçons !

Clarke se rua vers l'ouverture. James dégaina son arme et le suivit dans la nuit noire, Erika sur ses talons.

Des lampes situées aux coins de la maison projetaient des ombres sur le jardin. Il leur fallut quelques secondes pour ajuster leur vision, et discerner une forme inerte dans l'herbe saupoudrée de neige.

Devin.

La poitrine comprimée par un étau glacé, Erika parcourut les environs des yeux. Des empreintes de pas étaient visibles, menant à la barrière entrebâillée de la clôture. Comme elle s'avançait, James mit une main sur son bras et l'arrêta.

— Nous ne savons pas qui est là, et tu n'es pas armée. J'y vais. Reste ici et aide Devin.

L'instant d'après il s'élançait vers la clôture, pistolet au poing.

Erika hésita. Toutes les fibres de son être se révoltaient à l'idée d'attendre. Marcus avait disparu. C'était son fils, c'était à elle de le protéger. Elle avait échoué. Elle devait le retrouver. Cependant, James ne lui donna pas la possibilité de discuter. Il avait déjà été happé par l'obscurité.

Un gémissement s'éleva derrière elle, et elle se retourna vers Devin et Clarke. Les paupières du garçon frémirent mais ne s'ouvrirent pas. Une bosse grossissait à vue d'œil sur sa tempe. Il avait été frappé, et violemment.

Une bouffée de nausée submergea Erika. Qu'était-il arrivé à Marcus ? Avait-il été frappé aussi ? Ou pire ? Depuis combien de temps avait-il été enlevé ? Il devait être terrifié, se demander où elle était et pourquoi elle n'était pas venue à son secours.

Figée sur place, la terreur courant dans ses veines, elle regarda Clarke sortir son téléphone de sa poche et aboyer des ordres à l'opérateur, réclamant une ambulance.

James réapparut. Son regard reflétait la panique qu'elle éprouvait.

— Il fait trop sombre. Je n'ai vu personne.

Erika respirait avec difficulté, toujours paralysée, tremblant des pieds à la tête.

Elle avait perdu Marcus.

20

Erika écoutait sans l'entendre le bourdonnement des voix au poste de police. Marcus manquait à l'appel depuis près de deux heures, et elle était comme engourdie.

Son fils avait été enlevé.

Devin avait repris connaissance dans l'ambulance qui le transportait à l'hôpital. Il avait pu leur dire que Marcus et lui avaient saisi un bruit au-dehors, un geignement qui ressemblait à celui d'un chien blessé, et qu'ils étaient allés voir ce qui se passait. Devin était sorti le premier, Marcus juste derrière lui. Il n'avait fait que quelques pas quand il avait entendu Marcus gémir et s'effondrer. Il s'était retourné, avait vu Marcus étendu dans l'herbe, et, à cet instant, il avait senti une douleur fulgurante à l'arrière de la tête. C'était tout ce dont il se souvenait.

Lance avait mis tous ses hommes sur l'affaire, et les habitants de Carling Lake avaient uni leurs efforts à ceux des adjoints. Plusieurs groupes s'étaient formés et sillonnaient les environs malgré l'obscurité. S'ils ne trouvaient pas Marcus bientôt, ils devraient interrompre leurs recherches jusqu'au matin, Erika le savait.

Elle était hantée par la vision de son fils dans le noir, retenu contre son gré, et priait pour que son ravisseur ne lui fasse pas de mal.

Les paroles prononcées par James plus tôt tournaient en boucle dans sa tête. *« Ce genre de fortune fait de vous des cibles potentielles. »*

Était-ce de cela qu'il s'agissait ? Des millions des Overholt ? Elle les rendrait sans une seconde d'hésitation pour tenir son fils dans ses bras de nouveau.

James s'était entretenu avec les avocats, lesquels avaient affirmé ne pas avoir divulgué la nouvelle de l'héritage Overholt à la presse. Lance avait interrogé Robert et sa femme, qui avaient eux aussi nié avoir dit quoi que ce soit.

Restait Ellis.

Lance avait envoyé un adjoint à son domicile, à son bureau et diverses propriétés, mais l'homme demeurait introuvable. Personne ne savait où il était, et il ne répondait pas aux appels du shérif.

L'enlèvement de Marcus était-il une sorte de chantage ou de vengeance visant à dissuader Erika de poursuivre son enquête sur la subvention ? Si oui, comment Ellis réagirait-il lorsqu'il se rendrait compte qu'il était trop tard ? Que Susan l'avait dénoncé et que, tôt ou tard, Lance aurait assez d'éléments pour l'inculper ?

Marcus ne serait plus d'aucune utilité à Ellis alors.

Erika déglutit avec peine, chassant les terribles pensées qui menaçaient de la submerger.

Toute la ville était à la recherche de Marcus. Lance avait même fermé les yeux lorsque James avait contacté son frère afin que West Investigations traque Ellis avec ses propres sources et méthodes.

— Tiens. Bois ça.

Erika tressaillit, surprise de voir Lance qui, debout devant elle, lui tendait un gobelet fumant.

— C'est du thé. James dit que tu n'as rien mangé depuis des heures, et il faut que tu gardes tes forces.

Soudain consciente d'être transie, elle accepta la boisson, et but une gorgée, réprimant une grimace tant le breuvage était sucré. Sans doute Lance voulait-il s'assurer qu'elle n'entrait pas en état de choc.

— Erika, nous faisons tout ce que nous pouvons, dit-il en lui tapotant l'épaule. Si tu rentrais à la maison essayer de te reposer un peu ?

Elle posa le gobelet et secoua la tête.

— Pas question.

— Ce serait peut-être une bonne idée, intervint James en s'approchant. Si Marcus revenait, ce serait bien qu'il y ait quelqu'un là pour l'attendre.

— J'ai téléphoné à Daisy. Elle m'a dit qu'elle irait à la maison au cas où.

Il était impensable qu'elle quitte le poste de police. Elle voulait être informée de toute nouvelle concernant Marcus à la seconde où celle-ci arrivait. Ne pas attendre qu'elle lui soit relayée par Lance ou un des autres adjoints, qui ne lui diraient que ce qu'ils voulaient qu'elle sache.

— Très bien. Tiens bon, soupira Lance en lui pressant l'épaule une dernière fois avant de gagner l'autre extrémité de la salle.

Erika sentit les larmes lui monter aux yeux. Voilà pourquoi elle s'était installée à Carling Lake. Parce que c'était une communauté qui prenait soin des siens. Parce que les habitants veillaient les uns sur les autres.

James tendit la main et lui caressa la joue. Elle s'abandonna contre lui, absorbant sa chaleur et sa force.

— J'ai vu un divan dans le bureau de Lance. Tu pourrais essayer de dormir.

— Je ne pourrai pas fermer l'œil avant d'être sûre que Marcus est sain et sauf, murmura-t-elle en lui entourant la taille de ses bras, tandis que ses larmes coulaient librement. Je veux mon fils, c'est tout.

— Je sais, je sais. Nous faisons tout ce que nous pouvons.

James lui massa doucement la nuque.

Soudain, son téléphone sonna. Il se dégagea légèrement pour jeter un coup d'œil à l'écran.

— C'est Ryan.

Il s'éloigna et alla rejoindre Lance. Les deux hommes se penchèrent sur un écran d'ordinateur mais, à en juger par l'absence de tension dans leurs gestes, elle en déduisit que ce n'était pas l'appel qui comptait.

Pas l'appel annonçant que Marcus avait été retrouvé.

Elle tressaillit de nouveau en sentant son propre téléphone vibrer dans sa poche.

C'était un texto émanant d'un numéro inconnu.

Sans doute un courrier indésirable.

Elle l'ouvrit néanmoins.

Si vous voulez revoir votre fils, soyez dans le parking derrière le poste dans deux minutes. Seule. Ne parlez à personne. La vie de votre fils en dépend.

Erika jeta un coup d'œil par la porte vitrée de la salle de conférences. Il n'y avait personne à l'accueil hormis la réceptionniste, une jeune femme d'une vingtaine d'années qui parlait au téléphone sur la ligne fixe.

Était-ce une plaisanterie cruelle ?

Mais si c'était vrai ? Un délai de deux minutes ne lui laissait pas le temps de tergiverser.

Si c'était une mauvaise plaisanterie, elle ne trouverait rien qu'un parking désert.

Mais si le message émanait du ravisseur de Marcus ?

Elle se dirigea vers la porte. La voix de James s'éleva avant qu'elle ait eu le temps de franchir le seuil.

— Où vas-tu ?

Le texto disait de ne parler à personne. Elle ne pouvait prendre de risque avec la vie de son fils.

Elle pivota, priant pour que son visage ne la trahisse pas.

— Je vais aller me reposer un peu dans le bureau de Lance.

— Parfait. Bonne idée, déclara l'intéressé en levant les yeux de son ordinateur.

James la dévisagea. Un instant, elle crut qu'il l'avait percée à jour, puis il esquissa un sourire qu'elle ne put s'empêcher de trouver sexy en dépit de la situation.

— Je viendrai te chercher s'il y a du nouveau.

Elle lui rendit son sourire et espéra qu'il lui pardonnerait ce mensonge. Enfin, à supposer qu'il y ait matière à se faire pardonner.

Elle passa devant le bureau de Lance et se dirigea vers la sortie située à l'arrière du bâtiment.

La porte s'ouvrit avec un petit déclic, et elle sortit dans la nuit. Une ampoule jaune au-dessus de la porte éclairait faiblement les lieux.

Son téléphone vibra de nouveau.

À l'arrière du parking.

Erika scruta la pénombre. Une berline foncée était garée tout au bout du parking, à peine visible. Pas une âme n'était en vue.

Elle avait presque atteint la voiture quand une voix lança :

— Laisse tomber ton téléphone par terre.

Une silhouette émergea de l'ombre, mais Erika avait déjà reconnu la voix. Un frisson glacé lui parcourut l'échine.

— Daisy ? Qu'est-ce que tu fais ici ? Tu es censée être chez moi au cas où Marcus rentrerait à la maison.

— C'est à toi de décider s'il va rentrer ou pas. Maintenant, fais ce que je te dis et laisse tomber ton téléphone.

Erika s'exécuta. Un mélange d'angoisse et de fureur bouillonnait en elle. Elle ne comprenait pas pourquoi, mais il était clair que Daisy avait quelque chose à voir avec l'enlèvement de Marcus.

— Où est mon fils ?

Au lieu de répondre, Daisy pressa une touche sur la clé qu'elle tenait à la main. Le coffre de la berline se souleva.

— Monte.

— Non.

Daisy leva la main. Même dans le noir, Erika distingua un pistolet.

— Monte.

L'estomac noué, Erika resta immobile. Si elle faisait parler Daisy assez longtemps, il était possible que Lance ou James s'aperçoive qu'elle n'était pas en train de faire une sieste et vienne à sa recherche.

Un sourire se dessina sur les lèvres de Daisy.

— Tu attends la cavalerie ? Je ne leur dirai jamais où est Marcus. Et si je ne retourne pas là-bas…

Elle n'acheva pas sa phrase, mais le sens était aussi clair que si elle avait hurlé les mots. Si elle ne retournait pas à l'endroit où elle détenait Marcus, son fils mourrait.

Erika monta dans le coffre. L'instant d'après, elle était enveloppée de ténèbres.

James regarda Erika disparaître dans le couloir qui conduisait au bureau de Lance.

— Elle est forte. Elle tiendra bon, affirma Lance depuis sa place devant l'ordinateur qu'ils utilisaient pour suivre les progrès des groupes de volontaires.

James savait qu'Erika était forte, mais savait aussi que, si quelque chose pouvait la briser, ce serait la perte de Marcus. Pour sa part, il avait été sidéré par la violence de l'émotion qu'il avait ressentie en découvrant que l'enfant avait disparu. Sans en avoir conscience, il n'était pas seulement tombé amoureux d'Erika, mais en était venu à éprouver une sincère affection pour son fils. Au point que, si Marcus était blessé, il traquerait son ravisseur jusqu'au bout du monde s'il le fallait, quoi qu'il arrive entre Erika et lui.

Il reporta son attention sur Lance et la carte aérienne qui s'affichait à l'écran. Ryan avait fait appel à un ami, et dès les premières lueurs du jour, un hélicoptère survolerait les zones les plus densément boisées et les plus difficiles d'accès de la montagne.

Il examinait la carte quand son téléphone sonna de nouveau. Le nom de Ryan apparut.

— On a le résultat des vérifications sur Robert et sa femme. Pas de casier judiciaire ni d'associations douteuses.

James entendit son frère remuer des papiers à l'autre bout du fil.

— Rien à signaler non plus du côté de leurs finances, sauf un truc un peu bizarre. Apparemment, le salaire de Robert est versé directement à un trust, et le gérant du trust lui remet une allocation.

James songea à ce qu'Erika lui avait révélé concernant les pratiques de Roger Overholt.

— Je suis assez sûr que vous allez découvrir que sa maison est au nom de son père. À la mort de son mari, Erika a découvert que tous leurs biens appartenaient en réalité à Roger. C'était sa manière d'exercer un contrôle sur sa famille.

— Un homme de quarante ans qui laisse son père lui verser une allocation ? Drôle d'arrangement, commenta son frère. Enfin, bon. En ce qui concerne la sœur, c'est plus difficile, mais on a un début d'information et on va continuer à fouiller.

James fronça les sourcils.

— La sœur ?

— Roger Overholt avait trois enfants : Roland, Robert et une fille, Evangeline, la plus jeune.

— C'est vrai. Je me souviens qu'Erika a mentionné qu'elle n'avait plus aucun contact avec sa famille depuis des années.

— C'est ça. On trouve des photos d'elle dans la presse jusqu'à l'âge de dix-neuf ans environ. Apparemment, elle s'est enfuie avec un musicien qui jouait de la basse dans un groupe de second ordre. Roger l'a reniée et elle a disparu de la circulation.

— Et tu l'as retrouvée ?

— Oui. Son mari et elle se sont installés en Californie. Ils ont déménagé souvent, et ont divorcé voilà six ans environ. Pas d'enfants.

— Et que fait-elle depuis ?

— Pas grand-chose. Elle a eu divers petits jobs jusqu'à l'an dernier…

— Que s'est-il passé l'an dernier ?

— Aucune idée. Elle semble s'être volatilisée. J'y

travaille. Avec un nom comme Evangeline Daisy Overholt Hargrove, on penserait qu'elle serait facile à localiser mais…

James n'entendait plus.

Evangeline Daisy Overholt Hargrove.

Daisy Hargrove.

Daisy était la sœur de Roland et de Robert.

Il avait envisagé l'hypothèse que Robert puisse vouloir éliminer Erika dans le but d'obtenir la tutelle de Marcus et le contrôle de son héritage, mais il s'était trompé d'Overholt. Sa théorie fonctionnait tout aussi bien pour une tante que pour un oncle.

— Tu as une photo d'elle ?

— Bien sûr. Je te l'envoie par mail.

James mit son téléphone sur haut-parleur, ouvrit sa boîte mail et cliqua sur le message.

Il ne fallut que quelques secondes pour que l'image apparaisse, mais il savait déjà ce qu'il allait voir.

Daisy.

— Que se passe-t-il ? intervint Lance, qui se penchait pour voir l'écran. Pourquoi y a-t-il une photo de Daisy sur ton téléphone ?

— Daisy ? répéta Ryan à l'autre bout du fil.

— Evangeline Overholt vit depuis un an à Carling Lake sous le nom de Daisy Hargrove, expliqua James.

Lance lâcha un juron et attrapa son téléphone.

— J'envoie un adjoint chez elle tout de suite.

— Ryan, il faut qu'on sache tout ce qu'il y a à savoir au sujet de cette femme. Et sur toutes les propriétés qu'elle possède dans un rayon de cent cinquante kilomètres.

Il doutait fort qu'elle soit encore chez elle si elle avait enlevé Marcus, mais autant commencer par le début.

Il se rua hors de la salle de conférences. Il avait promis

à Erika de la tenir au courant dès qu'il y aurait du nouveau. Et le fait que sa meilleure amie était en réalité sa belle-sœur en faisait partie.

Il poussa la porte et s'arrêta net. Son regard balaya le bureau deux fois encore, en vain.

Erika n'était pas là.

21

Ballottée de-ci de-là dans le coffre, Erika avait un mal de tête épouvantable. Cependant, ce fut pour une autre raison qu'elle fut soulagée quand le véhicule s'immobilisa.

Marcus. Daisy avait dû l'emmener à l'endroit où Marcus était caché.

Une portière claqua et des pas résonnèrent sur le gravier, s'approchant de l'arrière de la voiture.

Une bouffée de panique saisit Erika à la gorge. Daisy était armée. Elle pouvait l'abattre à l'instant où elle ouvrait le coffre.

Au cours du trajet, Erika avait tâtonné à la recherche du levier censé se trouver dans tout coffre de voiture au cas où quelqu'un serait enfermé à l'intérieur. Daisy avait dû le retirer car il n'y en avait pas. Pas de levier, et aucun objet susceptible d'être utilisé comme une arme.

Pourvu que James ait découvert qu'elle n'était pas dans le bureau et deviné, d'une manière ou d'une autre, où Daisy l'avait emmenée…

Le coffre s'ouvrit.

Daisy se tenait devant, l'arme au poing.

— Sors de là.

Erika s'assit, puis se leva avec précaution. Elle ne savait

pas combien de temps au juste elle avait passé dans le coffre, mais ses jambes étaient engourdies.

Daisy eut un brusque hochement de tête vers la droite.

— Avance.

Erika pivota et distingua une sorte de cabane en bois à quelques mètres de là.

Marcus était-il prisonnier dans cette baraque vétuste, dont les murs tenaient à peine debout ?

Erika se hâta vers elle, mais la cabane était vide. Seule une corde gisait sur la terre battue.

Elle fit volte-face.

— Qu'est-ce que ça veut dire ? Où est Marcus ?

Daisy se mit à rire.

— Tu ne croyais pas que je l'avais laissé là-dedans, si ? Est-ce que j'aurais traité ce petit prince comme ça, enfin ?

Le cœur d'Erika cogna dans sa poitrine. Ce petit prince. Daisy savait.

— Comment as-tu su…

Un lent sourire se répandit sur le visage de la femme qu'Erika avait considérée comme son amie.

— Comment ai-je su que Marcus était un Overholt ? Oh ! Mon chou, je le sais depuis que j'ai mis le pied dans ce trou perdu. Crois-moi, c'est la seule raison pour laquelle je me suis installée ici.

Erika la fixa, abasourdie.

— Je ne comprends pas.

— Je sais, et même si je ne te dois aucune explication, je vais te la donner quand même. Il y a environ un an, je suis allée voir mon père. Disons qu'il ne s'est pas montré enclin à une réconciliation.

— Qu'est-ce que ton père vient faire dans cette histoire ? Où est Marcus ?

Erika écoutait à demi, scrutant la cabane à la recherche de n'importe quel objet qui puisse lui servir d'arme. Elle ferait parler Daisy aussi longtemps que possible, mais elle ne pouvait pas être sûre que James arriverait assez vite pour la sauver.

— Mon père a un rôle central dans cette histoire ! Il a toujours voulu contrôler tout le monde. Et la plupart des gens l'ont laissé faire, mais pas moi.

Daisy pressa l'arme contre sa poitrine.

— Je me suis enfuie.

Comme au ralenti, les pièces du puzzle s'emboîtèrent dans l'esprit d'Erika.

— Tu es Evangeline, la sœur de Roland.

Le sourire de Daisy s'élargit.

— Voilà des années que je ne porte plus ce nom-là. Tu sais, j'étais inquiète à la perspective de me lier d'amitié avec toi. Nous ne nous étions jamais rencontrées, mais je ne savais pas si tu avais vu des photos de moi. J'avais peur que tu ne me reconnaisses.

Les traits de Daisy se durcirent.

— Comment es-tu au courant pour le testament ?

— Mon père m'a tout dit. Quand je suis allée le voir, il était clair qu'il n'allait pas vivre très longtemps. Il m'a accueillie comme si j'étais une inconnue venue lui demander l'aumône. Pis, en fait. Il voulait me punir de m'être enfuie, d'avoir refusé son autorité, comme s'il était normal qu'un père contrôle le moindre aspect de la vie de ses enfants. C'est là qu'il m'a parlé du testament. Il m'a narguée à ce sujet. Il se réjouissait à l'idée de dépouiller ses propres enfants. Et ne va pas t'imaginer qu'il a agi ainsi par affection envers Marcus. Il savait qu'un héritage pareil gâcherait les chances de Marcus de mener une vie normale et il en était fier.

Roger Overholt avait été diabolique jusqu'à ses derniers instants, songea Erika. Au fond, elle n'était guère surprise. Il avait toujours été le genre d'homme qui prend plaisir à voir les autres souffrir.

— Donc, tu as appris que Marcus allait hériter et tu es venue à Carling Lake pour t'immiscer dans notre vie ? Quand allais-tu nous dire qui tu étais vraiment ?

— Et toi ? rétorqua Daisy. Au départ, je m'étais dit que nous deviendrions amies et que, le jour où je révélerais mon nom, tout le monde serait ravi.

Elle haussa les épaules.

— Ce n'était pas idéal, mais je pensais pouvoir vous soutirer assez d'argent pour mes besoins.

— Mais tu as changé d'avis ?

— Franchement, je ne pouvais plus supporter de vivre dans cette bourgade sans intérêt. Et plus j'y songeais, plus je trouvais injuste d'avoir à me contenter des miettes que ton fils et toi voudriez bien me donner. Ce n'aurait pas été différent de vivre sous la coupe de mon père.

— Par conséquent, tu as décidé de me tuer ? C'est toi qui as manigancé toutes les attaques contre moi ?

Daisy lui décocha un sourire glaçant.

— Tu n'écoutes donc pas ce qu'on te dit ? Susan t'a pourtant expliqué qu'Ellis était responsable de tout ça. Sauf de la fusillade. J'ai encore du mal à croire que je t'aie manquée. Toi morte, Marcus aurait dû être mis sous tutelle, et qui de plus approprié qu'une tante affectueuse pour s'occuper de lui ? La tante qui s'était liée d'amitié avec lui sans oser révéler qui elle était, jusqu'au moment où le destin l'y avait forcée.

Daisy avait perdu la tête. Jamais son plan n'aurait fonctionné. Erika sentit la panique la gagner de nouveau.

— Où est Marcus ?

— Ne t'inquiète pas. Je l'ai mis en lieu sûr. Dès que j'en aurai terminé avec toi, le shérif recevra un coup de fil anonyme qui lui dira où il est.

L'effervescence régnait sur le parking. James avait l'estomac noué depuis l'instant où il avait ouvert la porte du bureau. Il avait aussitôt su qu'Erika n'était pas partie de son plein gré sans lui en parler. Et la découverte de son téléphone portable avait confirmé ses pires craintes.

— James, j'ai les images des caméras de surveillance !

Il se hâta vers Lance, qui se tenait à quelques mètres de lui avec un de ses adjoints. Une vidéo en noir et blanc montrait Erika quitter le bâtiment et se diriger vers le bout du parking.

Une silhouette mince sortit de l'ombre, le dos tourné à la caméra.

— Ça pourrait être Daisy, observa James.

Ils regardèrent en silence Erika monter dans le coffre du véhicule. La silhouette s'installa au volant, sans jamais montrer son visage à la caméra.

— Vous pouvez revenir en arrière ? demanda soudain James. Juste au moment où la voiture sort du parking ? Là. C'est possible de zoomer sur la plaque d'immatriculation ?

L'adjoint s'exécuta.

— Je n'arrive pas à distinguer les deux derniers chiffres, mais le reste est net. HHJ56.

— C'est Daisy, affirma Lance. Son numéro est HHJ5629. Appelle le juge Stone et demande-lui un mandat de perquisition pour le domicile de Daisy Hargrove.

James se dirigeait déjà vers son véhicule.

— Viens avec moi, cria Lance en désignant sa voiture de patrouille. J'ai le gyrophare et les sirènes.

James fit volte-face et s'empressa de le rejoindre.

— Allons-y.

Ils atteignirent la maison au moment où le mandat de perquisition était accordé. James se rua hors du véhicule avant même que Lance ait coupé le moteur. L'adjoint envoyé plus tôt les avait déjà avertis que le cottage était désert.

Il ne leur fallut que quelques minutes pour en avoir la certitude.

Erika et Marcus n'étaient pas là.

James n'avait pas été aussi terrifié depuis le jour où il avait assisté à un attentat-suicide à quelques pas de lui. Il se sentait paralysé par la peur.

— Ils ne sont pas venus ici, dit-il d'une voix étranglée.

Marcus et Erika étaient-ils encore en vie ?

Lance mit une main sur son épaule et la pressa.

— Nous les trouverons. Concentre-toi là-dessus.

James se força à inspirer profondément. Lance avait raison. Il ne pouvait se laisser aller à imaginer le pire. Erika était une battante. Elle l'avait prouvé en disparaissant pour échapper au contrôle de sa belle-famille, et elle avait transmis son courage à Marcus. Ils s'en tireraient. Il le fallait.

Et ils avaient besoin qu'il se focalise sur le présent.

Il suivit Lance qui rejoignait ses deux adjoints.

— Bon, on fouille partout. On cherche n'importe quel indice susceptible de nous indiquer où Daisy Hargrove pourrait détenir Erika et Marcus.

Un adjoint se dirigea vers les chambres d'amis, le second

vers la cuisine-séjour. Lance et James entrèrent dans la chambre qui avait à l'évidence été celle de Daisy.

James commença par la table de chevet tandis que Lance ouvrait les portes du dressing.

— Regarde !

Lance avait tiré du placard une boîte à chaussures qu'il mit sur le lit. À l'intérieur se trouvaient des dizaines de photos d'Erika et de Marcus, seuls et ensemble. À en juger par les apparences, ni l'un ni l'autre ne s'étaient rendu compte qu'on les photographiait.

Lance prit un des clichés.

— Je me souviens de ça. Cette photo a été prise pendant la fête de l'hiver l'an dernier. Daisy n'avait pas encore emménagé en ville à l'époque.

— Soit elle a été très discrète, soit elle a chargé quelqu'un de prendre ces photos. Quoi qu'il en soit, elle connaissait l'identité d'Erika et de Marcus avant de venir ici.

Elle les avait espionnés des mois durant. Il était évident qu'elle préparait son plan depuis très longtemps, un an au moins. Et il ne faisait aucun doute pour James que ce plan était lié à l'héritage des Overholt, même s'il ne voyait pas comment elle avait pu en connaître les détails.

Peu importait. La seule chose qui comptait était de retrouver Erika et Marcus. Les photos ne pouvaient leur apprendre ce qu'ils avaient besoin de savoir.

Où était-elle ?

— Daisy doit être propriétaire d'une autre maison quelque part, observa-t-il. Tu la connais mieux que moi. A-t-elle un chalet dans les montagnes ? Ou un petit ami qui en posséderait un ?

Lance secoua la tête.

— Pas que je sache.

James laissa retomber les clichés sur le lit.

— Il y a une pièce qui ressemble à un petit bureau à l'avant de la maison. Je vais y jeter un coup d'œil.

Lance lui emboîta le pas. La pièce en question était minuscule, à peine plus grande que le dressing où il avait découvert le carton de photos. Elle ne contenait qu'un bureau et un classeur niché dans le coin.

— Je prends le bureau, déclara James en le contournant. Fouille le classeur. Et on a besoin d'examiner cet ordinateur portable, ajouta-t-il en désignant l'objet du doigt.

— À moins qu'on trouve le mot de passe quelque part, il va falloir l'envoyer à des spécialistes. Je n'ai personne qui soit un as en informatique.

Hors de question qu'il perde du temps à envoyer l'ordinateur où que ce soit, songea James. Si nécessaire, il ferait appel à Ryan. Ce serait illégal, mais il s'en moquait si cela pouvait l'aider à localiser Erika et Marcus.

Il feuilleta les documents épars sur le bureau, des factures pour la plupart. Les deux tiroirs ne révélèrent rien d'intéressant non plus. Le troisième était fermé à clé.

James attrapa un coupe-papier et batailla avec la serrure fragile jusqu'à ce que celle-ci cède. Le tiroir était presque vide. Il n'abritait qu'une enveloppe brune et un classeur. Lorsqu'il renversa l'enveloppe, un passeport en sortit, ainsi que quelques feuilles de papier.

Il ouvrit le passeport, lequel confirmait que Daisy était bel et bien Evangeline Overholt. Quant aux papiers qui l'accompagnaient, c'était une copie du testament de Roger Overholt.

— Lance, je crois que j'ai quelque chose.

Daisy était au courant des dispositions testamentaires.

Autrement dit, il ne s'était pas trompé en pensant que l'héritage de Marcus avait tout déclenché.

— Quoi ?

Lance s'approcha et étudia le passeport pendant que James ouvrait le classeur.

— Bien. Nous avons donc confirmation qu'Evangeline et Daisy ne sont qu'une seule et même personne.

James n'écoutait qu'à demi, concentré sur les documents rassemblés dans le dossier. Des informations concernant des propriétés isolées en vente dans les environs de Carling Lake.

— Regarde ça, dit-il à Lance en étalant les feuilles sur le bureau.

— Tu crois que Daisy a acheté une propriété sans en parler à personne et qu'elle y a amené Marcus et Erika ?

— Je crois que ça vaut la peine d'aller jeter un coup d'œil.

— D'accord, mais il faut qu'on fasse une sélection. Je ne peux pas envoyer moins de deux adjoints dans chacune et je n'ai pas assez de main-d'œuvre pour couvrir tous ces endroits en même temps.

James étudia les détails avec attention. La plupart des lots concernaient des chalets de taille modeste, situés dans un rayon d'une soixantaine de kilomètres de Carling Lake, loin de tout.

Tous sauf un.

— Celui-ci.

Lance fronça les sourcils d'un air sceptique.

— Mais c'est seulement un terrain. Le chalet d'origine a brûlé et il ne reste plus qu'une cabane et un abri anti-ouragan.

— Exactement, répondit James, de plus en plus convaincu d'avoir vu juste. Toutes les autres propriétés comportent un chalet plus ou moins habitable, ce qui serait un choix logique si Daisy avait l'intention d'y passer ses week-ends. Dans ce cas, pourquoi a-t-elle songé à ce terrain ?

— Peut-être qu'elle envisageait de faire construire un chalet elle-même, suggéra Lance.

— Nous n'avons pas le temps de discuter. Il faut commencer quelque part et je suis certain que c'est l'endroit qui nous intéresse.

Lance hésita encore un peu.

— Entendu. Allons-y tous les deux. Ce n'est pas très loin d'ici. Je vais envoyer les adjoints sur les autres sites.

James le suivit, l'adrénaline courant dans ses veines, le cœur battant à tout rompre.

Tiens bon, Erika. J'arrive.

22

Erika se rua sur Daisy. Un coup de feu résonna entre les murs de la petite cabane.

Erika prit vaguement conscience d'une brûlure douloureuse dans l'épaule, mais elle était entièrement focalisée sur la femme qui détenait son fils.

Elle la saisit par la taille et elles percutèrent ensemble le mur latéral, qui vibra sous le choc. L'espace d'un instant, Erika se demanda si la masure allait s'écrouler, mais non. Daisy et elle roulèrent sur le sol, Daisy laissa échapper le pistolet, lequel glissa sur la terre battue et disparut dans les ombres.

Elles luttaient de toutes leurs forces, chacune résolue à prendre l'avantage. Les ongles de Daisy lacérèrent le cou d'Erika, qui riposta en lui abattant le plat de la paume sur le nez.

Daisy resta quelques secondes assommée par l'impact. Erika scruta en vain l'obscurité à la recherche du pistolet, puis prit sa décision : elle bondit sur ses pieds et détala.

Elle courut vers les bois tout proches, aussi vite et aussi silencieusement que possible malgré les ronces qui lui égratignaient les jambes à travers le tissu de son pantalon.

La voix de Daisy transperça la forêt.

— Erika !

Elle se glissa derrière un énorme tronc d'arbre et s'efforça de rester parfaitement immobile. Elle respirait à petits coups, et le bruit de son souffle semblait emplir son cerveau, l'empêchant d'entendre d'autres bruits. Des pas s'approchaient-ils ?

Elle n'avait aucune idée de la distance qu'elle avait parcourue depuis la cabane. Aucune idée non plus de la direction qu'elle avait prise. Sans parler de la nuit et de la température glaciale. Mais affronter une démente armée d'un pistolet n'était guère plus rassurant.

Depuis combien de temps était-elle là ? Elle n'avait pas entendu Daisy de nouveau, mais cela ne signifiait pas qu'elle soit partie. Au contraire.

Erika ne pouvait rester terrée dans sa cachette, à attendre que Daisy la retrouve. Elle jeta un coup d'œil derrière le tronc, ne vit rien que les ténèbres. Elle se remit à avancer, espérant que les sons de la nature recouvriraient les siens.

— Erika, chantonna Daisy. Sors de là, où que tu sois !

La voix se répercutait sur les arbres, si bien qu'il était impossible de déterminer d'où elle venait. Erika décida de continuer. C'était sa seule chance de survivre assez longtemps pour que James ou Lance comprennent ce qui s'était passé et viennent à son secours. Sa seule chance.

Et la seule chance de Marcus.

Une détonation déchira la nuit.

Le cœur d'Erika manqua un battement. Elle se jeta à terre, les mains sur la tête.

À l'évidence, Daisy avait retrouvé le pistolet. Ou alors elle en avait un second. Combien de munitions avait-elle ? Erika n'osait penser à la réponse. Le plan de son ex-amie était insensé mais elle semblait s'être bien préparée.

— Je commence à me lasser de ce petit jeu, Erika.

Cramponnée à l'espoir de revoir son fils, elle recommença à marcher, courbée en deux, se faisant aussi petite qu'elle en était capable.

Les broussailles s'agrippaient à ses vêtements, laissaient des égratignures sur son visage et sur ses mains, mais elle continua.

— Très bien, reprit Daisy, dont la voix s'était éloignée. Mais si tu es en vie, Marcus ne m'est plus d'aucune utilité.

Erika se figea, la terreur déferlant tel un raz-de-marée dans son corps.

— Peut-être que ma meilleure option est d'éliminer autant de témoins que possible et de prendre la fuite. Jusqu'à quel point aimes-tu ton fils, Erika ?

C'était une tactique pour la dissuader de s'enfuir, bien sûr, Erika s'en rendait compte. Daisy s'était donné beaucoup de mal pour se faire déclarer tutrice de Marcus. Si elle lui faisait du mal, cela signifiait qu'elle ne mettrait jamais la main sur la fortune qu'elle convoitait. Ses efforts seraient réduits à néant. D'un autre côté, il était clair que Daisy n'était plus capable de réfléchir avec lucidité. La perspective de perdre l'héritage risquait de la pousser à commettre l'impensable.

— OK, cria Erika. OK. Je sors.

Elle se redressa, mit les mains en l'air et avança dans la direction d'où semblait venir la voix.

— Je pourrais t'abattre tout de suite, menaça Daisy quand elle l'eut rejointe.

— Non ! Tu n'es pas obligée de faire ça. Je me moque de l'argent. Tu peux l'avoir. Si je m'en souciais, j'aurais révélé l'existence de Marcus à Roger il y a des années.

— Dommage pour toi, mais ça ne marche pas comme ça.

Elle agita son arme, indiquant à Erika de continuer à marcher.

— Si. Je pourrais signer un document pour tout te donner.

— Tu voudrais me faire croire que tu es prête à me donner des millions de dollars sans en parler à personne ? Même pas au shérif et à ce nouveau type qui te fait les yeux doux ?

Erika ignora la remarque.

— Je dirai que je suis partie à la recherche de Marcus toute seule. Dis-moi où il est et je te jure de ne parler de toi à personne.

— Je voudrais pouvoir te croire, déclara Daisy en soupirant alors qu'elles arrivaient à la clairière où se trouvait la cabane. Rentre là-dedans ! ordonna-t-elle en enfonçant l'arme dans le dos d'Erika.

À l'intérieur, Erika pivota pour lui faire face.

— Daisy, ne fais pas ça.

— Bla-bla-bla. Tu te répètes.

Daisy leva le bras, mais un bruit de moteur s'éleva non loin. Toutes les deux tournèrent aussitôt les yeux vers la porte et Erika saisit sa chance. Elle attrapa Daisy par le poignet qui tenait l'arme, lui décochant en même temps un coup d'épaule dans l'estomac.

La main de Daisy s'ouvrit, le pistolet tomba sur le sol.

Elles s'effondrèrent en même temps. La douleur se répandit dans la hanche et la jambe d'Erika mais elle tendit le bras vers l'arme. Cette fois, elle était résolue à ne pas la perdre de vue. Avant qu'elle ait pu s'en emparer, Daisy l'empoigna par les cheveux.

— Qu'est-ce que tu t'imagines ?

Erika se laissa tomber sur elle de tout son poids. Si elle

ne pouvait atteindre l'arme, elle allait faire en sorte que Daisy ne puisse pas l'attraper non plus.

Elle changea de position et s'assit à califourchon sur Daisy, puis abattit un coup de poing sur le visage de celle-ci.

Daisy hurla et riposta du plat de la main. Du sang jaillit du nez d'Erika, des étoiles apparurent devant ses yeux. Avant qu'elle ait eu le temps de réagir, Daisy inversa leurs positions et lui mit les mains autour de la gorge.

Incapable de respirer, Erika lui agrippa les mains et tenta de lui faire lâcher prise. Daisy était menue, mais la rage et l'adrénaline avaient décuplé ses forces. Comprenant que sa tactique n'allait pas fonctionner, Erika prit son élan et lui décocha un violent coup de poing dans le ventre.

Daisy se plia en deux, lâchant le cou d'Erika qui roula sur le côté. Du coin de l'œil, elle vit le pistolet que Daisy avait laissé échapper.

— Ça suffit maintenant !

Erika se retourna. Debout devant elle, Daisy brandissait un marteau qui avait été accroché au mur.

— C'est fini.

Instinctivement, Erika tendit la main vers le pistolet, leva le bras et fit feu. Un rugissement étourdissant secoua la petite cabane.

Une détonation déchira la nuit au moment où Lance garait la voiture de patrouille derrière la berline noire.

James se rua hors du véhicule, ignorant l'ordre que lui criait Lance d'attendre des renforts. Les phares de la voiture projetaient leur lumière sur la masure en bois située sur le terrain. James tira son arme de son holster tout en courant.

Il s'engouffra à l'intérieur et jaugea la scène en un éclair.

Daisy se tordait de douleur sur le sol, du sang s'échappait d'une plaie sur sa cuisse.

À un mètre d'elle, Erika braquait un pistolet sur son ex-amie.

— Où est Marcus ?

Pour toute réponse, Daisy émit une sorte de miaulement.

Si Erika avait remarqué qu'il était là, elle n'en montrait rien. Il parla d'une voix douce pour ne pas l'effrayer.

— Erika, mon cœur, tu peux poser ton arme maintenant.

Elle cilla, le regardant d'un air absent.

Une bouffée de colère envahit James lorsqu'il vit son nez en sang, l'hématome qui commençait à enfler autour de son œil gauche. Il pointa son pistolet vers le sol. Du coin de l'œil, il vit Lance entrer à son tour.

Erika reporta son attention sur Daisy.

— Elle va me dire où est mon fils, dit-elle en tendant le bras comme pour s'apprêter à tirer.

— Ne fais pas ça, Erika, avertit Lance.

Le regard d'Erika était rivé sur Daisy.

— Je veux qu'elle parle !

— Je crois qu'il est ici, intervint James.

Erika tourna brusquement la tête vers lui.

— Ici ?

— Sur ce terrain. Lance et moi avons trouvé une description de la propriété chez Daisy. Il est fait mention d'une cave. Laisse Lance s'occuper de Daisy et nous pourrons aller chercher Marcus.

Erika n'hésita qu'un instant avant d'abaisser son arme.

Lance s'empressa de passer les menottes autour des poignets de Daisy, puis fit un pas en arrière et appela une ambulance par radio.

— Où se trouve cette cave ? demanda Erika en s'approchant de James.

Il la serra dans ses bras, savourant la sensation un instant avant de répondre.

— Je ne sais pas au juste, mais le terrain n'est pas très grand. Je suis sûr que nous pouvons la trouver.

— Tiens, intervint Lance, le bras tendu. Prenez ma torche. Je ne vais pas vous dire d'attendre des renforts mais soyez prudents.

James remercia Lance d'un signe de tête et ressortit dans le noir. Idéalement, il aurait voulu suggérer qu'Erika reste avec Lance pendant qu'il fouillait la propriété. Ils ne savaient pas si Daisy avait opéré seule, ni ce qu'ils allaient trouver dans la cave…

S'ils étaient arrivés trop tard pour sauver Marcus…

Il se refusa à envisager cette possibilité.

Il sillonna méthodiquement le terrain, Erika à ses côtés, balayant le sol de sa torche. Les fondations d'un ancien chalet étaient encore visibles.

— Là ! s'écria Erika, en se hâtant vers un point distant d'une trentaine de pas.

Il vit ce qui avait attiré son attention. Une trappe en bois dans la terre, munie d'un crochet en métal. Erika l'attrapa et tira, sans succès. Elle fit une seconde tentative à deux mains, en vain.

— Attends, murmura James en rengainant son arme avant de lui tendre la torche. Tiens ça et reste en retrait. Nous ne savons pas ce qu'il y a là-dessous.

Il attendit qu'elle ait reculé, puis tira sur la poignée.

La porte était lourde, mais céda assez aisément, d'où il conclut qu'elle avait été ouverte récemment.

James dégaina son pistolet de nouveau, et reprit la lampe.

— Reste derrière moi, Erika.

Ils commencèrent à descendre les marches, dont chacune grinça sous leur poids. Si quelqu'un se trouvait dans la cave, il ou elle était déjà averti de leur présence.

James promena le faisceau de la lampe sur les murs, et s'arrêta lorsque celui-ci atterrit sur une paillasse dans un coin. Une petite silhouette était recroquevillée dessus, parfaitement immobile. Marcus. Il eut l'impression qu'on lui serrait le cœur dans un étau. À côté de lui, Erika lâcha un sanglot déchirant.

Marcus avait les yeux bandés, les bras ligotés dans le dos, les chevilles liées, et des traces de larmes sillonnaient son visage, mais il semblait indemne.

— Il y a quelqu'un ? dit-il d'une petite voix, rendue rauque par les pleurs.

— Marcus ! cria Erika en se précipitant vers lui.

— Maman !

Le cri poignant de l'enfant appelant sa mère déchira le cœur de James. Marcus semblait sain et sauf mais les blessures émotionnelles laissées par cette expérience mettraient du temps à disparaître.

Pour lui et pour Erika.

La route serait longue pour eux deux. À cet instant, James sut qu'il voulait être là, et faire ce chemin avec eux. Jusqu'à la fin de ses jours.

Erika prit son fils dans ses bras, le serrant contre elle alors qu'ils versaient tous les deux des larmes de soulagement. James défit les liens de l'enfant, Erika lui retira son bandeau.

Marcus cilla à la lumière, puis noua les bras autour de sa mère tandis qu'elle le couvrait de baisers.

James rencontra son regard par-dessus la tête de Marcus. Elle sourit et lui tendit la main.

Il la prit et se laissa inclure dans l'étreinte. Il entoura de ses bras la femme et l'enfant pour qui il était prêt à donner sa vie et remercia le ciel qu'ils soient sains et saufs.

23

— OK. On fait la vaisselle et on s'attelle à cet exposé de sciences naturelles, d'accord ? suggéra Erika en se dirigeant vers l'évier de la cuisine.

— Mais, maman, on est samedi ! protesta Marcus.

— Exactement. Ça veut dire qu'il ne te reste que deux jours pour terminer et le rendre lundi. Alors, on s'y met.

Marcus emporta son assiette sale à l'évier, grommelant entre ses dents sur cette injustice, puis se dirigea vers sa chambre pour se mettre au travail.

Erika rinça les plats et les rangea dans le lave-vaisselle. La balle qui avait frôlé son bras allait laisser une cicatrice mais n'avait causé aucun dommage durable.

Marcus, en revanche, avait souffert de cauchemars durant les nuits qui avaient suivi son enlèvement. Erika l'avait emmené chez un psychologue et les séances semblaient l'avoir aidé. Il avait pris étonnamment bien la nouvelle concernant son père et la famille dont il ignorait l'existence. Quant à la nouvelle de son héritage, il l'avait accueillie avec plus d'enthousiasme encore et avait déjà entamé une liste de cadeaux de Noël, bien qu'on ne soit qu'en février. Ils avaient déjà eu une longue conversation au sujet de leur toute nouvelle richesse et de l'importance des valeurs morales, des principes et de l'intégrité, et Erika envisageait d'autres discussions similaires à l'avenir. Mais son fils était quelqu'un de bien. Elle était convaincue qu'il ne se laisserait pas corrompre par l'argent.

Après l'arrestation de Daisy, il avait été impossible de préserver Marcus de l'attention des médias. Ryan et Sean, les frères de James, avaient débarqué à Carling Lake le lendemain, accompagnés de plusieurs employés et munis de tant de matériel qu'on aurait pu penser qu'ils s'apprêtaient à lancer une fusée dans l'espace. L'installation du système de sécurité avait nécessité trois jours entiers, mais elle devait admettre qu'elle ne s'était jamais sentie mieux protégée. D'autant qu'ils avaient laissé Tess Stenning pour leur servir de garde du corps.

Erika avait eu beau se promettre d'être dorénavant plus prudente quant aux amitiés qu'elle nouait, le professionnalisme et l'humour de Tess l'avaient déjà conquise.

Tess avait aussi été leur première cliente à la maison d'hôtes, mais elle n'était pas la seule. Elle était arrivée à Carling Lake avec Brandon West, le frère de James qui était avocat. Brandon avait été d'une aide précieuse à Erika. Il lui avait expliqué le déroulement de la procédure de succession et l'avait mise en relation avec un conseiller financier et un comptable assez expérimentés pour gérer la fortune dont Marcus allait hériter.

Elle avait également prié Brandon d'entrer en contact avec Robert par l'intermédiaire de ses avocats. Jamais elle n'oublierait la manière dont Roger et Roland l'avaient traitée, mais peut-être y avait-il désormais la possibilité d'un nouveau départ pour toute la famille. Sans la présence oppressante de Roger, une relation normale pourrait se développer. Jusqu'à présent, cependant, elle n'avait pas eu de ses nouvelles. Ni quant à une éventuelle dénonciation du testament ni quant au reste.

Pour la énième fois, elle jeta un coup d'œil par la fenêtre au chalet voisin, désormais désert. Strictement parlant, il était encore loué à James, mais il était vide depuis deux semaines et trois jours, depuis qu'il était retourné à New York.

Ils s'étaient parlé chaque soir depuis son départ, mais les conversations étaient devenues de plus en plus tendues. Avec chaque jour qui passait, la question que ni l'un ni l'autre ne semblaient vouloir aborder dominait leurs échanges. Où allait leur relation ?

Prisonnière du coffre de Daisy, Erika avait entrevu clairement la réponse à cette question.

Elle voulait partager sa vie avec James.

Malgré tout, un mélange de peur et d'amour-propre l'avait dissuadée de lui avouer ses sentiments avant son départ pour New York, et cela bien qu'elle le soupçonne de l'aimer en retour. Par chance, elle n'avait été que légèrement blessée, et n'avait pas eu besoin d'être hospitalisée. James était resté le temps de s'assurer qu'elle allait bien et de terminer les travaux dans la maison, mais ensuite il avait déclaré qu'il devait rentrer à New York, sans préciser quand, ni même si, il serait de retour.

Cela dit, les deux semaines écoulées avaient aussi apporté de bonnes nouvelles. Brian Whitmer avait été arrêté par les autorités dans l'Ohio. Il n'avait pas tardé à passer aux aveux. Ellis l'avait payé pour mettre le feu chez elle afin de donner l'impression que ce n'était pas un endroit sûr pour des visiteurs. Quand James avait fait échouer la tentative d'incendie, Brian était revenu dans l'intention de causer assez de dégâts pour empêcher l'ouverture de la maison d'hôtes à temps pour la saison.

Aux abois, Ellis s'était adressé à lui de nouveau. Il était persuadé que, si Erika ouvrait sa maison d'hôtes, cela sonnerait le glas de sa propre activité hôtelière. Il ne semblait pas conscient du fait que les dettes qu'il avait amassées au jeu représentaient une menace bien plus grande, mais les gens au désespoir ne sont pas forcément très lucides. Brian avait conclu un marché avec la police et accepté de témoigner contre lui, de sorte que, quelques jours plus tard, la police canadienne avait arrêté Ellis qui tentait d'entrer dans l'Ohio sous une fausse identité.

Bien sûr, Ellis avait nié toute implication dans la fraude et accusé Susan d'être la seule responsable, mais Lance était convaincu d'avoir réuni assez d'éléments contre lui pour qu'il soit condamné à plusieurs années de prison. La sœur d'Ellis l'avait remplacé à la direction de l'hôtel. Personne ne savait au juste ce qu'il allait advenir de l'affaire familiale.

Contrairement à Ellis, Daisy semblait désireuse de plaider coupable. Elle avait été arrêtée et accusée d'enlèvement, de coups et blessures et d'une série d'autres délits. Robert avait fait publier une déclaration où il condamnait ses actions et insistait sur le fait qu'elle n'avait aucun contact avec la famille depuis des années.

Compte tenu de la gravité des faits, Daisy n'avait d'autre choix que de s'en remettre à la compassion du tribunal. Elle faisait face à une longue peine de prison et Erika espérait avec ferveur qu'elle n'obtiendrait aucune clémence. À ses yeux, c'était la seule solution garantissant la sécurité de Marcus.

Son téléphone sonna alors qu'elle appuyait sur la touche

du lave-vaisselle. Le numéro principal de la *Gazette de Carling Lake* s'affichait sur l'écran.

— Erika, ici Aaron, annonça son patron à l'autre bout du fil. Désolé de te déranger pendant un week-end, mais je viens d'avoir vent d'une histoire que je voudrais que tu couvres sur-le-champ.

Elle avait déjà prévenu son employeur qu'elle allait quitter ses fonctions, mais accepté de rester jusqu'à ce qu'il ait trouvé un remplaçant.

— De quoi s'agit-il ?

— Je crois qu'il vaudrait mieux que je te l'explique de vive voix. Tu peux venir au bureau tout de suite ?

— Il faut d'abord que je demande à quelqu'un de surveiller Marcus.

— Amène-le. Il pourra s'asseoir au bureau de Margaret et jouer sur l'ordinateur en t'attendant.

— Nous serons là dans un quart d'heure.

Il était assez rare qu'Aaron obtienne un tuyau valable. À vrai dire, au cours des huit ans qu'elle avait passés au journal, elle ne se souvenait pas que ce soit jamais arrivé.

L'accueil était plongé dans le noir quand elle ouvrit la porte du local. Elle prit la main de Marcus et s'avança.

— Aaron ? Tu es là ?

Les lampes du plafond s'allumèrent lentement. Les unes encadrées qui agrémentaient l'espace depuis qu'elle avait commencé à travailler au journal avaient disparu, remplacées par des dessins qu'Erika identifia aussitôt comme des œuvres de James. De nombreux tableaux étaient accrochés aux murs. Elle en reconnut certains pour les avoir vus dans son appartement, d'autres ne lui disaient rien.

Un dessin en noir et blanc représentant le bâtiment qui

abritait les locaux de la *Gazette*. Un paysage en couleur de Carling Lake et des montagnes environnantes.

Un chevalet trônait au milieu de la pièce. Dessus figurait un grand portrait d'elle et de Marcus enlacés, rieurs.

— C'est cool, commenta Marcus dans un murmure où perçait l'admiration.

— Pendant que j'étais à New York…

Une voix familière s'était élevée au-dessus d'eux. Erika vit James descendre l'escalier menant aux bureaux du premier étage, vêtu d'un complet sombre et d'une chemise blanche.

—… et que je mourais d'envie de revenir ici avec Marcus et toi, c'est ainsi que je vous imaginais.

— Tu mourais d'envie de revenir ?

James s'arrêta à quelques pas d'elle.

— Mon amour, tu ne peux pas savoir à quel point. J'étais à peine arrivé là-bas que j'ai compris que ma place était ici, avec vous deux.

— Mais… quand nous nous sommes parlé au téléphone… je n'étais pas sûre…

James captura ses mains dans les siennes.

— Je voulais avertir mes frères que je quittais la société, et il fallait que je trouve quelqu'un pour louer mon appartement. Et puis, je tenais à terminer ce portrait. C'était un geste, en quelque sorte. J'ai décidé de suivre tes conseils. Aaron a accepté de me louer ce local pour que je puisse exposer mon travail ici, à Carling Lake. J'aurai aussi quelques pièces dans une galerie à New York dont le propriétaire va m'aider à faire de la publicité pour cet endroit.

Le cœur d'Erika battait déjà à tout rompre.

— Tu viens vivre ici pour de bon ?

James esquissa un sourire, son regard allant d'elle à Marcus avant de revenir se poser sur elle.

— Si vous voulez bien de moi ?

Erika se tourna vers Marcus d'un air espiègle.

— Qu'en dis-tu ?

L'enfant sourit jusqu'aux oreilles.

— Oui ! Oui ! Oui !

Erika entoura James de ses bras et l'attira à elle en souriant.

— Dans ce cas, je crois que le jury est unanime.

— Je t'aime, Erika Powell.

— Et je t'aime en retour, James West.

LISA CHILDS

Quand plane le danger

Traduction française de
ANDRÉE JARDAT

BLACK ROSE

HARLEQUIN

Titre original :
COLTON CHRISTMAS CONSPIRACY

Prologue

Non, non, non.

C'était impossible. Pourtant, la date qu'Elise Willis avait cerclée de rouge sur son calendrier indiquait bien un retard dans son cycle. Un léger retard, certes. Deux jours. Mais de quoi l'inquiéter, elle qui était réglée comme du papier à musique.

Elle ne pouvait pas être enceinte. Enfin… si. Après la nuit torride qu'elle avait passée avec son ex-mari, un mois plus tôt, c'était une éventualité à ne pas écarter. Mais elle se refusait farouchement à cette idée. Elle ne *pouvait* pas être enceinte. Car cette nuit-là, ils avaient commis une terrible erreur qui n'aurait jamais dû exister et qui n'était pas amenée à se reproduire.

Ce qui la conduisait à se demander pourquoi Neil l'avait appelée.

Ses mains tremblaient un peu tandis qu'elle relisait la petite note que son assistante avait laissée pour elle sur son bureau.

Neil Colton souhaite vous rencontrer. Le rendez-vous est fixé au Crest View Center.

Crest View Center. Un ancien entrepôt dont Elise et le conseil municipal avaient approuvé la rénovation quelques mois plus tôt. Les travaux avaient été interrompus suite à la découverte de deux corps emmurés dans des cloisons du sous-sol. Considéré comme scène de crime, le centre avait été fermé, de même que l'entreprise de construction de Fitz Colton dont de nombreux employés avaient eu un cancer de l'œsophage. Tous les chantiers Colton étaient suspendus jusqu'à nouvel ordre, c'est-à-dire tant que les enquêteurs missionnés par le ministère de la Santé n'auraient pas rendu de conclusions définitives.

Était-ce pour cette raison que Neil lui donnait rendez-vous là-bas ? Parce qu'il s'imaginait qu'en tant que maire de Braxville, elle allait fermer les yeux ou, pire, laver sa famille de tout soupçon ?

L'ironie de la situation la fit sourire. Que cette grande gueule de Fitz Colton ait besoin d'elle aurait eu de quoi la réjouir si elle n'avait pas été aussi indifférente au sort de cet homme qui l'avait méprisée pour avoir épousé son fils.

Neil…

Les battements de son cœur s'accélérèrent à l'idée qu'elle allait le revoir. Si, toutefois, elle acceptait de se rendre à ce rendez-vous.

À quoi bon se refuser ce plaisir ? De toute façon, elle n'avait qu'à fermer les yeux pour voir apparaître son visage. Dieu, qu'il était beau !

Il l'avait toujours été. Elle avait été attirée par lui à la seconde où elle l'avait remarqué, assis à quelques places d'elle, sur les bancs d'un amphithéâtre de la faculté de droit. Lorsqu'il avait tourné la tête vers elle et qu'il l'avait surprise en train de le fixer, elle avait vivement détourné le regard. Trop tard. Elle était déjà tombée amoureuse.

— Madame Willis…

Carmen, sa fidèle assistante, se tenait sur le seuil de la

porte qui séparait leurs deux bureaux, visiblement prête à partir.

— Vous n'avez plus besoin de moi ? Je peux y aller ?

— Bien sûr. Filez vite. Vous avez plus que votre compte d'heures.

— La ligne n'a pas arrêté de sonner, ajouta Carmen dans un soupir qui exprimait une profonde lassitude.

— Je sais.

Braxville connaissait une crise sans précédent. Pas seulement à cause des deux cadavres trouvés au Crest View Center. Mais également à cause de cette série de cancers que développaient des employés de la Colton.

Il y avait plusieurs années de cela, l'entreprise avait rénové ce qui était aujourd'hui le centre commercial Ruby Row. Si le site s'avérait contaminé, comme s'en inquiétait Bridgette Colton – l'ex-belle-sœur d'Ellis qui enquêtait pour le ministère de la Santé du Texas –, elle-même n'aurait d'autre choix que de faire fermer le centre pendant les fêtes de fin d'année. Une véritable catastrophe économique pour la ville et ses commerçants.

Pour l'heure, elle n'avait pas eu de retour. C'est pourquoi, à chaque fois que le téléphone sonnait, Carmen et elle s'attendaient à entendre Bridgette leur annoncer une mauvaise nouvelle.

— Ça va ? demanda Carmen d'un ton inquiet.

Avait-elle si mauvaise mine ? Son retard de cycle devait être dû au stress que générait toute cette histoire. Il n'y avait pas lieu de s'alarmer. Pas encore.

— Neil vous a-t-il dit pourquoi il souhaitait me voir ?

— Ce n'est pas lui qui a appelé. C'est quelqu'un de son bureau.

Quelqu'un de son bureau.

Qui cela pouvait-il bien être ?

Pour avoir travaillé avec Neil dans le cabinet d'avocats qu'ils avaient créé ensemble, elle connaissait à peu près tout le monde là-bas.

— Nous ignorons donc la raison de ce rendez-vous ?

Carmen acquiesça en même temps qu'elle rougissait légèrement.

— C'est que… Je n'ai pas osé poser de questions, vu que la demande venait de votre…

— Mon ex-mari, termina Elise pour elle.

Ce divorce, c'était Neil qui l'avait voulu. Pas elle. Lui encore qui avait renoncé à eux. À elle. Aussi, si elle ne se rendait pas à ce rendez-vous, il était fort probable qu'il n'insisterait pas.

Ils resteraient sur le registre de l'amitié, comme ils l'avaient décidé au moment de leur séparation. Sans plus de dérapages. Elle lança un coup d'œil à son sac à main qu'elle avait laissé tomber, entrouvert, au pied de sa chaise. Elle y aperçut le test de grossesse qu'elle avait acheté en chemin.

Si seulement ils n'avaient pas franchi la ligne rouge ! Si seulement ils s'étaient contentés de rester amis comme ils se l'étaient promis !

Il fallait qu'elle fasse ce test. Il fallait qu'elle sache.

— Vous êtes sûre que ça va ? insista Carmen.

Elise se força à sourire.

— Oui, ne vous inquiétez pas pour moi. Allez vite rejoindre votre famille.

Une famille composée de trois enfants auxquels venaient s'ajouter les beaux-parents de Carmen qui s'étaient installés chez eux depuis quelques mois. Au moins, Carmen ne devait pas manquer d'aide.

Contrairement à la mère d'Elise qui avait élevé sa fille seule. S'il s'avérait qu'elle était enceinte, Elise prendrait-elle exemple sur sa mère ? Élèverait-elle son enfant en solo ? En guise de réponse, elle empoigna son sac et passa la bandoulière en travers de son épaule. Elle devait parler à Neil, et pas seulement pour tenter de comprendre pourquoi il lui avait donné rendez-vous dans un endroit pareil.

Assis au volant de son SUV, tous phares éteints, Neil Colton attendait Elise en discutant au téléphone avec sa sœur Jordana.

— Tu en es bien certaine ? Crest View Center n'est plus considéré comme une scène de crime ? demanda-t-il.

— Non, confirma Jordana. Yvette et son équipe ont passé l'endroit au peigne fin pendant plusieurs jours. Ils n'ont plus besoin d'y retourner.

— Je peux pénétrer à l'intérieur, alors ?

— Si papa t'a donné une clé, oui. Mais dis-moi un peu ce que tu comptes faire là-dedans. Parce que si des échantillons ont bien été prélevés, Bridgette n'a toujours pas les résultats définitifs des tests. Ce qui veut dire que tu prends le risque de te retrouver sur un site contaminé.

Elise ne lui aurait jamais donné rendez-vous ici si l'endroit représentait le moindre risque pour leur santé.

— Je sais, éluda-t-il.

— Ne me dis pas que tu représentes cette ordure de Markus Dexter, quand même ?

Sa voix était montée d'un cran.

— Bien sûr que non. Il a été arrêté ?

— Toujours pas. Il n'a pas cherché à te contacter ? Vraiment ?

— Il n'est pas stupide à ce point. J'ai beau être avocat,

c'est sur notre frère qu'il a tiré et c'est notre père qu'il a trahi.

— S'il ne t'a pas demandé de le défendre, pourquoi tiens-tu tellement à te rendre là-bas ? appuya Jordana.

Son insistance lui donnait l'impression d'être de l'autre côté de la barrière. Du côté des suspects. Cette idée amena un sourire amusé sur ses lèvres.

— En fait, je n'ai pas choisi, finit-il par répondre. Quelqu'un m'a donné rendez-vous là-bas. Et pour t'épargner de me le demander, sache que ce n'est pas avec Markus Dexter.

— Avec qui, alors ?

— Avec Elise.

Jordana poussa un long soupir.

— Bien sûr.

— Ce qui veut dire ?

Nouveau soupir.

— Que vous ne vous voyez jamais autant que depuis que vous avez divorcé.

— C'est normal. Nous avons décidé de rester bons amis.

C'était peu de le dire, compte tenu de la tournure qu'avait prise la situation au terme de leur dernière rencontre.

— « Aujourd'hui ton amie, demain ton ennemie. » Proverbe français du XVIIe siècle. Tu connais ?

— Ce n'est pas parce que nous avons divorcé qu'Elise est devenue mon ennemie.

Jordana prenait son rôle d'aînée très à cœur. L'écart avait beau ne pas être très important entre elle et ses frères et sœurs, elle se comportait toujours comme si elle était responsable d'eux.

— Je ne sais pas si papa apprécierait.

Il n'apprécierait pas, c'était certain. Par principe, Fitz

Colton s'opposait toujours aux décisions prises par les élus locaux. Il reprochait à Elise, comme il l'avait reproché à son prédécesseur, sa volonté de limiter l'étalement urbain. Mais il n'y avait pas que cela. Il la rendait également responsable des conséquences désastreuses que les enquêtes successives exigées par le ministère de la Santé avaient eues sur son entreprise.

C'était la raison pour laquelle Neil s'était mis quelque temps en disponibilité. Il voulait avoir les coudées franches pour pouvoir aider son père au cas où les choses tourneraient mal pour lui.

— Tu dois avoir du travail, dit-il pour couper court à cette discussion qui l'agaçait. Je vais te laisser.

Il l'entendit protester au moment où il mettait fin à l'appel. Mais il n'avait pas envie d'écouter sa sœur lui faire la morale ni lui rapporter ce que son père pensait d'Elise et de la manière dont elle gérait la ville.

Il regarda la silhouette massive du bâtiment qui se découpait dans l'obscurité. Pourquoi Elise avait-elle tenu à le retrouver dans un endroit pareil ? Pour éviter le dérapage de la dernière fois ?

Dommage.

Parce que lui avait adoré que le baiser amical de fin de soirée se transforme en étreintes fougueuses et passionnées qui les avaient conduits jusque dans son lit.

Il revit les lèvres sensuelles d'Elise ; en sentit la douceur et le goût fruité…

Il s'empressa de chasser de son esprit ces images trop vivaces. Le désir était là, intact. Quelle importance qu'elle lui ait donné rendez-vous ici ou ailleurs ? Tout ce qui comptait, c'était qu'il allait la revoir, qu'elle allait planter dans le sien son regard pétillant d'intelligence qui chercherait à le défier. Comme toujours.

Les images affluèrent, encore plus nettes. Elise le chevauchait, magnifique d'impudeur, sa chevelure blonde comme les blés lui balayant le torse tandis qu'elle se courbait en avant pour pouvoir l'embrasser.

Il sentit son sexe se durcir sous la toile de son pantalon. Un gémissement plaintif s'échappa de ses lèvres entrouvertes. Il avait tellement envie d'elle !

Mais Elise ne voudrait plus de lui. Elle n'irait pas au-delà de cette nuit passionnée qu'ils avaient passée à s'aimer. Il le pressentait.

Si elle voulait le voir, ce n'était pas parce qu'elle avait changé d'avis. Car Elise Willis ne changeait jamais d'avis. En règle générale, elle s'en tenait à ce qu'elle avait décidé. Elle devait considérer que la nuit qu'ils avaient passée ensemble était un accident de parcours qu'elle n'avait pas l'intention de laisser se reproduire. Si elle voulait le voir, c'était pour lui parler.

Mais lui parler de quoi ? Du possible scandale sanitaire qui pouvait éclater à tout moment ? Non. Elle s'en serait entretenue avec Bridgette ou avec Fitz qui étaient bien mieux placés que lui pour ce genre de discussion.

Les phares d'une voiture balayant le parking le tirèrent brusquement de ses pensées. Il reconnut tout de suite la petite citadine d'Elise. Il aurait aimé pour elle une voiture moins féminine mais plus robuste, dans laquelle il la saurait plus en sécurité. Mais, là encore, il s'était abstenu de tout commentaire. Elise n'aurait vu dans cette bienveillance qu'un excès de prudence – ou, pire, une intrusion dans sa vie privée – qui l'aurait irritée.

Le cœur battant, il la regarda sortir de sa voiture. Les

vitres teintées de son SUV avaient dû l'empêcher de remarquer qu'il était derrière son volant car elle se dirigea tout droit vers la porte d'entrée du bâtiment.

Il resta un moment à la regarder marcher, longue silhouette élégante et sexy. Il se plut à imaginer qu'elle était nue sous son trench-coat et que la raison pour laquelle elle lui avait fixé ce rendez-vous n'avait rien à voir avec une discussion stérile de plus sur l'implication de son père dans un éventuel scandale sanitaire,

Mais encore une fois, pourquoi ici ? Dans ce lieu sinistre ?

Il n'y avait qu'une façon de le savoir. Aller la retrouver sans tarder pour le lui demander.

Était-ce l'effet de l'air froid de la nuit mais il se mit à frissonner, soudain envahi de l'étrange sensation que quelqu'un l'épiait.

L'homme les observait, tapi dans un coin sombre et reculé du parking. Il vit d'abord Elise Willis se diriger tout droit vers le piège qu'il leur avait tendu. Puis, quelques minutes après, Neil Colton sortit de sa voiture pour la rejoindre.

Il avait décidé de commencer par eux. Ils seraient plus faciles à éliminer. En tant qu'avocats, ils possédaient l'intelligence des livres. Pas celle de la rue.

Il vit Neil s'arrêter pour jeter un coup d'œil autour de lui puis se remettre en marche. Se doutait-il de quelque chose ? À le voir regarder autour de lui comme ça, il semblait se méfier. Normal. C'était un Colton.

Il retint sa respiration, soucieux de ne pas attirer son attention.

Son plan ne devait pas échouer. Pas maintenant qu'il était si près du but. Il attendait ce moment depuis si longtemps !

Il enroula les doigts autour du détonateur. Combien de temps devrait-il attendre avant de presser sur le bouton ? Combien de temps avant qu'il ne décide de mettre un terme à la vie de ces deux misérables ?

1

Un frisson parcourut Elise tandis qu'elle poussait la porte du bâtiment. Elle avait bien remarqué le SUV de Neil stationné sur le parking mais elle s'était volontairement garée à bonne distance pour s'épargner tout dérapage incontrôlable. Comme celui qui avait clos leur dernière rencontre.

Ce baiser qui s'était transformé en étreinte prolongée et les avait conduits jusque dans le lit de Neil.

Se retrouver dans ses bras avait instantanément allumé en elle le feu d'un désir auquel elle n'avait pas cherché à échapper. Après avoir fait face à la série d'événements qui avait secoué Braxville, elle avait jugé qu'elle méritait bien de penser un peu à elle ; de s'abandonner au plaisir intense que Neil allait lui donner. Elle avait ressenti le besoin irrépressible de lâcher prise.

Malheureusement, elle allait devoir en payer les conséquences.

Dans un geste protecteur, elle posa une main sur son ventre plat. Venir ici alors qu'elle ignorait encore si cet endroit était dangereux pour sa santé n'était pas raisonnable. Quelle conséquence d'éventuels contaminants pourraient-ils avoir sur son bébé s'il s'avérait qu'elle était enceinte ?

Elle en était là de ses questionnements quand le grincement d'une porte la fit sursauter.

— Neil ? C'est toi ?

Une peur soudaine l'étreignit.

— Elise ? Bon sang on n'y voit rien là-dedans ! Quelle idée de vouloir qu'on se rencontre ici.

Elle vit un faisceau de lumière se diriger vers elle. Tout comme elle, Neil s'éclairait de son portable.

— Je te rappelle que c'est toi qui as fixé le lieu du rendez-vous.

Neil et elle n'avaient jamais triché l'un avec l'autre. Même pendant la période de leur divorce. Ce n'était pas maintenant qu'ils allaient commencer. De manière fugace, l'idée que quelqu'un les avait manipulés traversa l'esprit d'Elise.

Neil ressentit de nouveau l'étrange sensation qui l'avait saisi un moment plus tôt. Quelque chose clochait dans ce rendez-vous. Son appréhension monta d'un cran.

— Quoi ? s'exclama Elise, mais pas du tout. C'est toi qui m'as demandé de te retrouver ici.

— Quand ? Je ne t'ai pas appelée. Tu as téléphoné pour dire que…

— Je ne t'ai pas téléphoné. Ma secrétaire m'a dit que quelqu'un du cabinet avait appelé de ta part pour me fixer ce rendez-vous.

— Qui ? demanda-t-il. Tu connais tout le monde là-bas, et je n'ai pas embauché de nouvel employé.

— Je n'en sais rien. C'est Carmen qui a pris l'appel.

— Je n'ai chargé personne de t'appeler. En plus, je ne vois pas pourquoi cette personne aurait téléphoné au standard de la mairie. Pourquoi ne t'a-t-elle pas appelée directement sur ton portable, comme je lui aurais demandé de le faire ?

— Je n'en sais rien, Neil.

— Ma secrétaire aussi a noté un message de quelqu'un qui aurait appelé pour toi. Cela aurait dû me mettre la puce à l'oreille…

— Quoi ?

— Que tu ne m'aies pas appelé directement pour me dire que tu voulais me voir.

Quoique…

Elle aurait pu se sentir gênée par ce qu'il s'était passé entre eux la dernière fois qu'ils s'étaient vus. Cette perte de contrôle mettait à mal les deux qualités dont elle était si fière : sa force de caractère et son indépendance. Et puis, elle aurait pu penser la même chose de lui. Que la tournure qu'avaient prise les choses le mettait mal à l'aise au point de charger quelqu'un de l'appeler à sa place. Si elle savait ! Il n'était pas mal à l'aise ; il était frustré. Frustré de devoir refréner le désir intense qui le tourmentait dès qu'il était en sa présence.

— Moi aussi, j'aurais dû me douter que quelque chose n'allait pas dans cette histoire. Tu as une idée de la raison pour laquelle quelqu'un nous a fixé ce rendez-vous ?

Il haussa les épaules dans un mouvement visant à signifier que, non, il ne voyait pas.

— C'est peut-être quelqu'un qui veut jouer les entremetteurs, suggéra-t-il sans grande conviction. Quelqu'un qui voudrait que nous nous remettions ensemble.

Elle émit un petit ricanement qui, venant d'elle, ajoutait à sa séduction naturelle.

— Je ne vois pas bien qui, dans notre entourage proche, souhaiterait une chose pareille.

— Ta mère, peut-être ?

— Ça ne serait pas pour lui déplaire, c'est vrai. Mais elle ne se permettrait jamais de s'immiscer dans notre vie privée. Sans compter que ses cours ne lui laissent pas beaucoup de temps.

Elle avait parlé d'une voix empreinte de fierté à l'idée que sa mère avait enfin accès à l'éducation qu'elle méritait.

— Quant à ta famille, je doute fort qu'elle œuvre dans notre dos pour nous voir de nouveau en couple, ajouta-t-elle dans un sourire ironique.

— Détrompe-toi. Ma mère t'aime beaucoup. Quant à mes frères et sœurs…

— Ils ne m'apprécient guère. Mais tout cela n'a plus d'importance, maintenant. Sortons plutôt d'ici. J'ai la nette impression que quelqu'un nous a volontairement attirés dans ce lieu sinistre.

— Je suis d'accord avec toi.

Il balaya les lieux avec la torche de son smartphone mais ne repéra rien d'alarmant. Cependant, l'impression qu'ils étaient observés persistait, tenace.

Tandis qu'Elise le précédait vers la sortie, il la retint par le bras.

— Pas par là.

— Pourquoi ? C'est bien là que se trouve la porte par où nous sommes entrés.

— Quand tu es arrivée, elle était fermée à clé ?

Elle fit non de la tête.

— Je n'aime pas ça.

— Moi non plus. Raison de plus pour ne pas traîner ici plus longtemps.

— Si je me souviens bien, il doit y avoir une autre sortie plus loin, qui ne donne pas sur le parking.

— Que crains-tu ?

— Dexter court toujours et quand je suis sorti de ma voiture, j'ai eu l'impression que quelqu'un nous espionnait.

— Très rassurant, dit-elle d'un ton faussement désinvolte.

Ils marchèrent côte à côte en silence, s'éclairant de la lumière de leur téléphone.

— Là, dit-il le premier. Regarde. Une issue de secours.

Lorsqu'ils furent arrivés devant, il poussa la porte. Rien. Elle était verrouillée.

— Tu n'as pas dû y aller assez fort, fit-elle.

D'un geste brusque, elle le poussa sur le côté pour prendre sa place. Elle agrippa la barre métallique qui barrait la porte et appuya de toutes ses forces. La porte s'ouvrit.

Un courant d'air froid s'engouffra à l'intérieur, soulevant une odeur de poussière, et une autre qui lui rappela les rares fois où son père avait réussi à le convaincre d'aller chasser avec lui : celle de la poudre.

Un sentiment d'urgence le saisit en même temps qu'il attrapait Elise par le bras et l'entraînait dehors en courant.

— Neil ! Qu'est-ce que…

C'est alors que le souffle d'une explosion assourdissante les cueillit en pleine course, les plaquant au sol. Un déluge de débris de verre et de briques s'abattit sur eux.

Assommé, Neil lutta pour ne pas perdre connaissance. Elise… Il devait s'assurer qu'elle allait bien et que celui ou celle qui voulait leur mort ne les avait pas vus sortir et échapper à l'explosion.

Mais étaient-ils vraiment hors de danger ?

Ses oreilles se mirent à bourdonner et sa tête à tourner.

— Elise, dit-il dans un souffle.

Puis il sombra dans le néant.

— Dexter doit traîner de nouveau dans le coin, dit Reese Carpenter.

Jordana couvrit le récepteur de son téléphone d'une main et articula en silence à l'adresse de Clint, l'amour de sa vie : « Je suis désolée. »

Elle aimerait tellement pouvoir cesser de répondre à ses appels à tout instant ; prendre exemple sur Clint qui, bien déterminé à privilégier les rares moments qu'il passait avec elle, coupait systématiquement son téléphone dès qu'ils étaient ensemble. Malheureusement, elle ne pouvait se payer un tel luxe. Sa fonction d'officier de police exigeait d'elle une disponibilité sans faille. Surtout quand un homme suspecté de meurtre rôdait dans la nature.

— Dexter ? Pourquoi ? Quelqu'un l'a vu traîner dans les parages ?

Clint se raidit sur sa chaise. La flamme vacillante de la bougie mettait en évidence la lueur d'inquiétude qui, soudain, voilait son regard.

Elle avait tellement de chance d'avoir un homme comme lui dans sa vie ! Si seulement ils avaient pu passer plus de temps ensemble !

— Non, personne ne l'a vu, mais l'opérateur a reçu un appel concernant une explosion au Crest View Center, l'ancien entrepôt en rénovation où les deux cadavres ont été découverts. Il se peut qu'il soit retourné sur les lieux du crime dans le but d'effacer toutes les preuves. Il faut vraiment être un parfait crétin pour s'imaginer que la police n'a pas encore fait son travail.

— Neil ! s'écria Jordana en se levant d'un bond de sa chaise.

Toutes les têtes se tournèrent vers elle en même temps que Clint, qui avait compris l'urgence de la situation, laissait sur la table le montant de l'addition. Elle lui aurait bien proposé de rester pour finir son repas mais elle avait plus urgent à faire. Son frère était peut-être en danger.

— Quoi ? s'enquit Reese.

— Il avait rendez-vous là-bas avec Elise Willis, répondit-elle, le cœur battant.

— Tu sais pourquoi ?

— Non.

Son téléphone collé à l'oreille, elle se dirigea vers la sortie, talonnée par Clint.

— Envoie une ambulance sur place. On ne sait jamais.

— Jordana…, commença Clint.

Mais elle ne l'entendait plus. Toutes ses pensées étaient focalisées sur Neil et Elise. À l'heure qu'il était, ils étaient peut-être morts.

Les battements de son cœur redoublèrent d'intensité tandis que le sang se glaçait dans ses veines.

2

Était-il vivant ? Était-il mort ?

Ses paupières demeuraient closes ; son corps horriblement immobile pour un homme comme lui qui était toujours en mouvement. Même dans son sommeil il fallait qu'il s'agite. Mais là…

Le cœur d'Elise cognait fort dans sa poitrine.

— Neil ! cria-t-elle, paniquée.

Enfin, au bout d'un temps qui lui parut une éternité, il cligna plusieurs fois des yeux puis les ouvrit tout à fait. Il fixa sur elle un regard confus.

— Elise…, murmura-t-il, tu n'es pas blessée ?

Des larmes de soulagement lui brouillèrent la vue. S'inquiéter des autres alors qu'il était à terre, c'était bien là l'une des qualités qui caractérisaient Neil.

Elle pouvait bouger. Elle n'avait pas perdu connaissance. Elle semblait s'en être sortie indemne. Mais le bébé ?

Enfin… Si bébé il y avait.

Son instinct lui soufflait qu'elle était enceinte. Elle n'avait pas besoin d'un test de grossesse pour lui confirmer ce qu'elle ressentait là, dans son ventre, dans ses tripes. Elle portait l'enfant que Neil souhaitait tant qu'elle lui donne et qu'elle lui avait refusé.

Maintenant, elle donnerait tout ce qu'elle avait de plus cher au monde pour ne pas avoir perdu son bébé.

— Non, finit-elle par répondre. Je vais bien. Mais toi… ?

Non sans difficultés, il parvint à se redresser à demi.

— Ça va. Mais il faut que nous partions d'ici, et vite !

— Comment ? Nos voitures ont dû être soufflées par l'explosion.

Elle regarda en direction du bâtiment en flammes. L'idée qu'ils pourraient se trouver à l'intérieur, carbonisés, la fit frissonner d'effroi.

— Tu m'as sauvé la vie, dit-elle dans un murmure. Comment as-tu compris ce qui allait se passer ?

— J'ignorais que le bâtiment était piégé mais j'ai compris que nous étions en danger au moment où tu as ouvert la porte et que j'ai senti l'odeur de la poudre.

— Tu crois que c'est un coup de Markus ?

— En tout cas, cela ne m'étonnerait pas.

— Mais pour quelles raisons s'en prendrait-il à nous ?

— Je n'en ai aucune idée. Tout ce que je sais, c'est qu'il faut que nous décampions d'ici, et vite ! Il se peut qu'il soit toujours là.

Tout à coup, des hurlements de sirènes déchirèrent le silence de la nuit. Des camions de pompiers, des véhicules de police et une ambulance, gyrophares allumés, se dirigeaient vers eux à vive allure.

— S'il était là, voilà qui a dû le faire fuir, souligna-t-elle en passant une main protectrice sur son ventre.

— Tu as mal ? s'enquit Neil à qui son geste n'avait pas échappé.

Elle n'avait pas mal. Elle avait peur. Dire qu'il avait fallu cet événement dramatique pour qu'elle réalise à quel point elle voulait un enfant, elle aussi. À quel point elle voulait *cet* enfant.

Sans un mot, Neil l'enveloppa de ses bras, dans une étreinte protectrice. Puis, tout doucement, il l'aida à se relever en même temps que lui. Arrivés les premiers, les ambulanciers se précipitèrent vers eux.

— Comment vous sentez-vous ? demanda l'un d'eux en s'adressant à Elise.

— Choquée, bien sûr, répondit-elle. Sinon, je… je ne sais pas trop.

L'homme braqua le faisceau d'une petite lampe torche sur ses pupilles.

— Vous êtes-vous cogné la tête ? poursuivit-il. Avez-vous perdu connaissance ?

Elle cligna plusieurs fois des yeux, gênée par la lumière que l'urgentiste gardait toujours braqué sur elle.

— Moi non, répondit-elle. Mais Neil, oui.

La torche changea aussitôt de direction.

— Je vais bien, affirma Neil. Mais j'avoue que nous avons eu beaucoup de chance.

— À première vue, je ne vois rien de grave.

— En fait, je… je…, balbutia Elise.

Elle referma la bouche, incapable d'exprimer ses inquiétudes. Pas comme cela, de manière abrupte, alors que Neil n'était même pas au courant de son état. Mais elle n'avait pas le choix. Elle devait parler et être conduite à l'hôpital pour y subir des examens plus approfondis.

Elle inspira un grand coup puis expira tout aussi profondément.

— Il est possible que je sois enceinte, lâcha-t-elle d'un trait.

Elle vit le visage de Neil se décomposer d'un coup. Il

n'en perdit pas pour autant son sens de l'organisation ni sa capacité à agir dans l'urgence. Ignorant sa propre faiblesse, il passa un bras autour de la taille d'Elise et la conduisit à l'avant du bâtiment là où était garée l'ambulance. Une fois là, il la souleva du sol et la porta jusque dans le véhicule où il l'installa lui-même sur la civière qui y avait été déployée.

Son devoir accompli, allait-il partir ? Allait-il rester ? Était-il en colère ? Elise eut beau chercher à lire en lui, son visage n'affichait aucune émotion visible. Elle fut soulagée quand elle le vit s'asseoir sur la banquette qui se trouvait en face de la civière. De toute évidence, il ne comptait pas la laisser seule.

— Il n'y avait personne d'autre avec vous ? s'enquit l'un des deux ambulanciers.

— Non, répondit-elle. En tout cas, nous n'avons vu personne.

— De toute façon, si quelqu'un se trouvait à l'intérieur, il n'aura pas survécu à l'explosion, fit remarquer le secouriste en glissant un capteur d'oxygène sur son index. Pour plus de précautions, nous allons vous conduire à l'hôpital.

Elle fut soulagée. Au moins, elle saurait si elle était enceinte.

Elle regarda Neil. Il demeurait étrangement calme. Était-ce le signe annonciateur d'une lésion cérébrale ?

— S'il vous plaît, dit-elle à voix basse à l'ambulancier qui, à présent, enroulait le brassard d'un tensiomètre autour de son bras. Assurez-vous qu'il soit examiné, lui aussi. Il ne faudrait pas passer à côté de quelque chose de grave.

L'homme lança un coup d'œil en direction de Neil.

— Il se peut qu'il soit tout simplement en état de choc.

En état de choc, il pouvait l'être. Il venait d'échapper à la mort et d'apprendre qu'il allait peut-être devenir père.

Neil avait tellement de mal à encaisser la nouvelle qu'il ne bougea pas de son siège quand l'ambulance s'arrêta devant la porte du service des urgences. Il ne revint brutalement sur terre que lorsqu'il vit les portes coulissantes se refermer sur Elise que les ambulanciers emmenaient loin de lui.

Ce fut comme un électrochoc. D'un bond, il sauta à bas du véhicule puis se dirigea vers la porte aussi vite que le lui permettait sa démarche mal assurée. Une infirmière se précipita vers lui aussitôt qu'elle le vit, grimaçant et peinant à marcher.

— Monsieur ? Vous vous sentez mal ?

Il secoua farouchement la tête.

— Non, mentit-il. Tout va bien.

— Ne bougez pas. Je vais vous chercher un fauteuil roulant.

Il secoua de nouveau la tête, plus faiblement cette fois.

— Je ne peux pas attendre. Il faut que je retrouve ma…

Ma femme, allait-il dire. Mais Elise n'était plus sa femme. Qu'était-elle au juste ? Ou plutôt, qu'était-il pour elle ? L'homme qui lui avait fait un enfant ?

Elise enceinte. Il n'arrivait pas à le croire. Elle, toujours si vigilante. Ne lui avait-elle pas affirmé qu'elle continuait à prendre la pilule alors qu'elle n'avait pas d'homme dans sa vie ?

En admettant que cette grossesse soit avérée, l'équation était facile à résoudre. Si Elise ne mentait pas, le père de cet enfant c'était lui, Neil.

Être père. Il en rêvait depuis toujours. Il devrait être transporté de joie. Mais, au lieu de ça, il était sous le choc. Terrifié. Pétrifié.

Et si cette explosion lui avait fait perdre le bébé ? Et si

elle ne voulait pas le garder, elle qui se refusait farouchement à avoir un enfant alors qu'ils étaient mariés ?

Elle lui avait refusé le bonheur d'être père parce qu'elle n'était pas prête. Il avait compris que ce n'était qu'un prétexte. Prête, elle ne le serait jamais. Elle aurait toujours une bonne raison pour repousser l'échéance. Aussi, il avait préféré demander le divorce plutôt que de finir comme ses parents qui, au fil des ans, étaient devenus l'un pour l'autre de parfaits étrangers ; deux colocataires ne partageant plus rien.

Elise avait accepté sa décision sans même se battre pour tenter de sauver leur couple. Ce divorce avait été l'une des rares choses sur laquelle ils s'étaient entendus d'un commun accord.

La voix de l'infirmière, qui poussait devant elle une chaise roulante, le ramena brutalement sur terre.

— Monsieur, asseyez-vous, s'il vous plaît, lui intima-t-elle d'un ton ferme. Vous n'êtes pas en mesure de vous tenir debout.

Il secoua de nouveau la tête.

Il n'avait pas besoin qu'on s'occupe de lui.

Il avait juste besoin d'avoir des réponses aux questions qu'il se posait.

Mais surtout, il voulait s'assurer qu'Elise allait bien. Et le bébé aussi.

— Une ambulance vient d'amener une jeune femme, expliqua-t-il sommairement. Il faut que je sache dans quel service elle se trouve et si elle va bien.

— Je m'en occuperai pendant qu'on vous examinera, proposa l'infirmière. C'est vous qui étiez au Crest View Center quand une bombe a explosé ?

— Oui. J'étais avec elle. Nous étions dehors quand l'explosion a eu lieu.

De nouveau, l'inquiétude le rongea. Elise et lui avaient été projetés au sol de manière très violente. Ce choc ne lui avait-il pas fait perdre le bébé alors que lui avait perdu connaissance ?

— Il faut absolument qu'on vous examine, insista l'infirmière qui, d'une main posée sur son épaule, chercha à le faire asseoir de force.

Mais Neil résista. Il sentait ses forces lui revenir peu à peu. Ses jambes étaient plus solides. Il pouvait marcher à présent sans risquer de chuter à tout instant.

Il tourna le dos à l'infirmière, s'apprêtant à errer dans les couloirs sans fin de l'hôpital pour retrouver Elise. C'est alors qu'il vit une silhouette familière se précipiter vers lui.

Comment pouvait-elle déjà savoir ? Qui l'avait mise au courant ?

Ses traits affichaient une profonde angoisse, de celle qu'éprouvent les mères quand elles pensent leur progéniture en danger.

— Neil ! s'écria Lilly d'une voix tremblante d'émotion. Comment te sens-tu ?

— Ça va, maman. Je vais bien.

— Vraiment ?

Elle serra son fils contre elle puis s'écarta légèrement pour scruter son visage, cherchant à se rassurer tout à fait. Dans un geste infiniment doux et tendre, elle ôta de la barbe naissante de Neil les débris qui s'y étaient accrochés.

— Que s'est-il passé exactement ? demanda-t-elle d'une voix qui avait retrouvé un peu de son assurance.

— Quelqu'un a piégé le centre, répondit-il. Heureusement, nous avons pu nous échapper avant l'explosion.

D'une main ferme mais douce, Lilly fit asseoir Neil qui, cette fois, n'essaya pas de résister.

— Quelqu'un va t'examiner, décida-t-elle d'un ton qui n'entendait pas être discuté.

— Mais, je…

— Tu es avocat, pas médecin, trancha-t-elle. Il est impératif qu'un professionnel nous donne son avis sur ton état de santé. Tu ne sortiras pas d'ici avant.

Sur ce, elle poussa la chaise roulante jusqu'au service des urgences, une vaste salle cloisonnée en compartiments que fermaient d'épais rideaux blancs.

Elise devait se trouver là, elle aussi.

— Où est Elise ? s'enquit-il. Il faut que je sache si elle va bien.

— Elise était avec toi ?

— Oui. Les urgentistes l'ont emmenée je ne sais où. Je t'en supplie, maman, renseigne-toi.

La voix de sa mère redevint celle de l'infirmière qu'elle était devenue. Neutre et professionnelle.

— Je pourrais te dire dans quel service elle se trouve mais rien sur son état de santé. Je te rappelle que je suis tenue par le secret professionnel.

— Elise est ma femme, bon sang ! gronda-t-il.

— Était, corrigea Lilly. À ce titre, je ne suis pas certaine qu'elle ait envie que nous te communiquions son dossier médical.

— Maman…

— Oui ?

— Il se peut qu'Elise soit enceinte. De moi.

Lilly en resta bouche bée mais elle se ressaisit très vite. Son visage s'éclaira alors d'un sourire indulgent.

— C'est…

— Surprenant ?

— Non, pas vraiment. Pas alors que vous êtes restés si proches depuis votre divorce.

— Tu comprends maintenant pourquoi j'insiste autant. J'ai besoin de savoir si elle va bien.

Et si elle est bien enceinte.

En guise de réponse, Lilly tira un des rideaux, dévoilant à son fils un lit vide.

— Assieds-toi là. Quelqu'un va venir t'examiner. Pendant ce temps, je pars aux nouvelles. Mais ce sera à Elise de décider si elle veut te tenir au courant de son état de santé.

— S'il lui est arrivé quelque chose, elle aura besoin de moi, affirma-t-il d'un ton qui sonnait faux, même à ses propres oreilles.

Car Elise n'avait jamais eu besoin de lui. Elle semblait même beaucoup apprécier d'avoir retrouvé sa liberté. Une liberté totale qui l'avait fait changer de voie. Elle était passée du statut d'associée dans le cabinet d'avocats de son mari, à maire de Braxville. Ce qui n'était pas rien, il l'admettait volontiers.

Était-ce elle qui, en occupant cette fonction, avait été visée par cet attentat ? Ce qui signifierait qu'elle était toujours en danger. Qui sait si l'auteur de cet attentat n'avait pas suivi l'ambulance pour voir où Elise avait été transportée. Saisi d'une panique soudaine, il sentit son cœur s'affoler dans sa poitrine.

— Maman, elle est peut-être en danger.

— Ne t'inquiète pas, mon chéri. Nous avons un excellent service de sécurité.

Elle avait parlé avec une pointe de fierté qui le fit sourire. Depuis qu'elle s'était lancée dans cette voie, elle passait le plus clair de son temps dans cet hôpital. Mais avec la tension presque palpable qui régnait en permanence dans son couple, il comprenait que sa mère préfère être ici plutôt que chez elle. D'autant plus que les affaires de contamination en cours et la fermeture de la Colton – l'entreprise de construction familiale – n'avaient pas arrangé l'humeur déjà naturellement massacrante de son mari.

— Je n'en doute pas, dit-il. Mais avec ce qui vient de se produire, je reste méfiant. Mieux vaut pécher par excès.

— Ne souffrirais-tu pas d'une certaine déformation professionnelle, mon chéri ?

— Pas du tout. Je suis réaliste, c'est tout. Je suis bien placé pour savoir jusqu'où un criminel est capable d'aller.

— La police est en route pour t'interroger, ajouta Lilly. Tu as confiance en ta sœur, quand même ?

Neil maudit Jordana en silence. Évidemment. C'était elle qui avait alerté leur mère.

— Elle savait que tu avais rendez-vous à cet endroit. Quand elle a été prévenue qu'une bombe avait explosé là-bas, elle était morte d'inquiétude pour toi.

— Elle n'est pas la seule à se ronger les sangs, répliqua-t-il avec humeur.

Il avait suivi l'ambulance qui, toutes sirènes hurlantes, s'était rendue à l'hôpital.

Ils n'étaient pas morts.

Tout juste blessés.

Ils étaient pourtant censés sauter tous les deux en même temps. Ils ne devaient pas survivre à cette explosion. Sauf…

Sauf s'ils s'étaient échappés sans qu'il les voie.

Ils auraient moins de chance la prochaine fois.

Il s'en faisait la promesse.

3

— Vous en êtes sûre ? demanda Elise.

Allongée sur la table d'examen, elle sentit une boule d'anxiété se former au creux de son ventre.

— Les résultats de votre analyse de sang confirment que vous êtes enceinte de quatre semaines, répéta patiemment la jeune interne tout en lui introduisant délicatement une sonde lubrifiée dans le vagin.

— Et le bébé ? Il va bien ?

— Vous m'avez bien dit ne pas avoir eu de saignements ni ressenti de douleur dans le bas-ventre, n'est-ce pas ?

— C'est exact. Mais j'ai eu tellement peur…

Elle scruta l'écran mais les larmes qui lui brouillaient la vue l'empêchaient de voir nettement. Dire qu'il avait fallu ce drame pour qu'elle réalise à quel point elle tenait déjà à avoir ce bébé.

La jeune médecin pointa du doigt un point sur l'écran.

— Vous voyez, là. C'est le sac gestationnel.

— Qu'est-ce que c'est ?

— C'est l'endroit où le fœtus va se développer. Il est intact. Votre grossesse peut être menée à son terme sans problème.

— Vous en êtes bien certaine ? L'explosion ne peut

pas avoir de répercussions sur le développement de mon bébé ? Même rétroactivement ?

— L'examen est parfaitement normal, la rassura l'interne en retirant la sonde. Pour moi, il n'y a aucun risque de fausse couche suite à ce qui s'est passé ce soir.

Elise poussa un long soupir de soulagement.

— Merci, dit-elle dans un souffle.

— Je n'y suis pour rien. Mais je suis heureuse pour vous que tout aille bien.

— Savez-vous comment va l'homme qui était avec moi ? se hasarda-t-elle à demander.

Car elle n'avait pas vu Neil suivre le brancard sur lequel on l'avait allongée. Il était resté dans l'ambulance. Allait-il bien ? Sa perte de connaissance n'était-elle pas le signe qui cachait quelque chose de plus grave ?

— Un homme ? s'étonna l'interne.

— Elle veut parler de mon fils, répondit Lilly qui venait de s'inviter dans la salle d'examen.

Elise l'aimait bien. Elle s'était toujours montrée douce, affectueuse et bienveillante avec elle. Mais le moment était mal choisi pour papoter gentiment. Neil méritait d'apprendre avant sa mère qu'il allait être père.

Contre toute attente, Lilly ne dit pas un mot. Ses yeux bleus, de ce bleu profond dont Neil avait hérité, étaient rivés sur l'écran du monitoring. Contrairement à Elise, elle savait interpréter ce qu'elle avait sous le nez. Un soupir de contentement s'échappa de ses lèvres entrouvertes.

— Je vais l'aider à se rhabiller pendant que vous établirez son bon de sortie, dit Lilly à l'interne. Enfin, si elle est autorisée à sortir.

— Je ne vois pas pourquoi je devrais rester, répondit

Elise à la place du médecin. Vous venez de me dire que tout va bien.

L'interne acquiesça en souriant puis sortit, laissant les deux femmes en tête à tête.

— Ne vous inquiétez pas, Elise, dit Lilly la première. Ce que je viens de voir restera entre nous. Il n'appartient qu'à vous de révéler votre grossesse à qui vous le voudrez. Vous savez, ajouta-t-elle après s'être brièvement interrompue, vous avez beau diriger cette ville, vous n'en avez pas moins le droit d'avoir une vie privée.

Lilly venait de mettre le doigt sur une chose à laquelle Elise n'avait pas pensé une seconde. L'impact que cette grossesse pouvait avoir sur sa carrière dans une ville aussi conservatrice que Braxville, et alors qu'elle était célibataire. Heureusement, il lui restait encore quelques années de mandat avant de devoir se lancer dans une nouvelle campagne électorale.

— Vous voulez parler de ma relation avec Neil ? Vous êtes sa mère. Il est bien normal que vous vous rangiez de son côté.

— Je ne me range du côté de personne. Ou plutôt, si. De toute ma famille. Dont vous ferez toujours partie, sachez-le.

— Lilly… Ce bébé est celui de Neil.

Un sourire se dessina sur les lèvres de Lilly. Elle ne semblait pas surprise. Bien sûr. Elle savait déjà. Sans doute par Neil. C'est lui qui l'avait envoyée la trouver, inquiet du sort de son bébé. Un bébé. C'était tout ce qu'il avait voulu d'elle. S'il l'avait vraiment aimée, il lui aurait laissé le temps dont elle avait besoin avant de fonder une famille avec lui.

— Je lui ai dit que j'étais tenue par le secret médical. Aussi, je ne lui dirai rien.

— Merci. Je vais lui en parler, bien sûr.

— Prenez votre temps, Elise. Et faites ce qui vous rendra heureuse. Croyez-moi, la vie est trop courte pour vivre avec des regrets.

Un tel discours dans la bouche de Lilly, femme forte et indépendante, avait de quoi surprendre.

— Je ne m'attendais pas à ce que vous me disiez ça.

— Pourquoi ? Parce que je suis la mère de Neil ?

Elise acquiesça.

— Je suis sa mère mais je n'en reste pas moins une femme.

Une femme qui, semblait-il, avait fait des choix qu'elle regrettait aujourd'hui. Une femme qui s'était oubliée pour se consacrer à sa famille.

Touchée de la découvrir vulnérable, Elise tendit la main vers elle, mais Lilly lui avait déjà tourné le dos, prête à aller retrouver ses malades.

Elise venait de trouver en elle une alliée indéfectible. Même sa propre mère ne lui aurait pas offert un tel soutien. Sans doute marquée par le fait que son mari les avait abandonnées, Audrey Willis aurait pressé sa fille de parler à Neil pour le pousser à s'impliquer dans la vie et l'éducation de leur enfant. Mais à vrai dire, Audrey avait des excuses. Elle connaissait trop les difficultés liées au statut de mère célibataire.

Elise s'était juré de ne jamais vivre le genre de sacrifices qu'avait connus sa mère. C'est pour cette raison qu'elle n'avait pas été aussi pressée de fonder une famille que Neil.

Aujourd'hui cependant, l'heure n'était plus aux tergiversations. Elle devait confirmer à Neil qu'il allait être père.

Ils sont encore sous le choc.

C'était ce que pensait Jordana face au mutisme d'Elise et de Neil qui n'avaient pas prononcé un mot depuis qu'ils avaient franchi la porte de la salle qu'une infirmière avait mise à leur disposition pour y être interrogés.

— Vous êtes sûrs que tout va bien ? s'inquiéta-t-elle.

Ils acquiescèrent d'un même hochement de tête.

— Nous avons besoin que vous répondiez à nos questions, intervint Reese avec une pointe d'irritation. Nous devons savoir ce qu'il s'est passé ce soir.

Neil haussa les épaules.

— Je n'en sais rien.

Qu'est-ce qui poussait son frère à garder le silence comme il le faisait ? Un comble pour un avocat ! Mais à mieux le regarder, il semblait plongé dans une grande confusion.

— Elise, peux-tu me dire pourquoi tu as donné rendez-vous à Neil dans cet entrepôt ? Un endroit normalement fermé au public.

Elise secoua la tête.

— Ce n'est pas moi qui lui ai donné rendez-vous, répondit-elle.

Jordana fronça les sourcils. Elle n'arrivait pas à rassembler les pièces du puzzle.

— Pourtant, Neil m'a dit que..., insista-t-elle avant d'être interrompue par son frère.

— J'ai reçu un message qui était censé venir d'elle, expliqua-t-il.

— J'ai reçu le même de sa part, précisa Elise. Le rendez-vous était fixé là-bas.

— Quelqu'un a donc voulu vous piéger, pointa Reese.

— Et c'est la preuve que l'explosion n'était pas accidentelle, renchérit Jordana.

— Vous avez vu quelqu'un ?

De nouveau, ils secouèrent la tête en même temps.

— Aucune trace de la présence de Markus Dexter sur les lieux ?

— Non, affirma Neil. Et vous ? Où en est votre enquête ? Vous avez une idée de l'endroit où il peut être ?

— Non, répondit Jordana. Nous n'avons aucune piste. Il s'est comme évaporé dans la nature et la perquisition chez lui n'a rien donné. Nous avons placé une unité spéciale autour de son domicile, au cas où il aurait dans l'idée de revenir y faire un tour.

— À mon avis, il n'a pas dû aller bien loin, répliqua Reese.

— Tu crois qu'il peut être derrière cet attentat ? s'enquit Elise. Mais pourquoi ? Pour quelles raisons chercherait-il à nous éliminer, Neil et moi ?

Reese haussa les épaules, dans un mouvement visant à exprimer une totale incompréhension.

— Vous ne seriez pas les premiers membres de la famille que ce fou chercherait à tuer.

Comme à chaque fois qu'elle y pensait, Jordana tressaillit à l'idée qu'elle aurait pu perdre son frère, Tyler, quand Markus lui avait tiré dessus. Par chance, la balle n'avait pas touché d'organes vitaux et Tyler se remettait doucement de ses blessures.

— Mais moi, je ne suis pas une Colton, souligna Elise. Si je suis votre logique, cela n'a pas de sens qu'il s'en prenne à moi.

— Sauf s'il ne supporte pas ta manière de gérer la ville. Il veut peut-être te faire payer quelque chose qui l'aura contrarié.

— Si tous les gens qui n'apprécient pas ma politique

voulaient m'éliminer, j'aurais peu de chance de m'en sortir, répliqua Elise avec une pointe de cynisme.

Jordana esquissa un sourire. Il était notoire que son père, Fitz, faisait partie des détracteurs d'Elise. Il ne supportait pas qu'à l'instar de son prédécesseur, elle s'oppose au développement de l'étalement urbain, préférant privilégier la qualité de vie de sa municipalité.

— J'ai bien peur que nous ne puissions pas vous être d'une grande aide, déplora Neil. Il se fait tard. Nous allons rentrer mais si quelque chose nous revient, nous vous le ferons savoir.

— Il va falloir que je jette un coup d'œil aux messages qui vous ont attirés dans cet entrepôt, objecta Reese.

— Vous n'y trouverez rien de plus que ce que l'on vous a déjà rapporté.

— Dans ce cas, nous devrons nous entretenir avec les personnes qui ont pris ces messages.

— Mais cela peut attendre demain, temporisa Jordana qui sentait l'impatience gagner Neil.

— Puisque nous n'avons rien à ajouter, nous allons vous laisser, décréta Neil d'une voix qui, en effet, était teintée d'une pointe d'agacement.

Sans attendre d'y être officiellement invité, il prit Elise par le bras et l'entraîna vers la sortie.

Elle traînait le pas, rechignant à le suivre. Pour quelle raison ? Si Neil et elle n'avaient pas réussi leur mariage, ils avaient en revanche parfaitement réussi leur divorce. Ils n'avaient jamais passé autant de temps ensemble que depuis qu'ils étaient séparés.

— Bon sang, Jordana ! jura Reese dès que la porte se fut refermée sur eux. Qu'est-ce qui t'a pris de les laisser partir ?

— Je les connais, répondit-elle. Nous les aurions gardés toute la nuit qu'ils n'auraient pas décroché un mot. De vraies têtes de mule.

Reese secoua la tête, dépité.

— C'est quand même dingue ! Si quelqu'un avait essayé de me tuer, il me semble que je ferais tout pour qu'on le retrouve. C'est même moi qui poserais les questions. À moins que…

— Oui ?

— À moins qu'il ne s'agisse d'une tentative de suicide déguisée en meurtre.

— Je crains de ne pas comprendre. Ou plutôt, si. Tu peux développer ?

— Eh bien, imaginons que l'un d'eux ne supporte pas de vivre sans l'autre et l'entraîne dans un piège qui les fera mourir ensemble.

Jordana éclata d'un rire sonore.

— N'importe quoi…

— Évidemment, rétorqua Reese, un brin vexé par sa réaction. Comme il s'agit de ton frère et de ton ex-belle-sœur, c'est une éventualité à écarter d'office.

— Ce n'est pas ça. C'est juste que je les connais et je peux t'assurer qu'ils n'ont ni l'un ni l'autre l'âme d'un suicidaire ou d'un meurtrier en puissance. Cela fait des années qu'ils ont divorcé et ils continuent à se voir en toute amitié.

— Je n'en suis pas si sûr. J'ai remarqué qu'il y avait une certaine tension entre eux.

Elle ne pouvait le nier. Elle-même avait vu que quelque chose ne tournait pas rond. Quelque chose qui semblait avoir jeté une ombre sur leur belle relation.

— Ils ne nous ont pas tout dit. Pour ne pas dire rien, d'ailleurs.

— Peut-être, lui concéda-t-elle. Mais ça n'a sans doute rien à voir avec les événements de ce soir.

Et tout à voir avec un problème d'ordre privé qui ne regardait qu'eux.

— Quoi qu'il en soit, il faut découvrir ce qu'ils nous cachent. Il serait quand même bon qu'ils réalisent que leur vie est en jeu.

Jordana tressaillit de nouveau, cette fois d'une peur anticipée. Reese avait raison. Neil et Elise étaient toujours en danger. Le criminel ayant raté son coup, il ne faisait aucun doute qu'il recommencerait. Et que, cette fois, il ne laisserait rien au hasard pour ne pas échouer.

— Nous avons un sérieux problème, souligna Neil aussitôt qu'ils eurent quitté l'enceinte de l'hôpital.

Maintenant qu'il avait retrouvé le contrôle de lui-même, la réalité lui faisait froid dans le dos. Quelqu'un les avait piégés, Elise et lui, pour les tuer d'une manière affreuse.

Imaginer ce à quoi ils avaient miraculeusement échappé lui était tellement insupportable qu'il s'empressa de penser à autre chose.

— Partons d'ici sans traîner, ajouta-t-il.

Car il ne pouvait s'enlever de la tête que leur meurtrier pouvait avoir suivi l'ambulance. Une hypothèse appuyée par l'impression persistante que quelqu'un les observait.

Ce pouvait être Reese Carpenter. Il avait eu l'air furieux que Jordana les laisse partir sans qu'ils n'aient rien pu tirer d'eux. Mais, pour l'heure, ce n'était pas avec des officiers de police qu'il voulait s'entretenir.

C'était avec Elise. Il fallait qu'ils se parlent. Trop de

questions se bousculaient dans sa tête. L'une plus importante que les autres.

— Comment comptes-tu que nous nous éloignions rapidement d'ici ? ironisa Elise. Je te rappelle que nous sommes à pied et qu'à l'heure qu'il est, nos voitures doivent être carbonisées.

Neil brandit comme un sésame la clé qu'il venait de sortir de la poche arrière de son pantalon.

— Ma mère m'a prêté la sienne, annonça-t-il avec une certaine satisfaction.

Elise poussa un long soupir teinté de soulagement.

— Super. Tu vas pouvoir me déposer chez moi. Je suis claquée.

— Je vais t'emmener à la maison, plutôt, décida-t-il.

La maison. Une maison dont ils avaient dessiné les plans ensemble. Où ils se voyaient prendre le chemin de la vieillesse main dans la main. Une maison qu'il avait tout de suite entendue résonner des rires des enfants qu'ils auraient.

Précédant Elise de quelques pas, il lui ouvrit la portière du côté passager et attendit qu'elle s'installe. Mais, au lieu de cela, elle resta immobile.

— Je veux rentrer chez moi, répéta-t-elle plus fermement.

— Elise, il faut que nous parlions.

— Nous pouvons parler ici, rétorqua-t-elle d'un ton buté.

Neil avait beau faire. Il échouait à se défaire de l'étrange sensation qu'ils étaient épiés. Crise de paranoïa aiguë ou forte intuition ?

— Je préfère que nous allions ailleurs.

Elle poussa un nouveau soupir, cette fois chargé d'exaspération.

— De quoi veux-tu discuter, Neil ? lança-t-elle d'un ton brusque. Tu sais très bien que je suis enceinte.

Il encaissa la nouvelle, le cœur battant.

— C'est vrai ?

— Oui. Et c'est vrai aussi que je suis épuisée. Aussi, tu comprendras que parler, ici ou ailleurs, n'est pas ma priorité.

— C'est que… Je ne peux pas attendre demain pour te dire ce que j'ai à te dire.

— Quoi ?

— J'ai une proposition à te faire.

— Vas-y, je t'écoute.

Neil comprit à son ton impatient que cet encouragement ne visait qu'à se débarrasser de lui au plus vite.

— Elise, veux-tu m'épouser ?

4

— C'est le choc, répéta Elise alors que Neil composait le code de son alarme. Tu es tombé sur la tête.

C'est pour cela qu'elle avait accepté sa proposition d'aller dormir chez lui. Les médecins avaient dû passer à côté d'une commotion cérébrale et elle redoutait à tout moment de le voir s'écrouler. Cependant, il y avait une autre raison : la sensation étrange que quelqu'un les suivait.

Était-ce la réalité, ou le traumatisme de la soirée les avait-il rendus paranoïaques ? Dire que sans la présence d'esprit de Neil ils seraient morts à l'heure qu'il est ! Elle en avait froid dans le dos.

Pourtant, même si elle était reconnaissante à Neil de leur avoir sauvé la vie, elle n'était pas prête à tout accepter pour lui témoigner sa gratitude. Se remarier avec lui n'était pas une option. À quoi bon ? Ils avaient essayé ; ça n'avait pas marché.

Ce mariage avait été un échec parce que…

Dans un geste machinal autant que protecteur, elle passa une main sur son ventre encore plat.

Si Neil voulait de nouveau faire d'elle sa femme c'était soit parce qu'elle était enceinte, soit parce qu'il était commotionné. Soit les deux. Quoi qu'il en soit, aucune de ces deux raisons n'était valable à ses yeux.

Une fois la porte ouverte, Neil entra le premier puis, après avoir éclairé l'entrée, regarda autour de lui comme s'il s'attendait à voir surgir à tout instant une ombre menaçante.

Toujours la précédant, il passa en revue toute la maison, en inspectant chaque recoin.

— Tu m'as assez seriné que la maison était équipée d'un système d'alarme ultra-sophistiqué, le taquina-t-elle. Si tu dis vrai, il ne devrait y avoir personne tapi dans l'ombre, prêt à nous tomber dessus par surprise.

Elise n'avait pas demandé à garder la maison. Elle était trop pleine du souvenir des jours heureux qu'ils y avaient passés. Neil, lui, s'était montré moins sentimental.

— Tu n'as pas encore sorti les décorations de Noël ? fit-elle remarquer en pointant du menton l'espace vide où ils avaient coutume d'installer leur sapin.

— Nous ne sommes que début décembre, répondit-il. J'ai bien le temps.

Elle faisait décorer Braxville juste avant Thanksgiving, suivant ainsi la tradition instaurée par son prédécesseur. Car elle avait vite compris qu'agir différemment pourrait lui coûter au mieux la colère des citoyens de Braxville, au pire sa réélection. Se retrouver mère célibataire allait-il lui coûter des voix ? songea-t-elle soudain.

— Tu vois, je me rappelle que nous sommes en décembre, ajouta-t-il en souriant. C'est bien la preuve que j'ai toute ma tête. Plus sérieusement, comment te sens-tu, toi ?

— Je te l'ai dit. Je vais bien. Je suis juste très fatiguée, mais cela me paraît normal après les émotions de ces dernières heures.

Ils laissèrent passer quelques secondes d'un silence que Neil fut le premier à rompre.

— Ce que tu m'as dit… Ils ne peuvent pas s'être trompés, n'est-ce pas ?

— Non.

— Alors je te le redemande : épouse-moi.

— Il n'en est pas question.

— Mais, Elise, tu es enceinte.

— Exact. Mais nous ne sommes plus au XIXe siècle, et les mères célibataires ne sont plus mises au ban de la société, aujourd'hui.

En vérité, vivre ce que sa mère avait vécu était la dernière chose qu'elle voulait ; mais elle n'épouserait pas Neil pour une question de principe ou de bienséance.

— Je n'arrive pas à croire que tu veuilles rester seule dans ton état.

— Je ne suis pas malade. J'attends juste un enfant. Et, non, je ne t'épouserai pas pour cette raison.

Si seulement il lui avait dit qu'il l'aimait encore. Cela changerait bien des choses. Ses yeux se brouillèrent de larmes qu'elle eut bien du mal à refouler. Fichues hormones. Elle qui ne pleurait jamais. Même quand elle avait signé les papiers du divorce, elle n'avait pas versé une larme.

Neil avait dû la voir lutter contre un trop-plein d'émotions car il lui caressa tendrement la joue.

— Tu es sûre que tu vas bien ?

Incapable de parler, elle fit oui de la tête.

— Elise, dis-moi ce qui ne va pas, insista Neil.

Les larmes retenues d'Elise le bouleversaient. Il ne l'avait jamais vue pleurer. Pas même le jour où il lui avait annoncé son intention de divorcer. Si elle avait versé la moindre larme, si elle avait montré la moindre émotion, il aurait su qu'elle tenait à lui autant qu'il tenait à elle.

Mais elle n'avait rien dit ou fait qui allait dans ce sens. Ce manque de réaction, ce détachement, tout cela l'avait conforté dans l'idée qu'elle ne l'aimait plus et qu'elle se fichait bien qu'ils restent mariés ou non.

Alors, qu'est-ce qui pouvait la chambouler à ce point ? Était-elle contrariée d'être enceinte ? Regrettait-elle la nuit qu'ils avaient passée ensemble ?

— Nous pourrions être morts à l'heure qu'il est, finit-elle par répondre d'une voix tremblante. Si tu n'avais pas eu la présence d'esprit de nous entraîner dehors, il ne resterait rien de nous.

— Je m'en veux de ne pas avoir réagi plus tôt. C'était tellement évident que quelqu'un nous avait attirés là pour nous piéger.

Comment avait-il pu être aussi aveugle et risquer la vie d'Elise et de leur bébé ? Comment avait-il pu croire qu'Elise lui donnerait rendez-vous dans un endroit pareil, qui plus est fermé au public par ses soins ?

Il était trop tard pour tenter de trouver les réponses à ces questions. Trop tard aussi pour presser Elise d'accepter sa demande en mariage.

— Allez, hop ! dit-il en la soulevant de terre.

— Neil ! Qu'est-ce que tu fais ? protesta-t-elle – faiblement, crut-il deviner – alors qu'elle s'agrippait à ses épaules.

— Je t'amène te coucher, répondit-il tandis qu'il s'engageait dans le couloir qui conduisait à la chambre principale.

Le lit était défait et les draps froissés par son sommeil agité de la veille. Lorsqu'ils furent arrivés à quelques mètres du grand lit à baldaquin, il laissa le corps souple et chaud d'Elise glisser le long du sien.

— Je peux dormir dans la chambre d'amis, suggéra-t-elle sans pour autant esquisser le moindre pas vers la porte.

Il se surprit à penser que, peut-être, elle avait autant envie de rester avec lui qu'il avait envie d'être avec elle. L'idée qu'il aurait pu la perdre le rendait malade. Ou plutôt, qu'il aurait pu la perdre sans jamais savoir qu'elle portait l'enfant qu'il avait toujours voulu qu'elle lui donne…

Il refoula avec peine la boule d'émotion qui lui étranglait la gorge.

— S'il te plaît, Elise, dit-il d'une voix implorante. Accepte de m'épouser.

— Pourquoi accepterais-je ?

Parce qu'il n'aurait jamais dû demander le divorce. Parce qu'il voulait réparer l'erreur colossale qu'il avait faite en la quittant. Parce qu'il s'était conduit comme un parfait crétin. Parce qu'il ne pouvait pas vivre sans elle à ses côtés tous les jours.

Il en avait une conscience aiguë aujourd'hui. Malheureusement, il était fier. Trop fier pour admettre tout haut qu'il s'était entêté dans sa bêtise.

— Lorsque nous avons couché ensemble, le mois dernier, commença-t-il, tu m'as avoué n'avoir aucun homme dans ta vie. Nous sommes donc certains que cet enfant est de moi. À ce titre, je voudrais qu'il porte mon nom.

— Pourquoi ? s'offusqua-t-elle. « Willis » n'est pas assez bien pour toi ?

— À vrai dire, compte tenu du contexte actuel, il serait même mieux.

Car tout le monde en ville était au courant de la menace qui planait sur Fitz Colton. S'il était reconnu coupable d'avoir délibérément laissé ses employés travailler dans un environnement toxique pour leur santé, il risquait de tout perdre, et le nom des Colton serait entaché à vie par ce qui s'apparenterait à un scandale sanitaire.

— Non, c'est parce que…

Elle posa un doigt sur ses lèvres, l'empêchant de poursuivre.

— Chuuut ! lui intima-t-elle dans un souffle. Il est trop tard pour ce genre de discussion. L'heure n'est pas aux querelles.

Elle avait raison. Et s'il se montrait trop insistant, il réduirait à néant le peu de chances qu'il avait de lui repasser la bague au doigt.

— Tu as raison. Allons nous coucher.

Il se pencha alors vers elle et effleura sa bouche de la sienne.

— Neil…, protesta-t-elle faiblement.

— Elise, nous sommes vivants. Ça vaut le coup d'être fêté, non ?

Il prit son silence comme un encouragement à poursuivre. Aussi, il l'enveloppa de ses bras et la serra un peu plus fort contre lui, lui faisant sentir la force de son désir pour elle. Comme il l'avait justement pressenti, elle ne chercha pas à se soustraire à son étreinte. Au contraire. En réponse, elle enroula ses bras autour de sa taille et se mit à onduler lentement contre lui.

Comme la fois précédente, la passion déferla sur eux comme une vague géante. Ils étaient avides l'un de l'autre, emportés par le même sentiment d'urgence à faire l'amour, sans doute décuplé par le fait qu'ils étaient des rescapés.

De leurs mains fébriles, sans se lâcher des lèvres, ils se dépouillèrent de leurs vêtements jusqu'à se retrouver nus l'un contre l'autre.

Malgré cette intimité retrouvée, il persistait entre eux des cloisons invisibles qui les séparaient encore. Une manière sans doute de se protéger l'un de l'autre. Lui voulait mettre son cœur à l'abri et elle ne lui faisait peut-être plus confiance.

Ce qui ne l'empêchait pas de s'abandonner totalement.

Il la fit basculer doucement avec elle sur le lit et lui fit l'amour de ses mains, de sa bouche, de tout son corps. Éperdument.

Ils se connaissaient si bien !

Elle savait répondre à ses désirs, le guider quand il le fallait, aiguiser son excitation et jouir avec lui jusqu'à lui faire perdre tout contrôle.

Pourtant, quand un long moment plus tard et malgré le plaisir intense qu'ils s'étaient donné, ils s'allongèrent l'un contre l'autre, Neil ne parvint pas à se relâcher. Il restait tendu, aux aguets, dans la crainte que quelqu'un n'essaie de nouveau d'attenter à leur vie. Mais que pouvait-il bien faire pour lutter contre un éventuel danger invisible, sinon garder Elise en sécurité auprès de lui ?

Tyler Colton se réveilla en sursaut au bruit de son téléphone portable qui s'était mis à vibrer sur sa table de chevet. Qui cherchait à le joindre en pleine nuit ?

Il lança un coup d'œil énamouré à sa compagne qui était venue se coller un peu plus contre lui. Son cœur se gonfla d'amour pour cette femme qui partageait sa vie. Quelle chance il avait eue de la rencontrer ! D'une rare vivacité d'esprit, cultivée, belle à couper le souffle, elle réunissait toutes les qualités qui faisaient d'elle, aux yeux de Tyler, la perle rare.

Il fut tenté d'ignorer l'appel mais l'insistance des vibrations le poussa à décrocher. Quelqu'un cherchait vraiment à le joindre et, à cette heure-là, ça ne pouvait être que pour lui annoncer une mauvaise nouvelle.

— Oui, répondit-il d'une voix teintée d'un mélange d'irritation et d'appréhension.

— Tu vas bien ? s'enquit Jordana sans préambule.

Son ton était fébrile, inquiet.

— Oui. Pourquoi ?

— Tu as une drôle de voix.

— Je t'avoue qu'être réveillé en pleine nuit n'a rien de réjouissant. Qu'est-ce qu'il se passe ?

— Il faut que tu viennes à Braxville.

— Nous en avons déjà parlé, Jord. Je te rappelle que je travaille dans la sécurité et que je suis donc bien placé pour veiller sur moi. En plus, je vois mal Markus Dexter revenir à la charge.

— Il a essayé de tuer Neil et Elise ce soir.

La nouvelle le fit sortir d'un bond de son lit.

— Bon sang ! Ils ont été blessés ? Ils vont bien ?

Alarmée par ses cris, Ashley se redressa, elle aussi d'un bond, et fixa sur lui un regard inquiet.

— Ils vont bien. Mais ils l'ont échappé belle. Une bombe a explosé à l'endroit où ils avaient rendez-vous. Tu sais, l'entrepôt où deux corps ont été retrouvés.

— Pourquoi se sont-ils donné rendez-vous là-bas ?

— En fait, c'est l'auteur de l'attentat qui leur a tendu un piège. Il a laissé le même message à leurs assistantes respectives.

— Tu ne penses pas que c'était plutôt Elise qui était visée ? Sa politique de gestion ne fait pas l'unanimité à Braxville. Loin de là, même. Dexter faisait partie de ses détracteurs. Il aura voulu se venger d'elle. D'ailleurs, je suis prêt à parier que c'est lui qui a assassiné la femme et l'homme qu'on a retrouvés, coulés dans le béton des murs de l'entrepôt. Selon la rumeur, la première était une de ses maîtresses et le second était le détective chargé de la retrouver. Mais ne me dites pas que vous n'y avez pas pensé.

— Bien sûr que si. Malheureusement, nous n'avons pas de preuves. Rien qui puisse l'impliquer dans ces meurtres. La perquisition à son domicile n'a rien donné.

— Et sa femme ?

— Elle n'a rien à voir là-dedans. Elle a déjà quitté la ville pour fuir le scandale.

— Sinon, à part Markus, qui aurait intérêt à éliminer Neil et Elise ?

— Nous n'en savons encore rien. C'est pour cela que je t'appelle, Tyler. Je voudrais que tu m'aides à protéger Neil et Elise.

— OK, dit-il.

Protéger son frère d'un éventuel danger était dans ses cordes. En revanche, il était dans l'incapacité totale de le protéger de son ex-femme qui risquait fort de lui briser le cœur une nouvelle fois.

5

Bon sang, qu'est-ce que j'ai fait ?

Son corps répondit pour elle. Un corps sexuellement comblé qui se fondait lascivement entre les draps froissés. Était-ce le flot débordant d'hormones lié à sa grossesse ? L'avidité de croquer la vie à pleines dents après avoir frôlé la mort ? Elle n'aurait su dire pourquoi elle avait réagi de manière aussi passionnée au baiser de Neil.

Mais avait-elle besoin d'une raison pour faire l'amour avec lui ? N'avait-elle pas simplement obéi à ses sens, comme elle l'avait fait un mois plus tôt ? Mais peu importait la réponse à ces questions. Car ce qu'elle avait considéré jusque-là comme un écart de conduite s'était reproduit et cela lui posait un problème.

Aussitôt, dans un geste instinctif, elle posa une main à plat sur son ventre. Elle ne sentit rien que la main de Neil qui vint couvrir la sienne. Ce contact, somme tout anodin, suffit pourtant à rallumer la flamme d'un désir intense.

— Comment te sens-tu ?

— Tu veux dire moi ou le bébé ?

— Vous deux. Tu dois te reposer. Surtout maintenant.

Maintenant qu'elle était enceinte, voulait-il dire ? C'est pour cela qu'elle avait accepté de divorcer sans chercher à se battre. Parce qu'elle avait compris qu'il ne l'avait pas épousée pour elle mais pour la vie qu'il projetait de construire avec elle. La vie qu'il voulait, avec femme, enfants et cabinet d'avocats. Une voie toute tracée dont il n'avait pas voulu dévier.

Elle se retrouva projetée en arrière, à une période de sa vie où elle ployait sous les responsabilités qu'exigeait d'elle le fait d'appartenir au clan Colton.

— Qu'y a-t-il ? demanda-t-il en la voyant absorbée dans des pensées profondes. Tu as senti le bébé bouger ?

— Non, il est bien trop tôt. Il ne commencera à gigoter qu'à trois ou quatre mois de grossesse.

— Ah… En tout cas, je veux être là quand tu passeras ta prochaine échographie et puis quand il bougera dans ton ventre et… Bref, je veux t'accompagner durant ta grossesse. Je t'en prie, Elise, accepte ma proposition.

Elle ferma les yeux, luttant contre les larmes qui menaçaient de ruisseler.

— Neil…

— Dis-toi que c'est une chance d'avoir le père de ton enfant avec toi, insista-t-il. Tu n'auras pas à l'élever seule comme ta mère l'a fait pour toi.

Elle jura intérieurement. Comment pouvait-il la connaître si bien à certains égards et si peu à d'autres ?

— Laisse-moi être là pour toi, Elise.

Pour le bébé, plutôt, persistait-elle à penser. Mais cela ne lui suffisait pas. Elle voulait plus. Elle méritait plus.

— Je ne suis pas ma mère, déclara-t-elle entre ses dents serrées. Tout ira bien pour nous.

— Tu ne peux pas le prévoir, Elise. Pas après ce que nous venons de vivre.

De quoi parlait-il ? De l'attentat ou de l'amour qu'ils venaient de faire ?

Elle laissa échapper un soupir rauque.

— Bon sang, Neil. Que s'est-il passé ? Tout cela n'a aucun sens.

Rien n'avait de sens. Que quelqu'un ait voulu les supprimer ; qu'ils aient fait l'amour ; qu'ils aient conçu un enfant alors qu'ils étaient divorcés.

— Nous aurons l'esprit plus clair demain, répondit-il. Pour l'instant, essaie de dormir un peu.

Avec toutes les pensées et les craintes qui tournaient en boucle dans sa tête, il y avait peu de chances qu'elle arrive à trouver le sommeil. Pourtant, elle feindrait de dormir jusqu'à ce que Neil tombe dans les bras de Morphée. Elle pourrait alors s'échapper sans risquer une dispute ou une nouvelle demande en mariage.

Surtout, sans risquer de céder à la tentation.

Il fallait vraiment qu'elle fiche le camp d'ici si elle ne voulait pas que cet homme qu'elle n'avait jamais cessé d'aimer lui brise de nouveau le cœur.

Malheureusement, elle comprit que son plan allait tomber à l'eau quand elle sentit ses paupières se fermer malgré elle.

Elle était partie. Neil le comprit à l'instant où il ouvrit les yeux. Privé de la chaleur d'Elise contre lui, il avait presque froid.

Bon sang !

Il s'était endormi, lui laissant toute latitude pour quitter la maison. À cause de lui, de sa négligence, Elise était en danger.

C'est alors qu'il entendit un bruit provenant de son système d'alarme. Soit Elise s'apprêtait à sortir de la maison, soit quelqu'un cherchait à s'y introduire.

Il sortit d'un bond de son lit et courut vers l'entrée où se trouvait le tableau de contrôle.

C'était Elise.

Comme il l'avait pressenti, elle cherchait à s'éclipser sans attirer son attention.

Elle poussa un profond soupir en même temps que ses épaules s'affaissaient.

— Je n'ai pas envie que nous nous disputions, dit-elle en se retournant lentement.

Son ton était empreint d'une profonde lassitude. De grands cernes mauves soulignaient ses yeux verts.

— Moi non plus, Elise. Je veux juste te garder en sécurité.

— Je serai très vigilante, je te le promets. Mais je dois aller travailler.

— Tu n'as pas de voiture, lui rappela-t-il. Et j'ai dit à ma mère que je lui rendrais la sienne aujourd'hui.

— J'avais l'intention d'appeler un taxi. Je dois passer chez moi pour me changer avant d'aller au bureau.

— Laisse-moi deux minutes, tu veux ? Je vais te conduire.

— Ne prends pas cette peine, vraiment. Je vais me débrouiller.

— Je n'en doute pas. N'empêche que le type qui a cherché à nous éliminer rôde toujours.

— Je te l'ai dit, je ferai très attention.

— Elise, cette explosion…

— Était peut-être accidentelle. Un accident dû à un défaut de construction. Ou à un système électrique défectueux.

— Que fais-tu des messages qui nous ont attirés là-bas ? Allons, Elise. Je sais que tu ne crois pas plus que moi à la thèse de l'accident.

Elle le regarda, les yeux plissés.

— Peu importe ce qui s'est passé et pourquoi, répliqua-t-elle. Ce n'est pas ça qui m'empêchera de vivre normalement. Et pour commencer, je dois me rendre à mon bureau.

— Je sais à quel point ton travail compte pour toi et loin de moi l'idée de t'interdire quoi que ce soit. Je veux juste m'assurer que tu sois en sécurité. Au travail ou ailleurs.

Elle soupira de nouveau, visiblement résignée.

— Va t'habiller, dit-elle. Je t'attends.

Il l'épingla d'un regard pénétrant, cherchant à lire sur ses traits si elle n'allait pas en profiter pour lui filer entre les doigts.

— Elise, j'espère que tu as bien conscience de la menace qui plane sur nous. Quelqu'un a cherché à nous tuer.

— Je te promets de ne pas partir sans toi. Tu peux même prendre une douche, si tu veux.

Le désir le submergea d'un coup. Il se voyait avec elle, l'eau ruisselant sur sa peau nue.

— Tu ne veux pas te doucher avec moi ? suggéra-t-il en se rapprochant d'elle jusqu'à ce que leurs deux corps se frôlent.

Un voile de désir passa dans son regard mais elle secoua la tête.

— Toi aussi, tu dois aller travailler, souligna-t-elle.

C'était vrai. Sauf que, pour l'heure, sa mission ne consisterait pas à défendre un client mais à trouver qui leur en voulait au point d'avoir attenté à leur vie.

Yvette fixait l'entrepôt que les flammes avaient noirci. Si un indice lui avait échappé au cours de l'investigation qu'elle y avait menée, il était maintenant trop tard pour rattraper une éventuelle négligence. Était-ce ce que cette explosion visait à faire ? À effacer définitivement toute trace pouvant conduire à l'auteur des deux crimes qui avaient eu lieu là ?

Ou cette explosion était-elle accidentelle ?

S'exhortant à contenir son impatience, elle attendait sur le parking que l'inspecteur chargé de déterminer l'origine de l'explosion ait terminé son investigation. Elle se précipita à sa rencontre aussitôt qu'elle vit sa haute silhouette se découper dans ce qui avait été l'entrée principale.

— Alors ? s'enquit-elle sans pouvoir attendre plus longtemps.

En réponse, il agita devant lui la pièce à conviction qu'il avait mise sous scellés.

— Alors, répondit-il, ceci est un engin explosif. Ou plutôt, ce qu'il en reste.

— Ce n'était donc pas un accident.

— Non. Le détonateur ne doit pas se trouver bien loin, ajouta-t-il. Si aucune victime n'a été déplorée, à qui appartiennent ces deux véhicules, là ?

Le petit coupé hybride n'était plus qu'une carcasse carbonisée mais, par chance, la plaque minéralogique, presque intacte, avait pu être envoyée au labo.

— L'une d'elles est celle d'Elise Willis, notre maire, répondit-elle.

— Et l'autre ?

Il pointait du doigt le SUV qui n'était pas en meilleur état.

Quand elle y pensait…

Son sang se glaça dans ses veines à l'idée que Neil aurait pu mourir dans d'horribles circonstances.

— C'est celle de mon frère, répondit-elle.

— Tyler ? Celui qui travaille dans la sécurité ?

— Non. Neil. Il est avocat.

— Ça ne me surprendrait pas qu'on ait voulu supprimer un avocat.

Elle songea aussitôt à Markus Dexter. S'il avait été capable de tirer sur Tyler, il pouvait tout aussi bien avoir voulu s'en prendre à Neil. L'ancien ami et associé de leur père avait-il en tête de supprimer tous les membres de la famille Colton ?

Elle avait du mal à croire que Markus ait pu revenir rôder en ville alors qu'un mandat de recherche avait été lancé contre lui.

Qui d'autre que lui pouvait en vouloir à Neil ?

Son téléphone se mit à vibrer dans sa poche, mettant un terme à ses questionnements.

— Justement, c'est Neil, dit-elle après avoir vu le nom de son frère s'afficher sur l'écran.

— Dites-lui d'être très prudent, recommanda l'inspecteur. Elise Willis et lui ont eu beaucoup de chance mais ils pourraient ne pas être aussi chanceux la prochaine fois.

La prochaine fois.

Ces mots résonnèrent dans la tête d'Yvette comme une sentence sinistre.

Mais l'inspecteur avait raison. Il y avait fort à parier que l'auteur de cet attentat ne resterait pas sur un échec.

6

Quelqu'un avait cherché à les tuer.

Elise l'avait compris au moment où l'explosion s'était produite, même si elle n'avait pas voulu l'admettre. Même si elle avait préféré se mentir à elle-même. Sinon, cela aurait signifié qu'elle acceptait le fait que Neil avait raison de vouloir la protéger malgré elle.

Fidèle à sa proposition, il l'avait conduite chez elle où il avait attendu qu'elle prenne une douche et se change. Elle finissait de se préparer quand elle l'avait entendu discuter de manière assez vive au téléphone. Sans doute parlait-il avec un de ses associés… Mais quand elle le rejoignit dans le salon, il lui demanda de préparer un bagage.

— Pourquoi ? s'étonna-t-elle.

Qu'avait-il bien pu se passer pendant qu'elle était dans la salle de bains qui justifiait une telle mesure d'urgence ?

— Tu dois rester avec moi, et ma maison est plus sécurisée que ton appartement, répondit-il.

Certes, il n'était pas équipé du système d'alarme ultra-sophistiqué que Neil avait fait installer chez lui, mais la présence de voisins toujours aux aguets le valait largement.

— Tu exagères.

Neil secoua vigoureusement la tête.

— L'inspecteur a confirmé qu'il s'agissait bien d'un

acte criminel provoqué par un engin explosif à détonateur. C'était donc bien nous qui étions visés.

— C'est toi qui l'as appelé ?

— Non. J'ai appelé Yvette. Comme tu le sais, elle travaille pour la police scientifique. Elle était avec l'inspecteur au moment où je l'ai appelée.

Les genoux d'Elise se mirent à trembler devant l'évidence. Elle ne pouvait plus se voiler la face, désormais. Quelqu'un avait bien essayé d'attenter à leur vie. Elle inspira un grand coup, refusant de céder à la peur.

— Elle t'a dit autre chose ?

— Nous allons avoir besoin d'une nouvelle voiture, ironisa-t-il.

— Au moins, maintenant, tu sauras quoi m'offrir pour Noël, rétorqua-t-elle sur le même mode faussement léger.

Il prit sa main dans la sienne et la pressa légèrement, dans un geste infiniment tendre.

— Je préférerais t'offrir une alliance.

— Neil…

Elle dégagea doucement sa main.

— Allons, Elise, insista-t-il en englobant la pièce d'un regard circulaire, sois réaliste. Tu ne peux pas élever un enfant ici. C'est bien trop petit.

— Je ne vois pas pourquoi, s'entêta-t-elle, un brin vexée.

— Reconnais qu'il y a plus d'espace chez moi. Nous avons fait construire cette maison en vue d'y accueillir nos futurs enfants, tu te rappelles ?

— Cette famille que tu voulais dans l'urgence, c'était ton projet, contra-t-elle, sur la défensive. Pas le mien.

— C'était notre maison. Reviens, Elise. Accepte de m'épouser.

— Neil, arrête. Tu n'auras pas ce que tu veux avec des

arguments pareils. Et puis, je n'ai pas de temps à perdre avec ça.

Elle lança un coup d'œil à la montre-bracelet que sa mère lui avait offerte le jour de la remise de ses diplômes universitaires et qu'elle n'avait jamais cessé de porter depuis.

— Il faut vraiment que j'y aille. Je dois être au bureau avant que la nouvelle se répande.

— Tu veux dire que des gens savent que nous avons frôlé la mort ?

À ces mots, ses yeux se mirent à briller d'une émotion contenue.

— Elise…

Elle éprouvait cette même émotion. Peu importait ce qu'il s'était passé entre eux ; peu importait qu'elle refuse sa demande en mariage, elle ne pouvait imaginer un monde sans Neil.

— Je sais.

— Alors ? Viendras-tu à la maison avec moi ce soir ?

— Nous verrons, éluda-t-elle. Je veux d'abord m'entretenir avec cet inspecteur et Jordana. Je veux savoir où en est l'enquête. À l'heure qu'il est, ils ont peut-être mis la main sur Markus Dexter.

— Nous ne pouvons pas être certains que ce soit lui.

— Qui d'autre ?

— Je n'en sais rien.

— Ça ne peut être que lui, persista-t-elle. En tant qu'associé dans l'entreprise de construction de ton père, il avait accès aux explosifs.

— L'enquête le dira. Mais jusque-là, je veux te savoir en sécurité.

— Et moi, je dois aller travailler, éluda-t-elle à nouveau.

Sur ce, elle ouvrit la porte et sortit, lui signifiant ainsi que la discussion était close. Il lui emboîta le pas, résigné à perdre une bataille. En revanche, il ne se résignerait jamais à perdre la guerre.

Il lui ouvrit la portière du côté passager puis alla se glisser derrière son volant.

— Finalement, c'est une bonne chose que ta voiture soit hors d'état.

— Pourquoi ? Tu trouves que je conduis mal ? demanda-t-elle, les lèvres pincées.

La colère commençait à la gagner. Ne pouvait-il imaginer une seconde qu'elle était capable de faire les choses par elle-même ? Qu'elle n'était pas stupide au point de se mettre en danger ?

Au début de leur mariage, elle avait trouvé touchant cet excès d'attention. Puis, au fil du temps, elle avait pris cela comme la preuve qu'il ne lui faisait pas confiance ; qu'il la considérait comme une enfant inconsciente du danger et incapable de veiller sur elle-même.

— Non, répondit-il. Je veux dire que notre homme ne pourra pas piéger ta voiture.

— Je vais quand même être obligée de la remplacer. Je ne peux pas rester sans voiture.

— Tu devrais attendre que la police ait arrêté le coupable.

— C'est Dexter, s'entêta-t-elle encore.

— Pourquoi t'acharnes-tu à croire que c'est lui ? Parce que tu préfères penser qu'il est le seul criminel possible à Braxville ?

— Bien sûr que non. Je ne suis pas idiote.

Et surtout, elle avait appris de sa profession d'avocate et de sa fonction de maire. Braxville était une ville comme les autres où la sécurité totale n'existait pas.

Un court instant plus tard, Neil se garait le long de

l'hôtel de ville devant lequel piétinait déjà une horde de journalistes.

— Les nouvelles vont vite, déplora-t-elle en soupirant. Ils sont déjà au courant.

— Je comprendrais que tu ne veuilles pas qu'ils nous voient arriver ensemble, anticipa-t-il. Veux-tu que je te conduise jusqu'à la porte de derrière ?

— Non, merci. Autant les affronter tout de suite.

— Tu comptes leur annoncer que tu es enceinte ?

— Quelle idée ! Pourquoi ferais-je une chose pareille ? Je n'en suis qu'à un mois de grossesse. Et puis, on ne sait jamais…

— Tu veux dire que tu pourrais faire une fausse couche ? Pourtant, les médecins…

Elle sentit une telle angoisse dans sa voix qu'elle se surprit à lui prendre la main pour le rassurer.

— Ils ont été rassurants, c'est vrai ; mais il peut se passer tant de choses…

— Tu vois ? C'est pour ça que tu dois venir t'installer à la maison.

Elle laissa échapper un grognement irrité.

— Personne ne saura que je suis enceinte tant que je ne l'aurai pas décidé, répliqua-t-elle avec humeur.

Sur ce, elle ouvrit sa portière et sortit, soucieuse d'échapper à cette discussion qui commençait à lui peser.

Neil ne pouvait pas laisser Elise seule. C'était au-dessus de ses forces. Il coupa le contact, sauta hors de la voiture et fonça en direction d'Elise. La colère le gagnait à mesure qu'il entendait les journalistes la bombarder de questions sans même lui laisser le temps de répondre.

— Madame la maire, est-il vrai que vous ayez été victime d'un attentat ?

— Savez-vous qui a fait ça ?

— Avez-vous été blessée ?

— Étiez-vous seule au moment où l'engin a explosé ?

— Allez-vous pouvoir poursuivre vos fonctions de maire ?

— Je ne répondrai à vos questions que lorsque vous me les poserez à tour de rôle, répondit-elle avec un sang-froid qui forçait l'admiration de Neil. Ce brouhaha n'est pas propice à la discussion.

Les voix cessèrent. Un profond silence se fit.

— Visiblement, reprit-elle, vous êtes au courant des derniers événements qui se sont produits au Crest View Center. Je vous confirme que je me trouvais sur les lieux au moment où un engin explosif s'est déclenché.

Nouveau brouhaha auquel elle mit un terme en se murant dans un profond silence.

— Je vais faire une courte déclaration et puis j'irai me remettre au travail, dit-elle. Cette déclaration devrait répondre à toutes vos questions.

Neil esquissa un sourire teinté de fierté. Il aimait la forte personnalité d'Elise autant qu'il la redoutait. Car même dans des conditions extrêmes comme celle qu'ils venaient de vivre, elle pensait toujours pouvoir se dispenser d'une aide extérieure.

— La cause de l'explosion fait l'objet d'une enquête, commença-t-elle. Pour ne pas gêner le travail des enquêteurs, je ne ferai aucune révélation à ce sujet. En revanche, ce que je peux vous dire, c'est que, comme vous pouvez le constater, je vais bien. Aussi, non seulement je vais continuer à assurer ma fonction de maire mais que je vais m'employer à renforcer la sécurité afin que les citoyens de Braxville puissent continuer à vivre en toute quiétude.

Les journalistes se remirent à parler tous ensemble mais, déjà, Elise leur avait tourné le dos pour monter d'une démarche légèrement ondulante les marches qui conduisaient au perron de la mairie. Neil la trouva terriblement sexy dans son trench noir dont la ceinture resserrée soulignait sa taille encore fine.

Il aurait bien fendu la foule des journalistes pour aller la rejoindre mais il n'était pas certain qu'elle apprécierait de le voir leur livrer en pâture la preuve d'une intimité retrouvée.

Aussi, il se contenta de relever le col de son blouson et de regarder attentivement autour de lui, comme il avait pris l'habitude de le faire depuis la veille.

Quelqu'un avait attendu qu'ils soient à l'intérieur de l'entrepôt avant d'actionner le détonateur. Preuve indubitable, s'il en fallait, qu'il s'agissait d'une tentative d'homicide avec préméditation.

Pourquoi ?

Qu'aurait à gagner Markus Dexter à les voir morts ?

Et si ce n'était pas lui, qui aurait intérêt à les supprimer ?

Ces interrogations firent renaître l'angoisse qu'il avait chevillée au corps depuis l'attentat. Et s'il arrivait quelque chose à Elise pendant qu'il n'était pas là ? Il se précipita vers l'entrée de service où le gardien qui le connaissait bien l'autorisa à entrer après une rapide palpation.

Si ce privilège l'arrangeait, il souleva cependant une nouvelle inquiétude. Qui d'autre pouvait aller voir Elise sans avoir été au préalable minutieusement fouillé ?

Il courut jusqu'à l'ascenseur. Elise se trouvait devant, attendant que la cabine descende au rez-de-chaussée.

Elle l'accueillit avec un profond soupir.

— Je te croyais parti, fit-elle avec une pointe d'exaspération.

— Dis plutôt que tu l'espérais.

Elle acquiesça d'un hochement de tête.

— Il faut que tu arrêtes de me suivre sans arrêt, Neil. Je ne risque rien, ici. Personne ne pourra attenter à ma vie.

— J'ai bien pu entrer, moi.

— Parce que le gardien te connaît.

— Il pourrait aussi connaître celui qui a commis cet attentat et le laisser passer tout aussi facilement.

— Tu penses vraiment que c'est quelqu'un qui nous connaît ?

— Évidemment. Quelqu'un qui savait que nous nous rendrions là sans nous poser trop de questions.

Comme à chaque fois qu'il revivait cet événement tragique, il tremblait à l'idée qu'il aurait pu perdre Elise et le bébé.

Dire qu'il allait être père !

Cette nouvelle l'avait sonné bien plus durement que ne l'avait fait le souffle de l'explosion. Il avait mis un peu de temps à vraiment réaliser le bonheur qui se profilait à l'horizon ; mais maintenant qu'il en avait conscience, il ne laisserait rien ni personne le priver de cette félicité.

Carmen se leva d'un bond de sa chaise aussitôt qu'elle vit Elise passer devant son bureau pour regagner le sien.

— Oh ! mon Dieu, Elise ! Vous n'avez rien ? s'enquit-elle d'un ton fébrile. Quand j'ai appris ce matin qu'un engin explosif avait fait sauter l'entrepôt où vous aviez rendez-vous avec Neil…

La fin de sa phrase mourut sur ses lèvres tant l'émotion était grande.

— Je vais bien, ne vous inquiétez pas, la rassura Elise. Et Neil aussi.

Cette nouvelle eut l'air de moins la réjouir.

— Aussi, quelle idée de lui avoir donné rendez-vous dans un endroit pareil ! lui reprocha-t-elle en le fusillant d'un regard noir.

— Ce n'est pas moi, se défendit-il. En revanche, c'est vous qui avez pris l'appel. Était-ce un homme ou une femme ?

Carmen pinça les lèvres, semblant fouiller dans sa mémoire.

— Maintenant que j'y pense, je ne peux rien affirmer. Tout ce que je peux dire, c'est que c'était une voix rauque qui aurait pu aussi bien être celle d'un homme que d'une femme. Cette personne a laissé un message de votre part pour Elise.

Neil secoua la tête.

— Nous avons été piégés, expliqua-t-il. Sans doute par la même personne qui nous a attirés dans l'entrepôt.

— C'est une véritable histoire de fous ! commenta Carmen en secouant la tête.

— Je vous le concède. Mais vous pouvez compter sur moi pour tenter d'élucider ce mystère.

— C'est à la police de mener l'enquête, intervint Elise. Pas à toi. Et maintenant, si tu veux bien partir. J'ai du travail qui m'attend.

Sur ce, elle leur tourna le dos, prête à aller retrouver son bureau. Au moment où elle ouvrit la porte, elle poussa un petit cri. Neil sentit son cœur faire un bond dans sa poitrine. Porté par la panique, il se rua sur Elise, l'écarta d'un geste brusque et la précéda à l'intérieur. Quelqu'un était assis dans le fauteuil d'Elise.

— Qu'est-ce que…

— Bonjour, Jeremy, le coupa Elise qui venait d'entrer dans la pièce à son tour. Je vois que vous êtes bien installé. Malheureusement pour vous, il va vous falloir attendre encore un peu avant de prendre ma place.

L'adjoint d'Elise se leva d'un bond de son siège.

— Elise ! s'exclama-t-il. Dieu merci, vous allez bien !

— Comme vous pouvez le voir, en effet. Et c'est grâce à Neil.

Le visage pourtant hâlé de Jeremy avait viré au blanc crayeux. Enfin… autant que le permettait son bronzage artificiel censé faire ressortir la blondeur de ses cheveux et la perfection de ses traits.

— Heu… Salut, Neil, balbutia-t-il, fait assez étrange chez lui.

— Moi aussi, je m'en suis bien tiré. J'espère que tu n'es pas trop déçu, ironisa Neil.

— Tu étais avec Elise à l'entrepôt ?

— Oui.

— Je… Je n'arrive pas à croire que quelqu'un ait cherché à vous tuer. Elise est très appréciée, ici. Elle est la maire la plus populaire que nous ayons jamais eue.

Neil avait toujours suspecté Jeremy d'être amoureux d'Elise. Mais maintenant, il se demandait…

À quarante ans, Jeremy était de dix ans plus âgé qu'Elise et, de ce fait, avait plus d'expérience. Il baignait dans la politique depuis un bon bout de temps déjà et avait occupé plusieurs postes clés avant celui-ci. Plus qu'une marche à gravir et ce serait lui qui serait à la tête de Braxville.

De quoi faire de lui le suspect idéal…

Restait à savoir si Jeremy était prêt à aller jusqu'à tuer pour satisfaire ses ambitions.

Le titre faisait la une de tous les journaux du coin :

Tentative de meurtre sur la maire de Braxville, Elise Willis !

Sauf que ce n'était pas un meurtre, ce n'était que justice.

Et bon sang ! Il se faisait fort d'atteindre son but.

Ce serait plus difficile maintenant, c'était certain. Ils devaient être sur le qui-vive ; savoir qu'ils n'étaient qu'en sursis. Finalement, ce n'était pas si mal qu'ils aient réchappé à l'explosion. Ils n'auraient même pas eu le temps de se voir mourir. Et lui, ce qu'il voulait, c'était leur faire payer chèrement ce qu'il avait enduré. Qu'ils sachent que leur dernière heure était arrivée et souffrent autant qu'il avait souffert.

Porté par une haine farouche, il se mit à pianoter sur le clavier de son ordinateur et écrivit ces quatre mots :

Je le ferai payer.

7

Enfin, Elise était parvenue à se débarrasser de Neil.

Cela n'avait pas été sans mal. Il avait fallu qu'elle parlemente ; qu'elle lui fasse la promesse de ne pas sortir seule du bâtiment ni de laisser entrer dans son bureau quiconque n'aurait pas d'abord été consciencieusement fouillé par le service de sécurité puis passé par le détecteur de métaux.

Elle était bien consciente qu'en disant cela, c'était Jeremy que Neil visait directement. Les deux hommes ne s'appréciaient pas vraiment. Mais de là à imaginer Jeremy dans la peau d'un tueur…

Impossible.

Quoique…

Quand elle l'avait surpris, vautré dans son fauteuil de maire, un sourire triomphant aux lèvres, elle avait été choquée autant que surprise. D'autant qu'il avait pris la précaution d'arriver avant Carmen et qu'il s'était bien gardé de manifester sa présence auprès d'elle.

Pour quelle raison ?

Devait-elle le croire quand il affirmait être venu vérifier son emploi du temps pour, en cas de problème, pouvoir remplir ses obligations à sa place ?

Comment avait-il su qu'elle ne serait peut-être pas en mesure de remplir elle-même ses obligations ? Les événements de la veille n'avaient été rendus publiques que le matin même. Qu'est-ce qui avait donc pu le pousser à venir aussi tôt ?

L'éventualité que Jeremy puisse être le coupable lui fit froid dans le dos.

Mais cette hypothèse ne tenait pas la route. Car si c'était sa place que Jeremy convoitait, il n'avait aucune raison d'éliminer Neil. À moins de vouloir brouiller les pistes. De vouloir laisser penser aux enquêteurs qu'ils s'étaient fixé rendez-vous là pour se donner la mort ensemble. Un meurtre déguisé en suicide, et les enquêteurs classeraient l'affaire sans suite.

— Elise ?

Elle était tellement absorbée dans ses pensées qu'elle sursauta violemment dans son fauteuil, comme son adjoint l'avait fait avant elle. C'était lui qui se tenait dans l'encadrement de la porte. Il avait l'air inquiet. Pour quelle raison ? S'inquiétait-il pour elle ou pour lui ?

— Ça va ? s'enquit-il.

— Oui. Mais vous m'avez fait peur.

— J'ai frappé mais vous ne m'avez pas entendu.

Il mentait, c'était évident. Elle n'était pas folle, tout de même. Et s'il mentait sur un sujet aussi anodin, sur quoi d'autre pourrait-il mentir ?

— Que voulez-vous ?

— Rien. Je voulais juste m'assurer que vous n'aviez besoin de rien.

Son ton était empreint d'une sollicitude qui sonnait faux. S'empresser auprès d'elle comme il le faisait ne visait qu'à entrer de nouveau dans ses bonnes grâces. Depuis qu'elle l'avait surpris dans son fauteuil, il était venu la trouver à plusieurs reprises, une fois avec un café, une autre avec des *doughnuts*, une autre encore pour s'assurer qu'elle n'avait besoin de rien. Elle qui détestait ce genre de comportement servile, elle était servie !

Tout le contraire de Neil qui, une fois sa décision prise de demander le divorce, n'avait pas cherché à revenir vers elle. De lui, pourtant, elle aurait accepté qu'il fasse tout pour se faire pardonner. Malheureusement, elle avait espéré en vain.

Avec le temps, elle avait fini par se dire que c'était lui qui avait raison. Que divorcer avait été la meilleure chose à faire. Aussi, accepter ce remariage ne pourrait être qu'une grossière erreur.

— En fait, oui. J'ai besoin de quelque chose, finit-elle par répondre. Je voudrais que vous me trouviez une voiture.

— Ça tombe bien, j'ai un ami concessionnaire automobile. Donnez-moi la marque et le modèle que vous voulez et je pourrai vous trouver ça dans la journée.

— Parfait.

Si elle détestait s'occuper de ce genre de choses, elle détestait encore plus l'idée de devoir être tributaire de Neil pour se déplacer.

Avant de partir, il lui avait fait la promesse de revenir la chercher pour la ramener « à la maison ». Ce qui, aux yeux de Neil, voulait dire chez lui.

Et de cela, il n'était pas question.

— Vous préférez une trois-portes ou une cinq-portes ? s'enquit Jeremy qui, visiblement, était prêt à tout pour se faire absoudre.

Dans moins d'un an, elle ne serait plus seule. Elle aurait besoin d'une banquette facilement accessible pour y installer le siège-auto de son bébé.

— Une cinq-portes, trancha-t-elle. Quelque chose de solide.

— Comptez sur moi pour vous trouver ça. Je vérifierai personnellement les rapports de sécurité.

Ces rapports étaient faits pour renseigner sur la sécurité en cas d'accident. Mais en cas d'explosion ?

Elle s'empressa de chasser cette idée horrible de ses pensées. Rien de tel ne se produirait à nouveau car elle allait tout mettre en œuvre pour trouver qui leur en voulait, à elle et à Neil, au point de vouloir leur mort.

Mais par où commencer ?

Par Jeremy ?

Convoitait-il son poste jusqu'à être capable de la supprimer ?

Je le ferai payer.

Ces quelques mots résonnaient de manière familière aux oreilles de Neil. Il les avait entendus tant de fois, à la barre, en tant qu'avocat pénaliste.

De la bouche de la défense comme de la bouche de la partie civile. Formulés par des officiers de police, des détectives, des procureurs, des victimes.

Cette fois, qui se cachait derrière cette courte missive ? Était-il le seul à l'avoir reçue ?

Il aurait pu appeler Elise pour le savoir, mais il préférait lui en parler en tête à tête. Chaque occasion était bonne à prendre pour aller la voir ; pour aller s'assurer qu'elle n'était pas en danger.

Il avait envie de croire qu'elle ne risquait rien. Le service de sécurité, en alerte, était à son maximum. Mais un couteau ou une arme à feu n'étaient pas les seules armes capables de tuer quelqu'un.

On pouvait aussi tuer à mains nues.

Il était un peu plus de 17 heures quand il arriva à l'hôtel de ville. Après avoir passé les différents contrôles de sécurité, il monta directement à l'étage où se trouvait le bureau d'Elise. Carmen était déjà partie.

Au regard plein de lassitude que lui lança Elise quand il passa la porte, il comprit qu'il n'était pas le bienvenu.

— Je te dérange ? demanda-t-il pour la forme.

Elle secoua la tête.

— Neil, je ne partirai pas avec toi. J'ai encore trop de travail.

— Tu ne peux pas rentrer à pied, objecta-t-il. Tu n'as plus de voiture.

— Si, justement. J'en ai une nouvelle.

— Déjà ? Comment as-tu fait ? En plus, tu détestes ça, courir les concessionnaires automobiles.

— J'ai demandé à Jeremy de s'en occuper pour moi.

— Je ne doute pas qu'il a dû sauter sur l'occasion de te rendre ce petit service, répliqua-t-il avec une pointe de sarcasme teintée de jalousie.

Belle et intelligente comme elle l'était, il était bien normal qu'il ait de la concurrence.

— Tu voulais me dire autre chose ? s'enquit-elle avec un brin d'impatience.

— Non. Ah si… Tu n'as pas reçu un mail étrange aujourd'hui ?

— Quel genre ?

Il vit à ses sourcils froncés qu'il avait piqué sa curiosité.

— Genre : « Je le ferai payer. »

Il sortit de la poche arrière de son jean le message qu'il avait pris soin d'imprimer et le lui tendit.

Tandis qu'elle lisait, une ride soucieuse se creusa au milieu de son front.

— Non, je n'ai rien reçu de ce genre, répondit-elle finalement. À moins que ça ne soit parti directement dans la corbeille.

Elle vérifia aussitôt.

— Non. Je n'ai rien.

Il poussa un soupir de soulagement. L'emploi du pronom « le » était la preuve que c'était après lui que le tueur en avait. Pas après Elise.

— Alors, c'est moi qui étais visé.

— Dans ce cas, pourquoi m'a-t-on donné rendez-vous là-bas avec toi ?

Sa théorie tombait à l'eau. L'espace d'un court instant, il ne sut quoi répondre.

— À un moment donné, tu te serais retrouvée mêlée malgré toi à une affaire me concernant, suggéra-t-il sans trop y croire.

— Quelle affaire ?

Il haussa les épaules.

— Je n'en sais rien, admit-il.

— Tu ignores à qui ce « le » fait référence, appuya-t-elle. Ça pourrait être ton père.

— Mon père ?

— Les langues commencent à se délier. Pour l'opinion publique, ton père est responsable des cancers qu'ont développés certains de ses employés. Les gens commencent à penser qu'il les a laissés travailler alors qu'il savait que les sites étaient contaminés par des matériaux toxiques. Quelques-uns en sont morts, tout de même.

Neil se refusait à croire que son père était responsable

de ces décès pas plus qu'il ne l'était de la mort des deux personnes retrouvées assassinées au Crest View Center.

— Si ces hommes sont morts pour des raisons sanitaires, c'est Markus Dexter qui est à blâmer. Pas mon père.

Elle resta un long moment silencieuse, rivant sur lui un regard empreint de compassion. Ou était-ce de la pitié ?

— Tu crois vraiment qu'il y a pu y avoir un problème aussi important au sein de l'entreprise de ton père sans qu'il ait été au courant ? finit-elle par dire.

— Je te l'ai dit. C'est Markus. Il ne se gênait pas pour agir dans le dos de mon père. Il est arrivé plusieurs fois qu'il prenne des initiatives sans même l'avoir consulté au préalable. S'il s'avère que ces sites sont contaminés, c'est lui qui en portera la responsabilité. Et lui seul.

Il avait eu beau s'exprimer avec force, Elise ne semblait pas convaincue de l'innocence de son ex-beau-père. Pour s'être confrontée à lui plusieurs fois, elle savait à qui elle avait affaire. Suivant la politique de son prédécesseur, elle s'était opposée au développement urbain et commercial anarchique de Braxville. C'est ainsi que Fitz Colton avait dû rénover d'anciens bâtiments plutôt que d'en construire de nouveaux.

— Ton père est au courant de ce qui nous est arrivé hier soir ? s'enquit-elle.

Une boule d'appréhension se forma au creux de son ventre à l'idée de la discussion qui l'attendait.

— Pas encore, avoua-t-il du bout des lèvres.

— Qu'attends-tu pour lui en parler ? Qu'il l'apprenne par quelqu'un d'autre que toi ? D'autant que c'est peut-être lui qui nous a indirectement mis en danger.

Neil avait beau ne pas être très proche de son père, il savait avec certitude que Fitz aimait ses enfants et ne ferait rien qui risque de les mettre en danger. Qui sait si ce n'était pas un de ces hommes atteints de cancer qui, voyant en lui le coupable idéal, voulait se venger sur ses enfants ?

— Je ne dis pas que c'est lui l'auteur de l'attentat, s'empressa-t-elle de préciser. Mais il sait peut-être de qui il s'agit. Il faut vraiment que tu lui parles.

— Je vais le faire. Je te le promets. Et toi, promets-moi que tu feras bien attention à toi.

Comme elle en avait pris l'habitude, elle posa une main sur son ventre, dans un geste protecteur.

— Ne t'inquiète pas pour moi.

Elle avait raison. Il ne pouvait plus remettre à plus tard la discussion qu'il devait avoir avec son père. À défaut de lui révéler qui avait attenté à leur vie ou qui avait envoyé ce mail énigmatique, il pourrait le mettre sur la voie. Pourtant, il nourrissait l'espoir que son père n'aurait pas de réponse à lui donner.

Il reprit l'imprimé qu'il avait fait lire à Elise et le fourra de nouveau dans sa poche.

Bon sang ! Qu'est-ce que tout cela voulait dire ?

Quelqu'un voulait se venger de lui ? Ou de son père ?

— Neil… Sois prudent, toi aussi, dit-elle d'une voix devenue plus douce.

Avoir refait l'amour avec Elise, devenir bientôt le père son enfant, tout cela était bien plus dangereux à ses yeux que de risquer sa vie. Car lui, c'était son cœur qu'il avait risqué et il y avait de fortes chances pour qu'il en souffre toute sa vie.

Fitz Colton poussa un soupir lourd de frustration. Cela faisait trop longtemps que les enquêteurs du ministère de la Santé le faisaient lanterner. Quand donc se décideraient-ils à lui communiquer les conclusions définitives du rapport concernant l'enquête menée au sein de son entreprise ? Et Markus qui restait introuvable !

Où avait-il bien pu aller se planquer ?

Dire qu'il avait tiré sur Tyler !

À tous les coups, c'était lui qui avait tué ces gens dont les corps avaient été retrouvés dans l'entrepôt.

Et voilà que maintenant…

Il gara son pick-up dans l'allée circulaire et se rua à l'intérieur de la maison.

— Lilly ! cria-t-il après avoir claqué la porte derrière lui.

Elle devait être rentrée à cette heure-ci. Quoique… Depuis quelque temps, elle semblait préférer se trouver n'importe où plutôt qu'avec lui. Il la sentait lui échapper, comme tout le reste, ses affaires, sa réputation, sa famille.

Elle ne lui répondit pas mais il entendit un bruit métallique venir de la cuisine. En effet, elle s'y trouvait bien, le regard perdu au loin en même temps qu'elle récurait distraitement une casserole.

Il la trouva belle. D'une beauté à couper le souffle mais qui ne fit qu'exacerber sa frustration de la voir s'éloigner de lui, tous les jours un peu plus. Mais il n'avait que ce qu'il méritait. Il avait toujours fait passer son travail en priorité, négligeant de passer du temps avec ses enfants. Avec Lilly. Et maintenant, il était trop tard pour essayer de rattraper les choses.

— Pourquoi ne me l'as-tu pas dit ? attaqua-t-il d'emblée.

Elle sursauta violemment au son de sa voix.

— Te dire quoi ? demanda-t-elle d'un ton détaché.

— Que notre fils a failli mourir la nuit dernière. Quoi d'autre ?

Elle haussa imperceptiblement les épaules avant de se

retourner tout à fait vers lui et de le fixer sans rien dire d'un regard pénétrant.

— Pourquoi ne m'as-tu pas prévenu dès que tu as su ? Car j'imagine que tu étais à l'hôpital quand Neil y a été transporté. Tu as dû être dans les premières à l'apprendre.

Elle hocha la tête, le défiant du regard. Une mèche de cheveux qui s'était échappée de son chignon lui balayait la joue. Quelques années plus tôt, dans un geste plein d'amour, il l'aurait coincée derrière son oreille. Mais le temps de la tendresse était bel et bien révolu. S'il tentait le moindre geste tendre aujourd'hui, elle le repousserait sans ménagement.

— En effet, j'étais là-bas quand Neil est arrivé. Mais je suis tenue par le secret professionnel.

— Qu'est-ce que tu racontes ? tonna-t-il. Je suis son père, bon sang ! J'avais le droit de savoir.

— Il va bien.

— Que s'est-il passé exactement ?

— C'est à toi de me le dire, répliqua-t-elle d'un ton glacial. Tu en sais plus que tu ne veux bien le dire, Fitz Colton. Et tes petits secrets sont bien gardés.

— Parce que, toi, tu n'en as pas, des petits secrets, peut-être ?

Il la provoquait mais il n'était pas certain de vouloir des réponses aux questions qu'il se posait. Un jour, sans doute, ils s'affronteraient pour une dernière fois et la vérité éclaterait. Ce jour-là, il ne cacherait plus rien à sa famille. Il le leur devait.

— J'aurais aimé apprendre de la bouche de ma femme, plutôt que d'en entendre parler en ville, que notre fils avait échappé à un attentat, insista-t-il.

— Je te l'ai dit. Il n'avait rien de grave. J'ai jugé que ça pouvait attendre. En plus, tu dormais quand je suis rentrée.

Qu'en savait-elle ? Ils faisaient chambre à part depuis des lustres.

— Tu aurais pu me réveiller.

— Ce n'était pas à moi de t'en parler.

— Je te rappelle que tu es encore ma femme et que Neil est notre fils. Alors, bien sûr que c'était à toi de m'en parler.

Il avait parlé d'une voix où se mêlaient étroitement frustration, impatience et regret.

Bon sang ! Que s'était-il passé pour qu'ils en arrivent là ? À ce point de non-retour.

Était-il seul responsable de cette situation ?

— Maman a raison.

Fitz tourna la tête vers la porte. Neil se tenait sur le seuil, habillé comme pour se rendre au tribunal. En dehors de sa barbe naissante et de ses cheveux en bataille qui lui donnaient un air fatigué, il avait l'air de bien se porter.

— Mon fils ! Tu vas bien ?

Neil répondit par un hochement de tête. Il semblait préoccupé. Savait-il quelque chose ?

— Papa, je crois qu'il faut que nous parlions.

Si Fitz avait véritablement été inquiet pour son fils, il n'avait guère envie de passer aux aveux maintenant qu'il était rassuré. Pas encore. Il n'était pas prêt à se confesser à quiconque ; encore moins à son fils qui aurait pu mourir par sa faute. Dex s'en était déjà pris à Tyler. Était-ce lui qui avait voulu tuer Neil pour se venger ?

8

Elise marchait d'un pas vif en direction du parking où Jeremy avait fait livrer sa nouvelle voiture. Elle était transie de froid. Qu'est-ce qui lui avait pris de s'habiller de manière aussi légère ? Sa robe courte, son manteau en fin lainage et ses talons hauts n'étaient pas les meilleurs remparts contre le froid polaire qui régnait au-dehors.

Était-ce pour les journalistes ou pour Neil qu'elle avait voulu se montrer à son avantage ?

La réponse jaillit, évidente. C'était pour Neil, bien sûr. Quand donc cesserait-elle de se préoccuper de lui ?

Jamais, elle le craignait bien.

Car si elle avait accepté le divorce sans faire d'histoires, il lui était apparu très vite qu'elle ne cesserait jamais d'aimer Neil. Pourtant, malgré tout l'amour qu'elle lui portait, elle n'accepterait pas sa demande en mariage. Elle ne l'épouserait pas juste parce qu'elle était la mère de son enfant.

Ce qui, pour Neil, était l'unique raison de ce remariage. Peut-être aussi voulait-il se donner l'illusion que, en restant à proximité d'elle, il pourrait mieux la protéger ?

De quoi ?

Était-ce seulement Neil qui avait été visé par cet attentat ? Dans ce cas, pourquoi l'avait-on attirée elle aussi dans ce piège ? Pourquoi n'avait-elle pas reçu le même message que Neil ?

« Je le ferai payer. »

Elle frissonna de nouveau mais ce n'était pas seulement de froid. Ces mots, tout comme Neil, elle les avait entendus à maintes reprises au cours des procès auxquels elle avait assisté en tant qu'avocate.

Cette menace lugubre s'adressait-elle vraiment à Neil ?

Si c'était le cas, qu'avait-il bien pu faire pour que quelqu'un veuille sa mort ?

Plus elle y réfléchissait, plus elle se disait que ce n'était pas lui qu'on voulait toucher directement. On voulait plutôt faire du mal à sa famille à travers lui.

Ou à elle.

Elle frissonna de nouveau. Elle accéléra le pas, faisant claquer ses talons sur le trottoir. C'est alors qu'elle entendit un bruit de pas qui faisait écho aux siens. Le pas lourd mais étouffé de quelqu'un qui semblait la suivre sans vouloir se faire remarquer. Elle jeta un coup d'œil furtif par-dessus son épaule mais ne vit pas grand-chose dans cette portion de rue mal éclairée. Mais elle remarqua que le bruit de pas avait cessé au moment où elle avait tourné la tête.

Son cœur s'affola dans sa poitrine tandis qu'elle plongeait une main au fond de son sac pour en sortir la bombe lacrymogène qu'elle y gardait toujours. Quelle idiote ! Elle aurait déjà dû l'avoir en main. Il était trop tard maintenant pour regretter d'avoir pris à la légère les conseils de Neil.

Elle s'était crue à l'abri parce qu'elle n'avait pas reçu le même message que Neil. Mais c'était peut-être une manœuvre destinée à lui faire baisser la garde. À la faire sortir seule, sans Neil pour la sauver cette fois d'une mort certaine.

Il avait hésité à envoyer le même message à Elise Willis mais il avait fini par y renoncer. En tant que maire, elle devait bénéficier d'un système de sécurité bien verrouillé et même renforcé après l'attentat raté. Tous ses mails devaient être scrutés à la loupe et son message aurait pu attirer l'attention, voire permettre aux types de la cybersécurité de remonter jusqu'à lui. Ce qu'il fallait, c'était qu'Elise Willis se sente directement menacée. Et puis, s'attaquer à elle seule brouillerait un peu plus les pistes.

Encore une fois, il remercia le ciel que l'explosion ne les ait pas tués. Ils n'auraient pas eu le temps de souffrir. La mort leur aurait été trop douce.

Maintenant, il allait prendre le temps de leur faire peur ; de leur faire regretter ce qu'ils avaient fait.

Oui, ce serait mieux de cette façon. Il pourrait savourer sa vengeance à petites doses. Puis, quand il jugerait le moment venu de leur porter l'estocade, il ferait en sorte qu'ils n'en réchappent pas.

Elise avait-elle raison ?

Était-ce son père que l'on voulait atteindre à travers lui ?

Si Neil avait sans cesse reporté la discussion qu'il s'apprêtait à avoir avec son père, c'était parce qu'il ne voulait pas l'entendre admettre qu'il avait vu juste. Il ne voulait pas savoir si l'homme qu'il avait idolâtré dans son enfance avait les mains si sales que quelqu'un voulait se venger de lui à travers ses enfants.

En suivant son père dans le couloir qui menait à son bureau, il remarqua son pas traînant, ses épaules voûtées comme sous le poids d'un lourd fardeau. Il semblait plus petit, comme s'il se tassait à mesure qu'il perdait de son prestige aux yeux des habitants de Braxville.

Car, avec tous les scandales auxquels était confrontée la Colton, Fitz n'était plus l'homme tout-puissant et respecté qu'il avait été. Il avait chuté de son piédestal pour redevenir un homme simple, croulant sous les problèmes.

Fitz entra le premier puis attendit que Neil ait franchi le seuil pour refermer soigneusement la porte derrière eux.

— Maman ne doit pas entendre cette discussion ? s'étonna Neil.

En guise de réponse, Fitz haussa les épaules.

— Alors, mon fils. De quoi veux-tu que nous parlions ?

— Quelqu'un a attenté à ma vie, hier soir. À ton avis, de quoi pouvons-nous bien parler ?

Du bout de l'index, Fitz remonta ses lunettes qui avaient glissé sur l'arête de son nez.

— Je n'ai appris ce qui s'était passé que ce matin, à la Dolce Vita.

Neil ne le laissa pas voir mais cette nouvelle le chamboulait.

— Je pensais…

— Que ta mère m'aurait tenu informé ? Eh bien, non, figure-toi.

— Je suis désolé. J'aurais dû t'appeler. Mais je t'avoue que j'étais sous le choc.

Il passa sous silence le fait qu'il allait être père. Il n'était pas venu pour lui annoncer sa prochaine paternité. Pas encore.

Pas avant qu'Elise n'ait accepté sa demande en mariage. Il ne voulait pas donner à son père l'occasion de l'accuser encore une fois de fuir ses responsabilités, comme il l'avait fait quand Neil lui avait annoncé qu'il avait choisi de faire des études de droit plutôt que de travailler à ses côtés dans l'entreprise familiale.

— Il paraît que la maire était avec toi, ajouta Fitz d'un ton méprisant.

— Tu veux dire « Elise », j'imagine ? rétorqua Neil, sur la défensive.

— Que faisais-tu avec elle ? Tu n'ignores quand même pas que c'est à cause d'elle que je suis à deux doigts de la faillite.

— Elle n'a fait qu'appliquer les décisions prises par le ministère de la Santé. Tu sais très bien que c'est à cause de Dexter que tu en es là. Tu sais où il est ?

Le visage de Fitz vira d'un coup au cramoisi.

— Qu'est-ce que tu veux dire par là ? Que je le protège ? Alors qu'il a tiré sur ton frère ?

— À vrai dire, je ne sais plus quoi penser, papa, admit Neil.

Il détestait tellement nourrir de pareils soupçons à l'égard de son père ! Mais comment ne pas douter quand Fitz avait toujours privilégié son entreprise à sa famille ? Avec le temps qu'il consacrait à son travail, il était impossible qu'il n'ait pas eu vent de ce qu'il se passait.

Fitz se laissa tomber lourdement dans son fauteuil.

— Tu me crois vraiment capable de tremper d'une façon ou d'une autre dans cet attentat ? D'avoir voulu ta mort à toi et à Elise ?

Neil secoua la tête.

— Non. Bien sûr que non. Mais je n'en dirais pas autant de ton associé.

— Pourquoi ?

— Il a essayé de tuer Tyler.

— C'était parce que Tyler l'avait menacé de révéler quelque chose sur lui.

— À tes yeux, c'était une raison suffisante pour lui tirer dessus ? ironisa Neil.

— Que ce soit clair, il n'est pas excusable et je ne le défends pas. Mais toi et Elise… Quelle raison aurait-il eue de vouloir vous tuer ?

— Comme toi, il pourrait en vouloir à Elise de s'opposer à un étalement urbain trop important.

Fitz lui lança un regard noir.

— La seule chose que je reproche à Elise, c'est de ne pas avoir ses propres idées et de manquer d'esprit initiative.

— C'est parce que tu ne la connais pas. Crois-moi, elle a suffisamment de caractère pour s'imposer si elle le veut. Mais il se trouve qu'elle ne fait que reprendre le flambeau d'une politique avec laquelle elle est en parfait accord.

Fitz n'avait jamais pris la peine d'essayer de mieux comprendre sa belle-fille. Tout comme il n'avait jamais pris la peine de s'intéresser à ses enfants plus que nécessaire. Heureusement, Lilly avait largement compensé cette indifférence en se montrant une mère exemplaire, attentive et bienveillante.

— Il faut dire que tu ne m'as pas laissé beaucoup de temps pour approfondir notre relation, se défendit Fitz, acerbe. À peine marié, tout de suite divorcé.

Neil préféra ne pas répondre à ce coup bas. Lui, au moins, il avait eu le courage de mettre un terme à une relation qui ne répondait pas à ses attentes. Contrairement à ses parents qui ne faisaient plus que cohabiter. Pourquoi avaient-ils choisi de faire autant d'enfants alors qu'il y avait si peu d'amour entre eux ? Elise pensait, à l'inverse, que c'était d'avoir tous ces enfants qui les avait éloignés l'un de l'autre. Trop de routine et de stress, trop peu d'intimité, tout cela avait fini par user leur amour jusqu'à un point de non-retour.

Même divorcés, Elise et lui étaient plus proches et plus respectueux l'un de l'autre que ses parents. De là à s'imaginer redevenir son mari, il n'y avait qu'un pas qu'il se faisait fort de faire franchir à Elise.

— J'ai eu tort de demander le divorce, confessa-t-il humblement.

Fitz arqua un sourcil perplexe.

— Vraiment ?

Neil acquiesça d'un hochement de tête.

— Et… ? insista Fitz.

— Disons que j'ai en tête de la reconquérir. Mais, d'abord, je veux savoir qui nous a attirés dans cet entrepôt pour nous faire sauter sur une bombe.

— Tu veux dire que vous avez été piégés ?

— Oui. Chacun a reçu un coup de fil prétendument de l'autre pour nous fixer rendez-vous là-bas.

— Dans ce cas, il est clair que c'est vous deux qui étiez visés.

— Je ne sais pas, éluda-t-il, omettant volontairement de lui parler du mot qu'il avait reçu. Mais je t'avoue que je ne sais pas à quoi rime tout cela.

— Je ne vois pas non plus. C'est ta sœur, le flic. Pas moi.

— Je me demandais… Et si quelqu'un voulait se venger de toi à travers nous ?

— Se venger de quoi ? demanda Fitz avec une pointe d'agressivité.

Neil ne s'en offusqua pas. C'était tout son père d'être sur la défensive plutôt que de reconnaître ses torts.

— Cette histoire de cancers…, commença-t-il prudemment.

— N'a rien à voir avec Elise et toi, le coupa Fitz. Ni avec moi, d'ailleurs, ajouta-t-il après avoir marqué une brève pause.

— Mais imaginons que, sans le vouloir ou sans le savoir, tu aies fait du mal à quelqu'un et qu'un proche veuille appliquer la loi du talion. Œil pour œil, dent pour dent.

— N'importe quoi. Tu mélanges tout. Je persiste à croire que ce qui vous est arrivé à Elise et toi n'a rien à voir avec la Colton.

Pourtant, le ton de Fitz avait perdu de son assurance, donnant à Neil l'impression que son père ne croyait pas vraiment à ce qu'il disait.

— Cet attentat s'est pourtant produit sur l'un des sites de la Colton. Là où deux cadavres ont été retrouvés. Dex…

— *Était* mon ami et associé. J'insiste là-dessus. D'accord, il fait un suspect idéal. Mais toi, combien de personnes sont susceptibles de vouloir te faire payer un procès qui n'a pas tourné à leur avantage ? Tu côtoies quotidiennement plus de criminels dans le cadre de ton travail que je n'en ai jamais connus durant toute ma vie.

Fitz avait raison. Elise et lui avaient été confrontés à nombre de truands qui pourraient bien vouloir se venger d'avoir été envoyés en prison.

Quelqu'un voulait les voir morts tous les deux. Quelqu'un qui appartenait à leur passé.

Il jura tout bas.

— Quoi ? s'enquit Fitz.

— Tu as raison. Tout ça doit avoir un rapport avec les causes que nous avons plaidées.

Ce qui le confortait un peu plus dans l'idée qu'Elise ne serait pas en sécurité tant que le coupable ne serait pas sous les verrous.

Fort de cette certitude, il sortit son smartphone de la poche de sa veste.

— Tu vas appeler ta sœur ?

Il secoua la tête.

— Jordana a déjà dû en arriver à cette conclusion. Non, j'appelle Elise pour la mettre en garde.

Malheureusement, elle était injoignable.

Il fallait qu'il la voie. Sans dire un mot, il se rua dans le couloir, talonné par son père qui semblait avoir retrouvé toute sa vigueur.

— Laisse faire la police, lui conseilla-t-il alors que Neil s'apprêtait à sortir.

— Je dois m'assurer qu'il n'est rien arrivé à Elise. Qu'elle va bien.

Son cœur se mit à cogner dans sa poitrine alors qu'il était pris de la même intuition que celle qui l'avait poussé à entraîner Elise hors de l'entrepôt quelques minutes avant l'explosion.

9

Elise pénétra dans le parking, le cœur battant et le souffle court. Le claquement de ses talons sur le sol en béton résonnait de manière sinistre dans ce lieu désert.

Elle tendit l'oreille, cherchant à percevoir le bruit de pas derrière elle. L'avait-on suivie jusqu'ici ?

Elle resserra autour de sa bombe lacrymogène ses doigts devenus moites en dépit du froid.

Comme toute nouvelle construction, le parking ne dépassait pas les deux étages autorisés mais des tourbillons de neige s'engouffraient par les nombreuses ouvertures.

Elle pressa le pas, priant intérieurement pour ne pas glisser sur la fine pellicule qui commençait à recouvrir le sol. C'est alors que son regard en alerte perçut l'ombre projetée au sol devant elle, signe que quelqu'un s'approchait dangereusement d'elle.

Elle pivota, brandissant sa bombe en direction de l'assaillant.

— Elise ! Arrêtez ! C'est moi. Jeremy.

— Bon sang ! Qu'est-ce que vous fichez là ? Pourquoi me suivez-vous ? Vous m'avez fichu une de ces frousses !

Le fait qu'elle ait affaire à un visage familier ne la rassurait pourtant pas tout à fait. Pourquoi Jeremy l'avait-il suivie sans se faire remarquer ? Il aurait pu manifester sa présence plutôt que de vouloir rester invisible.

— Je voulais voir votre réaction au moment où vous découvririez votre nouvelle voiture.

Quel comportement puéril ! Comme si elle était une mère à qui son enfant offrait un bouquet de fleurs des champs pour lui faire plaisir.

Elle poussa un profond soupir.

— J'ai échappé à un attentat, hier soir, expliqua-t-elle avec toute la patience dont elle était capable. Vous n'avez pas imaginé une seconde que vous pourriez me terroriser en me suivant comme vous l'avez fait ?

Jeremy afficha un air contrit.

— Je suis désolé. Je pensais… Je pensais que cet attentat visait à nuire à la famille Colton. Que cela n'avait rien à voir avec vous.

Elle aurait aimé le penser, elle aussi. Malheureusement, les faits tendaient à prouver le contraire.

— À ce jour, nous n'en savons rien, rétorqua-t-elle. Ce qui est sûr, c'est que je dois rester vigilante.

Une fois encore, elle considéra Jeremy avec méfiance. Avec une excellente raison de vouloir se débarrasser d'elle – sa succession au poste de maire –, il figurait en bonne place sur la liste des suspects potentiels.

— C'est pour cela aussi que je vous ai suivie, ajouta Jeremy. Je voulais m'assurer que vous n'étiez pas en danger.

Le regard d'Elise se fit plus pénétrant.

— Pourtant, vous venez de dire que vous pensiez que c'étaient les Colton qui étaient visés, pointa-t-elle.

— C'est exact. Mais, à fréquenter Neil de près, vous vous exposez au même risque que lui. D'ailleurs, je pourrais vous suivre en voiture jusque chez vous, si vous voulez.

— Ça ira, merci.

— Vous rentrez bien chez vous, n'est-ce pas ?

Cette insistance – intrusion, plutôt – commençait à lui porter sur les nerfs. Où croyait-il qu'elle avait l'intention d'aller ? Chez Neil ?

Ceci dit, ce n'était pas l'envie qui lui manquait d'aller là-bas, dans ce qui fut son chez-elle.

Elle fut tentée de remettre Jeremy en place mais elle se laissa fléchir. Ne lui avait-il pas rendu un grand service en s'occupant pour elle de lui trouver un nouveau véhicule ?

— Absolument, répondit-elle finalement d'un ton qu'elle voulait neutre.

— Voulez-vous que nous allions dîner quelque part, avant ? lui proposa-t-il encore. Il est tard. Vous devez avoir faim.

En temps normal, elle aurait été effectivement affamée. Mais ce soir-là, elle se sentait vaguement nauséeuse.

Était-ce dû à sa grossesse ou au choc émotionnel lié à cette grossesse ? Découvrir qu'elle allait être mère... Échapper à un attentat alors qu'elle portait la vie en elle... Cette succession d'événements avait de quoi lui couper l'appétit.

— C'est gentil mais je suis épuisée. Je n'ai pas beaucoup dormi la nuit dernière.

— Je comprends.

Non, il ne pouvait pas comprendre que, plus que l'explosion, c'était Neil qui l'avait empêchée de dormir. Quand donc cesserait-elle de penser à lui ? Y parviendrait-elle seulement un jour ?

Elle irait donc se coucher. Seule. Ni avec Neil ni avec Jeremy. Ce n'était pas que ce dernier se montrait insistant. En dépit de son empressement, il n'avait jamais franchi les limites, se contentant d'un simple jeu de séduction. En fait, elle ne savait trop s'il avait le béguin pour elle ou si c'était une posture destinée à se faire bien voir de sa patronne.

— Merci encore, dit-elle. À demain.

Puis, sans lui laisser le temps de la retenir, elle s'engouffra dans sa voiture et mit la clé dans le contact. Elle inhala avec bonheur l'odeur du cuir neuf. Finalement, elle avait bien fait de ne pas attendre pour acheter ce SUV. Rester libre et indépendante. Voilà une idée qui la séduisait plus que tout.

Si elle n'avait pas été aussi fatiguée, elle serait allée faire un tour de ville, pour admirer les décorations de Noël. Au lieu de cela, elle prit la direction de son appartement.

Arrivée devant le garage, elle actionna la télécommande et attendit que la porte s'ouvre. Elle remarqua tout de suite que la porte de service entre le garage et le rez-de-chaussée de la copropriété était entrouverte. Or, le règlement exigeait qu'elle soit verrouillée et elle se rappelait très bien l'avoir fait.

Elle gara son véhicule à cheval sur le trottoir, ne sachant trop quoi faire. Y avait-il lieu de s'alarmer ou n'était-ce que le fait d'un occupant négligent ?

Elle coupa le contact et sortit de son SUV. La meilleure chose à faire était d'appeler la police. Forte de cette certitude, elle sortit son portable de son sac à main et appela le 911.

Tandis qu'elle attendait qu'un opérateur lui réponde, elle s'approcha à pas lents de l'entrée de sa résidence, l'oreille aux aguets.

C'est alors qu'une paire de bras puissants l'immobilisa par-derrière. Elle ne put qu'émettre un son étranglé avant qu'une main plaquée fermement sur sa bouche l'empêche de crier vraiment.

Elle entendit comme à travers un filtre la voix de l'opérateur :

— Vous êtes bien au 911. Quelle est la raison de votre appel ?

— Je me demande bien pourquoi nous répondons à un signalement d'effraction, ronchonna Reese Carpenter.

En guise de réponse, Jordana démarra sur les chapeaux de roues en même temps qu'elle actionnait gyrophares et sirènes.

Elle lui coula un regard en biais.

— L'adresse ne te dit rien ? dit-elle d'un ton réprobateur. C'est celle de notre maire, Elise Willis.

— Merde… Tu crois que c'est une nouvelle tentative d'assassinat ?

— Ce que je peux dire c'est que ce n'est certainement pas une coïncidence que quelqu'un ait cherché à entrer chez elle par effraction seulement vingt-quatre heures après qu'on a attenté à sa vie.

— Tu as raison.

— Ce qui tendrait à prouver que c'est elle que vise notre criminel.

Assez égoïstement, elle en était soulagée. Cela voulait dire que Neil n'était pas vraiment en danger, pour peu qu'il se montre raisonnable et n'essaie pas de jouer les chevaliers servants.

Mais elle en doutait. Il était peut-être déjà en route ou aux côtés d'Elise à l'heure qu'il était. Peut-être même était-ce lui qui était entré chez Elise pour tenter de la protéger malgré elle.

Neil poussa un soupir de soulagement qui hérissa Elise. Il le voyait à la ride qui s'était creusée entre ses sourcils froncés. Mais il s'en fichait. Il était content de lui.

— Tu es fou ! pesta-t-elle. Tu m'as fait une de ces peurs !

— Je voulais t'empêcher de pénétrer à l'intérieur du bâtiment. Quand j'ai vu que la porte de service était ouverte, j'ai compris que quelque chose clochait.

— Moi aussi, je l'avais remarqué. Je n'avais pas l'intention d'entrer, figure-toi. J'ai appelé la police. Elle ne va pas tarder à arriver.

— En attendant, je voudrais que tu remontes dans ta voiture et que tu partes d'ici. L'endroit n'est pas sûr.

Mais comme Elise n'était pas du genre à obéir docilement, il la prit par le bras et la reconduisit gentiment jusqu'à sa portière.

— Tu me demandes de partir ? s'étonna-t-elle.

— Au moins jusqu'à ce que la police ait sécurisé les lieux.

Contre toute attente, elle finit par se glisser derrière son volant.

— Et toi ? Que comptes-tu faire ?

— Je vais aller jeter un coup d'œil à ton appartement.

— Tu n'y penses pas !

— Elise, il faut que j'aille voir. Ce salopard est encore peut-être chez toi.

Il lui tournait le dos, bien résolu à faire comme il venait de dire, mais elle s'agrippa à sa manche pour le retenir.

— Tu ne peux pas aller là-bas tout seul.

Il se dégagea d'un geste brusque.

— Je ne veux surtout pas que cette ordure nous échappe. Si tu ne veux pas partir, reste dans ta voiture mais verrouille les portières.

— Neil !

— Ne t'inquiète pas. Je serai très prudent. Et puis, il y a peu de chances pour qu'il soit encore là.

Pourtant, à mesure qu'il se rapprochait de la porte de service, un bruit se fit entendre. Le bruit sourd et répétitif de quelque chose qu'on lançait avec force sur le plancher en bois.

À pas de loup, Neil se glissa dans l'ouverture de la porte puis pénétra dans le couloir qui desservait les différentes pièces de l'appartement. Les placards étaient grands ouverts, les vêtements qui se trouvaient dedans répandus au sol. Visiblement, leur visiteur cherchait quelque chose.

Il s'approcha tout aussi précautionneusement de la cuisine où, là aussi, placards et tiroirs avaient été vidés de leur contenu. Partout des éclats de verre et de faïence jonchaient le carrelage.

C'est alors qu'il entendit un autre bruit, plus feutré celui-là, qu'il ne parvint pas à identifier.

Il se retrouva de nouveau dans le couloir où il s'immobilisa pour tendre un peu plus l'oreille. Juste à ce moment, une ombre se rua sur lui et le poussa si violemment qu'il se retrouva cul par-dessus tête dans l'un des placards ouverts.

L'ombre ouvrit la porte à la volée et s'enfuit avant même que Neil reprenne ses esprits.

Elise !

Elle était en danger.

Il cria de toutes ses forces pour l'alerter puis se releva en titubant.

10

— Neil ! Tu aurais pu te faire tuer !

La peur déformait les traits délicats d'Elise qui tremblait de tous ses membres. Elle était tiraillée entre soulagement profond et colère vive ; entre l'envie de gifler Neil et celle de se jeter à son cou.

— Tout va bien, lui assura-t-il. Et toi ?

Elle remarqua que ses mains tremblaient un peu tandis qu'il l'aidait à descendre de son véhicule.

Elle avait failli aller le rejoindre quand elle l'avait vu disparaître à l'intérieur. Mais elle s'était retenue de le faire en pensant au bébé.

Elle était donc restée dans sa voiture et en avait verrouillé les portières, comme Neil lui avait demandé de le faire.

Quelques minutes à peine s'étaient écoulées quand elle avait vu une silhouette massive se ruer hors du bâtiment et s'enfuir à toutes jambes. Heureusement, trop occupé à échapper à la police dont les sirènes annonçaient l'arrivée imminente, l'homme ne l'avait pas remarquée.

— Je vais bien, le rassura-t-elle.

— Tu as pu voir son visage ? C'est quelqu'un que tu connais ?

Elle secoua la tête.

— Malheureusement, il est passé trop vite. Je n'ai pas vu grand-chose. Et toi ?

— Moi non plus. Il est arrivé sur moi par-derrière et s'est enfui après m'avoir salement bousculé.

Tout ce qu'elle avait retenu, c'était que l'homme était grand et costaud et qu'il portait un sweat dont la capuche bien enfoncée sur la tête dissimulait le visage.

— Qu'est-ce que vous fichez ici ? demanda Jordana d'un ton irrité.

Elle s'était garée à proximité dans un crissement de pneus et venait dc les rejoindre.

— Je te rappelle que je vis ici, répondit Elise. Quant à ton frère, pose-lui la question. Mais, visiblement, il adore jouer les super-héros.

La colère avait finalement pris le dessus sur le soulagement. Si Neil persistait à vouloir la protéger à tout prix, il risquait fort de ne jamais connaître son enfant.

Neil vibrait d'une colère et d'une frustration à peine contenues. Il se maudit intérieurement. Comment avait-il pu laisser échapper cet homme ? S'il s'était montré plus prudent et plus réactif, l'intrus serait entre les mains de la police à l'heure qu'il est et Elise et lui seraient enfin hors de danger.

— Tu es avocat, lui rappela sèchement Jordana. Pas officier de police. Quand Elise et toi avez remarqué que cette porte avait été fracturée, vous auriez dû quitter les lieux jusqu'à notre arrivée. Tous les deux.

— C'est Neil, se défendit Elise. Il voulait absolument aller voir. J'ai bien essayé de l'en dissuader mais tu connais ton frère. Têtu comme il est…

— C'était vraiment la dernière chose à faire, Neil, dit

Jordana. Tu as mis ta vie en danger. J'espère que tu en as conscience.

Neil haussa les épaules, dans un mouvement désinvolte destiné à cacher son ego malmené.

— Je vais bien, non ? Et puis, nous ignorons si c'est le même homme qui a essayé de nous tuer. Il s'agit peut-être d'un vulgaire cambrioleur.

— Elise nous dira s'il manque quelque chose.

Elise qui avait pris cette affirmation pour une invitation à entrer chez elle fit un pas en avant mais Jordana la retint par le bras.

— Quand nous aurons sécurisé les lieux, précisa-t-elle.

— Tu penses qu'il peut y avoir quelqu'un d'autre ? demanda Elise. Qu'un complice se trouve toujours à l'intérieur ?

Neil ne disait rien mais il n'en pensait pas moins. Pour lui, l'homme avait agi seul. Dans quel but ? Que cherchait-il ? Au lieu de le bousculer comme il l'avait fait, il aurait pu le tuer. Lui d'abord ; puis Elise, qui attendait dehors. Car il était impossible qu'il ne l'ait pas vue.

— Quand j'y pense ! Cet homme aurait pu être armé et te tuer, souligna Elise d'une voix tremblante.

— Ou pire, dit Jordana.

— Que veux-tu dire ? s'enquit Neil qui ne voyait pas ce qu'il pouvait y avoir de pire que d'être mort.

— Qu'il aurait pu en effet te tuer après avoir placé un engin explosif dans l'appartement.

Neil encaissa la nouvelle sans broncher. Il ne voulait pas montrer qu'il avait fait preuve d'une grande imprudence. Il s'était tellement focalisé sur le fait qu'il devait attraper l'intrus qu'il n'avait pensé à rien d'autre.

L'hypothèse de Jordana tenait la route. Elle expliquait

même pourquoi l'homme n'avait pas pris la peine de tuer Neil. Une explosion était beaucoup plus efficace.

Peut-être même que son agresseur était tapi à quelques mètres d'eux, la main sur le détonateur.

— À moins que vous ne vouliez les voir carbonisées comme les précédentes, je vous demande de regagner vos voitures et de quitter les lieux au plus vite, les pressa Jordana à qui, visiblement, cette hypothèse n'avait pas échappé.

Pour une fois, Elise acquiesça sans piper mot.

Tout comme Neil qui réalisait à quel point il avait agi à la légère.

Par sa faute, le pire aurait pu se produire.

— Je suis désolé, murmura-t-il.

Bon sang !

Une fois dans son appartement, il s'était laissé distraire en pensant à quel point tout cela était injuste. Comme cette Willis qui avait tant, quand d'autres n'avaient même plus la vie.

Il avait alors été saisi d'une rage dévastatrice.

Et, au lieu de s'en tenir à son plan initial, il s'était déchargé de sa colère sur tout ce qui lui était tombé sous la main. Vêtements, meubles, vaisselle. Tout y était passé.

Il regarda à travers le pare-brise de la voiture qu'il avait volée dans une ville voisine. Garé à une distance qui lui permettait de voir sans être vu, il les observait aller et venir, s'agitant dans tous les sens comme des fourmis qui auraient senti un danger imminent.

D'autres véhicules de police venaient de débouler, toutes sirènes hurlantes. Ils avaient même dépêché une brigade d'intervention spéciale. Sans doute des démineurs.

Malheureusement, il n'avait pas eu le temps de mettre son plan à exécution.

Tant pis.

Il leur avait quand même fait peur en leur envoyant un message fort. Il était toujours là, derrière eux. Il ne les lâcherait pas.

Jusqu'à ce que tout soit terminé.

Jusqu'à ce qu'enfin, justice soit rendue.

11

Après réflexion, Elise avait changé d'avis. En tant que maire de Braxville, elle se devait d'être là pour ses voisins. Elle se tenait donc parmi eux, après que l'immeuble avait été évacué, à une distance de sécurité établie par les forces de l'ordre.

— Je suis désolée, s'excusa-t-elle, comme Neil l'avait fait avant elle.

— Ce n'est pas votre faute, madame la maire, rétorqua un homme entre deux âges. Le type qui vous poursuit doit être sacrément dérangé pour en arriver là.

— Le service de déminage repart, fit remarquer Neil en pointant du menton le fourgon noir qui venait de tourner à l'angle de la rue.

Elle poussa un soupir. Il ne devait pas y avoir de bombe, alors.

En effet, Reese Carpenter les rejoignit dans la foulée pour confirmer ce qu'elle pensait.

— Vous pouvez rentrer chez vous, annonça-t-il. Tout va bien. Toute la zone a été inspectée. Il n'y a aucun danger.

Le soulagement d'Elise ne dura qu'un court instant. Certes, le danger d'une explosion était écarté. Mais pour combien de temps ? L'homme courait toujours et pouvait agir à tout instant. Car il reviendrait, cela ne faisait aucun doute.

— Allons-y, décida Neil. Tu es rassurée, maintenant. Tes voisins ne risquent rien.

— C'est vrai. Mais je ne pars pas.

— Tu ne peux pas rester chez toi, voyons. Ce dingue risque de revenir. Tu sais bien qu'il ne va pas en rester là.

Oui, elle le savait. Mais il ne reviendrait pas cette nuit. Pas avec toute une meute d'officiers de police sur les dents qui resterait encore un bon moment dans les parages.

— Avant de partir, vous devez faire votre déposition, les interrompit Reese Carpenter.

— J'ai déjà tout raconté à ma sœur, rétorqua sèchement Neil.

— Je sais, mais ce n'était pas une déposition officielle. De toute façon, je ne pense pas qu'elle ait entendu grand-chose de ce que vous lui avez dit. Elle était trop en colère après vous ! Je crois bien qu'elle ne s'est pas encore calmée.

— Moi, je reste, s'entêta Elise.

Même si l'idée que quelqu'un s'était introduit chez elle et avait violé son intimité la faisait frissonner de dégoût.

— Dans ce cas, entrons, proposa Carpenter. Il fait un froid de canard, dehors.

Comme elle s'y attendait, Neil lui emboîta le pas. Mais quand ils furent devant l'entrée du bâtiment, il la saisit par le bras.

— Tu risques d'avoir un choc, la prévint-il.

— Je m'en doute bien, rétorqua-t-elle. Mais cela ne peut pas être pire que s'il y avait eu une bombe.

— À voir l'état de votre appartement, le type en avait quand même sacrément après vous, renchérit Carpenter.

Elise pénétra chez elle, le cœur battant d'appréhension.

Carpenter avait raison. On aurait pu croire qu'une tornade était passée par là, balayant tout sur son passage. Tout avait été vandalisé, de la vaisselle au contenu des placards et des penderies en passant par les meubles.

Une boule de chagrin lui étrangla la gorge quand elle vit la photo encadrée de son mariage brisée au sol.

Neil, lui, esquissait un sourire attendri. Il ramassa la photo et fixa un long moment leurs visages souriants.

— Tu l'as gardée…

— Oui. J'avais presque oublié qu'elle était là.

Sauf toutes les fois où elle la sortait du tiroir où elle la tenait rangée pour la contempler. Elle se laissait alors envahir par une profonde mélancolie, regrettant le temps du bonheur avec Neil. Comment avaient-ils pu en arriver là ?

C'était pour cela qu'elle n'accepterait pas de se remarier avec Neil. Pour ne pas avoir à affronter un nouvel échec.

Jordana n'avait pas été longue à remarquer le cadre fracassé au sol quand les démineurs l'avaient autorisée à pénétrer dans l'appartement. Elle était chamboulée de voir le sourire béat qui éclairait le visage de son frère alors qu'il contemplait la photo de son mariage.

Clint et elle n'étaient pas mariés mais elle imaginait aisément ce qu'elle ressentirait s'ils se séparaient un jour. Ce qui n'arriverait pas. Ils s'aimaient trop.

Cela dit, Elise et Neil s'étaient follement aimés, eux aussi. Cela ne les avait pas empêchés de divorcer. Pourquoi ? Les regards qu'ils s'échangeaient semblaient encore chargés d'un amour réciproque bien que teintés d'une pointe de désillusion qui lui rappela ses parents.

Elle s'éclaircit la gorge pour attirer leur attention.

— À première vue, penses-tu que cet homme soit parti avec quelque chose ? demanda-t-elle.

Elise secoua la tête.

— Il est tard, intervint Neil. Pouvons-nous remettre cela à demain ? J'aimerais emmener Elise chez moi.

— Je ne suis pas un toutou, s'indigna Elise d'une voix aiguë. Je t'ai déjà dit que je voulais rester ici.

— Cela va te prendre toute la nuit pour faire l'inventaire de ce qui te manque, insista Neil. Et tu as besoin de te reposer. Surtout maintenant.

Jordana remarqua alors les cernes mauves qui soulignaient les yeux d'Elise. Forcément, avec ce qu'elle vivait depuis vingt-quatre heures, il n'y avait rien d'étonnant à ce qu'elle accuse le coup.

Encouragée par la détermination d'Elise, Jordana entreprit de prendre sa déposition malgré l'heure tardive.

La description qu'elle lui fit de l'homme – grand, costaud, la tête et le visage cachés par la capuche d'un sweat-shirt de couleur sombre – ne permettait pas grand-chose. À quoi bon lancer un avis de recherche avec si peu ? Si elle l'ordonnait, c'était la moitié de la population de Braxville qui se retrouverait au poste pour y être interrogée.

Elle poussa un long soupir chargé de frustration.

— Avez-vous une idée de qui pourrait en avoir après vous deux ?

Ils se crispèrent dans un même mouvement qui laissait à penser qu'ils connaissaient la réponse mais hésitaient à la donner.

— Alors ? insista-t-elle devant leur silence buté.

Elise se lança la première.

— Eh bien… Je me demandais si cela n'avait pas quelque chose à voir avec votre père.

— Markus Dexter est déjà présumé coupable dans cette affaire, objecta Carpenter.

— Je voulais parler du cancer que des employés de la Colton avaient développé…

— La responsabilité de notre père n'a pas encore été établie à ce sujet, si c'est ce que tu veux dire, répondit Neil qui, de toute évidence, trouvait bon de prendre sa défense.

Mais n'était-ce pas son métier de défendre les criminels ?

Jordana se refusait à penser, elle aussi, que leur père pouvait être impliqué d'une manière ou d'une autre dans ce scandale sanitaire. Mais n'était-elle pas la seule, avec sa famille, à nier une telle hypothèse ?

— Si le but est de se venger de papa, pourquoi ne s'en prendre qu'à vous d'eux et pas à toute notre famille ? souligna-t-elle.

— Parce que nous serions les premiers sur la liste, suggéra Elise.

Neil secoua la tête.

— Ça n'a pas de sens, affirma-t-il. S'il s'agit effectivement d'une vengeance personnelle, pourquoi ne pas s'en prendre directement à notre père ?

— C'est vrai que me voir morte le réjouirait plutôt, ironisa Elise avec une pointe d'amertume.

— Je t'assure que tu te trompes sur son compte, protesta Neil.

— J'ai une autre hypothèse.

— Quelqu'un qui nous aurait connus à l'époque où nous travaillions ensemble ? répondit Neil pour elle.

Elle acquiesça d'un hochement de tête.

— Cela pourrait coller, répliqua Carpenter qui était resté silencieux jusque-là. Quelqu'un qui voudrait vous faire payer un procès qui n'aurait pas tourné en sa faveur.

— Ou un de ses proches qui trouverait que la peine n'a pas été assez lourde.

— Dans ce cas, pourquoi attendre aussi longtemps ? pointa Elise. Cela fait plusieurs années maintenant que j'ai quitté le cabinet.

— Nous finirons bien par avoir le fin mot de l'histoire, trancha Jordana. En attendant, je ne veux plus vous voir jouer les détectives. Je veux que vous restiez en dehors de cette enquête. Suis-je assez claire ?

Ils acquiescèrent docilement d'un même hochement de tête, comme deux enfants sommés par leurs parents de cesser de faire des bêtises.

— Elise, je te le demande une nouvelle fois : viens chez moi, dit Neil d'une voix devenue presque suppliante. Nous y serons plus en sécurité qu'ici.

Elise regarda son appartement saccagé. Vaincue, elle acquiesça en silence.

— Nous allons d'abord aller vérifier les lieux, décida Jordana.

Neil devait être vraiment fatigué parce qu'il ne chercha pas à discuter la décision de sa sœur. Il engagea juste Elise à aller préparer ses affaires pour la nuit, d'une main légère posée sur son dos.

Jordana s'en voulait de n'avoir pas été assez vigilante. Elle connaissait pourtant assez bien son frère pour savoir qu'il n'en faisait qu'à sa tête, au risque de se faire tuer. C'est pourquoi elle garderait secrète la décision qu'elle avait prise pour le protéger malgré lui.

Assurer la protection physique de son frère, c'était dans ses cordes. Mais pour ce qui était de lui éviter de connaître avec Elise une nouvelle désillusion amoureuse, elle craignait bien d'être impuissante.

Neil suivait le SUV d'Elise de près, craignant qu'elle change d'avis et ne lui fausse compagnie en cours de route. Le fait qu'elle ait accepté de déserter son appartement était significatif : soit elle avait peur, soit elle était trop épuisée pour protester.

Il fut soudain pris d'un profond remords. Il était tombé amoureux d'Elise parce que c'était une femme de convictions. Fière et indépendante. Mais, très vite, ces qualités étaient devenues à ses yeux des défauts. Pourquoi ? Comment en était-il arrivé là ?

Il en était là de ses pensées quand il arriva devant chez lui où se trouvaient déjà plusieurs véhicules de police. Des officiers s'affairaient déjà à inspecter la maison et son voisinage immédiat. Il n'en voulait pas à Jordana pour cet excès de précautions ; au contraire, il lui en était reconnaissant. Car il s'agissait de protéger non seulement Elise mais aussi leur enfant.

— Qu'allons-nous faire en attendant qu'ils aient fini, s'enquit Elise, venue le rejoindre.

— Tu as dîné ?

Elle fit non de la tête.

— Tu as besoin de manger, souligna-t-il.

Désormais, elle devrait manger pour deux ; se reposer pour deux. Tout ce qu'elle ferait ou ressentirait aurait un impact sur leur bébé.

La peur, le danger, la fatigue.

Il la vit grimacer un peu et s'en alarma aussitôt.

— Ça va ?

— Oui, ce n'est rien, répondit-elle en soupirant. D'habitude, j'ai un bon coup de fourchette. Mais ces temps-ci, je n'ai guère d'appétit.

— Tu souffres de nausées matinales ?

— Je dirais plutôt de nausées chroniques. Mais tu as raison. Je crois qu'il faut que je me force un peu.

Ils tournaient à l'angle de sa rue, en direction du centre-ville, quand il remarqua les phares d'une voiture dans son rétroviseur.

Étaient-ils suivis ?

Jordana aurait beau prendre toutes les précautions qu'elle voudrait, elle ne pourrait jamais être partout.

Il comprit alors qu'il ne pourrait pas tenir la promesse qu'il lui avait faite.

12

Pour quelqu'un qui lui avait demandé de l'épouser, Neil ne semblait guère intéressé par la présence d'Elise. Cela faisait un bon moment maintenant qu'il regardait par la fenêtre du restaurant sans lui prêter la moindre attention.

Il n'avait même pas touché à son assiette.

— Qu'y a-t-il de si intéressant dehors ? demanda-t-elle en trempant une de ses frites dans la sauce ketchup qui les accompagnait.

Il daigna lui lancer un bref coup d'œil avant de reporter de nouveau son attention dehors.

Elle chercha à l'imiter mais ne vit que leurs reflets dans la vitre.

Avait-il repéré quelque chose d'anormal ? Ou quelqu'un ?

— Alors ? insista-t-elle.

— Je regarde les décorations de Noël, finit-il par répondre. Elles sont vraiment réussies, cette année.

— Ce sont exactement les mêmes que l'année dernière, souligna-t-elle.

Des guirlandes lumineuses enroulées autour de chaque pied de lampadaire.

Elle baissa les yeux sur le smartphone de Neil, qu'il avait laissé à côté de son assiette.

— Puisque ta sœur ne nous a pas encore appelés, nous pourrions aller acheter un sapin de Noël avant de rentrer.

Il tourna enfin la tête vers elle. Son visage exprimait une joie enfantine.

— Tu es sérieuse ?

Il avait l'air tellement surpris qu'elle se mit à rire.

— Disons que ce serait un bon entraînement avant la venue de notre enfant. Comme un brouillon d'essai.

Ce moment d'allégresse se dissipa aussi vite qu'il était venu. Un tueur était à leurs trousses. Qui pouvait leur assurer qu'ils seraient encore en vie au prochain Noël ?

— Neil... Qui crois-tu que ce soit ? Qui nous en veut à ce point ?

Il secoua la tête.

— Je ne sais pas, répondit-il humblement.

— On devrait peut-être laisser tomber l'arbre de Noël et aller à ton bureau pour passer en revue nos anciens dossiers. Qu'en penses-tu ?

— Tu as entendu Jordana. Il n'est plus question de se mêler de cette enquête.

Elise le défia du regard.

— Depuis quand obéis-tu à qui que ce soit ?

— Tu peux parler ! lui renvoya-t-il.

— C'est bien ce qui nous rend incompatibles. Nous sommes trop semblables.

— Nous ne sommes pas incompatibles.

— Si c'était vrai, nous serions toujours mariés.

— Nous pourrions l'être de nouveau si tu le voulais.

Les battements de son cœur s'accélérèrent. La tentation était grande d'accepter. Mais elle n'avait pas la confiance nécessaire pour franchir le pas une seconde fois. Elle n'avait foi ni en lui, ni en elle, ni en son propre jugement.

Elle secoua la tête.

— S'il te plaît, Neil…

Le peu d'appétit qu'elle avait s'était envolé, elle repoussa son assiette devant elle.

— Je suis fatiguée. Je crois qu'il serait préférable que j'aille dormir à l'hôtel.

— Excuse-moi. Je te jure de ne plus t'en parler.

— Il n'y a pas que ça. Je suis éreintée et ça leur prend vraiment trop de temps d'inspecter la maison.

Cette lenteur à se manifester était-elle le signe qu'ils avaient trouvé quelque chose ? Un autre engin explosif, peut-être ?

Neil baissa les yeux sur son portable.

— Jordana a envoyé un SMS, il y a quelques minutes. Elle dit que nous pouvons rentrer à la maison.

— Ce n'est pas « la » maison, Neil. C'est chez toi.

Cette maison qu'ils avaient conçue ensemble n'était plus la sienne.

Et elle ne le serait plus jamais.

Neil avait vraiment à cœur d'emmener Elise chez lui. Mais ce serait la mettre en danger, car quelqu'un les suivait, il en avait la certitude.

Il avait menti à Elise. Ce n'étaient pas les décorations qu'il regardait par la vitre. Il surveillait la petite voiture garée un peu plus loin, le long du trottoir, ainsi que la silhouette sombre qui se tenait immobile derrière le volant.

S'il avait pensé un instant à prévenir Jordana, il avait fini par y renoncer. Et s'il se trompait ? Il n'aurait fait qu'angoisser Elise sans raison. Et la pauvre avait son compte de stress pour la journée.

— Allons acheter cet arbre de Noël, décida-t-il alors qu'ils sortaient du restaurant.

Elle leva les yeux sur lui, la tête légèrement inclinée de côté, dans une posture qui, en même temps qu'elle le faisait fondre, lui donnait envie de l'embrasser.

— Neil, que se passe-t-il ?

— Rien. C'était ton idée, non ?

Et l'occasion pour lui de s'approcher de cette voiture pour essayer de voir la tête du conducteur. Le stand de sapins se trouvait à deux pas du restaurant. Ils étaient presque arrivés quand Elise glissa sur le trottoir, manquant tomber. Neil n'eut que le temps de la rattraper par le bras pour lui éviter la chute. Un temps suffisant pour que le conducteur de la voiture se soit évaporé dans la nature.

Où diable était-il passé ?

Neil le chercha du regard. En vain.

— Tu l'as perdu ? s'enquit Elise.

— Qui ? demanda-t-il, feignant l'incompréhension.

— Celui que tu guettais par la fenêtre du restaurant.

Comment avait-il pu croire qu'elle ne l'avait pas remarqué surveiller la rue ? Elise remarquait tout. Sauf l'amour qu'il lui portait.

— C'est vrai, admit-il. J'ai cru que quelqu'un nous suivait. Mais c'est possible que ce soit juste de la paranoïa.

— Sans doute, rétorqua-t-elle sans grande conviction. Appelle quand même Jordana.

— Pour une crise de paranoïa ?

— N'essaie pas de t'en convaincre, Neil. Tu te mens à toi-même.

— Franchement, je ne sais plus quoi penser.

En revanche, il avait à cœur d'élucider ce mystère et il se faisait fort d'y parvenir.

Il regarda autour de lui. Par quel miracle ce type avait-il pu sortir de sa voiture sans qu'il le voie ? Où avait-il bien pu se cacher ? Elise, elle, était passée à autre chose. Tant mieux. Ses traits affichaient une joie enfantine tandis qu'elle déambulait parmi les sapins.

— Celui-ci serait magnifique dans le salon, dit-elle en s'arrêtant devant un arbre immense, aux proportions parfaites.

Il était aussi ému que la fois où ils étaient allés ensemble acheter leur premier arbre de Noël. Pour elle, qui n'avait pas connu cette joie dans son enfance, il avait fait en sorte que leur salon puisse accueillir le plus beau des sapins.

— Il sera parfait, approuva-t-il, la tête déjà ailleurs.

Il s'empressa de payer le vendeur puis lui communiqua son adresse en baissant la voix. Précaution bien inutile si leur homme les filait depuis plusieurs heures.

La meilleure chose à faire serait de rentrer directement chez lui mettre Elise à l'abri.

Mais cette impression d'être suivi… Cette sensation effrayante d'être épié sans cesse… Un frisson le parcourut. L'homme devait être tapi quelque part, à les surveiller, et s'il était sorti de sa voiture, c'était pour pouvoir les suivre à pied.

Il passa un bras autour de la taille d'Elise et la conduisit jusqu'à son véhicule où il l'aida à s'installer dans le siège passager.

— Qu'est-ce que tu mijotes ? s'enquit-elle en lui attrapant le bras.

— Qu'est-ce qui te fait croire que je mijote quelque chose ?

— Je te connais. Je sais à quel point tu peux t'obstiner quand tu as quelque chose en tête.

À quoi bon lui mentir ? Elle ne lâcherait rien.

— Je vais juste aller jeter un coup d'œil aux alentours ; voir où ce type a pu aller.

Elle secoua doucement la tête, faisant danser ses boucles blondes sur ses épaules.

— C'est trop dangereux, Neil.

— Il faut que je m'assure que ce type est juste venu faire des courses dans le coin.

— Tu ne sais même pas à quoi il ressemble !

— Je vais attendre qu'il retourne à sa voiture.

— Tu peux attendre ici.

— Non, je ne le verrais pas bien.

Mais surtout, si l'homme les épiait, il devait savoir qu'ils étaient sur le point de repartir. Il devait donc se trouver déjà derrière son volant, prêt à les filer de nouveau. L'occasion idéale de le surprendre et de voir sa tête.

— J'en ai pour une minute.

— Neil !

Il posa sa bouche sur la sienne, dans un baiser léger destiné à la rassurer, puis referma la portière sur elle avant de presser le pas en direction de la petite voiture.

Tout en marchant, il pria intérieurement pour qu'Elise attende assez longtemps avant de décider d'aller le rejoindre. Le temps qui lui serait nécessaire pour éloigner l'homme d'elle.

Il devait en finir. Il devait en finir avec eux. Et vite !

Quand il les avait vus quitter l'appartement pour partir dans deux véhicules différents, il n'avait pas su qui suivre. Mais finalement, ils allaient au même endroit. Chez l'avocat. Quand il avait vu les véhicules de police, trop nombreux, qui encerclaient la maison, il avait failli renoncer. Mais pile au moment où il allait repartir, il les avait vus quitter les lieux ensemble, à bord de la même voiture. À croire que les dieux étaient avec lui !

C'était une occasion inespérée d'en finir avec eux deux en même temps. Une occasion qu'il ne devait pas gâcher en agissant dans la précipitation ou en cédant à la rage comme cela lui était arrivé dans l'appartement de la maire. Il ne pouvait plus se permettre de laisser sa colère dévastatrice le contrôler. Quand il y pensait ! Il avait été à deux doigts de se faire prendre. Il aurait été bien avancé si on l'avait collé derrière les verrous.

Cela dit, en mettant son appartement à sac comme il l'avait fait, il lui avait envoyé un message fort. Elle ne méritait pas de vivre dans le luxe ni de mener la vie insouciante qu'elle menait.

Pas après ce qu'elle avait fait. Il était temps qu'elle paie pour ça ; que justice soit enfin faite.

L'heure était venue de régler les comptes.

13

Dépité, Neil n'arrivait pas à détacher les yeux du siège conducteur vide. L'homme n'avait pas pu aller bien loin. Pas s'il avait toujours dans l'idée de les suivre d'assez près pour ne pas les perdre de vue.

Juste à ce moment, il aperçut une ombre se dessiner sur le trottoir. Une ombre qui provenait d'une ruelle située à quelques mètres de là.

Il retint sa respiration puis effectua en silence la courte distance qui le séparait de la ruelle. Enfin ! Il le tenait ! Plus que quelques pas et…

C'est alors qu'une paire de bras puissants l'enserra comme un étau et le tira en arrière. Il s'était jeté tête la première dans le piège que l'homme lui avait tendu. Quel crétin il était !

— Lâchez-moi, espèce de salaud ! cria-t-il en se débattant comme un forcené.

Il fallait qu'il se batte. Pour lui, pour Elise, pour leur enfant à naître.

Tyler poussa un cri de douleur quand Neil lui envoya un coup de coude bien senti juste à l'endroit où la balle de Dexter lui avait transpercé la peau.

— Bon sang, Neil ! Arrête ! C'est moi, Tyler.

Libéré de l'étreinte de son frère, Neil se retourna d'un mouvement brusque et darda sur son frère un regard furibond.

— Qu'est-ce qui te prend ? Tu es devenu fou ?

— Et toi ? Qu'est-ce que tu fiches dans ce coin désert quand quelqu'un cherche par tous les moyens à t'éliminer ? Jordana a eu raison de m'appeler. Tu as vraiment besoin d'être protégé, mais pas que du tueur. De toi-même, aussi.

Neil jura tout bas.

— J'ai surtout besoin que vous me fichiez la paix, grommela-t-il. J'ai passé l'âge de me faire passer un savon par mes frère et sœur. Je n'ai plus dix ans, merde !

— Eh bien, prouve-nous que tu es capable de te comporter en adulte responsable. Tu tiens vraiment à être la prochaine victime de Dexter ?

— Je ne me sens pas en danger…

Tyler ricana.

— Tu as raison. Il t'a juste tendu un piège pour te faire sauter sur un engin explosif mais il n'est pas dangereux. Tu délires complètement, mon pauvre vieux !

— Ce n'est pas Dex qui en a après moi. Il n'a aucune raison de vouloir nous voir morts, Elise et moi.

— Et moi ? Quelle bonne raison avait-il de me tirer dessus ?

— Je ne sais pas ; mais Elise et moi sommes pratiquement certains que ces tentatives d'assassinat sont liées à l'un des cas que nous avons défendus ensemble, à l'époque où Elise travaillait au cabinet avec moi.

En réponse, Tyler eut un hochement de tête dubitatif.

— Quoi ?

— Vous avez traité beaucoup d'affaires. Ce qui signifie beaucoup de suspects potentiels.

— Et alors ?

— Et alors, les recherches prendraient un temps fou.

— J'y pense... Jordana m'a demandé de rester en dehors de l'enquête mais est-ce qu'elle t'a demandé de l'aider ?

Tyler s'amusa du ton offensé de son frère mais il préféra ne pas le taquiner à ce sujet comme il avait coutume de le faire. L'heure n'était pas à la plaisanterie.

— Jordana ne m'a pas demandé de jouer aux détectives comme toi tu le fais, répliqua-t-il. Elle m'a juste demandé de veiller à ta sécurité.

Neil se crispa un peu plus.

— Je n'ai pas besoin que tu veilles sur ma sécurité. Je suis un grand garçon ; je sais me défendre seul.

— J'ai vu ça, oui, ricana Tyler encore une fois. Il ne m'a fallu qu'une seconde pour te neutraliser.

— Et toi, tu m'as fait perdre un temps précieux. Parce que si j'avais su que c'était toi dans cette voiture, je n'aurais pas fait tout ce cirque. Sans compter que cela m'aurait évité de me faire un sang d'encre pour Elise.

— Une voiture ? Tu veux dire un pick-up ?

— Non. Un SUV, petit modèle.

— Tu en es bien certain ?

— Je sais bien que je ne suis pas spécialiste en la matière, mais je sais faire la différence entre un pick-up et un SUV quand même.

— Pourrais-tu m'en dire un peu plus sur ce véhicule ?

— C'était une sorte de modèle hybride, entre le break et le SUV.

Le sang de Tyler se glaça dans ses veines. Comment

cet homme avait-il pu lui passer sous le nez sans qu'il l'ait remarqué ?

Comment avait-il pu commettre une bavure pareille ? Par sa faute, l'homme qui en avait après son frère et son ex-belle-sœur courait toujours, prêt à tuer.

— Où est Elise ? demanda-t-il, au comble de l'inquiétude.

— En sécurité dans ma voiture, répondit Neil sans grande conviction.

— Tu penses qu'elle sera sagement restée assise à attendre ton retour ?

Ty connaissait assez sa belle-sœur pour savoir qu'elle n'était pas du genre à obéir docilement aux ordres mais plutôt à agir bille en tête. Comme Neil.

Pour toute réponse, Neil offrit à son frère un visage angoissé.

Pourquoi Neil n'était-il pas encore revenu ? Il lui avait pourtant promis ne vouloir faire qu'un rapide aller-retour jusqu'à la voiture qui les avait suivis. Juste pour voir. Que fichait-il, bon sang !

Attendre. S'agissant de Neil, elle passait sa vie à l'attendre. Comme quand elle avait espéré pendant des années qu'il revienne vers elle en la suppliant de lui pardonner ; de donner une seconde chance à leur couple. Certes, il venait de la redemander en mariage mais ce n'était pas par amour. C'était juste par sens du devoir. Elle enceinte, il voulait assumer son rôle de père à temps complet.

Pour l'heure, tout ce qu'elle voulait, c'était le voir revenir sain et sauf.

— Neil…, murmura-t-elle tout haut.

Cela faisait trop longtemps qu'il était parti. Elle ne pouvait pas rester assise là, sans rien faire, alors qu'il était peut-être en danger. Elle prit son smartphone dans son sac, prête à alerter Jordana.

Puis elle hésita.

Et si l'homme qu'avait repéré Neil ne les suivait pas intentionnellement mais était juste un voisin de Neil, venu faire des courses en ville, comme eux ? Si Neil était en train de papoter gentiment avec lui ?

Il fallait qu'elle en ait le cœur net. Elle ouvrit la portière et sauta à bas du 4x4. Elle avait mal aux pieds. Non seulement ses talons étaient trop hauts mais ses bottes étaient devenues trop serrées. À croire qu'elle avait pris une pointure en une heure.

Elle regarda autour d'elle. Si elle savait quelle direction Neil avait prise, elle ignorait en revanche de quelle voiture il s'agissait.

Elle avança à pas mesurés, cherchant Neil du regard parmi les gens qui allaient et venaient, des paquets plein les mains. Mais elle avait beau scruter les environs, Neil restait introuvable.

Où était-il ? Avait-il bifurqué dans une rue perpendiculaire, nombreuses dans ce quartier du centre-ville ?

Le vendeur de sapins avait peut-être vu quelque chose. Neil lui avait laissé un gros pourboire, de quoi le marquer suffisamment pour qu'il remarque si quelque chose d'anormal s'était produit.

Forte de cette décision, elle attendit de pouvoir traverser la rue. C'est alors qu'elle ressentit de nouveau l'étrange sensation que quelqu'un l'épiait.

Était-ce Neil ?

Qui d'autre ? se demanda-t-elle pour se rassurer. Ça ne pouvait être que lui. Protecteur et inquiet pour elle comme il l'était, il n'avait pas dû trop s'éloigner pour pouvoir garder un œil sur elle à distance.

Elle allait le retrouver.

Forcément.

Elle allait quand même appeler Jordana. Mieux valait la déranger pour rien que de prendre le risque qu'il arrive quelque chose à Neil.

Mais d'abord, parler au vendeur de sapins.

Elle avait fait deux pas sur la chaussée quand elle vit une voiture déboîter brusquement du trottoir où elle était garée et se diriger vers elle à vive allure, tous phares allumés. Elle comprit qu'elle n'avait que peu de temps pour réagir. Mais elle restait pétrifiée et, sous le coup de la sidération, incapable d'esquisser le moindre geste.

Cours… Cours.

Si elle ne bougeait, pas cette voiture allait la heurter.

Et sans doute la tuer.

14

Porté par l'angoisse, Neil était sorti de la ruelle en courant. S'assurer au plus vite qu'Elise était toujours bien en sécurité dans son 4x4 était devenu sa priorité.

Il venait d'arriver à la hauteur du SUV quand il vit son conducteur démarrer et manœuvrer pour quitter sa place de stationnement à grands coups de volant brusques. Il n'eut que le temps d'apercevoir son visage, à demi caché par une capuche de couleur sombre. Identique à celle que portait l'homme qui avait mis à sac l'appartement d'Elise.

L'homme avait dû le repérer car il appuya sur la pédale d'accélérateur et s'élança sur la chaussée à vive allure. Tout droit sur une femme qui avait commencé à traverser et qui, apercevant la voiture, s'était figée sur place.

Elise !

Les phares éclairaient son visage blême.

Neil se rua dans sa direction, le cœur battant à tout rompre. Il était encore trop loin. Il n'arriverait pas à temps pour la sauver.

C'est alors qu'il la vit faire volte-face et plonger sur le capot d'une des voitures garées le long du trottoir qu'elle venait de quitter. La seconde d'après, le SUV faisait une embardée et venait percuter l'aile du véhicule avant de prendre la fuite.

Neil vit avec horreur le corps d'Elise, devenu mou comme celui d'une poupée de chiffon, glisser du capot et s'affaisser sur le trottoir.

— Elise ! Elise, parle-moi.

Agenouillé auprès d'elle, il écarta d'une main tremblante ses cheveux qui lui faisaient comme un rideau sur le visage et l'empêchaient de voir ses yeux.

— Comment va-t-elle ? demanda Tyler qui venait de le rejoindre. Elise ?

Ils virent ses paupières se soulever mais aucun son ne sortit de sa bouche. Elle les fixait d'un regard vide.

— Appelle les secours ! cria Neil à son frère.

Mais, au lieu d'obtempérer, Ty s'agenouilla à son tour et prit la main d'Elise dans la sienne.

— Elise ? Dis quelque chose.

— Je te dis d'appeler les secours ! Et retrouve-moi ce salaud ! Vite !

— Ce n'était pas un accident ? demanda Tyler en sortant son téléphone de la poche de son jean.

— Non. C'était la voiture qui nous suivait depuis chez moi. Et c'était le type qui était chez Elise ce soir.

Les circonstances étaient dramatiques mais il avait la réponse à sa question. Il savait désormais que ces deux actes avaient été commis par la même personne et que c'était après Elise que cet homme en avait. C'était elle qu'il voulait voir disparaître.

Avait-il réussi son coup, cette fois ?

— Elise, appela-t-il doucement d'une voix que l'émotion avait altérée.

Il lui caressa la joue, dans un geste d'une infinie tendresse. Il avait bien du mal à contenir l'émotion que suscitait en lui le fait de voir la femme qu'il aimait muette et inanimée.

Avec mille précautions – il n'osait la toucher au cas où elle souffrirait de lésions internes –, il glissa ses doigts sous sa nuque puis la retira tout aussi délicatement. Elle ne saignait pas. Cela n'écartait pas pour autant l'hypothèse d'un traumatisme crânien.

Il regarda par-dessus son épaule, cherchant son frère du regard. Mais Tyler s'était volatilisé. Sans doute s'était-il lancé à la poursuite du tueur après avoir alerté les secours.

Pourtant, aucun bruit de sirènes ne lui parvenait. Il n'entendait rien d'autre que les murmures des badauds qui avaient fait cercle autour d'eux et fixaient la scène avec un mélange de voyeurisme malsain et d'inquiétude réelle.

— Quelqu'un a appelé les secours ? demanda-t-il à la ronde.

D'aucuns hochèrent la tête.

Pourvu qu'ils arrivent vite. Elise ne bougeait toujours pas et n'articulait aucun son.

Des larmes de peur et de frustration lui brouillèrent la vue. Si seulement il ne l'avait pas laissée seule !

Si seulement il s'était assuré qu'elle ne risquait vraiment rien.

— Ma chérie…, dit-il tout bas. Je regrette tant…

Elise avait peur de bouger. Peur de parler.

Elle avait peur d'avoir fait du mal à son bébé.

C'était sans doute la raison pour laquelle Neil était si bouleversé. Sa voix tremblait d'un mélange d'émotion et de peur. Puis, quand elle avait vu son visage entre ses yeux mi-clos, elle y avait discerné de la culpabilité et quelque chose qui ressemblait à du remords.

Le bleu de ses yeux avait viré à l'ardoise et ses traits

habituellement fins affichaient le masque d'une tristesse infinie. Il semblait souffrir plus qu'elle.

À vrai dire, elle ne souffrait pas du tout. Elle était juste sonnée.

Elle ne réalisait pas encore que grâce au réflexe qui l'avait poussée à se jeter sur ce capot comme elle l'avait fait, elle avait échappé à une mort certaine.

Elle.

Mais son bébé ?

C'est pourquoi elle restait allongée, immobilc sur ce trottoir glacial. Elle attendait les signes qui lui diraient qu'elle avait perdu son enfant.

Pourtant, elle ne ressentait rien. Aucune douleur.

Elle se décida enfin à bouger un peu pour rassurer Neil.

— Je vais bien, fit-elle dans un souffle.

— Oh ! mon Dieu, Elise. J'ai eu si peur ! J'ai cru que…

Sa voix se brisa sous le coup de l'émotion.

— Tu ne bougeais pas, tu ne disais rien…, reprit-il quand il fut en mesure de parler de nouveau.

— Excuse-moi, je ne voulais pas t'effrayer, dit-elle dans un murmure. J'essayais juste de rassembler mes esprits.

— Je t'avoue que tu m'as fait une peur bleue. Te voir comme ça…

— C'est sûr que tu n'as pas l'habitude de ne pas m'entendre parler, parvint-elle à dire en se forçant à sourire. Mais tout va bien, maintenant.

Elle s'agrippa alors à son épaule d'une main, faisant le geste de se relever, mais il la repoussa tout doucement, la forçant à se remettre en position allongée.

— Il ne faut pas que tu bouges. Pas tant que les secours ne t'auront pas examinée. Tu souffres peut-être de lésions internes.

Elle n'y croyait pas trop. Elle aurait des signes alarmants ; elle aurait mal quelque part. Or, elle ne ressentait rien. Elle aurait sans doute très vite des contusions accompagnées d'hématomes mais, pour l'heure, elle avait juste froid, allongée comme elle l'était sur ce trottoir gelé et humide.

— Je t'assure que je vais bien, répéta-t-elle.

— Peut-être. Sans doute, même. Ce sera aux médecins de le dire. Mais le bébé ?

Elle eut l'impression de recevoir un coup de poignard en plein cœur. Bien sûr. C'était surtout pour son enfant qu'il s'inquiétait.

Elle ferma les yeux, soucieuse de contenir les larmes qui menaçaient soudain de couler. Elle en avait déjà versé assez pour Neil Colton.

— Elise ?

De nouveau, il avait cette voix remplie d'angoisse. Mais maintenant, elle savait que ce n'était pas pour elle qu'il avait peur.

Incapable de parler, elle ne put que secouer doucement la tête de gauche à droite.

Il n'en serait sans doute pas resté là si les sirènes annonçant l'arrivée imminente des véhicules de secours ne s'étaient pas fait entendre.

À quoi bon ? Puisqu'elle ne l'entendrait pas lui dire qu'il l'aimait toujours.

Si elle perdait le bébé, elle perdrait Neil. Il n'aurait alors plus aucune raison de vouloir l'épouser. Probablement même qu'il ne voudrait plus la voir.

Sa peine fut alors si profonde qu'elle garda les yeux bien fermés pour éviter d'avoir à affronter son regard.

L'homme jeta un coup d'œil dans son rétroviseur. Le pick-up lui collait toujours au train. Neil Colton ne devait pas être seul quand il l'avait vu débouler comme un fou de la ruelle où il était allé se planquer.

Colton avait-il embauché un détective privé qu'il avait chargé de sa sécurité ? Ça n'aurait rien d'étonnant, venant d'un fils à papa comme lui.

Il était né avec une cuillère en argent dans la bouche et il n'avait probablement pas besoin de travailler, même s'il avait choisi de le faire.

En exerçant le métier d'avocat, il avait choisi d'aider les criminels à échapper à la peine de mort. Tout comme cette femme qui travaillait avec lui avant d'être élue maire.

Dire qu'elle n'était même pas de Braxville et qu'aujourd'hui elle dirigeait la ville !

Qu'elle en profite bien parce que, d'ici peu de temps, elle ne serait plus de ce monde. Comme le fils Colton.

Il se fit alors la promesse de les faire mourir dans des souffrances atroces.

Mais, même là, elles ne seraient jamais égales à la sienne.

15

Que s'était-il passé ?

Un instant, Elise s'était montrée rassurante – allant même jusqu'à esquisser un sourire –, pour l'instant d'après se fermer comme une huître, physiquement autant qu'émotionnellement.

Forcément, elle devait s'inquiéter pour le bébé. Mais était-ce la seule raison à cette distance qu'elle lui imposait ?

Neil n'avait jamais été aussi soulagé que lorsqu'il avait enfin entendu mugir les sirènes des véhicules de secours. Enfin, Elise allait être prise en charge ! Mais quand il s'approcha de l'ambulance pour monter à l'arrière avec elle, elle l'arrêta d'un geste de la main.

— Reste là, lui enjoignit-elle. La police va te demander de faire une déclaration et tu en as vu plus que moi.

Cela restait à prouver. Car, focalisé sur la scène horrible qu'il était en train de vivre, il n'avait pas pensé une seconde à relever le numéro d'immatriculation du fuyard. Encore maintenant, la seule pensée qu'il avait été impuissant à protéger Elise lui nouait les tripes.

Était-elle en colère contre lui ? Cela n'aurait rien d'étonnant. Lui-même s'en voulait tellement !

— Je vais avec toi, s'entêta-t-il.

— Retrouve-moi à l'hôpital, plutôt. De toute façon, il faut que tu récupères ta voiture.

Le message était clair : elle ne voulait pas de lui à ses côtés.

Ce fut même elle qui ordonna aux ambulanciers de refermer les portes puis leur donna le signal du départ.

Neil courut jusqu'à son véhicule mais à peine avait-il ouvert la portière qu'une main s'abattit sur son épaule. Il se retourna sur Reese Carpenter.

— Nous avons besoin de votre déposition, dit-il.

Neil secoua la tête.

— Pas maintenant.

Pas au moment où il risquait de perdre Elise pour de bon. Car si elle perdait le bébé, il n'aurait aucune chance de la récupérer. Ne lui avait-elle pas prouvé au cours de ces trois années de séparation qu'elle se passait très bien de lui ? Qu'elle vivait même mieux sans lui ?

— Neil !

Et Jordana qui s'en mêlait maintenant !

— Comment va Elise ?

— Je le saurais si vous me laissiez partir la rejoindre.

— Pourquoi n'es-tu pas monté dans l'ambulance avec elle ? demanda Jordana. Je ne comprends pas.

Que répondre à cela ? Lui-même ne connaissait pas la raison du refus d'Elise de l'accompagner.

— Je… Je…

— Tu veux que je te conduise à l'hôpital ?

— Bonne idée. Vous ferez votre déclaration en chemin, répliqua Carpenter.

— Non, merci. Je préfère prendre ma voiture. De toute façon, il n'y a pas grand-chose à dire. Je n'ai rien vu. Demande plutôt à ton autre frère, ajouta-t-il d'un ton devenu agressif. Tu sais, celui que tu as chargé de me surveiller en oubliant de me prévenir.

— Tiens, d'ailleurs, où est-il passé ?

— Il a dû se lancer à la poursuite de ce salopard.

— Vous pensez que c'est un accident ? s'enquit Carpenter. Un chauffard ivre qui, dans la panique, s'est enfui après avoir heurté Mme Willis ?

— Non. C'était le type qui a vandalisé son appartement.

— Je croyais que tu n'avais pas pu le voir, objecta Jordana.

— Je n'ai pas pu voir son visage, à cause de sa capuche. Mais c'était le même homme, j'en suis certain. Il portait le même sweat. S'il te plaît, vois ça avec Ty. Il faut que je parte.

Il espérait seulement qu'il n'arriverait pas trop tard.

Qu'Elise n'aurait pas perdu le bébé.

L'angoisse chevillée au corps, Lilly faisait les cent pas devant l'entrée des urgences. Elle avait peur pour Neil, pour Elise et pour le petit-enfant qu'elle allait avoir – pour autant qu'Elise ne soit pas en train de perdre son bébé.

Pauvre Elise.

— Les ambulanciers ont bien dit qu'elle avait été renversée par une voiture, n'est-ce pas ? demanda-t-elle encore une fois au jeune interne qui était sorti griller une cigarette.

Comment un professionnel de la santé pouvait-il se nuire ainsi à lui-même, elle se le demanderait toujours. Elle se retint de lui faire la morale. Après tout, elle n'était pas sa mère.

— Oui, répondit-il avec une pointe d'impatience. Le gars l'a heurtée puis il a pris la fuite.

Lilly se sentit soudain nauséeuse. D'abord l'explosion et maintenant cet accident…

Que se passait-il ? Pourquoi quelqu'un en voulait à Elise et Neil au point de tenter de les tuer ?

— Il n'y a pas d'autres blessés ?

En guise de réponse, l'interne secoua la tête.

— Est-ce qu'on sait si elle était seule ?

— Comment voulez-vous que je le sache ? rétorqua-t-il sans plus cacher l'irritation que lui inspirait ce flot de questions. Je n'y étais pas.

Scandalisée par ce qu'elle considérait comme un manque de correction, Lilly ouvrit la bouche, prête à remettre le jeune blanc-bec à sa place, juste au moment où l'ambulance pilait devant l'entrée du service.

Le jeune interne écrasa ce qui restait de sa cigarette dans le cendrier extérieur puis alla ouvrir les portes de l'ambulance. Lilly avait beau avoir des années d'expérience, elle resta figée sur place. Elise n'était plus la femme de Neil mais elle l'aimait comme l'une de ses filles.

Le bébé.

Elle inspira puis expira profondément, regardant les ambulanciers sortir la civière puis lui faire franchir les portes coulissantes, accompagnés du jeune interne. Oubliant ses craintes, elle se précipita au côté d'Elise.

— Elise. Comment te sens-tu, ma chérie ?

Pour toute réponse, la jeune femme se mit à pleurer en silence.

— Comment va-t-elle ? répéta Lilly à l'adresse des ambulanciers.

— Elle dit qu'elle va bien. Elle a peur pour son bébé.

— Elle est enceinte ? s'inquiéta l'interne.

— De quatre semaines, répondit Lilly.

— Merde, murmura l'interne comme pour lui-même. Des signes de fausse couche ?

— Pas de saignement et elle n'a mal nulle part, répondit l'un des deux secouristes. Elle n'a ni coupures ni ecchymoses. Elle a eu beaucoup de chance.

— Elle s'est quand même fait renverser par une voiture, leur rappela Lilly.

— Non, corrigea Elise. J'ai eu le temps de m'écarter de sa trajectoire. J'ai sauté sur le capot d'une voiture qui était garée le long du trottoir et c'est en heurtant cette voiture que le chauffard m'a fait tomber sur le trottoir.

Tout en parlant, elle avait enroulé ses bras autour de son ventre, comme pour protéger la petite vie qui palpitait en elle.

Le cœur de Lilly se serra quand elle vit le désespoir se peindre sur ses traits. Elle tendit la main vers elle et lui pressa doucement le bras, dans un geste plein d'affection.

— Ça va aller, lui dit-elle d'une voix ferme destinée à la rassurer. Tout va bien se passer.

Elise acquiesça en silence.

— Je ne veux pas voir Neil, ajouta-t-elle sans plus d'explication.

— Très bien, acquiesça Lilly qui, déjà, maudissait intérieurement son fils. Cela ne te dérange pas si je passe te voir plus tard ?

— Je préférerais que vous restiez avec moi. S'il vous plaît.

Lilly acquiesça, émue par les larmes qui s'étaient remises à ruisseler sur les joues d'Elise. Fallait-il qu'elle se sente vulnérable pour demander de l'aide, elle qui s'était toujours montrée forte et indépendante !

— Je suis là, Elise. Je ne te quitte pas. C'est moi qui vais m'occuper de toi.

Une fois Elise installée dans une chambre, elle attendit de se retrouver seule avec elle pour la déshabiller et lui faire enfiler une blouse. Des hématomes commençaient à apparaître sur ses épaules, ses hanches et une partie de son dos.

Le cœur de Lilly se serra mais elle parvint à ne rien montrer de son inquiétude.

— Tu risques de ressentir physiquement les effets du choc, demain, dit-elle d'un ton qu'elle voulait léger.

Car il était visible que, psychologiquement, Elise souffrait déjà.

Sans attendre d'en avoir reçu l'ordre, Lilly approcha le monitoring du lit. Elle s'apprêtait à le mettre en marche quand le jeune interne refit son apparition.

— Vous m'avez dit que Mme Willis était enceinte de quatre semaines. Vous ne verrez pas si elle a fait une fausse couche avec ça.

— Le Dr Thiel lui a fait une échographie endovaginale hier, expliqua Lilly.

— Hier ? Mais pourquoi ? s'enquit l'interne qui avait entrepris d'examiner Elise. Je sais bien que vous avez été projetée au sol, ajouta-t-il en découvrant les bleus qui recouvraient partiellement le corps d'Elise. Mais vous n'êtes pas victime de violence conjugale, n'est-ce pas ?

L'image de son fils s'en prenant physiquement à Elise révulsa Lilly qui s'empressa de chasser ces pensées horribles de sa tête.

Heureusement, Elise se montra rassurante.

— Non, répondit-elle dans une esquisse de sourire. Cela dit, je suis quand même en danger.

— Vous savez qu'il existe des refuges pour fem…

— Ce n'est pas ce que j'ai voulu dire. On essaie de me tuer.

— Dans ce cas, vous devez le dénoncer et…

— Je le ferai, le coupa-t-elle. Encore faut-il que je sache qui s'acharne après moi comme ça. S'il vous plaît, docteur, pouvez-vous vérifier si l'espèce de petite bulle est toujours là ?

L'interne fronça les sourcils, son visage exprimant la plus totale incompréhension.

— Elle veut parler du sac gestationnel, expliqua Lilly.

L'arrivée soudaine d'une infirmière ne laissa pas au médecin la possibilité d'accéder tout de suite à la demande d'Elise.

— Lilly, votre fils est là. Il demande à voir Elise.

— Non ! s'écria Elise.

— Cet homme vous fait du mal ? insista l'interne.

Elise secoua la tête.

— Pas comme vous l'entendez.

Lilly détestait l'idée que Neil faisait souffrir Elise, d'une manière ou d'une autre.

Bon sang ! Il avait pris tout le mauvais côté de son père.

— Je m'en occupe, dit-elle.

Sur ce, elle se rendit dans la salle d'attente où Neil hurlait après un agent de la sécurité qui, lui, restait impassible.

— J'exige de voir ma femme ! explosa-t-il. J'ai besoin de la voir !

— Il fallait y penser avant de divorcer, rétorqua sèchement Lilly.

Neil en resta bouche bée, comme sous l'effet d'une gifle.

— Maman ?

Il la regardait fixement, comme pour s'assurer que c'était bien elle.

Lilly inspira profondément, s'exhortant à garder son calme. Neil avait besoin d'être rassuré, c'était évident.

— Le bébé ? Elle n'a pas perdu le bébé ?

La colère resurgit aussi vite qu'elle s'était dissipée.

— C'est tout ce qui t'intéresse ?

La couleur se retira d'un coup du visage de Neil qui devint blanc comme un linge.

— Mais non… Bien sûr. Ne me dis pas que c'est ce que croit Elise ?

— Que veux-tu qu'elle pense après ce que tu as fait ? Tu as déjà tout gâché une fois, Neil. De toute évidence, elle était prête à te donner une seconde chance, sinon elle ne serait pas enceinte. Une seconde chance que tu as aussi gâchée, j'en ai bien peur.

Elle eut soudain l'impression d'avoir devant elle un petit garçon désespéré d'avoir déçu son monde. Touchée, elle alla le prendre dans ses bras.

— Je sais que tu ne veux pas lui faire de mal. Mais fais attention. Elise est beaucoup plus fragile qu'elle essaie de le faire croire.

Lilly la comprenait si bien ! Elle aussi, à l'heure de faire des choix, elle avait essayé de donner le change, de paraître plus forte qu'elle n'était. Mais si, pour elle, il était trop tard, Elise et Neil étaient encore jeunes. Ils avaient toute la vie devant eux.

— Pour une fois, poursuivit-elle, montre-toi patient. Ne la brusque pas pour obtenir ce que tu veux, comme tu l'as toujours fait.

— Elle ne veut plus me voir, c'est ça ?

Son cœur de mère se fendit devant tant de désespoir affiché.

— Pour l'instant, temporisa-t-elle.

— Peux-tu au moins me dire si…

— Non, le coupa-t-elle avec douceur et fermeté. Je te le répète : si tu veux la récupérer, sois patient.

Elle le serra de nouveau contre elle. Saurait-il l'écouter ou s'obstinerait-il à exercer sur Elise une pression qui la lui ferait perdre pour de bon ?

Elise avait le cœur brisé mais elle n'était pas sans cœur. Aussi, peu de temps après que Lilly avait quitté sa chambre, elle avait chargé une infirmière d'aller chercher Neil pour qu'il assiste à l'échographie. Elle fixait si intensément la petite bulle en mouvement sur l'écran qu'elle n'eut conscience de sa présence derrière elle que lorsqu'elle entendit sa respiration devenue saccadée.

Elle tourna la tête vers lui. La palette d'émotions qui s'était inscrite sur son visage la bouleversa. Si seulement il avait pu la regarder avec autant d'amour et de dévotion ! Un mélange de jalousie et de regrets l'envahit.

En fait, elle réalisait qu'elle n'avait pas su comprendre son mari. Elle avait mis sur le compte d'une nature capricieuse son envie pressante de devenir père alors qu'elle jugeait que ce n'était pas le bon moment. Ils venaient juste d'ouvrir leur cabinet d'avocats. Ils auraient tout le temps de faire un enfant. Mais à le voir aussi émerveillé de découvrir cette petite vie qui palpitait dans son ventre, elle comprenait qu'il ne s'agissait pas d'un caprice. C'était pour lui un besoin presque viscéral d'avoir un enfant.

— Ce que tu vois là, lui expliqua-t-elle en pointant du doigt la petite bulle, s'appelle le sac gestationnel. Il est intact, ce qui veut dire que le bébé va bien.

Il acquiesça en silence, au bord des larmes.

— Et toi ? finit-il par demander.

— Moi aussi, mentit-elle.

— Elise… Je suis désolé. Je m'en veux tellement de ne pas avoir su te protéger. Je… Je parlais avec Ty. Je n'aurais jamais dû me laisser distraire alors que tu étais en danger. Mais je te promets que cela n'arrivera plus. Tu vas rentrer à la maison avec moi et…

— Non. Je ne rentrerai pas avec toi.

Car cela ne rendrait que plus difficile le jour où elle devrait partir, une fois le tueur arrêté.

16

Neil ne pouvait détacher les yeux d'Elise qui avait elle-même le regard fixé sur l'écran. Son visage irradiait déjà de l'amour inconditionnel que les mères portent à leurs enfants.

Avait-il encore ses chances avec elle ou était-ce déjà trop tard ?

Il remarqua que le jeune interne lui lançait des coups d'œil suspicieux.

— Une voiture a vraiment failli l'écraser ? demanda-t-il.

— Oui. Heureusement, elle a eu le réflexe de s'écarter avant que le pire ne se produise.

— La pauvre a dû avoir la peur de sa vie. Savez-vous si le chauffard a été arrêté ?

— Non. Mais je l'espère.

Ty avait-il réussi à rattraper ce salaud et à lui mettre la main dessus ? Il le souhaitait de tout son cœur bien sûr, même si une part d'égoïsme en lui lui soufflait qu'il n'aurait alors plus de raison d'espérer qu'Elise accepte de s'installer dans ce qui fut leur maison.

— À moins que vous ne vous y sentiez pas en sécurité, vous pouvez rentrer chez vous, annonça le médecin.

— Je m'engage à ce qu'elle le soit, promit Neil, ce qui lui valut un nouveau coup d'œil sceptique de sa part.

Pour qui le prenait-il à la fin ? Il ne pensait tout de même pas qu'il voulait du mal à la femme qu'il aimait ?

— Vous risquez de souffrir de diverses contusions, demain, prévint l'interne en se tournant vers Elise. Malheureusement, comme vous êtes enceinte, je ne peux pas vous prescrire d'antalgiques.

— Ça ira, assura-t-elle.

— Vous pouvez passer de la glace sur vos hématomes et prendre de l'aspirine à faible dose si nécessaire.

— Merci, docteur.

Sur ce, le jeune médecin quitta la chambre, les laissant seuls.

Elise se remit à fixer l'écran, sans doute pour éviter d'avoir à soutenir le regard de Neil. Elle ne l'avait plus regardé un seul instant depuis le moment où elle lui avait commenté l'échographie.

— Elise… Dis-moi pourquoi tu es en colère contre moi. S'il te plaît.

Elle secoua la tête.

— Je ne… Je suis… (Elle poussa un profond soupir.) Je suis épuisée, Neil.

— Dans ce cas, laisse-moi te conduire à la maison.

Elle secoua de nouveau la tête.

— Tu ne peux pas retourner chez toi tant que cet homme n'aura pas été retrouvé, insista-t-il.

— C'est peut-être fait. J'ai entendu mon téléphone vibrer pendant l'examen.

Sans doute Reese Carpenter qui venait aux nouvelles ou voulait la tenir au courant de l'enquête. En tant que maire, elle était plus susceptible d'être tenue informée que Neil.

— Espérons-le. Mais même si c'était le cas, tu ne peux

pas rentrer dans ton appartement dans l'état où il se trouve. Tu as besoin de te reposer. Viens à la maison.

Elle poussa un soupir résigné.

— D'accord. Mais juste pour cette nuit, alors.

Il sourit intérieurement. Il venait de remporter une bataille. Il lui restait à gagner la guerre.

— Elise ! Elise !

Neil l'appelait en criant, une pointe de panique dans la voix.

— Je suis là ! répondit-elle depuis le palier de l'étage où elle se trouvait.

Il leva la tête vers elle.

— Qu'est-ce que tu fais là-haut ?

— Je compte dormir dans la chambre d'amis.

— Pourquoi ne prends-tu pas notre chambre ? Elle est plus confortable.

— Ce n'est pas *notre* chambre, Neil. C'est la tienne.

— Elise…

— Le médecin a dit que j'avais besoin de repos, l'interrompit-elle. Alors, cesse de discuter et laisse-moi aller me coucher.

Il se le tint pour dit. Il monta l'escalier en silence, l'air si dépité qu'elle eut envie de rire. Cela devait tellement lui coûter de se taire ! Mais ce n'était pas dans la nature d'un avocat de se voir imposer le silence.

Il lui revint soudain qu'elle l'avait entendu discuter de manière un peu vive avec quelqu'un, un moment plus tôt.

— Avec qui parlais-tu tout à l'heure ? demanda-t-elle, l'air faussement dégagé.

Elle n'aurait su dire si la discussion s'était tenue au téléphone ou ici, à la porte. Elle n'avait pas entendu la sonnette de l'entrée mais cela ne voulait rien dire. Quelqu'un avait pu accrocher Neil au moment où il était allé chercher ses bagages dans le coffre de sa voiture.

— Il me semblait que c'était une femme, ajouta-t-elle sans pouvoir s'en empêcher.

Elle regretta aussitôt son insistance. Voilà qu'elle se comportait comme une épouse jalouse, maintenant ! Or, elle n'était plus la femme de Neil. Et porter son enfant ne lui conférait aucun droit.

Pas même celui d'accepter sa demande en mariage. Pourquoi s'acharnait-il ainsi ? Il savait pourtant qu'une relation sur le long terme n'était pas possible entre eux. Leur premier mariage avait été un échec. Pourquoi le second marcherait-il mieux ?

Elise voulait pour son enfant ce dont elle avait été privée. Deux parents qui s'aiment, attentifs à leur progéniture.

Neil serait-il à l'image de Fitz Colton ? Un père absent, accaparé par son travail. C'était en partie pour cela qu'elle avait repoussé le moment de faire un enfant. Elle ne voulait pas devenir une mère au foyer, seule responsable de l'éducation d'un enfant, comme l'avait été sa mère, comme l'avait été Lilly.

Neil venait de la rejoindre alors qu'il n'avait toujours pas répondu à sa question. Avait-il rencontré quelqu'un ?

La dernière fois où ils avaient fait l'amour, il lui avait assuré que non. Mais tant de choses pouvaient changer en un mois de temps !

Il déposa ses sacs sur le porte-valise puis se tourna vers elle.

— C'était Jordana, finit-il par répondre.

— Vous aviez l'air de vous disputer. Ils n'ont pas retrouvé notre homme ?

Il secoua la tête.

— Elle voulait te questionner mais je m'y suis opposé, précisa-t-il. Je lui ai dit que cela devrait attendre car tu avais besoin de repos.

— De toute façon, je ne lui aurais pas été d'une grande utilité. Je n'ai pas vu le conducteur. Je ne pourrais même pas dire quelle voiture il conduisait. Il avait braqué ses phares sur moi. J'étais complètement éblouie.

Elle avait eu si peur ! Elle avait vraiment pensé qu'elle allait mourir.

Les bras puissants de Neil se refermèrent sur elle, dans une étreinte qu'il voulait sans doute réconfortante. Mais instantanément, le feu du désir se mit à couler dans ses veines tandis que les battements de son cœur s'accéléraient.

Elle aurait aimé céder à la tentation. Enrouler ses bras autour de son cou et s'abandonner à ses baisers passionnés. Mais cette fois, ce fut la raison qui l'emporta. Coucher avec Neil ne lui apporterait pas ce qu'elle rêvait d'avoir : son amour inconditionnel.

Aussi, elle se dégagea doucement de son étreinte pour s'écarter de lui.

— Il faut vraiment que j'aille me coucher, murmura-t-elle. Je suis très fatiguée.

Elle était fatiguée par cette journée éprouvante. Fatiguée d'espérer quelque chose qu'elle n'aurait jamais.

Car même si Neil prétendait un jour l'aimer, elle ne lui ferait plus tout à fait confiance. Pas après la manière abrupte dont il lui avait annoncé que c'était fini entre eux.

Il allait leur falloir fonctionner sur un autre mode. Trouver comment gérer leur avenir et l'éducation de leur enfant sans pour autant former un couple.

Mais avant cela, il allait leur falloir retrouver l'homme qui cherchait à les tuer.

Jordana secoua la tête. Bon sang quelle tête de mule, ce Neil !

— Moi qui pensais qu'il ferait tout pour qu'on arrête rapidement ce tueur, maugréa-t-elle à l'intention de Reese Carpenter.

Quand Neil lui avait refermé la porte au nez, elle n'avait pas insisté. Elle savait que quand il avait décidé quelque chose, il ne changeait pas d'avis.

— Il ne veut pas qu'on interroge Elise Willis, c'est ça ?

— Je sais bien qu'il est tard mais tout de même. Il m'agace quand il veut protéger Elise à tout prix comme ça !

— Dit la femme qui a chargé un expert de la sécurité de veiller sur son petit frère, se moqua Carpenter.

— Bien m'en a pris, tiens ! railla Jordana.

— Hé ! protesta Tyler qui les avait accompagnés. Je n'ai fait que protéger Neil, comme tu me l'avais demandé.

— Je sais, je sais. C'est juste que je suis très inquiète pour lui.

— Moi, je suis plus inquiet pour Elise.

— Pourquoi ? Tu penses que finalement c'est elle qui est visée ?

— Avec la tentative d'aujourd'hui, cela me paraît évident. Mais ce qui est sûr aussi, c'est que s'il lui arrivait quelque chose, Neil en mourrait.

— Dommage que tu n'aies pas réussi à mettre la main sur ce salaud.

Ces paroles durent sonner comme un reproche aux oreilles de Tyler car il répliqua vivement.

— J'ai réussi à avoir la plaque d'immatriculation.

À son ton agressif, Jordana comprit que son frère s'en voulait d'avoir laissé échapper l'homme qui cherchait à tuer Neil et Elise.

— Nous avons vérifié, intervint Carpenter. Elle correspond à celle d'un véhicule qui a été signalé comme volé. Ça ne nous mène nulle part.

— Nous allons bien finir par trouver une piste, bon sang ! pesta Jordana.

Il le fallait. Et vite !

— Vous êtes certains que ce n'est pas Dexter ?

— Pour l'instant, nous ne pouvons pas l'affirmer. Mais Elise et Neil pensent que cet acharnement contre eux a peut-être à voir avec des cas qu'ils auraient défendus ensemble.

— Sans blague ! ironisa Tyler. Elise et Neil sont d'accord sur quelque chose ?

Tandis que Jordana haussait les épaules, un sourire aux lèvres, Tyler poursuivit :

— C'est bien beau de vouloir les protéger d'un tueur. Mais qui va les protéger l'un de l'autre ?

17

Neil avait passé la journée à son cabinet, à éplucher d'anciens dossiers qu'il avait défendus avec Elise. Des images de leur vie à deux lui étaient sans cesse revenues en mémoire. Il s'était alors souvenu avec acuité de ce que cela avait été de travailler avec Elise, de vivre le quotidien avec elle, de faire l'amour avec elle.

Faire l'amour avec elle… Il en avait rêvé toute la nuit, seul dans son grand lit tandis qu'Elise dormait à l'étage. Au moins, elle avait dû se reposer, contrairement à lui qui avait passé une nuit blanche.

Ce manque de sommeil l'avait rendu irritable. Aussi, quand il arriva à l'hôtel de ville pour aller récupérer Elise au terme d'une journée qui lui avait paru interminable, il pria pour ne pas tomber sur Jeremy. Il n'était pas d'humeur. Pas de chance. Celui-ci sortit du bureau d'Elise pile au moment où il y arrivait. Au lieu de s'écarter pour lui laisser le passage, Jeremy se campa devant la porte, bien déterminé à lui faire un barrage de son corps.

Neil fronça les sourcils et riva sur lui un regard furieux.

— Qu'est-ce que tu fais, là ? demanda-t-il d'un ton impatient.

— C'est plutôt à moi de te poser la question, rétorqua Jeremy en le défiant du regard. Dois-je te rappeler que tu n'es plus le mari d'Elise ? Pourquoi ne la laisses-tu pas tranquille ?

— Et toi ? Si tu te mêlais plutôt de ce qui te regarde ?

— Tout ce qui concerne la sécurité d'Elise me regarde.

Neil esquissa un rictus mauvais.

— S'il te plaît de croire que tu lui es indispensable, libre à toi, rétorqua-t-il d'un ton railleur. Mais sache que tu te fais des illusions, mon pauvre vieux. Tu n'es et ne seras jamais pour elle que son adjoint.

— Je suis aussi son ami. Un ami qui s'inquiète que tu la mettes en danger.

— Je ne cherche qu'à la protéger.

Il avait proféré ces mots avec fermeté malgré le doute qui s'insinuait en lui. Jeremy avait-il raison ? Mettait-il Elise en danger quand il était avec elle ?

— Si tu tiens vraiment à ce qu'elle soit en sécurité, reste éloigné d'elle. Garde-la éloignée de toi et de ta famille qui trempe dans une sale affaire depuis des mois, peut-être même des années. Qui sait ce qu'il ressortira de ce scandale sanitaire quand les enquêteurs auront rendu leurs conclusions ?

Neil sentit tous les muscles de son corps se tendre. Jeremy avait touché une corde sensible. Car cette question, il se l'était posée des centaines de fois sans vraiment chercher à y répondre tant il redoutait la vérité.

— Markus Dexter était l'associé de ton père depuis des années, poursuivit Jeremy. Comment ce dernier pouvait-il ignorer ce qui se passait sous son nez, dans sa propre entreprise ? Comment ne pouvait-il pas soupçonner que Dexter était un tueur ?

— Un tueur présumé, corrigea Neil.

— Bien sûr, ironisa Jeremy. Il est bien connu que ce sont les innocents qui prennent la fuite par crainte d'être jugés.

Neil inspira un grand coup. S'énerver ne servirait à rien.

— Je ne dis pas qu'il est innocent, déclara-t-il d'un ton qu'il s'appliqua à garder neutre. Je dis que, pour l'instant, nous n'avons aucune preuve de sa culpabilité.

— Donc, d'après toi, ces tentatives d'assassinat n'ont rien à voir avec toi ni avec ta famille ?

Neil secoua la tête.

— Je ne sais pas, Jeremy. Je l'avoue humblement. Il est possible aussi qu'elles aient été commises par un homme psychologiquement dérangé. Un amoureux transi qui, sachant Elise inaccessible, préfère la voir morte plutôt qu'avec un autre homme. C'est ainsi que fonctionne le cerveau détraqué des harceleurs.

Le visage de Jeremy vira au rouge cramoisi en même temps que ses pupilles claires s'assombrissaient.

— Qu'est-ce que tu cherches à insinuer ?

— Je n'insinue rien du tout.

La réaction de Jeremy ne faisait que confirmer ce que Neil pensait. Jeremy était bien amoureux d'Elise et qui sait de quoi il était capable s'il avait été éconduit ?

— Espèce de fils de…

Jeremy s'avança vers Neil, les poings serrés, le visage menaçant.

Aux yeux de Neil, il venait de dévoiler son vrai visage. C'était lui le tueur. Il en avait la stature et la vélocité. Car Neil ne sut pas anticiper le coup violent qui le frappa en pleine face, le laissant presque K-O sur place.

Épuisée par une nouvelle nuit sans sommeil, Elise n'avait pas réagi tout de suite aux éclats de voix qui lui étaient parvenus à travers la porte. Elle n'avait pas la force d'aller calmer cette bataille d'ego qu'elle jugeait malvenue.

C'est pourtant ce qu'elle fit quand les éclats de voix se muèrent en insultes bien senties et qu'elle comprit que les deux hommes en étaient arrivés aux mains. Elle ouvrit la porte au moment où Neil, visiblement ivre de rage, repoussait violemment des deux mains Jeremy qui vint se cogner de manière brutale contre le chambranle de la porte, à quelques centimètres d'elle.

— Oh ! mon Dieu ! Elise ! s'écria Neil. Il t'a touchée ?

— Non, répondit Jeremy à la place d'Elise. Mais j'ai bien failli. Par ta faute, crétin.

— Ça suffit ! cria Elise, furieuse. Qu'est-ce qui ne tourne pas rond chez vous, à la fin ?

Elle fit aller son regard de l'un à l'autre. Une marque rouge auréolait la joue de Neil tandis que Jeremy affichait un œil gonflé que la violence du coup faisait larmoyer. Elle remarqua avec amusement que sa tignasse d'habitude impeccablement plaquée en arrière avait été quelque peu malmenée.

— Je suis désolé, Elise, s'excusa-t-il le premier. Mais je ne peux pas laisser cet homme vous exposer au danger en permanence comme il le fait sans réagir.

Neil jura tout bas puis prit le parti de se taire, ce que salua intérieurement Elise.

— J'apprécie beaucoup votre sollicitude, Jeremy, commença-t-elle.

Elle était sincère. Elle était même à la fois surprise et très impressionnée qu'il se soit attaqué à Neil comme il l'avait fait. Car c'était faire preuve d'un courage dont elle ne le pensait pas capable.

— Cependant, reprit-elle, je peux dire que ce n'est pas

Neil ni l'un des membres de sa famille qui ont attenté à ma vie.

Elle n'en dirait pas plus. Jeremy entretenant avec la presse une relation ambiguë, elle ne voulait pas le voir profiter de la situation pour se mettre en avant.

D'ailleurs, qui avait mis au courant les journalistes qui faisaient le pied de grue devant l'hôtel de ville depuis le matin ? La police ? Impossible. Les enquêteurs avaient intérêt à rester discrets s'ils ne voulaient pas voir leur travail entravé. L'avaient-ils su via une de ces applications qui permettent d'espionner les fréquences utilisées par les forces de l'ordre pour communiquer entre elles ?

Restait que Jeremy était un homme politique, ambitieux et prêt à tout pour arriver au sommet. Saurait-il se montrer assez diabolique pour parvenir à ses fins ?

— Comment pouvez-vous l'affirmer ? insista Jeremy.

— Parce que je les connais mieux que vous et depuis plus longtemps.

— Ces gens-là vous nuiront, à un moment ou à un autre. D'une manière ou d'une autre. Croyez-moi, personne ne votera pour vous aux prochaines élections si votre nom est trop souvent associé à celui des Colton. Vous risquez même la destitution.

Était-ce un avertissement ?

Jeremy jouerait-il un rôle dans cette destitution ?

— Si tu n'arrêtes pas ça imm…, gronda Neil d'une voix sourde.

— Stop ! le coupa Elise.

— Après ça, venez me dire qu'il n'est pas violent, répliqua Jeremy, un sourire narquois aux lèvres.

— C'est toi qui m'as frappé le premier !

— Pour la protéger !

La patience d'Elise était à bout.

— Assez ! Jeremy, comme je vous l'ai déjà dit, j'apprécie beaucoup votre sollicitude mais je suis une grande fille. Alors, vous allez me laisser gérer moi-même ma protection.

Sur ce, elle lui désigna la porte.

Jeremy sortit sans piper mot.

— J'ai bien cru qu'on n'arriverait jamais à se débarrasser de lui, fanfaronna Neil qui, visiblement, pensait avoir remporté une victoire sur son rival.

Elise secoua la tête, affichant un air réprobateur.

— Qu'est-ce qui ne va pas avec toi, Neil ?

— Qu'est-ce que tu veux dire ? Je te rappelle que c'est lui qui m'a frappé le premier.

— Tu l'as entendu. Il pensait que tu représentais un danger pour moi. Mais toi ? Quelle excuse as-tu ?

— Moi aussi, je voulais te protéger de lui.

— Vous vous êtes comportés comme deux enfants dans une cour de récréation. Vous m'avez donné la désagréable impression d'être la mère de famille qui devait remettre de l'ordre dans tout ça.

Neil esquissa un sourire aussi contrit qu'amusé.

— Vois ça comme un entraînement. Surtout si tu donnes naissance à un garçon.

Un garçon.

Elle se fichait bien du sexe de son bébé. Pourvu qu'il naisse en bonne santé, c'était tout ce qui comptait.

— Les filles peuvent se battre, elles aussi, rétorqua-t-elle, en souriant à son tour.

— Comme si je ne le savais pas ! Je te rappelle que j'ai des sœurs, flics de surcroît ! D'ailleurs, j'aimerais que notre enfant ait des frères et sœurs, lui aussi, ajouta-t-il après avoir marqué une courte pause. Pour lui, ce serait…

Elle le fit taire d'un doigt posé sur ses lèvres.

— Chuut ! Tu m'as promis de ne plus insister.

Si au moins il lui disait qu'il l'aimait. Le lui dirait-il un jour ? Elle en doutait.

— Est-ce que Jeremy a raison ? demanda-t-il d'un air inquiet. Est-ce que tu crains que le nom des Colton nuise à ta carrière ? À ta réputation ?

— Non, Neil. Je ne m'inquiète pas pour ça. De même que je ne m'inquiète pas que mon enfant n'ait pas de frères et sœurs, surtout si le but est de les entraîner à se battre comme des chiffonniers.

— Elise, je suis sérieux. Si je me suis battu avec Jeremy, ce n'était pas pour me livrer à une stupide guerre d'ego. C'est parce que je me méfie de lui.

— Pourtant, nous étions d'accord pour dire qu'il fallait chercher du côté de nos anciens clients.

— Tu as raison. En tout cas, c'est ce qui aurait le plus de sens.

— Si nous allions au cabinet maintenant ? Histoire de lancer nos recherches.

— Je n'ai pas eu le temps de te le dire mais j'ai déjà commencé. J'ai emporté toute une pile de dossiers avec moi. Ils sont dans la voiture. Nous pourrons y jeter un coup d'œil à la maison.

La maison.

Cette fois, plutôt que de l'agacer, l'emploi de ces deux petits mots lui noua la gorge d'émotion. Ils faisaient naître en elle un mélange de nostalgie et de regrets sur lequel elle se refusa à s'attarder.

Si elle ne voulait pas céder à la tentation d'accepter la demande en mariage de Neil, il lui fallait rentrer chez elle au plus vite. Mettre la distance nécessaire entre Neil et elle pour pouvoir retrouver toute son objectivité.

Il allait devoir redoubler de vigilance. Car il n'était plus le seul à les surveiller. Il y avait aussi ce type dans le pick-up noir. Celui qui avait failli l'attraper la veille. À cause de lui, il avait dû abandonner le SUV qu'il avait volé et louer une voiture.

De toute façon, il n'allait pas tenter d'écraser Willis une deuxième fois. Ça serait trop risqué. En revanche, il allait profiter de ce que Colton et elle soient réunis dans la même maison pour agir. Ils ne le savaient pas mais ça allait lui faciliter la tâche. Il allait pouvoir les liquider tous les deux.

Ensemble.

18

— Bon sang, Neil ! pesta Tyler. J'avais dit pas de livraison à domicile ! Vous donnez à ce type une occasion de plus de vous piéger en se faisant passer pour un livreur.

— C'est le sapin de Noël, répondit Neil en regardant par la fenêtre. Le livreur vient de le déposer devant la porte.

Tyler sortit, inspecta chaque branche de l'arbre puis, n'ayant rien décelé d'anormal, aida son frère à le transporter à l'intérieur. Elise, qui avait troqué son tailleur contre une tenue plus décontractée – leggins noirs et sweat-shirt en polaire crème –, les regardait faire depuis la première marche de l'escalier où elle se tenait.

Aussitôt qu'ils furent passés devant elle avec leur fardeau, aussi pesant qu'encombrant, elle se précipita vers la porte d'entrée pour la verrouiller.

La sécurité, se rappela-t-il. C'était l'unique raison pour laquelle elle se trouvait là. Elle n'était venue que parce que Neil avait lourdement insisté mais, très vite, dès qu'elle le pourrait, elle retournerait chez elle. Peu importait le nombre de fois où il la demanderait en mariage, elle le repousserait toujours.

Ne restait-il vraiment rien de l'amour qu'elle lui avait porté pendant des années ? Si c'était le cas, pourquoi avait-elle couché avec lui ?

Il lui enviait la capacité qu'elle avait de rester dans le contrôle quand lui agissait plutôt sur des impulsions. Mais c'était normal. Elise avait un rôle public à jouer. Elle ne pouvait pas se permettre le moindre écart sans prendre le risque d'être sévèrement jugée.

Il se promit de lui demander plus tard, quand ils seraient seuls, pourquoi elle avait succombé deux fois à la tentation. Car pour l'heure…

— C'est bon ? demanda-t-il à son frère avec une pointe d'ironie. Ce sapin ne présente aucun danger ?

Tyler poussa un profond soupir.

— Si tout pouvait être aussi simple dans cette affaire.

— Mais avec toi comme garde du corps nous ne risquons rien, n'est-ce pas ?

— Je le voudrais bien. Malheureusement, je ne peux pas assurer votre protection vingt-quatre heures sur vingt-quatre, sept jours sur sept.

Évidemment. Tyler avait sa propre vie ; une femme qu'il aimait et qu'il avait sans doute hâte de retrouver.

— Jordana a réagi de manière excessive en t'appelant à l'aide, dit-il.

— Je ne crois pas, non. Tant que ce type sera dans la nature, vous courrez un réel danger. En plus, Elise est un personnage public, ce qui la rend encore plus vulnérable aux attaques de ce dingue. Mais j'ai besoin de voir Ashley, ajouta-t-il après avoir marqué une courte pause. Je vais appeler Jordana pour qu'elle prenne les dispositions nécessaires pendant mon absence.

Neil ressentit une pointe de jalousie. L'amour était si simple pour Tyler ! D'une simplicité agaçante.

— Tu peux partir maintenant, si tu veux, proposa-t-il. Elise et moi ne risquons rien, enfermés dans la maison.

Tyler plissa les yeux, hésitant à accepter.

— Tu me jures que vous ne sortirez pas ? Que vous n'ouvrirez à personne ?

— Je ne suis pas idiot, tout de même, répliqua-t-il, un brin agacé d'avoir à le rappeler régulièrement à ses frères et sœurs.

Tyler n'était pas encore décidé. Il lança un regard éloquent en direction d'Elise.

Elise était-elle la raison pour laquelle sa famille doutait de lui ? Parce qu'il l'avait quittée ? Il ne pouvait pas leur en vouloir. C'était la chose la plus stupide qu'il ait jamais faite. Une décision dont il se mordait encore les doigts trois ans après. Il aurait pourtant dû savoir qu'il ne pourrait pas vivre sans elle.

— Ne t'inquiète pas. Je ferai très attention, promit-il de nouveau. Va vite retrouver Ashley.

À cette perspective, un large sourire fendit le visage de Tyler.

— Je vais d'abord appeler Jordana et attendre dehors que la relève soit en route, décida-t-il.

Poussé par un élan d'affection et de reconnaissance, Neil prit son frère dans ses bras, dans une étreinte aussi fraternelle que virile.

— Ty… Merci pour tout ce que tu fais pour nous.

— Prends soin de toi. Et toi aussi, Elise, ajouta-t-il en lui faisant un petit geste de la main.

— Merci, répondit-elle dans un sourire chaleureux. Tu ne veux pas dîner avec nous avant de partir ?

Tyler secoua la tête.

— C'est gentil, mais je voudrais arriver à temps pour manger avec Ashley.

Un dernier geste de la main et il était parti.

Un frisson parcourut l'échine de Neil. Ce n'était pas si facile de se retrouver seuls face à un danger invisible. Car le tueur allait frapper de nouveau puisqu'il n'avait pas atteint son but.

Il n'y avait plus qu'à attendre la sécurité envoyée par Jordana. Ce qui ne devrait pas tarder.

Dans l'immédiat, il alla rejoindre Elise dans la cuisine d'où s'échappaient des odeurs alléchantes.

— Ce n'était pas la peine, dit-il en la voyant occupée à découper des légumes en fines lanières.

C'est elle qui avait choisi les placards blancs, le plan de travail en marbre noir et les appareils ménagers ultra-sophistiqués. Cette débauche de luxe avait longtemps été un sujet de plaisanterie entre eux, tant Elise, qui n'avait rien d'un cordon-bleu, passait peu de temps à ses fourneaux.

Elle prit le temps de jeter ses légumes dans la poêle où grésillaient déjà des blancs de poulet avant de répondre en souriant :

— Ne t'inquiète pas. J'ai beaucoup progressé depuis notre divorce. Je ne vais pas t'empoisonner. Du moins, pas intentionnellement.

Ce trait d'humour noir dans de telles circonstances le fit rire.

— Je l'espère bien, dit-il.

— Plaisanterie mise à part, ce délicieux dîner sera prêt dans quelques minutes. Ensuite, nous nous pencherons sur les dossiers, si tu veux.

Cette perspective ne l'enchantait guère. Il avait besoin de faire une pause ; de vivre un véritable moment de détente. Et pour cela, de se projeter dans le futur plutôt que de se replonger dans le passé.

— Et si nous décorions le sapin, plutôt ? suggéra-t-il. Il a l'air tout triste sans ses décorations.

— Sois tranquille. Il survivra, rétorqua-t-elle.

— Pourtant, c'est toi qui…

Il s'arrêta net. Mieux valait dégainer l'argument qui ferait mouche.

— Nous devons nous habituer, avant l'arrivée du bébé.

— Nous décorerons séparément, Neil. Pas ensemble.

Il observa quelques secondes de silence puis se lança, le cœur battant :

— Elise, pourquoi refuses-tu ma demande en mariage ? Tu n'as vraiment plus aucun sentiment pour moi ?

Des sentiments pour Neil ? Elle en avait encore beaucoup trop. C'était pour cette raison qu'elle n'accepterait pas de se remarier avec lui. Elle craignait trop d'avoir de nouveau le cœur brisé.

— Cette question, dit-elle les larmes aux yeux, je te l'ai posée quand tu m'as annoncé que tu voulais divorcer.

Trop émue pour soutenir son regard, elle détourna la tête et fixa son attention sur la poêle. C'était prêt, mais elle fit comme si ça ne l'était pas. Son estomac se mit à gargouiller, lui rappelant qu'elle devait se nourrir, pour le bien-être de son bébé.

Le bien-être et la sécurité. C'étaient les seules raisons qui l'avaient poussée à accepter l'invitation de Neil. Avec le système d'alarme ultra-sophistiqué dont était équipée la maison, le bébé était à l'abri.

Ce bébé qui était tout ce que Neil avait toujours voulu. Puis, comme elle n'avait pas répondu à ses exigences, il n'avait plus voulu d'elle. Elle fut sur le point de le lui rappeler mais préféra y renoncer. Elle ne voulait pas lui donner d'elle l'image d'une mégère pathétique qui en était encore à ruminer l'échec de son mariage.

— Oui. Je m'en souviens. Et je t'ai répondu que je t'aimerais toujours.

Elle laissa échapper un petit rire amer.

— Et c'est parce que tu m'aimais que tu m'as quittée ?

— Tu sais très bien pourquoi j'ai demandé le divorce.

— Demandé ? Tu plaisantes, j'espère ? Parce que si tu m'avais demandé mon avis – au lieu de me brandir les papiers du divorce sous le nez –, si tu nous avais laissé l'opportunité de discuter, je me serais opposée à ce divorce. Tout comme je me suis opposée à ton désir d'enfant, que je jugeais prématuré.

— Je ne voulais pas que nous devenions comme mes parents, se défendit-il encore.

— Nous le deviendrions encore plus aujourd'hui si j'acceptais de me remarier avec toi. Nous ne serions ensemble que pour le bien-être de notre enfant. Comme l'ont fait vos parents pour vous.

— Pourtant, ils sont encore ensemble, après toutes ces années.

— Certes. Mais dans quelles conditions ? Ils ne font que cohabiter, comme tu l'as dit toi-même. Et je ne veux pas de ça. Ni pour moi, ni pour toi et encore moins pour notre bébé.

Les épaules de Neil s'affaissèrent, dans un mouvement qui donnait l'impression qu'il acceptait la défaite. Le sujet étant clos, il mit le couvert puis ils s'attablèrent face à face, comme ils l'avaient fait pendant des années.

— C'est délicieux, la félicita-t-il alors qu'il se resservait.

— Tu vois, je t'avais dit que j'avais fait des progrès.

— Il faut dire que tu partais de très bas, la taquina-t-il.

Au lieu de l'offenser, cette boutade la fit rire de bon cœur.

— Maintenant, tu sauras que tu n'as pas à t'inquiéter. Notre enfant sera bien nourri. Tu m'as dit que tu avais commencé à passer en revue certains dossiers. Tu as trouvé quelque chose ?

— Pas vraiment. J'ai mis de côté tous les cas qui avaient fini derrière les barreaux.

— Cela fait du monde, non ?

— Oui. Parmi eux, figurent aussi ceux que nos accords ne satisfaisaient pas. J'ai établi une liste que j'ai communiquée à Jordana en lui demandant de me donner le nom de ceux qui ont récemment été libérés sur parole.

— Ceux-là ne devraient pas être très nombreux.

Pour toute réponse, il la regarda fixement.

— Tu sais, j'ai vite compris que le droit pénal, ce n'était pas ton truc.

— C'est vrai que lorsque j'étais étudiante, je n'imaginais pas toutes les désillusions que ces procès pourraient impliquer. Je me voyais un peu comme la pourfendeuse du crime.

Il esquissa un sourire compatissant.

— Ça ne s'est pas vraiment passé comme tu l'espérais.

— Rien ne s'est passé comme je l'espérais.

— Je te demande pardon, Elise, murmura-t-il. Je t'ai déçue, moi aussi.

— Disons que nous nous sommes déçus mutuellement. Mais je ne voulais pas dire sur un plan personnel. Je voulais parler des familles des victimes.

— Beaucoup n'acceptaient pas la sentence. Ils avaient tous tendance à trouver les peines trop légères.

— Bien. Si nous nous y mettions au lieu de discuter ?

— Tu es certaine de ne pas vouloir prendre un moment pour décorer ce sapin, d'abord ?

En vérité, elle aurait adoré partager ce moment avec Neil. Ils auraient écouté des chants de Noël et ils auraient dansé autour de l'arbre comme ils l'avaient fait lors de leur premier Noël passé ensemble. Puis ils auraient fait l'amour jusqu'au bout de la nuit car elle brûlait toujours pour lui d'un désir incandescent.

Si seulement ils étaient capables de s'en tenir à une relation purement physique ! Car elle le savait, il y avait trop de désaccords entre eux pour qu'ils puissent vivre ensemble. Elle ne voulait pas que leur enfant soit élevé dans une ambiance conflictuelle. À ses yeux, ce serait bien pire que l'indifférence mutuelle dans laquelle vivaient les parents de Neil.

— Certaine, répondit-elle fermement.

Neil acquiesça d'un hochement de tête qui cachait mal sa déception.

— Je comprends. Tiens, voilà le premier dossier.

Elle le prit, certaine d'avoir fait le bon choix. Trouver l'homme qui cherchait à les tuer était le seul sujet sur lequel il n'y avait pas à discuter.

Tyler avait beau être impatient de retrouver Ashley, il rechignait à quitter son poste d'observation, même après l'arrivée de l'officier de police venu prendre la relève.

Car, en dépit de cette protection, Tyler était pris d'une appréhension qui le faisait douter. Avait-il raison de s'en aller ? Neil et Elise seraient-ils vraiment en sécurité sans lui ?

19

Neil n'arrivait pas à détourner les yeux d'Elise. Elle était si belle, si sexy ! Même telle qu'elle l'était, dans cette tenue décontractée et avec, sur le nez, ses lunettes de lecture. Il l'observait à la dérobée, se délectant du tableau qu'elle lui offrait.

Elle n'en était qu'à quelques semaines de grossesse mais elle irradiait de ce fameux éclat que seules les femmes enceintes sont censées connaître. Elle rayonnait d'énergie, de vie et de beauté.

Elle leva les yeux sur lui, surprenant son regard pénétrant.

— Quoi ?

Il s'éclaircit la gorge à plusieurs reprises pour se donner le temps de chasser le désir que le seul fait de la regarder avait fait naître en lui.

— Ça te manque parfois ?

Elle fronça les sourcils, manifestant ainsi une profonde incompréhension.

— Quoi ? répéta-t-elle.

Nous, aurait-il voulu répondre. *Notre vie à deux.*

— Notre cabinet. Ton métier d'avocate, répondit-il à la place.

— Je te mentirais si je disais oui. J'ai fini par comprendre que je n'étais pas faite pour le droit pénal. Et puis, ce cabinet était plus le tien que le mien. Je ne m'y suis jamais vraiment sentie comme ton associée. Il faut dire que je ne me sentais à ma place nulle part. Ni dans cette ville, ni dans cette maison, ni dans ta famille.

Il arrondit les yeux de surprise, semblant tomber de haut.

— Tu regrettes ce que nous avons vécu ensemble ?

— Non. Bien sûr que non. Aujourd'hui, je me sens chez moi, à Braxville.

— Heureusement. Je vous rappelle que c'est vous qui régnez en maître sur cette ville, madame la maire. Surtout depuis que l'affaire des cancers a éclaté. Les Colton ne sont plus rien ici. Pire, même. Ils sont vus d'un mauvais œil.

Elle lui sourit gentiment en même temps qu'elle lui pressait la main dans un élan plein de tendresse.

— Ne laisse pas les piques de Jeremy t'atteindre, dit-elle.

À vrai dire, ce n'était pas le sujet qui le préoccupait le plus. Il avait même oublié les coups et les propos insultants échangés le matin avec l'adjoint d'Elise.

— Il n'est pas le seul à penser que mon père a délibérément exposé ses employés à des risques de cancers. La majorité de la population croit même qu'il sait pour Markus Dexter mais qu'il le couvre.

— Je suis désolée, murmura-t-elle.

— Moi aussi, rétorqua-t-il. J'espère simplement que mon père…

Il se tut, incapable de mettre les mots justes sur ce qu'il ressentait.

— Je sais, dit-elle avant de lui lâcher la main et de se caler au fond de sa chaise.

Elise cherchait à mettre de la distance entre eux, c'était évident. À rompre sans doute ce moment de complicité qui la rendait plus vulnérable.

Il poussa un long soupir chargé de frustration.

— Si nous revenions à nos dossiers ? proposa-t-il dans une tentative vaine à chasser la tension qui l'habitait.

Une tension qui n'était pas née seulement des craintes qu'il nourrissait pour sa famille et pour Elise.

Il était tendu aussi par le désir intense qui s'était mis à couler dans ses veines. Il avait tellement envie d'Elise que cela en devenait douloureux. Bien que tenté, il ne tendit pourtant pas la main vers elle mais vers le bloc-notes sur lequel ils avaient commencé à établir des listes de noms. Ils avaient procédé par colonnes. Dans la première figurait le nom des clients ayant demandé des peines plus légères que celles négociées au préalable et dont la demande avait été rejetée ; dans la seconde, le nom des familles des victimes ayant clairement exprimé leur indignation face à ce qu'elles considéraient comme des peines trop légères.

— La liste est déjà conséquente, dit-il après l'avoir relue. Je vais la communiquer tout de suite à Jordana. Plus tôt elle pourra travailler dessus, mieux ce sera.

— Bonne idée, approuva Elise.

Sans attendre, Neil appela sa sœur qui répondit à la deuxième sonnerie.

— Eh bien ! dit-elle une fois qu'il lui eut communiqué la liste des noms. Moi qui pensais avoir beaucoup d'ennemis potentiels.

— Nous avons préféré ratisser large. Mieux vaut pécher par excès, non ? D'ailleurs, tu peux rajouter Jeremy, l'adjoint d'Elise. Je l'avais oublié celui-là.

— Neil ! s'exclama Elise.

— Parce que tu ne l'aimes pas ou pour une autre raison ? demanda Jordana avec une pointe de moquerie.

— Parce qu'il est obsédé par Elise.

Jordana accueillit cette réponse par un ricanement moqueur.

— Il n'est pas le seul, me semble-t-il.

Il ne pouvait le nier tant Elise occupait ses pensées depuis l'instant où leurs regards s'étaient croisés sur les bancs de la fac. Il avait alors été ébloui par sa beauté, son intelligence et sa vivacité. Un éblouissement de chaque instant qui ne s'était jamais démenti au fil du temps.

Personne ne l'avait autant fasciné, intrigué ni exaspéré qu'Elise. Mais c'était ce mélange qui faisait d'elle la femme unique qu'elle était. La seule qu'il aimerait jamais.

— Si nous allions le décorer, ce sapin finalement ? suggéra Elise qui avait à cœur de distraire Neil de ses préoccupations.

Mais ce n'était pas la seule raison. Elle tenait à sortir de ce bureau où la proximité immédiate avec Neil lui était devenue insupportable.

Quand elle lui avait caressé la main, un peu plus tôt, elle avait été prise de l'envie presque irrépressible de l'embrasser. De sentir sa bouche sous la sienne. Heureusement, elle avait réussi à se contrôler. Car elle connaissait Neil. Il aurait pu voir dans ce baiser une manière de lui dire qu'elle avait flanché ; qu'elle acceptait de l'épouser.

Pour être honnête, elle en avait assez de chercher à se convaincre que Neil l'aimait encore. Si tant est qu'il l'avait aimée un jour.

Qui sait si elle ne s'était pas trompée à son sujet comme elle s'était trompée sur son futur métier d'avocate. Mais elle n'était plus la fille naïve et idéaliste qu'elle était alors. Sans attendre la réponse de Neil, elle se leva d'un bond de sa chaise et quitta la pièce sans plus se soucier de lui.

En passant devant une des fenêtres du couloir, elle vit la voiture de police stationnée devant la maison. Elle poussa un soupir de soulagement. La relève était assurée. Ils étaient en sécurité.

Avec un peu de chance, les renseignements communiqués à Jordana allaient lui permettre de tenir le début d'une piste et d'accélérer les recherches. D'arrêter le coupable, même. Ensuite, elle pourrait enfin reprendre le cours normal de sa vie.

En attendant, elle se rendit dans le salon où trônait le sapin que Neil et son frère avaient installé près de la cheminée. Neil la rejoignit quelques minutes plus tard, les bras chargés de grands bacs en plastique transparents qui renfermaient les décorations de Noël.

— Tu n'as pas changé d'avis, entre-temps ? s'enquit-il en souriant.

— Non, répondit-elle. Décorer ce sapin nous changera les idées. Et Dieu sait que nous en avons besoin !

— Elise… Est-ce que tu m'en veux d'avoir donné le nom de Jeremy à ma sœur ?

Elle secoua la tête.

— Non. Mais c'était inutile. Jeremy ne me ferait jamais de mal.

Il se mit alors à lui caresser doucement la main, comme elle l'avait fait avec lui dans le bureau, un peu plus tôt.

— À toi, peut-être. Mais à moi…, feignit-il de se plaindre.

— Pauvre bébé, le taquina-t-elle.

— Un baiser et j'irai tout de suite mieux.

L'entendre flirter avec elle aussi ouvertement l'amusait et l'excitait à la fois.

— Neil…, protesta-t-elle faiblement.

Si faiblement que Neil s'approcha d'elle et couvrit ses lèvres des siennes dans un baiser fiévreux.

Les battements de son cœur redoublèrent d'intensité tandis que leurs langues s'emmêlaient. Pourquoi se montrait-elle si faible avec Neil ? Elle aurait bien aimé mettre cette faiblesse sur le compte des hormones de grossesse mais ç'aurait été une bien piètre excuse. La vérité, c'était qu'elle ne pouvait pas résister bien longtemps à Neil qui se révélait toujours un amant exceptionnel.

Elle enroula les bras autour de son cou et se serra un peu plus étroitement contre lui. Ils s'entendaient si bien à faire l'amour ! Bien mieux qu'à réussir leur couple.

— Elise, murmura-t-il contre sa bouche. Je ne veux pas m'arrêter là. Et toi ?

— Moi non plus, Neil.

Il la souleva alors du sol pour l'emporter dans ses bras puissants.

— Hé ! protesta-t-elle en gloussant comme une adolescente. Repose-moi par terre. Je suis trop lourde maintenant.

— Tu plaisantes ! On ne voit même pas que tu es enceinte. Tu es légère comme une plume.

Ce mensonge pieux la fit rire de bon cœur. Elle s'abandonna alors contre son torse musclé tandis qu'il la portait jusqu'à ce qui fut leur chambre à coucher. Là, il la dévêtit lentement jusqu'à ne lui laisser que sa parure, tout en satin et dentelle.

— Tu es si belle, s'extasia-t-il en reculant d'un pas pour mieux la contempler.

Dans ses yeux, elle l'avait toujours été. Un sourire se dessina sur ses lèvres. Sans quitter Neil des yeux, elle dégrafa son soutien-gorge puis fit lentement glisser sa culotte le long de ses jambes.

— Tu vas finir par me tuer si tu continues, dit-il, la voix rauque de désir.

Elle sursauta, se rappelant soudain qu'un tueur était à leurs trousses.

Neil…

Elle frissonna. Elle ne pouvait envisager un monde sans lui. Pressée par un sentiment d'urgence absolue, elle l'attira de nouveau à elle et le déshabilla à son tour mais avec une certaine fébrilité. Tonique, tout en muscles saillants, la peau douce… Il était à ses yeux la perfection même. Vibrante de désir, elle caressa son torse du plat de la main.

— Elise, j'ai trop envie de toi, lui susurra-t-il à l'oreille. Si tu me touches…

Ce petit jeu qui la rendait un peu plus folle de lui, elle le connaissait par cœur.

— Laisse-moi d'abord te donner du plaisir.

Il se pencha alors sur ses tétons durs et dressés pour les prendre tour à tour dans sa bouche, ne les lâchant que pour mieux les agacer du bout de la langue et les mordiller. Elle laissa échapper un long gémissement de plaisir, prélude à la déferlante de plaisir qui allait suivre.

Au comble de l'excitation, elle s'écarta de lui et le fit basculer avec elle sur le lit. Elle voulait sentir sa verge dure aller et venir en elle.

— Nous devons faire attention, dit-il.

— Neil, je ne suis pas en sucre. Je suis enceinte.

— Mais le bébé…

Elle ressentit une vive déception. *Le bébé*. Bien sûr. Il n'y avait que le bébé qui comptait.

Mais cette fois, ce furent ses sens qui l'emportèrent. Elle voulait du sexe et du plaisir. Au diable la raison ! Elle roula sur le côté et s'assit à califourchon sur Neil, guidant son sexe en elle. Elle oublia alors tout ce qui n'était pas ce moment de plaisir intense qu'ils se procuraient mutuellement.

Ils étaient allongés l'un contre l'autre, en nage et pantelants, quand la sonnette de l'entrée retentit.

— Tyler avait dit « pas de livraisons », lui rappela-t-elle.

Elle sentit les muscles de Neil se crisper.

— Je n'attends aucune livraison, répondit-il. Je vais jeter un coup d'œil à la porte.

Elle s'agrippa à lui pour le retenir.

— Neil, je t'en prie, reste là, dit-elle d'une voix suppliante.

— C'est peut-être Jordana qui vient nous annoncer une bonne nouvelle.

— Aussi vite ? Cela m'étonnerait. Ta sœur est douée, mais quand même…

— Elise, je te rappelle qu'il y a un policier en faction devant la maison. Je ne risque rien à aller voir.

L'argument tenait la route mais Elise n'en était pas moins prise d'un mauvais pressentiment. À regret, elle regarda Neil ramasser son jean et son sweat et les enfiler à la hâte.

La sonnette se fit de nouveau entendre, de manière plus impérieuse cette fois. De toute évidence, leur visiteur n'était pas du genre patient.

— Neil, n'y va pas. Jordana connaît le code de l'alarme. Toute ta famille le connaît. Ils ne sonneraient pas.

L'idée de voir débarquer à l'improviste l'un ou l'autre membre de sa belle-famille, au risque de les surprendre en pleine intimité, l'avait exaspérée au plus haut point. Mais Neil n'avait pas voulu en démordre. Pour lui, la famille était sacrée et se retrouver marié ne changeait rien à l'affaire.

— Si c'était notre tueur, il ne prendrait pas la peine de sonner, assura-t-il.

— Tu crois ? demanda-t-elle sans grande conviction.

La liste de suspects potentiels longue comme le bras que lui avait communiquée Neil rebutait Jordana en même temps qu'elle la rassurait. Avec ça, ils allaient peut-être enfin tenir le début d'une piste.

En attendant de la passer au crible, elle devait s'assurer que Neil et Elise étaient bien en sécurité.

Si elle comprenait que Tyler ait eu besoin de faire un break, elle aurait été plus rassurée qu'il continue à assurer la protection de leur frère et de leur ex-belle-sœur.

Prise d'un pressentiment soudain, elle appela l'officier de police qu'elle avait chargé de prendre la relève. Pas de réponse. Les mains tremblantes, elle contacta le centre d'appels mais l'opérateur ne fit que confirmer ses craintes. Il n'avait eu aucune nouvelle de l'officier depuis qu'il était arrivé sur les lieux.

Il devait somnoler.

Jordana avait beau essayer de s'en convaincre, son instinct l'avertit d'un danger.

L'officier de police ne dormait pas.

Il lui était arrivé quelque chose.

20

Allez. Viens ouvrir cette fichue porte.

Il ne lui restait pas beaucoup de temps avant que les collègues de l'officier ne s'alarment de son silence.

Cela dit, avec le coup qu'il lui avait collé sur la tête, il n'était pas près de se réveiller. S'il se réveillait. Ce ne serait pas une mauvaise chose qu'il soit mort, finalement. Au cas où il aurait vu son visage. L'avait-il vu ? Il ne pouvait pas le dire. Le pauvre n'avait pas eu le temps de voir grand-chose. Il était tombé directement dans le piège. Ça avait même été d'une facilité déconcertante.

Il avait attiré le jeune policier hors de sa voiture de patrouille, prétextant qu'il avait crevé. La seconde d'après, il lui avait asséné un coup de démonte-pneu qui l'avait laissé raide par terre.

Il faut dire qu'il n'y était pas allé de main morte. Du sang avait giclé sur le trottoir et sur le bas de caisse de la voiture de location.

Et maintenant, il sonnait à la porte de l'avocat, vêtu de l'uniforme du policier. Il était un peu étroit pour lui mais Colton n'aurait pas le temps de le remarquer.

Parce qu'il avait à la main l'arme de service du flic. Une arme bien plus redoutable et efficace qu'un démonte-pneu.

Il fallait juste que Colton vienne ouvrir. Ensuite, il se

débrouillerait pour se faufiler à l'intérieur. Colton et la maire seraient faits comme des rats, sans aucune chance de s'échapper cette fois.

Incapable de contenir plus longtemps son impatience grandissante, il pressa de nouveau le bouton de la sonnette, de manière plus insistante.

Ce n'était plus qu'une question de secondes, maintenant.

Dans un court instant, les deux avocats auraient finalement ce qu'ils méritaient depuis des années : la mort.

La sonnette retentit pour la troisième fois, de manière très insistante. Elise avait-elle raison de s'inquiéter ? Neil sortit son smartphone de la poche de son jean dans le but d'activer l'application qui lui permettrait de visionner par caméra l'identité de son visiteur. Un texto de Jordana s'affichait sur l'écran.

> Je n'arrive pas à joindre l'officier de police chargé de votre sécurité. Je suis en route. N'ouvre à personne. Ne fais rien qui pourrait vous mettre en danger.

Le SMS venait d'être envoyé. Ça ne pouvait donc pas être Jordana qui sonnait à la porte. Neil ouvrit son application et observa attentivement l'homme qui se tenait sur le seuil. Il tournait un peu la tête mais son uniforme était bien visible. Il n'y avait pas de doute. C'était bien un officier de police.

Que venait-il faire à sa porte ?

Pourquoi ne répondait-il pas aux appels de Jordana ?

Neil eut beau chercher, il ne vit pas l'écouteur radio à oreillettes dont tout bon flic était équipé. Ni de caméra corporelle.

Il n'était pas loin de ressentir la même chose qu'Elise. Quelque chose clochait.

Ce type était-il leur tueur ?

En le voyant, il lui vint à l'esprit qu'ils avaient oublié de faire figurer sur la liste des suspects potentiels les officiers de police ayant procédé à des arrestations un peu trop musclées. Car c'était toujours le signe qu'ils faisaient des prévenus une affaire personnelle.

— N'ouvre pas ! s'écria à voix basse Elise qui venait de le rejoindre. Jordana vient de m'envoyer un message.

Il reconnaissait bien là l'excès de prudence de sa sœur. À moins d'y voir un manque de confiance à son égard…

— Je sais. J'ai reçu le même. Regarde, ajouta-t-il en tournant vers elle l'écran de son téléphone. C'est bien un officier de police, non ?

Elise scruta l'image, les sourcils froncés.

— On dirait bien.

— Il porte l'uniforme de la police de Braxville, insista-t-il.

— Si c'est un vrai flic, pourquoi ne répond-il pas à Jordana ? Ne faisons rien en attendant qu'elle arrive. C'est plus prudent.

Mais la sonnette retentit encore une fois. Combien de temps encore avant qu'on ne force la porte ? La maison était équipée d'un système de sécurité de pointe mais il n'était pas infaillible. Et puis… qui pouvait arrêter quelqu'un déterminé à entrer quelque part ?

Ils virent le policier dégainer son arme et la pointer sur la porte. Avec ça, il pouvait faire sauter la serrure sans problème. Et même si l'alarme se déclenchait, il faudrait du temps aux secours pour se rendre sur place. Un temps assez long pour…

— J'ai un revolver, dit-il à Elise. Il est rangé dans le coffre du salon.

— Mais si ce type n'est pas un policier et qu'il tire dans une des vitres… Nous n'avons pas le temps d'aller le chercher.

Elle avait raison. Mais que faire ? Il n'allait pas rester planté là, les bras ballants à attendre que le tueur entre et les massacre. La priorité était de mettre Elise et le bébé en sécurité.

— Je pense que c'est un vrai flic, dit-il pour la rassurer. Nous ne risquons rien. Mais on ne sait jamais. Au cas où… où nous nous tromperions…

— Quoi ?

— Va dans le garage et monte dans le 4x4. Si tu entends quelque chose d'anormal, n'attends pas. Fiche le camp d'ici.

Elle secoua la tête.

— Il n'est pas question que je te laisse seul. Viens avec moi. Partons vite

S'ils faisaient ça, le tueur entendrait la porte du garage s'ouvrir et les attendrait à la sortie. Ils seraient faits comme des rats.

Non. Le mieux était qu'il reste pour faire diversion et laisser à Elise une chance de s'enfuir.

Un nouveau coup d'œil furtif à l'écran lui permit de voir que l'homme avait le doigt sur la détente.

— J'arrive ! cria-t-il.

— Neil ! Non ! Tu dois attendre Jordana. Elle ne va plus tarder à arriver, maintenant.

Elle arriverait, bien sûr. Mais trop tard. Elle ne serait pas là pour empêcher ce type d'entrer dans la maison.

Car le doute n'était plus permis à présent. Cet homme n'était pas le flic chargé de leur sécurité.

— Ne t'inquiète pas pour moi. Nous sommes peut-être juste paranoïaques. Mais mieux vaut se montrer prudents. Alors va vite dans la voiture.

— Mes clés sont dans mon sac, dans la chambre.

— Prends ma voiture. Les clés sont dedans. Allez, va, ajouta-t-il en la poussant doucement vers la porte de service qui donnait sur le garage.

— Neil…

— Va, je te dis !

Il s'attendait à ce qu'elle continue à parlementer, comme elle l'aurait fait en d'autres circonstances, mais elle se dirigea docilement vers la porte.

Trop docilement.

Il comprit alors ce qu'elle avait elle aussi en tête : faire diversion.

Bon sang ! Elle allait se faire tuer !

Neil allait se faire assassiner si elle n'agissait pas rapidement. Le cœur battant à tout rompre, Elise courut jusqu'au garage et appuya sur l'interrupteur. Lorsque l'homme entendrait le portail s'ouvrir, il lâcherait Neil pour se précipiter vers le garage.

Ce qu'elle n'avait pas prévu, c'est que le tueur serait là avant même qu'elle ait eu le temps de s'installer au volant.

Des coups de feu retentirent.

Comme lorsque la voiture avait tenté de l'écraser, elle resta figée sur place, incapable de faire le moindre geste. Elle aurait été touchée si Neil ne s'était pas jeté sur elle pour la plaquer au sol.

Elle sentait les battements désordonnés de son cœur sur son dos et son souffle haletant à ses oreilles. De toute évidence, il avait aussi peur qu'elle.

Des larmes de rage et de frustration lui montèrent aux yeux. En voulant protéger Neil, elle n'avait fait que le mettre un peu plus en danger. Lui, mais aussi leur bébé.

L'homme continuait à tirer à intervalles réguliers. Des débris de vitre pleuvaient sur eux, s'accrochant à leurs cheveux, risquant à tout moment de leur lacérer la chair.

Aussitôt, Neil lui protégea le visage de ses deux mains.

Puis soudain, plus rien. Le silence retomba. Un silence de mort. Neil bougea légèrement. Elle put alors voir, de l'autre côté du châssis, une paire de chaussures noires, immobiles. Puis elles se mirent en mouvement et s'avancèrent vers eux.

C'était fini.

Ils n'avaient plus aucune chance d'en sortir vivants.

21

Si seulement, il avait eu le temps d'aller chercher son arme.

Mais s'il l'avait fait, Elise serait morte.

Les tirs avaient cessé mais il entendit le couinement sinistre de semelles en caoutchouc qui raclaient le sol en béton. Le tueur s'avançait vers eux et allait les tirer comme des lapins.

Paniqué, avec pour seule obsession de la sauver, il ouvrit la portière du côté passager et poussa Elise à l'intérieur.

Puis il resta accroupi, le cœur battant, résigné à mourir.

C'est alors que les sirènes hurlantes des véhicules de police se firent entendre au loin. Il vit la paire de chaussures pivoter puis s'éloigner en courant.

Les miracles existaient. Il pourrait en témoigner.

— Ça va ? demanda-t-il aussitôt à Elise qui restait prostrée dans l'habitacle.

— Je… Je ne sais pas, répondit-elle dans un murmure choqué.

— Tu es blessée ?

Elle le regarda fixement, incapable d'articuler le moindre mot. Elle était pâle comme un linge, les joues mouillées de larmes. Il chercha fébrilement du regard des traces de sang mais, heureusement, n'en trouva aucune.

— Il est parti ? finit-elle par demander.

— Oui.

Il se releva pour tenter de deviner quelle direction l'homme avait prise. Il ne pouvait pas échapper à la police encore une fois. Il fallait que quelqu'un l'arrête et l'empêche de nuire à tout jamais.

Sa décision était prise. Il aida Elise à se mettre en position assise, le dos bien calé contre le dossier en cuir.

— Ne bouge pas d'ici, lui intima-t-il.

Comprenant ce qu'il avait en tête, elle l'attrapa par le bras pour le retenir.

— Neil… Mais tu saignes !

Il baissa les yeux sur le sang qui maculait la manche de son pull et coulait sur sa main en fines gouttelettes.

— Ce n'est rien, dit-il pour la rassurer. Tu vois bien. Je n'avais même pas senti que j'étais blessé. Ça doit être superficiel.

Sur ce, il dégagea son bras et se précipita dehors. La voiture de l'officier était toujours stationnée au même endroit.

Qu'est-ce que le tueur avait fait de ce pauvre homme ?

La peur au ventre, Neil se dirigea vers le véhicule. Au moment où il s'en approchait, un véhicule de patrouille vint se garer à côté dans un crissement de freins, sirène hurlante et gyrophare allumé. Jordana se précipita vers son frère.

— Oh mon Dieu, Neil ! Tu es blessé.

— Oui, répondit Elise à sa place.

Neil la regarda, un sourire à la fois amusé et agacé aux lèvres. Comment avait-il pu croire une seconde qu'elle attendrait sagement dans la voiture comme il lui avait commandé de le faire ?

— Ce n'est rien, dit-il. Juste une égratignure.

— Bon sang ! Que s'est-il passé ? s'enquit Carpenter qui venait de sauter à bas du véhicule.

— Je t'avais pourtant dit de te tenir tranquille ! s'emporta au même moment Jordana.

Maintenant rassurée, elle s'autorisait à laisser libre cours à sa colère.

— Au début, j'ai cru que c'était un officier de police, se défendit Neil, indifférent à cet accès d'agressivité. Puis j'ai compris quand il a dégainé son arme.

Jordana lança un coup d'œil en direction de la voiture de patrouille et secoua la tête. Sans échanger un mot, les deux équipiers s'approchèrent lentement du véhicule, la main sur leur arme de service, prêts à tirer. Arrivés assez près, ils jetèrent un coup d'œil à l'intérieur.

— Merde. Il faut appeler une ambulance.

— Il est mort ? s'enquit Neil.

— Non. Il respire toujours.

— Dieu merci.

Neil était tiraillé entre la culpabilité de voir cet homme dans un état grave pour avoir voulu les protéger et le soulagement de savoir que Tyler avait échappé à cette agression sauvage. Mais peut-être que les choses se seraient passées différemment si Ty était resté.

Jordana devait penser la même chose car il l'entendit murmurer comme pour elle-même :

— Dommage que Ty soit parti.

— Il n'y a pas de regret à avoir, Jordana, dit-il. Nous ne saurons jamais si Ty aurait mis la main sur ce type. Qui sait même s'il ne serait pas mort à l'heure qu'il est.

Elise tremblait comme une feuille. Elle s'en voulait tellement d'avoir pris de tels risques ! À cause d'elle, de sa stupidité, le tueur aurait pu arriver à ses fins.

— Neil, il faut que tu ailles à l'hôpital. Tu as besoin d'être examiné.

— Ce pauvre homme en a bien plus besoin que moi.

Il avait pointé du menton le jeune officier qui avait fini par reprendre connaissance. Mais s'il n'était pas mort, ses blessures semblaient importantes.

— Tu saignes beaucoup, insista Elise sans pouvoir cacher son inquiétude. Il te faut des points de suture.

— Elise a raison, approuva Jordana tandis que l'ambulance s'éloignait sur les chapeaux de roues avec l'officier de police à bord.

— Il a pu dire quelque chose ? s'enquit Neil comme s'il n'avait rien entendu.

— Juste qu'il s'était fait avoir. Le tueur est venu lui demander de l'aide pour changer une roue et, au moment où il est sorti de la voiture, il l'a salement frappé à la tête avec un démonte-pneu.

— Il a pu le décrire ?

— Non. Là encore, nous faisons chou blanc. Le type portait des lunettes aux verres fumés et un chapeau qu'il avait enfoncé si bas sur son front que Lester n'a quasiment rien vu de son visage.

— Et la voiture ?

— Sans doute un véhicule volé, ce qui nous mènera encore une fois, nulle part. Et vous ? Vous avez pu le voir ?

— Pas plus que ce que je t'ai déjà montré sur la vidéo de la caméra de sécurité. Il avait la tête à demi tournée.

— Ce qui veut dire qu'il savait qu'il y avait une caméra de sécurité ou qu'il ne voulait pas que vous le reconnaissiez.

— Ce qui élimine l'hypothèse d'un tueur à gages, pointa Elise.

— Si c'était un professionnel, il y a longtemps que vous ne seriez plus de ce monde, souligna Jordana.

— Vous n'avez rien remarqué de spécial ? s'enquit Carpenter.

— L'uniforme était trop petit pour lui, ce qui donne une indication sur sa corpulence. J'aurais aimé pouvoir vous en dire plus, mais vraiment, je ne vois pas.

Il leva le bras, sans doute pour se passer la main dans les cheveux comme il avait l'habitude de le faire pour exprimer une profonde frustration, mais ce simple geste lui arracha un cri de douleur.

— Neil, il n'y a pas à discuter, dit Elise. Tu dois voir un médecin.

— Je te conduis à l'hôpital, trancha Jordana d'un ton qui n'entendait pas être discuté.

Elise poussa un soupir de soulagement. Si Jordana s'en mêlait, Neil ne pouvait que s'incliner.

Dès qu'ils seraient partis, elle remballerait ses affaires et quitterait la maison pour ne plus y revenir.

Car rester avec Neil ne ferait que faciliter la tâche au tueur.

Yvette rembobina la séquence et la repassa encore une fois. Comme elle l'avait fait précédemment, elle observa attentivement l'homme alors qu'il dégainait son arme et la pointait sur la porte. À voir son regard plein de haine, il était manifeste qu'il était là pour tuer.

Elle rembobina de nouveau la vidéo jusqu'au moment où il se dirigeait vers le garage.

Quelque chose dans sa démarche lui rappelait quelque chose. Ou plutôt, quelqu'un.

Oncle Shep.

Penser à son oncle préféré, le frère de son père, amena un sourire attendri sur ses lèvres. Bien sûr, ça ne pouvait pas être lui dans cet uniforme de policier, une arme à la main, prêt à tuer ; mais la manière de se déplacer était troublante.

— Alors ? Tu as trouvé quelque chose ? demanda Jordana venue la rejoindre dans le labo.

Yvette pointa l'écran de l'index.

— Cette démarche ne te rappelle pas quelqu'un ?

— Si. Celle d'un militaire. Comme celle de l'oncle Shep. Il faudra que je demande à Neil s'il se rappelle avoir eu un militaire parmi ses clients.

— Comment va-t-il ? s'enquit Yvette avec une pointe d'inquiétude.

— Sur le plan physique, il a eu de la chance. Sa blessure est superficielle, il n'a eu droit qu'à quelques points de suture. Sur le plan moral, en revanche, il risque d'en prendre un coup.

— Je peux comprendre. Elise et lui ont échappé à plusieurs tentatives d'assassinat, tout de même.

— Il n'y a pas que ça. Je crains qu'il réagisse très mal quand il verra qu'Elise est repartie de chez lui.

— Moi, je ne comprends même pas qu'elle ait accepté de le suivre. Ils sont divorcés, que je sache.

— Allons, Yvette, ne me dis pas que tu ne l'as pas remarqué. Ils s'aiment encore. Cela crève les yeux.

— Pourquoi est-elle partie alors ?

Son esprit rationnel ne pouvait comprendre de telles

incohérences. C'était pourtant simple de rester ensemble lorsqu'on s'aimait, non ?

— Je la soupçonne de penser qu'ils seront plus en sécurité s'ils ne sont pas ensemble. Elle a probablement raison. Mais Neil ne le verra pas du même œil.

— De toute manière, ensemble ou pas, ce type n'en restera pas là.

Un tueur capable de s'en prendre à un officier de police était capable de tout.

22

Elle était partie.

Neil le sut à l'instant où il franchit sa porte. Quand elle avait refusé d'aller à l'hôpital avec lui, il avait compris qu'elle allait prendre ses affaires et s'en aller.

Comme elle l'avait fait trois ans plus tôt.

Il n'avait tiré aucune leçon de ses erreurs passées. Il aurait dû être plus patient. N'exercer aucune pression sur elle pour la pousser à accepter sa demande en mariage.

Il attrapa son téléphone pour l'appeler, la supplier de revenir, s'il le fallait. C'est alors qu'il vit qu'elle lui avait envoyé un texto. Un laconique :

Nous serons plus en sécurité séparés qu'ensemble.

Possible. Mais il n'allait pas renoncer aussi facilement.

Il s'apprêtait à l'appeler quand son téléphone vibra dans sa main. Jordana.

— Tu as trouvé quelque chose ? s'enquit-il avec une pointe de fébrilité.

— Pas vraiment mais quelque chose dans la démarche et la posture de ce type nous fait penser qu'il s'agit peut-être d'un militaire. Tu aurais ce genre de profil parmi tes anciens clients ?

— À première vue, ça ne me dit rien. Mais je vais me replonger dans mes dossiers.

— Il est tard. Prends le temps de te reposer un peu. Nous en reparlerons demain.

— Je doute de pouvoir dormir.

— Tu ne risques rien.

— Ce n'est pas pour moi que je m'inquiète. C'est pour Elise.

— Je sais. Mais nous avons doublé la sécurité, devant chez elle comme devant chez toi. Après ce qui est arrivé à Lester, nos officiers vont redoubler de vigilance, tu peux me croire et dormir sur tes deux oreilles. Tu sais, ajouta-t-elle après s'être interrompue un court instant, la police de Braxville est sur les dents. Elle veut tout autant que toi mettre la main sur ce type. D'autant plus que nous savons aujourd'hui à quel point il est dangereux.

— Ça, je le savais déjà, rétorqua-t-il d'un ton ironique.

— Prends soin de toi, Neil. À demain.

— À demain.

À la seconde où ils eurent raccroché, il se précipita dans le salon et alla prendre son arme dans le coffre.

Jordana aurait beau déployer toutes les forces de police du comté pour protéger Elise, il n'avait plus confiance en personne.

Sauf en lui.

Elise était épuisée. Non seulement par les nuits sans sommeil qu'elle accumulait maintenant depuis un certain temps mais aussi par sa grossesse et par le travail de titan qu'elle venait d'accomplir.

Cela lui avait pris des heures pour remettre de l'ordre dans son appartement. De retour chez elle, elle s'était retrouvée face à un chaos indescriptible. Un chaos qui reflétait celui, intérieur, qui régnait dans son cœur et dans sa tête.

Elle aurait voulu accompagner Neil à l'hôpital, comme il le lui avait demandé ; elle aurait voulu retourner chez eux avec lui, dormir dans son lit, faire comme s'ils n'avaient jamais divorcé.

Comme si tout cela n'avait été qu'un horrible cauchemar.

Elle avait préféré retourner à la réalité. Elle était trop lucide pour s'inventer une vie qui ne serait harmonieuse que dans ses rêves.

Son téléphone se mit à vibrer sur sa table de chevet. Elle n'avait pas besoin de regarder l'écran pour savoir que c'était Neil.

— Je ne reviendrai pas, Neil, attaqua-t-elle d'emblée. C'est mieux comme ça.

— Je ne crois pas, non. Tu sais ce qui serait le mieux pour nous tous. Excuse-moi. Je ne t'appelais pas pour ça. Je voulais m'assurer que tout allait bien.

— Il y a une voiture de police dehors, devant chez moi, avec deux hommes à bord. A priori, je devrais être en sécurité.

— Même chose pour moi.

— Tu vas bien ?

— Non.

Son cœur se mit aussitôt à cogner dans sa poitrine.

— Je croyais que ta blessure était superficielle, dit-elle sans pouvoir cacher son inquiétude.

— En effet. Mais je voulais parler du fait que tu…

— Stop ! s'écria-t-elle. Ou je te raccroche au nez.

Cesser tout contact avec lui. Voilà ce qu'elle aurait dû faire dès qu'il avait tenté, avec succès, un premier rapprochement. Mais elle n'avait pas voulu rompre la promesse qu'ils s'étaient faite au moment de la séparation, de toujours garder une relation courtoise et amicale.

— Il y a une autre raison à mon appel. Jordana et Yvette pensent que notre homme pourrait être un militaire.

— Pourquoi ? À cause de la bombe ? De nos jours, tout le monde peut en fabriquer une. Il suffit d'aller sur Internet.

— D'après elles, ce serait plutôt lié à sa démarche.

— S'il s'agit bien d'un militaire, cela met Jeremy hors de cause, alors.

Un sourire se dessina sur ses lèvres quand elle entendit Neil jurer tout bas.

— C'est vrai qu'il est du genre à chercher les caméras plutôt qu'à les fuir, répliqua-t-il.

Ce trait d'humour, un peu bas, la fit rire de bon cœur.

— Je continue à penser que la clé de ce mystère se trouve dans nos anciens dossiers, poursuivit-il en retrouvant tout son sérieux. À mon avis, il s'agit d'un membre de la famille d'une victime.

C'est alors qu'une image surgit. Puis une autre. Puis encore une. Elise revit l'homme crier sa rage au tribunal, après que la sentence avait été rendue. Peu à peu, les pièces du puzzle s'assemblèrent pour former un tout.

« Je te le ferai payer ! »

— Neil… Il y a quelqu'un… Le père, ou le frère, je ne sais plus trop, d'une femme tuée par son mari. Rappelle-toi. Il s'était fait remarquer au tribunal en criant à l'injustice. Il était tellement hystérique qu'on avait dû faire appel aux forces de l'ordre pour l'évacuer.

— Oui, je m'en souviens très bien. C'était son père. Il réclamait la peine de mort pour son gendre, mais nous avions plaidé des circonstances atténuantes. Du coup, le juge n'avait pas retenu la préméditation et notre client avait écopé de trente ans de réclusion pour homicide involontaire.

— Ce qui ne l'avait pas satisfait non plus. Il n'a jamais cessé de clamer son innocence.

— J'appelle Jordana tout de suite. Ah zut…

— Quoi ?

— Elle m'a dit de me reposer, mais je la soupçonne d'avoir voulu passer un peu de temps avec Clint.

— C'est vrai qu'il est tard. Ça peut attendre demain.

— Tu vas réussir à dormir ?

— J'aimerais bien. Je suis éreintée.

— Moi, sans toi, je ne fermerai pas l'œil de la nuit. Je le sais.

La tentation était grande d'aller le rejoindre. De s'allonger contre lui dans le lit qu'ils avaient partagé tant d'années et de se lover entre ses bras. Heureusement, une pointe de lucidité la retint. Si elle avait perdu le bébé, le soir de l'explosion, Neil ne l'aurait pas demandée en mariage.

Elle raccrocha donc sans ajouter un mot.

Bon sang !

Comment avait-il pu tirer autant de coups de feu et les rater ? Colton s'en était tiré avec une égratignure et la maire sans la moindre écorchure.

Et voilà que la sécurité avait été renforcée autour d'eux, rendant toute nouvelle tentative impossible. Il allait devoir attendre que toute cette agitation se tasse un peu avant de repasser à l'offensive.

Il ne lâchait pas l'affaire mais, en attendant, il avait un autre cas à régler.

23

Neil regarda l'homme s'avancer vers eux d'une démarche à la fois souple et assurée. Grand et athlétique, il émanait de lui quelque chose qui ressemblait à du charisme et qui attirait tous les regards des clients présents ce matin-là à la Dolce Vita.

— C'est donc ça, une démarche militaire ? demanda-t-il à ses sœurs.

— Oui, répondit Jordana, qui perdant toute réserve, alla presque se jeter au cou de leur oncle.

Yvette l'étreignit de manière plus contenue tandis que Neil lui donna une poignée de main aussi virile qu'affectueuse.

— C'est si bon de te voir, oncle Shep ! s'exclama Jordana.

— Moi aussi, je suis heureux de vous voir, lui renvoya-t-il. Mais je suppose que vous ne m'avez pas invité ici pour le seul plaisir de partager un petit déjeuner. Je me trompe ?

Il regarda tour à tour ses neveux et nièces, les couvant d'un regard bienveillant.

La Dolce Vita n'était pas le meilleur endroit où se retrouver, d'autant que Megan Chase, la propriétaire, les fusillait d'un regard mauvais. Son mari avait travaillé pour la Colton avant de tomber malade. Très malade.

Neil fit mine de l'ignorer pour focaliser son attention sur Shep.

— Non, répondit-il le premier. Nous t'avons fait venir parce que nous avons besoin de toi.

— Je serais ravi de pouvoir vous aider, dit-il en se glissant sur la banquette, à côté d'Yvette.

Tous les trois se mirent alors à lui raconter les événements des derniers jours avant de lui montrer la vidéo qu'avait enregistrée la caméra de surveillance.

— Au vu de ces images, je dirais que votre homme a sans aucun doute bénéficié d'un entraînement militaire, conclut Shep.

Jordana et Yvette esquissèrent un sourire victorieux. Malheureusement, elles n'eurent pas le temps de savourer leur victoire car leur téléphone se mit à sonner en même temps.

— Le devoir m'appelle, dit Jordana après avoir pris l'appel. Je dois vous laisser.

— Moi aussi, dit Yvette.

Le cœur de Neil fit un bond dans sa poitrine.

— Il est arrivé quelque chose à Elise ?

— Non, rassure-toi. Je suis en contact régulier avec son garde du corps personnel. Au moment où je te parle, elle est en parfaite sécurité dans son bureau de l'hôtel de ville.

Quelques effusions supplémentaires et elles partirent, laissant Neil seul en tête à tête avec leur oncle.

— Tu sembles vraiment très inquiet pour Elise, lança Shep qui avait sans doute remarqué ses mains tremblantes sur sa tasse.

— Il ne nous lâchera pas, dit Neil en guise de réponse.

— Tu as une idée de qui ça peut être ?

— Quand nous avons ouvert le cabinet, Elise et moi avons eu comme client un certain Seth Costner, accusé du meurtre de sa femme, Leah. Il a toujours clamé son innocence mais les preuves contre lui étaient accablantes. Nous l'avons convaincu de plaider coupable contre une remise de peine. Nous lui avons évité la peine de mort, ce qui a déchaîné la colère du père de la victime, Walter Shultz qui s'est alors mis à hurler : « Je te le ferai payer ! »

— Ce qui sous-entend que ce Seth Costner est en danger, lui aussi. À moins que ce soit lui qui en ait après vous puisqu'il n'a jamais avoué le meurtre.

— Nos conclusions nous portent à chercher un militaire. Seth n'a jamais travaillé dans l'armée.

— Je vais quand même passer un coup de fil, histoire de vérifier.

Joignant le geste à la parole, il sortit passer son appel. Quand Neil le rejoignit après avoir payé l'addition, Shep était toujours au téléphone. Neil ne capta pas grand-chose de la conversation, Shep écoutant plus qu'il ne parlait.

— Seth Costner n'est pas votre homme, résuma-t-il sommairement quand il eut raccroché.

— Je m'en doutais.

— En revanche, Walter Shultz, lui, a travaillé dans l'armée comme démineur. Son passé de spécialiste lui donne accès à tous les explosifs qu'il veut.

— Il peut être en train de fabriquer une fichue bombe en ce moment même, alors.

Shep acquiesça d'un hochement de tête.

— Ta source est vraiment fiable ?

— À cent pour cent.

Voyant le regard inquiet de Neil, Shep voulut se montrer rassurant.

— Fais confiance à tes sœurs. Elles vont finir par arrêter ce salaud.

— S'il te plaît, ne me dis pas de rester en dehors de

cette enquête, toi aussi. Parce que je ne peux pas. Pas quand la vie d'Elise, la mienne et celle du bébé sont en danger.

Neil réalisa ce qu'il venait de dire à l'instant même où il referma la bouche.

— Du quoi ?

— Elise est enceinte. De moi.

Un sourire bienveillant se dessina sur les lèvres de Shep.

— Cela ne me surprend pas tant que ça, vois-tu.

— Le problème, c'est qu'elle refuse de me donner une seconde chance.

Shep pressa doucement l'épaule de son neveu, dans un geste plein d'affection.

— Persiste. Un amour comme le vôtre… un amour comme le vôtre vaut le coup que tu te battes, Neil. Ou tu risques de le regretter toute ta vie.

N'était-il pas dévoré de regrets depuis trois ans déjà ?

— Fais très attention à toi, poursuivit Shep. Pour que tu aies une longue et belle vie aux côtés de la femme que tu aimes et de votre enfant.

Neil était si ému qu'il ne put qu'acquiescer. Aux yeux de tous, Shep passait pour un célibataire endurci mais le mélange de regret et de nostalgie qui avait pointé dans sa voix laissait à penser qu'il était peut-être passé à côté d'une belle histoire d'amour.

Shep avait raison. Neil devait se battre pour récupérer Elise avant qu'il soit trop tard. Il avait déjà perdu assez de temps.

Neil ne lui avait pas menti. À voir ses traits tirés et les cernes qui soulignaient ses yeux, il avait tout de l'homme qui n'avait pas fermé l'œil de la nuit.

Mais était-ce à cause d'elle ou pour une autre raison ?

Car depuis qu'il était arrivé dans son bureau, il était au téléphone avec l'une de ses sœurs. Il l'écoutait parler en faisant les cent pas dans l'espace restreint de la pièce, la mine soucieuse.

Elle savait déjà ce qu'il allait lui annoncer.

— Seth Costner a été placé en liberté conditionnelle, dit-elle quand il eut raccroché. Je me trompe ?

— Non. Il a même été libéré plus tôt que prévu pour bonne conduite. Il continue à soutenir à qui veut l'entendre qu'il est innocent. Pour lui, c'était un accident.

Elise poussa un profond soupir empli de lassitude.

— Je ne sais pas quoi penser sinon que son ex-beau-père a toutes les raisons d'en vouloir à chacun de nous.

— D'autant que mon oncle Shep s'est renseigné : Shultz a travaillé dans l'armée comme spécialiste des engins explosifs.

Elle était heureuse d'être assise, tant ses jambes s'étaient mises à trembler.

— C'est pour cette raison que tu as demandé à Carmen de ne laisser monter aucun colis ?

Il acquiesça d'un hochement de tête.

— Nous devons redoubler de vigilance. Tant que cet individu ne sera pas sous les verrous, nous ne serons pas en sécurité. Protection rapprochée ou pas.

— Jordana a cherché à le contacter ?

— Oui. Mais il semble qu'il se soit évaporé dans la nature. Sais-tu où je pourrais trouver Seth ? Il faut le prévenir.

— Neil, ce n'est pas à toi de le faire. C'est à Jordana.

— Je ne risque rien. C'est Shultz, le tueur.

— Oui, mais il va aussi chercher à éliminer Seth. Tu pourrais arriver là-bas à un moment critique.

— Il faut qu'il sache qu'il est en danger.

— Je vais appeler son agent de probation. Il se chargera de le prévenir.

— Seth sait peut-être où se cache Shultz, insista Neil. Elise, il faut que j'aille lui parler.

— Il n'en est pas question. Tu t'exposerais à un danger certain.

— Je veux surtout que cette histoire se termine et que tu sois enfin en sécurité.

— Moi ? Ou le bébé ? ne put-elle s'empêcher de demander.

Il marqua un temps d'arrêt, visiblement interloqué.

— Qu'est-ce que tu entends par là ? Vous deux, bien sûr. Et puis Seth aussi. Quoi qu'il ait fait, il ne mérite pas non plus d'être assassiné par ce fou furieux.

— Je suis d'accord, Neil. Mais ce n'est pas à toi d'arrêter les criminels. C'est le rôle de la police.

— Elise… Et si nous nous étions trompés ? Si Seth était vraiment innocent ?

— Eh bien, il nous en voudrait autant que son beau-père et il aurait une bonne excuse, lui aussi, de vouloir notre mort. Raison de plus, s'il en fallait une, pour que tu ne t'en mêles pas.

Neil sembla hésiter puis détourna la tête. Visiblement, il avait fait son choix.

— Neil ! Non !

Elle agrippa son bras dans une vaine tentative à le retenir car il se dégagea d'un geste ferme.

— Je le fais pour toi, dit-il. Pour te protéger.

— Je n'ai pas besoin que tu me protèges ! s'écria-t-elle.

Ce dont elle avait besoin, c'était qu'il l'aime. Était-il aveugle à ce point ? Devait-elle se rabaisser pour quémander l'amour qu'il se refusait à lui donner ? Certainement pas !

Elle était trop fière et surtout trop en colère contre lui pour ça.

— Je sais que tu es assez grande pour veiller sur toi, rétorqua-t-il d'un ton pincé. Tu me l'as assez répété. Mais il ne s'agit pas seulement de toi. Tu portes mon enfant. Et je ferai ce que je juge bon de faire pour qu'il ne vous arrive rien. Que tu le veuilles ou non.

Sur ce, il lui tourna le dos et quitta le bureau d'un pas précipité.

Elle aurait pu se lancer à sa poursuite mais ç'aurait été peine perdue. Neil était trop têtu.

D'une main tremblante, elle appela Jordana.

— Elise ? Tout va bien ?

— Oui, ne t'inquiète pas.

Jordana rassurée, elle la mit au courant de la situation.

— Bon sang ! Il n'écoutera jamais rien ? Normalement, il ne risque rien. Les officiers qui assurent sa protection ont pour ordre de ne pas le lâcher d'une semelle. Mais il est bien capable de les semer.

— Et toi, Jordana ? Tu ne peux pas être là-bas avant lui ?

— Non. Reese et moi sommes sur le chantier où était censé se trouver Shultz. Malheureusement, il n'y est pas.

Ce qui voulait dire qu'à l'heure qu'il était, il pouvait être chez Seth ; ce qui voulait dire aussi que Neil était allé se jeter dans la gueule du loup.

Il y avait bien les officiers chargés de sa protection mais l'espoir était faible que Neil ne leur échappe pas.

Si Jordana était trop loin pour arriver chez Seth à temps, elle, en revanche, ne mettrait pas longtemps pour s'y rendre. De toute façon, elle était incapable de rester assise à son bureau, à attendre qu'on l'informe de l'évolution de la situation, quand l'homme qu'elle aimait était en danger.

Finalement, il aurait peut-être dû commencer par Seth. Le plan initial qui consistait à brouiller les pistes, à lui faire porter le chapeau pour l'assassinat des deux avocats n'était peut-être pas le bon. Ensuite, bien sûr, il aurait veillé à ce que ce salaud ne retourne pas en prison mais soit victime d'un terrible accident. Du genre de celui qui avait brutalement mis fin à la vie de Leah, sa fille chérie.

— Walt, je te jure que je n'y suis pour rien, gémit Seth d'une voix tremblante.

Walter le regarda, vibrant d'une haine farouche.

Il avait assommé Seth à la seconde où il avait passé la porte du chalet où il vivait. Et maintenant, il gisait par terre, du sang coulant sur son menton de ses lèvres éclatées. Ah, il faisait moins le fier, l'assassin !

En guise de réponse, il lui donna un violent coup de pied dans les côtes.

— Arrête ! S'il te plaît, arrête.

Mais ces supplications ne firent qu'aviver un peu plus la rage qui le submergeait.

— C'est ce que Leah t'a dit avant de mourir ? Elle aussi, elle t'a supplié d'arrêter ? Ordure !

— Ça ne s'est pas passé comme ça, Walt. Je te le jure. C'était un accident. Je ne l'ai pas renversée intentionnellement. Je ne l'avais pas vue et…

— La ferme ! Et les traces de coup sur son corps, ce n'était pas toi non plus, peut-être ? La vérité, c'est que tu la frappais, qu'elle en est morte et que tu as voulu faire croire à un accident.

Seth se recroquevilla sur lui-même, autant parce qu'il avait mal que parce qu'il avait peur.

Il avait raison d'avoir peur parce que sa fin était proche, maintenant.

C'est alors qu'il entendit le bruit d'une voiture qui venait de se garer devant la porte du chalet.

Qui pouvait bien venir rendre visite à un détenu en liberté conditionnelle ? En général, ces gens-là n'avaient pas beaucoup d'amis.

Il s'approcha sans bruit de la fenêtre et jeta un coup d'œil à travers le voilage transparent.

Un sourire mauvais se dessina sur ses lèvres quand il reconnut le fils Colton.

Voilà qui allait lui faciliter les choses.

En venant se jeter de lui-même dans la gueule du loup, l'avocat allait lui permettre de faire d'une pierre deux coups.

24

Neil gara son 4x4 derrière la voiture qui se trouvait devant le chalet de Seth Costner. Par chance, il avait pu profiter d'une seconde d'inattention d'Elise pour noter mentalement son adresse sur la feuille qu'Elise avait sortie d'un tiroir et laissée devant elle.

Un dernier coup d'œil dans son rétroviseur lui confirma qu'il avait bien perdu l'équipe chargée de sa protection. Il ne leur avait pas échappé intentionnellement mais le fait était qu'il se retrouvait seul dans ce coin isolé.

Il ouvrit la boîte à gants pour y prendre l'arme qu'il avait sortie de son coffre la veille puis s'avança vers la porte. Il avait la main tendue vers la sonnette quand il sentit le canon d'un pistolet qu'on pressait sur sa nuque.

— C'est gentil d'être venu vous joindre à nous, maître.

Le ton mielleux cachait mal la rage profonde qui animait Walter Shultz.

— Nous ? demanda-t-il, feignant de s'étonner pour gagner du temps.

— Je suppose que vous vouliez parler à votre client. Le prévenir qu'il était en danger, peut-être ? Dans tous les cas, si vous avez quelque chose à dire, faites-le vite parce qu'il ne vous reste pas longtemps à vivre.

Avait-il déjà tué Seth Costner ? Si c'était le cas, Shultz

ne mentait pas. Il ne lui restait plus beaucoup de temps. Il ne voulait pas mourir. Pas sans avoir d'abord dit à Elise qu'il l'aimait. Qu'il n'avait jamais cessé de l'aimer.

— Comment ça, vous l'avez perdu ? explosa Jordana qui redoutait déjà le pire. Vous étiez censés ne pas le lâcher d'une semelle. Vous comprenez ce que cela veut dire ?

Et maintenant, Neil allait se faire tuer.

— Voilà où il devait se rendre, poursuivit-elle en lisant tout haut l'adresse qu'Elise lui avait communiquée. Si vous tenez à ne pas vous retrouver à la circulation, je vous conseille vivement de mettre le turbo et de ne pas m'annoncer de mauvaises nouvelles une fois que vous serez là-bas !

Sur ce, elle mit fin à l'appel d'un geste rageur, la peur au ventre.

Reese appuya sur l'accélérateur en même temps qu'il actionnait sirène et gyrophare.

— Jordana, calme-toi, dit-il. On ne sait pas si ce type s'est rendu là-bas. Tu t'angoisses sans doute pour rien.

Reese avait beau vouloir se montrer rassurant, elle savait, au plus profond d'elle-même, que son frère était en danger.

— Shultz n'était pas où il devait être, répliqua-t-elle. Ce qui veut dire qu'il avait une bonne raison d'être ailleurs.

— Tu crois vraiment qu'il est chez Costner ? Qu'il est allé chez lui pour lui régler son compte ?

— Oui. Et Neil est allé bêtement se jeter dans la gueule du loup.

— Devons-nous envoyer une équipe de déminage au cas où… Ou les gars du SWAT ?

Jordana ne répondit pas. À quoi bon ? À l'heure qu'il était, Neil devait être mort.

Si Elise se classait parmi les bonnes conductrices, elle n'avait en revanche pas les qualités nécessaires pour participer à une course-poursuite. Aussi fit-elle appel aux officiers de police qui patrouillaient devant l'hôtel de ville pour se faire conduire à l'adresse que lui avait donnée l'agent de probation affecté au cas Costner.

Quand elle entendit l'équipe chargée de la protection de Neil annoncer par radio qu'ils avaient perdu sa trace, elle ne put que se féliciter du choix qu'elle avait fait.

Mais cet instant d'euphorie ne dura qu'un bref instant. Très vite, elle fut saisie d'une profonde angoisse qui l'empêchait presque de respirer.

— Tout va bien, madame la maire ? s'enquit l'un des deux policiers à travers la grille qui séparait l'avant du véhicule de l'arrière.

— Oui, merci, mentit-elle.

Par réflexe, comme elle le faisait souvent, elle passa une main protectrice sur son ventre. Était-ce un effet de son imagination ou avait-elle senti comme un frémissement sous ses doigts ? Son bébé ressentait-il l'inquiétude profonde qui la rongeait ? Sans doute.

Neil, il faut que tu vives. Je t'en supplie, mon chéri. Notre bébé a besoin de toi.

Au bout d'un temps qui lui parut une éternité, ils quittèrent la route principale pour bifurquer à droite, sur un chemin goudronné qui devint très vite caillouteux puis rempli d'ornières.

Les habitations étaient rares, par ici. Un frisson la parcourut, qui n'avait rien à voir avec la température extérieure.

— Nous voilà arrivés, annonça le conducteur alors

qu'il s'arrêtait un peu à l'écart des deux voitures qui étaient stationnées devant le chalet de Costner.

— Visiblement, il y a déjà du monde, commenta son coéquipier.

Tous deux sortirent en premier, la main sur leur arme de service, prêts à dégainer. Elise avait la main sur la poignée et s'apprêtait à sortir à son tour quand des coups de feu retentirent.

25

Quand Neil entendit le cliquetis du chien qu'on armait contre sa nuque, il se prépara à mourir.

Le miracle se produisit avec l'arrivée d'une voiture de police. Walter Shultz tira à travers la vitre dans sa direction.

Elise !

Son instinct lui disait qu'elle était là. Qu'elle avait volé à son secours sans se soucier du danger.

Il la connaissait si bien !

Il n'avait qu'un temps infime pour essayer de mettre à profit ce moment d'inattention et prendre l'avantage sur Shultz. Rassemblant toutes ses forces, il se dégagea de l'emprise de Shultz d'un coup de coude bien senti dans les côtes.

Mais l'homme résistait. Grand, baraqué, rompu à l'exercice militaire, il était surtout animé d'une rage féroce qui semblait le rendre invincible. Il avait déjà neutralisé Seth Costner qui gisait au sol, inconscient.

Du moins, Neil le croyait-il.

Car, tandis qu'il roulait au sol avec Shultz, luttant pour lui arracher son arme, il entendit quelque chose qui ressemblait à un bruit de pas, suivi d'un coup violent. La seconde d'après, Shultz gisait à côté de lui, neutralisé et grimaçant de douleur.

Neil lui arracha son revolver des mains au moment où la porte d'entrée volait en éclats sur deux officiers de police qui le mirent aussitôt en joue avec leur arme de service.

— Lâche ça ! Lâche ça ! hurla l'un des deux.

— Je suis Neil Colton, cria-t-il en se levant, les mains en l'air.

Il regarda l'un des flics aider Shultz à se relever avant de lui passer les menottes.

— Je crois que vous devriez appeler une ambulance, dit-il en pointant Seth du menton. Il va avoir besoin de soins.

— Qu'il crève ! éructa Shultz. Il n'aura que ce qu'il mérite ! Il ne devrait pas être en vie alors que ma fille chérie est morte. Aucun de vous ne devrait l'être !

Puis il éclata en sanglots convulsifs.

— Walt, ce n'est pas moi, se défendit encore Seth dans un filet de voix.

— Elise Willis est-elle avec vous ? s'enquit Neil qui s'inquiétait de ne pas la voir débouler comme une furie. Est-ce qu'elle va bien ?

— Elle va bien. Elle doit juste fulminer que nous l'ayons empêchée de sortir en verrouillant les portières.

— Merci, dit-il en poussant un soupir de soulagement.

Mais le constat était amer. La police avait réussi là où lui avait échoué. Pire, même, sans Seth il serait mort.

Après ça, comment s'étonner qu'Elise refuse de l'épouser ? Non seulement elle ne pouvait plus lui faire confiance mais, en plus, elle ne pouvait pas compter sur lui pour les protéger, elle et leur bébé.

— Ça va ? lui demanda un des officiers qui avait dû remarquer son air contrarié.

Non, ça n'allait pas. Car maintenant qu'il avait compris

pourquoi Elise refusait de l'épouser, il ne voyait pas bien comment il pourrait la faire changer d'avis.

Cela faisait plusieurs heures maintenant qu'Elise était rentrée chez elle mais elle n'arrêtait pas de trembler ; de revivre ce moment terrible où elle avait entendu les coups de feu et cru que Neil était mort.

Imaginer qu'elle ne le reverrait plus jamais lui avait été insupportable.

Pourtant – et alors que tout son être tendait à aller se jeter dans ses bras au moment où elle l'avait vu sortir du chalet sain et sauf –, elle avait pressé l'un des deux agents de la conduire chez elle. Surtout, ne pas laisser à Neil le temps de la convaincre de rester. Mais aurait-il seulement essayé de la retenir ?

Pour s'occuper l'esprit autant que les mains, elle se rendit dans la cuisine avec, en tête, l'idée de confectionner des biscuits de Noël. Si sa mère l'avait initiée à la cuisine, ce n'était pas quelque chose qu'elle faisait volontiers quand elle était mariée. Elle avait toujours refusé d'être l'épouse parfaite, celle que dans l'imaginaire collectif on voit comme une femme dévouée à son mari et à ses enfants et pour qui une carrière professionnelle n'est pas une priorité.

Fidèle à ses principes autant qu'à une ambition toute personnelle, elle avait atteint son but. Elle était devenue maire de Braxville.

Et bientôt, elle donnerait naissance à son premier enfant.

Elle n'était pas certaine de vouloir se remarier un jour. Ce dont elle était sûre, en revanche, c'est qu'elle ne laisserait plus un homme lui briser le cœur.

Elle en était là de ses réflexions quand la sonnette de l'entrée retentit. Sans doute était-ce Jordana ou Reese

Carpenter, venus pour prendre sa déposition. Elle était partie si vite de la scène de crime !

Ce n'était pas Jordana qui se tenait sur le seuil. C'était Neil. Neil qui n'attendit pas d'y être invité pour pénétrer à l'intérieur. Quand elle le vit planté dans l'entrée, elle le précéda dans la cuisine où elle sortit du four la plaque recouverte des biscuits, dorés à point, qu'elle avait enfournés un peu plus tôt.

— Ça va ? demanda-t-elle en remarquant les cernes sous ses yeux.

Il fit non de la tête.

— Je savais que tu n'étais pas blessé, dit-elle pour justifier son départ précipité.

— Elise… Je suis venu pour te dire que je regrette de t'avoir persécutée comme je l'ai fait. Cette demande en mariage était stupide.

— Vraiment ?

Si elle était soulagée de le lui entendre dire, elle était aussi vexée. Question de fierté mal placée, sans doute.

— Tu devais bien penser la même chose, sinon tu l'aurais acceptée, non ? Tu n'aurais pas aussi mal réagi à chaque fois que j'abordais le sujet.

— C'est oublié, dit-elle d'un ton qu'elle voulait neutre. N'en parlons plus.

Mais Neil s'entêta :

— Quand j'ai cru que j'allais mourir, au moment où Shultz s'apprêtait à me tirer une balle dans la tête, j'ai compris beaucoup de choses. Certains voient leur vie défiler, moi j'ai pris conscience de toutes les erreurs que j'avais commises. Je n'aurais jamais dû exiger de toi que tu me donnes un enfant ; je n'aurais jamais dû demander le divorce.

— Il faut croire que je ne te suffisais pas.

— Cela aussi, je l'ai compris. Que tu pensais que je ne voulais t'épouser que parce que nous allons avoir un bébé.

Le cœur d'Elise se mit à battre la chamade. Allait-il enfin lui dire les mots qu'elle aspirait tant à entendre de sa bouche ?

— C'est faux, Elise. À la seconde où nous avons signé les papiers du divorce, j'ai réalisé à quel point je t'aimais. Je n'ai alors eu qu'une chose en tête : te reconquérir.

— Si tu m'avais vraiment aimée, Neil, tu aurais respecté mon choix. Tu ne m'aurais pas mise devant le fait accompli sans même en discuter avant.

— Je t'aimais vraiment ; mais mal. Je n'ai pensé qu'à moi. Je me suis comporté comme un enfant capricieux qui tape du pied pour obtenir ce qu'il veut. Je n'ai retenu que ton refus qui, à mes yeux, était une preuve de désamour. Je n'ai pas cherché à te comprendre.

— Tu en parles au passé, mais qu'est-ce qui me dit que tu as changé ? insista-t-elle.

— Je ne te demanderai plus de m'épouser. Je t'en fais la promesse. Une famille avec toi, c'est ce dont j'ai toujours rêvé. Une famille avec des parents qui s'aiment, attentifs à consacrer du temps à leurs enfants.

Tout ce que Neil n'avait pas eu et dont il souffrait encore aujourd'hui.

— Neil…, commença-t-elle avec émotion. Je suis désolée.

— Ne le sois pas. Tu as connu pire, toi. Enfant unique, élevée sans père.

Avait-elle vraiment souffert de cette situation ? Certes, ça n'avait pas été facile tous les jours, mais sa mère l'avait toujours couvée d'un amour inconditionnel qui avait largement compensé l'absence d'un père.

— Tu sais, si je ne me suis pas battue contre ce divorce, c'est parce que je ne voulais pas que nous finissions comme tes parents, avoua-t-elle. Je ne souhaitais pas qu'il y ait d'amertume ni de ressentiment entre nous. C'est ce qui aurait fini par arriver puisque je ne voulais pas te donner ce que tu désirais le plus au monde. Je me trompe ?

— C'est ce que je croyais aussi, confessa-t-il à son tour. C'est pour cela que j'ai demandé le divorce.

— Moi aussi, je voulais un bébé, poursuivit-elle. Mais j'attendais le bon moment. J'avais en tête de privilégier d'abord ma carrière professionnelle parce que je ne voulais pas avoir à faire les sacrifices qu'avait faits ma mère pour moi.

— Je sais. Et je m'en veux d'autant plus de ne pas avoir su patienter.

Ils se turent un instant durant lequel ils se dévisagèrent.

— Qu'attends-tu exactement de moi, Neil ? dit-elle la première.

— Rien. C'est ce que tu veux toi qui m'importe. Et si tu veux que je te laisse tranquille, je respecterai ta volonté.

C'était bien la dernière chose qu'elle voulait. Neil paraissait sincère. Il était touchant, même. Mais était-elle capable de lui faire totalement confiance ?

C'est alors que son attention fut attirée par les taches de sang qui gouttaient sur le carrelage.

— Neil… Tu saignes.

— Ce n'est rien. Ma blessure s'est rouverte au moment où je me suis battu avec Shultz.

— Tu dois retourner à l'hôpital te faire examiner.

Il acquiesça docilement et se tourna à demi, comme pour sortir de la pièce. Allait-il vraiment faire ce qu'elle lui avait demandé ? Sans même chercher à discuter ?

— Neil ?

Il se retourna vers elle, les yeux emplis d'espoir.

— Oui ?

— Laisse-moi un peu de temps.

— Appelle-moi quand tu voudras qu'on se voie.

— C'est bientôt la date de notre dîner mensuel, dit-elle en réponse.

— Tu le voudrais ? Vraiment ?

Elle acquiesça en souriant.

— Vendredi soir ?

Il acquiesça d'un hochement de tête puis quitta la pièce sans avoir cherché un prétexte pour s'attarder. Elle en fut à la fois dépitée et soulagée. Était-ce là le signe d'un réel changement ? Leur relation pourrait-elle être différente cette fois ?

La crainte de souffrir de nouveau l'empêchait d'espérer totalement. Pourtant, ne se devait-elle pas de donner à Neil une deuxième chance ? Pour elle, mais aussi pour cet enfant à naître.

— Votre fils est aux urgences, annonça à Lilly une jeune infirmière.

Son cœur se mit à cogner fort dans sa poitrine. Sans chercher à en savoir plus, elle se précipita dans le service où elle savait trouver Neil. Que se passait-il encore ? Jordana lui avait pourtant assuré que le tueur était sous les verrous.

Elle trouva son fils, le bras tendu à une interne en train de recoudre une plaie.

— Grâce à votre fils, je vais devenir spécialiste en points de suture, dit-elle en riant.

— Ce n'est rien, maman. C'est mon ancienne blessure

qui s'est rouverte. Excuse-moi, j'aurais dû t'appeler pour que tu ne t'inquiètes pas.

Pour tout commentaire, Lilly regarda autour d'elle.

— Elise n'est pas là ?

— Comme tu peux voir.

— Je pensais que vous étiez de nouveau ensemble. Je l'aurais invitée au repas du réveillon de Noël.

— J'aurais aimé, moi aussi ; mais non, nous ne sommes pas ensemble.

Lilly sentit un tel désarroi et une telle déception dans la voix de son fils qu'elle lui prit la main et la pressa légèrement, dans un geste plein de tendresse.

— Je suis désolée pour toi.

— C'est ma faute. Elle n'a plus confiance en moi.

— Elle t'aime, Neil. Cela crève les yeux quand on vous voit ensemble. Elle reviendra. Laisse-lui un peu de temps.

— C'est ce qu'elle m'a dit.

Lilly hésita. Devait-elle révéler à son fils le secret qui la rongeait ? Elle finit par renoncer. Ce secret, ce n'était pas à elle de le dévoiler.

26

Était-ce l'effet de la lueur des bougies sur son visage ? Était-ce la grossesse ? Neil ne savait à quoi l'attribuer mais Elise rayonnait d'un éclat qui accentuait sa beauté naturelle.

— Quoi ? demanda-t-elle en voyant son regard fixé sur elle.

— Tu es magnifique, répondit-il.

— Attention… N'essaie pas de m'entourlouper avec tes compliments.

— Tu n'auras plus jamais confiance en moi, n'est-ce pas ?

Elle prit le parti d'éluder le sujet en tirant longuement sur sa paille.

— Tu ne veux vraiment pas goûter ce lait de poule ? proposa-t-elle d'un air gourmand qui fit monter d'un coup le désir en lui. Il est délicieux.

— Merci, mais je ne suis pas fan de ce genre de boisson.

— Tu ne sais pas ce que tu rates.

Il aurait aimé lui dire que c'était à côté d'elle qu'il ne voulait pas passer une fois encore. Mais au lieu de ça, il lui posa des questions sur sa manière de gérer la ville puis sur Jeremy, au sujet duquel il se garda bien de faire le moindre commentaire négatif. Il lui parla ensuite du cabinet et de sa nouvelle cliente, une mère qui souhaitait poursuivre en justice son mari pour abandon de domicile conjugal.

— Cela ne relève pas du pénal, souligna-t-elle.

— Non. Quoique je trouve criminel qu'un père puisse abandonner sa famille comme cela, du jour au lendemain. Tu ne me crois pas capable d'une chose pareille, au moins ? Ce n'est pas pour ça que tu ne voulais pas d'enfant, n'est-ce pas ?

— Non, Neil. Je voulais être sûre de *moi*.

Ses yeux se mirent soudain à briller de larmes. Sans qu'il s'y attende le moins du monde, elle se leva d'un bond de sa chaise et se précipita vers la sortie.

Il jura tout bas, désemparé. Décidément, il ne saurait jamais s'y prendre avec elle.

Le cœur en lambeaux, il paya l'addition et sortit. Les mains plongées dans les poches de son manteau, il se mit à arpenter le trottoir. Il n'avait pas envie de rentrer chez lui, dans cette grande maison qui, il venait de le comprendre, resterait vide. Il aurait dû la vendre au moment du divorce. Mais il n'avait pas pu s'y résoudre, fort de la certitude qu'un jour, plus ou moins lointain, Elise et lui reformeraient le couple qu'il n'aurait jamais dû cesser d'être.

Il était temps d'accepter la réalité. Elise ne reviendrait jamais. Lui qui avait tant espéré s'y rendre avec Elise, c'est seul qu'il participerait aux fêtes de famille de fin d'année.

La mort dans l'âme, il rejoignit son 4x4 et prit la direction de sa maison. À la seconde où il franchit sa porte, il pressentit que quelque chose avait changé.

L'alarme avait été désactivée. Quelqu'un était entré chez lui. S'y trouvait peut-être encore.

Plutôt que de la peur – Shultz sous les verrous, il ne craignait plus pour sa vie –, il en éprouva une certaine excitation.

Il s'avança vers le salon, guidé par l'étrange lueur

multicolore qui filtrait de la porte entrouverte. Des chants de Noël s'élevèrent.

Le cœur battant d'un espoir insensé, il poussa la porte et entra.

Elise se tourna vers lui, le visage irradiant de quelque chose qui ressemblait à du bonheur.

Était-ce là l'effet d'une imagination survoltée ? Brûlait-il tellement du désir de la voir revenir vers lui qu'il déformait la réalité ?

— Elise ? Que fais-tu ici ?

— J'ai pensé qu'il était temps de décorer ce sapin.

Il s'approcha d'elle et répéta avec plus de force :

— Pourquoi es-tu ici ?

Elise inspira profondément, s'exhortant en silence à calmer les battements désordonnés de son cœur.

— Je suis venue te demander ta main, répondit-elle d'une traite.

Neil fronça les sourcils. Il semblait nager en pleine confusion.

— Pardon ?

— Neil Colton, acceptes-tu de m'épouser ? formula-t-elle différemment.

— J'ai bien compris ? Tu me demandes vraiment de t'épouser ?

Elle acquiesça.

— C'est bien ça. Puisque tu m'as dit que tu ne me le demanderais plus.

— Pas avant que tu sois prête.

— Eh bien, je suis prête.

— C'est trop tôt, Elise. Tu as besoin de temps. Tu me l'as dit toi-même.

— J'ai eu assez de temps.

— Une semaine à peine.

— En fait, j'ai eu trois ans. Il m'aura fallu trois ans pour comprendre que je ne pouvais pas vivre sans toi.

Il observa quelques secondes de silence, semblant peser soigneusement les mots qu'il s'apprêtait à dire.

— Elise, est-ce que tu me demandes en mariage parce que tu ne veux pas être considérée à Braxville comme une mère célibataire ?

Elle le fixa sans rien dire, stupéfaite de découvrir qu'il nourrissait les mêmes doutes qu'elle sur l'amour qu'ils se portaient.

— Neil, que nous soyons mariés ou pas ne changera rien à l'affaire. Je ne serai jamais une mère célibataire. Parce que je sais que tu seras toujours présent dans ma vie et dans celle de notre enfant. Si je veux t'épouser, c'est parce que je t'aime.

Ému aux larmes, Neil l'attira à lui et l'enveloppa de ses bras.

— Je t'aime tant, ma chérie, moi aussi, murmura-t-il.

— Dois-je comprendre que tu acceptes ?

— Oui. Mille fois oui.

Leurs bouches s'unirent alors dans un baiser fiévreux, porteur de promesses infinies.

Comme toujours, Fitz Colton était assis en bout de table. Une manière pour lui de régner en maître absolu sur sa famille comme il régnait en maître absolu sur l'empire qu'il avait créé.

Pourtant, cette fois, il avait l'impression de se trouver dans un tribunal et d'assister à son propre procès.

Cette sensation était-elle due à la présence, autour de cette table, de deux avocats ? Il y avait son fils, bien sûr ; et

Elise, que Neil avait récemment épousée pour la deuxième fois. À intervalles réguliers, celle-ci faisait peser sur lui son regard pénétrant. Visiblement, elle pressentait que quelque chose allait rompre la prétendue harmonie de ce dîner.

Un tintement de verre attira son attention sur Bridgette, sa cadette. Elle s'était levée, offrant à tous un visage radieux.

— Moi aussi, j'ai une nouvelle à vous annoncer, dit-elle, un large sourire aux lèvres.

Elle prit alors la main de Luke Walter qui se leva à son tour et se tint bien droit à côté d'elle.

— Luke et moi, nous nous sommes fiancés, dit-elle.

Elle tendit alors la main au milieu de la table afin que tout le monde puisse admirer le diamant qui étincelait à son annulaire gauche.

Des acclamations et des cris de joie fusèrent de toutes parts, comme quand, quelques minutes plus tôt, Neil et Elise avaient annoncé qu'ils allaient se remarier et avoir un bébé. Mais autant l'idée de devenir grand-père pour la première fois l'avait réjoui, autant l'idée que sa fille était maintenant fiancée le laissait indifférent.

Il faut dire qu'il ne lui avait pas tout à fait pardonné d'avoir été à l'origine de la fermeture de la Colton.

— Lequel des deux va emménager chez l'autre ? questionna-t-il.

— Moi, répondit Bridgette. Je ferai la navette entre Wichita et Braxville.

— Nous avons l'intention de faire construire, ajouta Luke dont le visage rayonnait du même bonheur intense.

— J'aurais bien offert de vous aider, comme je l'ai fait pour Neil et Elise, répliqua Fitz d'un ton aigre. Malheureusement, on m'a fait fermer ma société.

— Arrête ! s'écria Lilly de l'autre bout de la table. Arrête ça tout de suite !

Il se ratatina sur sa chaise, submergé de honte.

— Cesse de blâmer Bridgette ou Elise, ou même Dex, pour ce que tu as fait, poursuivit Lilly qui semblait ne plus pouvoir s'arrêter. Et dis-leur la vérité.

— Je... Je croyais que nous étions d'accord pour que je la leur dise à la fin des fêtes de fin d'année.

C'était une promesse qu'il lui avait arrachée quand, enfin, il s'était résolu à lui révéler son lourd secret.

— Repousser à plus tard ne changera rien. Autant en finir tout de suite, quand nous sommes tous réunis.

Tout le monde s'était tu mais chacun avait les yeux fixés sur lui. Un silence de mort régnait autour de la table.

— Papa, dis-nous, l'encouragea Neil.

Le moment était venu de payer pour ce qu'il avait fait. Alors, il se lança.

— Il y a vingt-cinq ans, la boîte était en difficultés. Je ne pouvais pas me permettre de perdre de l'argent. Alors j'ai décidé de couper dans les dépenses.

— Qu'est-ce que tu as fait pour ça ? demanda Bridgette.

— Je me fournissais en matériaux de construction à l'étranger ; dans des pays où ils ne sont pas soumis aux mêmes normes qu'ici.

Horrifiée, Bridgette plaqua une main sur sa bouche en même temps qu'elle étouffait un petit cri.

— Si j'avais su qu'ils pouvaient être dangereux pour la santé de mes employés, je vous jure que je n'aurais passé aucun marché avec ces pays.

Il était sincère. Il n'avait voulu faire de mal à personne. Surtout pas à sa famille.

Il ferma les yeux, incapable de soutenir plus longtemps

le regard des siens sur lui. Il sentit alors une main se poser sur son épaule, dans un geste qui se voulait réconfortant.

— Papa, il faut que tu ailles te présenter aux autorités, lui dit Neil.

— Je… Je ne suis pas prêt.

— Je serai là. J'assurerai ta défense.

Puis ils se mirent tous à parler en même temps, chacun y allant de son commentaire. Sauf Lilly, qui, restée en dehors de la discussion générale, écoutait parler Shep. Elle avait dans les yeux une lueur qui ne trompait pas.

Fitz comprit à cet instant que sa vie venait de basculer.

Rien ne serait plus pareil.

Jamais.

Retrouvez prochainement,
dans votre collection

BLACK ROSE

Une fugitive aux abois, de Juno Rushdan - N°754

Accusée à tort de trahison, Zee est recherchée par le FBI. En Alaska où elle se cache, elle lie connaissance avec John Lowry, son mystérieux voisin. Mais nulle part elle n'est en sécurité, elle le sait. Aussi, lorsque son chalet est attaqué par une équipe de tueurs, elle se lance dans une fuite désespérée. Une cavale dans laquelle, bien qu'elle tente de l'en dissuader, John veut à tout prix l'accompagner…

Des secrets menaçants, de Tyler Anne Snell

Qui menace Willa Tate ? Et quel secret renferme la boite qu'elle a déterrée sur le chantier où elle travaille ? Consciente du danger qui plane sur elle, persuadée que les documents qu'elle a mis à jour concernent un crime ancien et non élucidé, Willa va trouver Kenneth Gray. Sans savoir que le séduisant détective enquête de son côté sur le meurtre de sa femme, des années plus tôt…

Un protecteur dans l'ombre, de Carol Ericson - N°755

LES DISPARUS DE TIMBERLINE – 3/4

Pour quelle raison Jim Kennedy est-il de retour à Timberline ? Scarlett est partagée entre inquiétude et fascination. Inquiétude, car le retour de Jim coïncide avec une série de meurtres sans doute liés à l'enlèvement de trois enfants, vingt-cinq ans plus tôt. Fascination, car celui qui n'a rien perdu de ses allures de *bad boy* semble vouloir la protéger des dangers qu'elle sent planer autour d'elle…

Dans les bras de son ennemi, de Carol Ericson

LES DISPARUS DE TIMBERLINE – 4/4

« Que faites-vous à Timberline, mademoiselle Johnson ? » Désespérée, Caroline évite le regard de Cole Pierson, le séduisant agent de la DEA… Comment lui avouer qu'elle ne sait pas qui elle est ? La croira-t-il si elle lui révèle qu'elle s'est réveillée, quelques jours plus tôt, dans une chambre d'hôtel près du corps sans vie d'un inconnu, avec pour seul indice un mot sur un bout de papier : Timberline…